Arrowood

Arrowood

MICK FINLAY

Editado por HarperCollins Ibérica, S.A.
Núñez de Balboa, 56
28001 Madrid

Arrowood
Título original: Arrowood
© 2017, Mick Finlay
© 2018, para esta edición HarperCollins Ibérica, S.A.
Publicado por HarperCollins Publishers Limited, UK
© De la traducción del inglés, Sonia Figueroa Martínez

Diseño de cubierta: HQ 2017
Imágenes de cubierta: Trevillion Images y Shutterstock

ISBN: 978-84-9139-234-7
Depósito legal: M-10943-2018
Impresión en CPI (Barcelona)

Distribuidor para España: SGEL

A Anita, John y Maya

1

Sur de Londres, 1895

En cuanto entré aquella mañana me di cuenta de que el jefe estaba en medio de uno de sus berrinches. Tenía la cara lívida, los ojos enrojecidos, el pelo (bueno, el que quedaba en esa cabeza de chorlito suya) le sobresalía por encima de una oreja y al otro lado lo tenía lacio y grasiento. Vamos, que estaba feo a más no poder. Me quedé parado en la puerta por si volvía a tirarme la tetera otra vez, pero incluso desde allí alcanzaba a oler cómo le apestaba el aliento a la ginebra que se había tomado la noche anterior.

—¡Condenado Sherlock Holmes! —vociferó, antes de estampar un puñetazo sobre la mesita auxiliar—. ¡Mire donde mire, están hablando de ese charlatán!

—Ya veo, señor.

Procuré decirlo de la forma más comedida posible mientras mis ojos no perdían de vista sus gesticulantes manos, consciente de que en un abrir y cerrar de ojos podrían agarrar una copa, una pluma o un pedazo de carbón que saldría volando a través de la habitación rumbo a mi cabeza.

—¡Si nosotros tuviéramos sus casos estaríamos viviendo en Belgravia, Barnett! —afirmó, con la cara tan roja que pensé que iba a estallarle—. ¡Tendríamos una *suite* permanente en el Savoy!

Se dejó caer en su silla como si hubiera perdido las fuerzas de repente. Sobre la mesita que había junto a su brazo vi la causa de su mal genio: la revista *The Strand*, abierta en la página donde se relataba la más reciente de las aventuras del doctor Watson. Temí que él se diera cuenta de dónde se había posado mi mirada, así que la dirigí hacia el fuego que ardía en la chimenea.

—Voy a preparar el té, ¿tenemos alguna cita hoy? —le pregunté.

Él asintió y, con actitud derrotista, hizo un ademán con la mano. Había cerrado los ojos.

—Va a venir una dama al mediodía.

—Muy bien, señor.

—Tráeme un poco de láudano, Barnett. Y rápido —me pidió, mientras se frotaba las sienes.

Yo agarré el frasco de perfume que vi en su estante y le rocié la cabeza, pero él gimió y me indicó con la mano que me apartara; por la cara de dolor que puso, cualquiera diría que estaban drenándole un forúnculo.

—¡Me encuentro mal! Dile que estoy indispuesto, que vuelva mañana.

Yo me puse a despejar los platos y los periódicos que había esparcidos sobre la mesa antes de contestar.

—William, hace cinco semanas que no tenemos ni un solo caso. Tengo que pagar un alquiler. Si no llevo dinero pronto a casa voy a tener que trabajar en los cabriolés de alquiler de Sidney, y usted ya sabe que no me gustan los caballos.

—Eres débil, Barnett —gimió, antes de hundirse aún más en su silla.

—Limpiaré la sala, señor. Y recibiremos a la dama al mediodía.

Él no me contestó.

Albert llamó a la puerta del saloncito a las doce del mediodía en punto.

—Tienen visita, una dama.

Lo dijo con el aire de pesadumbre que era habitual en él, y yo procedí a seguirle por el oscuro pasillo hasta la panadería que precedía a las habitaciones del jefe. Parada junto al mostrador se encontraba una mujer joven que lucía un sombrerito y una amplia falda con vuelo; aunque su porte era el de una dama rica, los puños de su vestido estaban desgastados y amarronados y la belleza de su rostro almendrado quedaba deslucida por un diente frontal astillado. Me dirigió una breve y atribulada sonrisa, y entonces me siguió rumbo a las habitaciones del jefe.

Él se ablandó en cuanto la vio entrar. Empezó a parpadear, se puso en pie de golpe e hizo una profunda inclinación de cabeza al tomar la ajada mano de la recién llegada.

—Señora.

Le indicó con un gesto el mejor asiento (uno limpio y situado junto a la ventana, con lo que algo de luz iluminaría el bello físico de la joven), y ella recorrió de un rápido vistazo los periódicos viejos apilados a lo largo de las paredes en montones que en algunos puntos alcanzaban la altura de un hombre.

—¿En qué puedo ayudarla?

—Se trata de mi hermano, *monsieur* Arrowood —le contestó ella, con un marcado acento francés—. Ha desaparecido y me dijeron que usted puede encontrarlo.

—¿Es usted francesa, *mademoiselle*? —le preguntó él, parado de espaldas a la chimenea.

—Sí, así es.

Él me miró con sus carnosas sienes enrojecidas y palpitantes. La cosa no empezaba nada bien. Dos años atrás nos habían metido en el trullo en Dieppe, porque al magistrado de la zona le pareció que estábamos haciendo demasiadas preguntas sobre su cuñado. Siete días a base de pan y caldo frío terminaron con toda la admiración que el jefe sentía por ese país y, por si fuera poco, nuestro cliente se negó a pagarnos, así que desde entonces había estado predispuesto contra los franceses.

—Tanto el señor Arrowood como yo sentimos una gran

admiración por su país, señorita —intervine yo, antes de que el jefe pudiera decir algo que la contrariara.

Él me miró ceñudo antes de preguntar:

—¿Dónde le hablaron de mí?

—Un amigo me facilitó su nombre. Usted es un detective privado, ¿verdad?

—El mejor de Londres.

Hice esa afirmación con la esperanza de que el elogio contribuyera a calmarlo, pero vi cómo empezaba a tensarse de nuevo cuando ella comentó:

—Ah. Yo creía que Sherlock Holmes... En fin, afirman que es un genio. El mejor que hay en todo el mundo.

—¡En ese caso, *mademoiselle*, quizás debería acudir a él! —le espetó el jefe.

—No dispongo de suficiente dinero para permitírmelo.

—¿Significa eso que soy un segundón?

—No era mi intención ofenderle, *monsieur* —le aseguró ella, al notar por fin lo irritado que estaba.

—Permítame decirle una cosa, señorita...

—Cousture, soy la señorita Caroline Cousture.

—Las apariencias pueden ser engañosas, señorita Cousture. Holmes es famoso porque su ayudante escribe relatos y los vende. Es un detective que cuenta con un cronista. Pero ¿qué pasa con los casos que no se nos narran, los que no se convierten en relatos que se hacen públicos? ¿Qué pasa con los casos en los que hay muertos por culpa de los torpes errores que él comete?

—¿A qué muertos se refiere?

—¿Ha oído hablar del caso Openshaw, señorita Cousture? —Al verla negar con la cabeza, añadió—: El caso de las cinco semillas de naranja. —Ella hizo otro gesto de negación—. Ese grandísimo detective fue el culpable de la muerte de un joven, quien se lanzó por el puente de Waterloo. Y ese no es el único caso. Supongo que habrá oído hablar del de los bailarines, salió en el periódico.

—No, no sé nada al respecto.

—El del señor Hilton Cubitt.

—No leo los periódicos.

—Le asesinaron. Le pegaron un tiro, y su esposa estuvo a punto de morir también. Está claro que Holmes dista mucho de ser perfecto, muy claro. ¿Sabía usted que él cuenta con recursos privados? Pues tengo entendido que rechaza tantos casos como acepta, y ¿por qué cree usted que lo hace? Sí, me pregunto por qué motivo habría de rechazar tantos casos un detective. Y no crea usted que le tengo envidia, por favor. ¡Nada de eso! Lo que le tengo es lástima. ¿Que por qué? Pues porque es un detective deductivo. De pequeñas pistas saca grandes conclusiones, conclusiones que, en mi opinión, suelen ser equivocadas. —Alzó los brazos al cielo—. ¡Ya está!, ¡lo he dicho! No me extraña que se haya hecho famoso, pero me temo que no comprende a la gente. En los casos de Holmes siempre hay pistas: marcas en el suelo, el providencial montoncito de ceniza, un tipo concreto de arena en el barco... Pero ¿qué pasa con los casos donde no hay pistas? Es algo más frecuente de lo que usted cree, señorita Cousture. Entonces, la clave está en la gente, en saber descifrar su comportamiento. —Indicó con un gesto el estante que contenía su pequeña colección de libros sobre la psicología de la mente—. Yo no soy un detective deductivo, sino uno emocional. ¿Y por qué? Pues porque yo veo realmente a la gente, les veo el alma. Mi olfato me permite oler la verdad.

Él estaba observándola con ojos penetrantes al hablar, y noté que ella se ruborizaba antes de bajar la mirada al suelo.

—Y a veces ese olor es tan fuerte que se me mete dentro como un gusano —siguió diciendo él—. Sé cómo es la gente, conozco tan bien el comportamiento humano que para mí es un tormento. Es así como resuelvo mis casos. Puede que mi fotografía no aparezca en el *Daily News*, que no tenga un ama de llaves ni habitaciones en Baker Street ni un hermano en el gobierno, pero si decido aceptar su caso..., y no le garantizo que lo haga, antes quiero que usted me explique lo que pasa... si decido aceptarlo. Le aseguro que no podrá ponernos pega alguna ni a mi ayudante ni a mí.

Yo le contemplé con gran admiración. Cuando el jefe tomaba carrerilla, no había quien lo parara; además, estaba diciendo la pura verdad: sus emociones eran tanto su fuerza como su debilidad. Por eso me necesitaba más de lo que él mismo alcanzaba a veces a comprender.

—Lo lamento, no era mi intención insultarle —le aseguró la señorita Cousture—. No conozco el mundo de la investigación privada, lo único que sé es cómo hablan del señor Holmes. Le pido que me disculpe.

Él asintió con un bufido, y al final se sentó de nuevo en la silla situada junto a la chimenea.

—Cuéntenoslo todo, no omita nada. ¿Quién es su hermano? ¿Por qué tiene que encontrarlo?

Ella entrelazó las manos sobre el regazo y recuperó la compostura antes de contestar.

—Procedemos de Rouen, *monsieur*. Vine a vivir aquí hace apenas dos años para trabajar, soy fotógrafa. En Francia no se acepta que una mujer tenga esa profesión, así que mi tío me ayudó a encontrar trabajo aquí, en Great Dover Street. Es tratante de arte. Mi hermano Thierry trabajaba en una pastelería de Rouen, pero tuvo algunos problemas.

—¿Cuáles? —le preguntó él. Al verla titubear, añadió—: Si no nos lo cuenta todo, no puedo ayudarla.

—Le acusaron de robar en su trabajo.

—¿Era culpable?

—Creo que sí.

Ella le miró con humilde resignación antes de que sus ojos se encontraran por un momento con los míos y me avergüenza confesar que, a pesar de mis más de quince años de matrimonio con la mujer más sensata de todo Walworth, esa mirada despertó en mí un deseo que llevaba algún tiempo dormido. Aquella joven de rostro almendrado y diente astillado poseía una belleza innata.

—Continúe —la instó él.

—Thierry tuvo que partir *rapidement* de Rouen, así que vino también a Londres siguiendo mis pasos y encontró trabajo en un asador. Hace cuatro noches regresó muy asustado del trabajo, me suplicó que le diera algo de dinero para poder regresar a Francia. No quiso decirme por qué debía marchar, nunca antes le había visto tan asustado —se interrumpió para recobrar el aliento y secarse los ojos con la punta de un pañuelo amarillento—. Le dije que no. No podía permitir que regresara a Rouen, si lo hace tendrá problemas. Yo no quería que le pasara nada.

Titubeó de nuevo y le brotó una lágrima.

—Pero puede que, más que nada, quisiera mantenerlo aquí conmigo. Londres es una ciudad donde una persona extranjera puede sentirse muy sola, *monsieur* Arrowood, además de ser peligrosa para una mujer.

—Tómese un momento, *mademoiselle* —le aconsejó el jefe con nobleza. Se echó hacia delante en la silla, y la barriga le quedó colgando entre las rodillas.

—Se marchó estando en grave peligro, no he vuelto a verle desde entonces. No ha ido a trabajar. —Las lágrimas empezaron a fluir entonces sin control—. ¿Dónde duerme?

—No nos necesita para nada, querida mía —le aseguró el jefe—. Su hermano debe de estar escondido, seguro que contacta con usted cuando se sienta a salvo.

Ella se cubrió los ojos con el pañuelo hasta que logró recobrar el control de sí misma, y entonces se sonó la nariz y dijo al fin:

—Puedo pagarle, si es eso lo que le preocupa. —Se sacó un monederito del bolsillo interior del abrigo, y le mostró un puñado de guineas—. Mire.

—Guarde eso, señorita. Si su hermano está tan asustado como usted dice, lo más probable es que haya regresado a Francia.

Ella negó con la cabeza.

—No, no está allí. Al día siguiente de negarle ayuda llegué de trabajar y me encontré con que se había esfumado mi reloj, y también mi segundo par de zapatos y un vestido que me había comprado este invierno pasado. La casera me dijo que Thierry había estado allí aquella tarde.

—¿Lo ve?, ¡está claro! Su hermano ha vendido esas cosas para pagarse el pasaje.

—¡No, *monsieur*, eso no es cierto! Sus documentos, su ropa..., todo sigue aún en mi habitación. ¿Cómo va a entrar en Francia sin los documentos? ¡Le ha pasado algo! —Mientras hablaba volvió a guardar las monedas y sacó unos billetes del monedero—. ¡Por favor, señor Arrowood! ¡Él es todo cuanto tengo, usted es mi única esperanza!

El jefe se quedó callado unos segundos al verla desdoblar dos billetes de cinco libras; hacía algún tiempo que no se veía tanto dinero en aquella sala.

—¿Por qué no acude a la policía? —le preguntó él al fin.

—Porque me dirán lo mismo que usted. ¡Se lo ruego, *monsieur*!

—Señorita Cousture, podría aceptar su dinero y no me cabe duda de que hay muchos investigadores en Londres que lo harían encantados, pero tengo por norma no aceptarlo jamás si considero que no existe caso alguno, y mucho menos viniendo de una persona con recursos limitados. No es mi intención insultarla, pero estoy convencido de que ese dinero que usted tiene ahí lo habrá ahorrado con gran esfuerzo o será prestado. Lo más probable es que su hermano esté escondido en alguna parte con una mujer. Espere un par de días más, y venga a vernos de nuevo si él no regresa.

La pálida tez de la joven se encendió de golpe. Se puso en pie, se acercó a la chimenea, extendió la mano que sostenía los billetes hacia los carbones incandescentes y amenazó con voz firme:

—¡Si no acepta mi caso, quemaré este dinero en su chimenea!

—Por favor, señorita, actúe con sensatez —le pidió el jefe.

—El dinero no significa nada para mí. Supongo que usted preferirá tenerlo en su bolsillo antes que en su chimenea, ¿verdad?

Él soltó un gemido, centró la mirada en los billetes y se inclinó hacia delante en la silla.

—¡Hablo en serio! —afirmó ella con desesperación, antes de acercarlos aún más a las llamas.

—¡Deténgase! —exclamó él, cuando no pudo seguir soportándolo más.

—¿Va a aceptar mi caso?

—Sí, supongo que sí —asintió él con un suspiro.

—¿Y mantendrá en secreto mi nombre?

—Sí, si así lo desea.

—Cobramos veinte chelines por día, señorita Cousture —intervine yo—. Cinco días por adelantado en los casos de personas desaparecidas.

El jefe se dio la vuelta y se puso a llenar su pipa. Solía andar corto de dinero, pero siempre le incomodaba recibirlo porque para alguien de su clase era como admitir demasiado abiertamente que lo necesitaba.

Se volvió de nuevo hacia nosotros una vez que la transacción hubo concluido y dijo, succionando la pipa:

—Bueno, ahora vamos a necesitar todos los detalles posibles. La edad de su hermano, descripción física... ¿Tiene alguna fotografía suya?

—Thierry tiene veintitrés años. —La joven dirigió la mirada hacia mí—. No es tan grandote como usted, *monsieur*. Un término medio entre el señor Arrowood y usted. Tiene el cabello de color dorado como el trigo y una quemadura larga en la oreja de este lado. No tengo ninguna fotografía, lo siento. Pero en Londres no hay mucha gente con un acento como el nuestro.

—¿Dónde trabajaba?

—En el Barrel of Beef, *monsieur*.

Se me cayó el alma a los pies, tuve la impresión de que el cálido billete de cinco libras que tenía en mi poder se quedaba frío como un repollo. El jefe había bajado la mano con la que sostenía la humeante pipa, tenía la mirada puesta en el fuego que ardía en la chimenea y negó con la cabeza sin pronunciar palabra.

—¿Qué sucede, *monsieur* Arrowood? —le preguntó la señorita Cousture, desconcertada.

Yo extendí hacia ella la mano en la que sostenía el dinero y me limité a decir:

—Le devolvemos el dinero, señorita. No podemos aceptar el caso.

—Pero ¿por qué no? ¡Tenemos un acuerdo!

Yo miré al jefe pensando que iba a contestar, pero él se limitó a emitir un gruñido sordo antes de agarrar el atizador y ponerse a sacudir los ardientes carbones. La señorita Cousture nos miró a uno y a otro sin aceptar el dinero, y preguntó con perplejidad:

—¿Hay algún problema?

Fui yo quien contestó al fin.

—En el pasado tuvimos ciertos problemas en el lugar que ha mencionado. Supongo que habrá oído hablar de Stanley Cream, el propietario. —Al verla asentir, añadí—: Nos enfrentamos a él hace un par de años, el caso fue muy mal. Resulta que había un hombre que estaba ayudándonos, John Spindle... Era un buen hombre, pero la pandilla de Cream lo mató de una paliza y nosotros no pudimos hacer nada al respecto. Cream juró que ordenaría nuestro asesinato si volvía a vernos. —Ella permaneció en silencio, así que opté por insistir—. Es el hombre más peligroso del sur de Londres, señorita.

—La cuestión es que tienen miedo.

Ella apenas había terminado de pronunciar aquellas palabras cargadas de amargura cuando el jefe se volvió de repente y afirmó, con el rostro encendido por haber estado observando tan intensamente el fuego:

—¡Vamos a aceptar el caso, señorita! Yo no falto a mi palabra.

Yo me mordí la lengua. Si el hermano de la señorita Cousture estaba relacionado con el Barrel of Beef, era muy probable que realmente estuviera metido en líos; de hecho, era muy probable que ya estuviera muerto. En ese momento, trabajar con los cabriolés de alquiler me pareció el mejor empleo de Londres.

Una vez que Caroline Cousture se marchó, el jefe se sentó pesadamente en su silla, encendió su pipa y contempló pensativo las llamas.

—Esa mujer es una mentirosa —dijo al fin.

2

Estábamos terminando de comer el pastel de carne con patatas que yo había ido a buscar para la cena cuando la puerta del saloncito se abrió de repente y en el umbral apareció, con una bolsa de viaje en una mano y el estuche de una tuba en la otra, una mujer de mediana edad. Su atuendo era gris y negro, su porte revelaba que se trataba de una persona de mundo. El jefe enmudeció de golpe. Yo, por mi parte, me puse en pie como un resorte y me incliné ante ella mientras me limpiaba los grasientos dedos en la parte posterior de los pantalones.

Ella me saludó con un breve asentimiento de cabeza antes de centrarse en él. Se quedaron mirándose durante un largo momento (él con expresión de avergonzada sorpresa, ella con una digna superioridad), hasta que el jefe logró tragar al fin la patata que tenía en la boca y alcanzó a decir:

—¡Ettie! ¿Qué...? Estás...

—Ya veo que he llegado justo a tiempo —sus nobles ojos recorrieron con lentitud los frascos de pastillas y las jarras de cerveza, la ceniza procedente de la chimenea que ensuciaba el suelo, los periódicos y los libros que se apilaban sobre todas las superficies—. ¿Isabel no ha regresado aún?

El jefe frunció sus voluminosos labios y negó con la cabeza, y ella dirigió entonces la mirada hacia mí.

—¿Y usted quién es?

—Barnett, señora. El ayudante del señor Arrowood.

19

—Encantada de conocerle, Barnett —me saludó, antes de responder a mi sonrisa con una expresión ceñuda.

Tras levantarse pesadamente de la silla, el jefe se sacudió las migas de hojaldre del chaleco de lana que llevaba puesto.

—Creía que estabas en Afganistán, Ettie.

—Parece ser que hay muchas buenas obras por hacer entre los pobres de esta ciudad, así que me he unido a una misión de Bermondsey.

—¿Qué? ¿De dónde has dicho? —exclamó el jefe.

—Voy a quedarme contigo. Y ahora, si eres tan amable, indícame dónde voy a dormir.

—¿Qué dices? ¿Cómo que dormir? —El jefe me miró con miedo en el rostro—. Supongo que dispones de algún alojamiento para enfermeras, ¿no?

—De ahora en adelante estoy al servicio del buen Señor, hermano. A juzgar por el aspecto de este lugar, yo diría que no te viene nada mal; para empezar, estas montañas de periódicos y libros son un peligro. —Sus ojos se posaron en la estrecha escalera situada en la parte posterior de la sala—. Ah. Voy a echar un vistazo, no hace falta que me acompañes. —Sin más, dejó la tuba en el suelo y procedió a subir escalera arriba con paso decidido.

Yo le preparé un té al jefe, quien se había sentado de nuevo y tenía la mirada fija en la empañada ventana como si estuviera a punto de perder la vida. Tras un largo momento partí un trozo del caramelo que tenía en mi bolsillo, y él se lo llevó con avidez a la boca cuando se lo ofrecí.

—¿Por qué ha dicho antes que la señorita Cousture es una mentirosa? —le pregunté.

—Debes prestar más atención, Barnett —me aconsejó, mientras masticaba el caramelo—. En un momento dado, mientras yo estaba hablando, ella se ha ruborizado y ha esquivado mi mirada. Ha sido en una única ocasión muy concreta: cuando he dicho que soy capaz de verle el alma a la gente, que me huelo la verdad. ¿No te has dado cuenta?

20

—¿Lo ha hecho deliberadamente para verla reaccionar?

—No, pero me parece que es un buen truco. Puede que vuelva a usarlo en el futuro.

—No sé qué decirle. De donde yo vengo, lo de mentir es un modo de vida.

—Lo es en todas partes, Barnett.

—Me refiero a que la gente no se ruboriza si uno les acusa de algo.

—Pero yo no la he acusado de nada, esa es la cuestión. Estaba hablando acerca de mí mismo.

Masticaba con ahínco el caramelo, y por la comisura de la boca se le escapó un hilillo de saliva que se limpió con la mano.

—Entonces ¿sobre qué estaba mintiéndonos nuestra clienta?

Él alzó un dedo, hizo una mueca mientras intentaba sacarse el caramelo de una muela, y me contestó una vez que logró su cometido.

—Eso no lo sé. En fin, esta tarde debo quedarme aquí y averiguar qué diantres pretende hacer mi hermana en la casa. Lo siento, Barnett, pero vas a tener que ir tú solo al Barrel of Beef.

Eso no me hizo ni la más mínima gracia, así que propuse otra alternativa.

—A lo mejor deberíamos esperar hasta que usted pueda venir también.

—No entres, espera al otro lado de la calle hasta que salga alguno de los trabajadores... un lavaplatos o una sirvienta, alguien a quien pueda venirle bien algún penique extra. Mira a ver qué puedes averiguar, pero no hagas nada que te ponga en peligro. Y sobre todo, no permitas que te vean los hombres de Cream —yo asentí, pero él insistió—. Lo digo muy en serio, Barnett. Dudo mucho que esta vez tengas una segunda oportunidad.

—No pienso acercarme a sus hombres —le aseguré, mohíno—; de hecho, preferiría no tener que acercarme ni de lejos a ese lugar.

—Tú ve con cuidado y regresa cuando tengas algo.

Yo me dispuse a partir, y él alzó la mirada hacia el techo

cuando empezó a oírse el ruido de muebles arrastrados procedente del piso de arriba.

El Barrel of Beef era un edificio de cuatro plantas situado en la esquina de Waterloo Road. Los clientes que acudían a él por la noche eran, en gran medida, jóvenes varones que llegaban en cabriolés de alquiler desde el otro lado del río en busca de algo de vidilla una vez que los teatros y las reuniones políticas habían dado por terminada la jornada. En la primera planta había un pub, uno de los más grandes de Southwark, y el asador abarcaba la segunda y la tercera. Las salas del restaurante estaban reservadas a menudo por sociedades gastronómicas, y en las noches de verano, cuando las ventanas estaban abiertas y la música ya había empezado a sonar, pasar por allí podía ser como pasar junto a un rugiente mar embravecido. En la cuarta planta estaban las mesas de juego, que eran de lo más exclusivas. Esa era la cara respetable del Barrel of Beef. Al rodear el edificio siguiendo un maloliente callejón plagado de mendigos y rameras uno se encontraba con el Skirt of Beef, un bar tan oscuro y lleno de humo que bastaba con poner un pie en él para que los ojos se te llenaran de lágrimas.

El mes de julio estaba siendo bastante frío por el momento (las temperaturas parecían más propias de principios de primavera), y me lamenté malhumorado del inclemente viento mientras me posicionaba al otro lado de la calle. Me encorvé en un portal como una ramera a un lado del cálido carro de un vendedor de patatas, con la gorra echada hacia delante para ocultar mi rostro y el cuerpo cubierto por un saco viejo. Era plenamente consciente de lo que harían los hombres de Cream en caso de encontrarme de nuevo vigilando el lugar. Esperé allí hasta que los jóvenes volvieron a subir a sus cabriolés de alquiler y la calle quedó sumida en el silencio, y poco después emergieron unas sirvientas vestidas con un atuendo de un apagado tono gris que partieron en dirección este, rumbo a Marshalsea. Los siguientes en salir fueron cuatro camareros seguidos de un par de chefs, y después apareció por fin justo el tipo de individuo que yo necesitaba: un tipo vestido con un largo abrigo raído y unas botas que le quedaban grandes, que se alejó por la calle tambaleante y a paso rápido como si necesitara con urgencia un retrete. Le seguí por las oscuras calles sin molestarme apenas en permanecer oculto, ya que el tipo no tenía razón alguna para sospechar que alguien pudiera estar interesado en él. Empezó a caer una ligera llovizna. No tardamos en llegar al White Eagle, un bar de Friar Street, el único garito que aún seguía abierto a aquellas horas de la noche.

Esperé fuera hasta que tuvo un vaso de bebida en la mano, y entonces entré y me coloqué junto a él en la barra.

—¿Qué le sirvo? —me preguntó el rechoncho barman.

—Una porter.

Tenía una sed más que justificada, y me bebí de un trago media pinta de cerveza. El viejo al que había seguido, cuyos dedos estaban arrugados y enrojecidos, soltó un suspiro mientras se bebía su ginebra, y yo le pregunté con naturalidad:

—¿Le pasa algo?

—Yo ya no puedo beber eso —masculló gruñón, antes de señalar mi jarra con un ademán de la cabeza—, me hace mear sin parar. Ojalá pudiera, ¡no sabe cuánto disfrutaba con una buena cervecita!

En ese momento reconocí a un hombre que estaba sentado en un taburete alto, detrás de una mampara de cristal. Le había visto en la calle del Beef. El traje negro que llevaba puesto tenía las coderas desgastadas y el bajo deshilachado, y no tenía ni un solo pelo en la cabeza. Su negocio de venta de cerillas se resentía porque tenía súbitos arranques de sacudidas y tics que sobresaltaban y hacían recular a quien estuviera pasando cerca. En ese momento estaba farfullando para sí con la mirada fija en su media pinta de ginebra, y una de sus manos aferraba la muñeca de la otra como para impedir que se moviera.

—Tiene el baile de San Vito —me susurró entonces el viejo—.

Un espíritu se adueñó de sus extremidades y no las suelta; bueno, al menos eso es lo que he oído decir.

Yo me solidaricé con él por lo de no poder beber cerveza y nos pusimos a hablar acerca de lo que suponía para una persona envejecer, tema sobre el que él tenía mucho que decir. En un momento dado le invité a otro trago (lo aceptó encantado), y le pregunté a qué se dedicaba.

—Soy jefe de limpieza. Supongo que conocerá el Barrel of Beef.

—Claro que sí. Es un lugar de primera, realmente de primera.

Él irguió su molida espalda y alzó la barbilla en un gesto de orgullo.

—Sí, sí que lo es. Conozco al señor Cream, el propietario. ¿Le conoce usted? Yo conozco a todos los que manejan los hilos en ese lugar. Pues resulta que me regaló, estas navidades pasadas, me regaló una botella de *brandy*. Va y se me acerca de buenas a primeras justo cuando ya me marchaba para casa, me dice: «Ernest, esto es por todo lo que has hecho por mí en este año», y me la da. A mí en especial, una botella de *brandy*. Sabe de quién le hablo, ¿no? El señor Cream.

—Es el dueño de ese lugar, eso es todo lo que sé.

—Era un *brandy* de primera, el mejor que se puede comprar. Sabía a..., no sé, a oro puro, a plata, algo así. —Hizo una mueca al tomar un trago de ginebra y sacudió la cabeza. Tenía los ojos amarillentos y llorosos, los escasos dientes que le quedaban, torcidos y amarronados—. Llevo allí unos diez años más o menos, y él no ha tenido ni un solo motivo de queja por mi trabajo en todo este tiempo. No, ni uno. El señor Cream me trata bien. Mientras que no me lleve nada a casa, al final de la jornada puedo comer todas las sobras que quiera, cualquier cosa que no se vaya a guardar. Filetes, riñones, ostras, sopa de cordero... no gasto casi nada en comida, reservo mi dinero para los placeres de la vida.

Se puso a toser cuando apuró su ginebra, y yo le invité a otra. A nuestra espalda, una ramera de aspecto cansado estaba discutiendo con dos hombres que llevaban sendos delantales marrones, y se zafó con una sacudida cuando uno de ellos intentó agarrarla del brazo. Ernest la miró con aire de senil anhelo antes de volverse de nuevo hacia mí y añadir:

—Los demás no tienen permiso para comer. Solo yo lo tengo, porque soy el que lleva más tiempo allí. Costilla de cordero, algo de bacalao, tripa si no tengo más remedio. Me alimento como un rey, señor mío. No me puedo quejar. Vivo en una habitación, cerca de aquí. ¿Sabe dónde está la panadería de Penarven? Pues yo vivo justo encima.

—Por cierto, conozco a un joven que trabaja donde usted. Un francés llamado Thierry, hermano de una amiga mía. Supongo que usted le conocerá.

—Se refiere a Terry, ¿verdad? Sí, el repostero. Ya no trabaja con nosotros, hará como una semana que se marchó. Pero no me pregunte si fue por voluntad propia o porque le dieron la patada, porque no tengo ni idea.

Encendió una pipa y se puso a toser de nuevo, y yo esperé a que parara antes de decir:

—La cuestión es que estoy intentando localizarle, ¿tiene usted alguna idea de dónde puede estar?

—Ha dicho que es amigo de la hermana del chico, pregúnteselo a ella.

—Es que es ella la que está buscándole. —Bajé la voz al añadir—: La verdad es que podría venirme bastante bien ayudarla, usted ya me entiende.

Él soltó una carcajada y yo le di una palmada en la espalda, pero el gesto no le gustó y me miró con suspicacia.

—Pues vaya coincidencia, ¿no? Que se haya puesto a charlar conmigo, y tal.

—Le he seguido.

Él tardó un momento en asimilar lo que estaba diciéndole, y contestó con voz estrangulada:

—Conque así están las cosas, ¿no?

—Sí, justo así. ¿Sabe dónde puedo encontrar al joven?

Él se rascó el cuello cubierto de una barba incipiente y tomó otro trago de ginebra antes de contestar.

—Aquí preparan unas ostras muy buenas.

Yo llamé a la camarera y le pedí una ración.

—Lo único que puedo decirle es que era muy amiguito de una sirvienta que se llama Martha, eso es lo que le parecería al menos a cualquiera con ojos en la cara —me dijo al fin—. A veces se marchaban juntos, así que pregúntele a ella. Pelirroja, rizos..., la reconocerá sin problema. Una belleza, si no le importa que sean católicas.

—¿Tenía Thierry algún problema?

Él apuró su vaso y se tambaleó de repente, así que tuvo que sujetarse a la barra del bar para mantener el equilibrio.

—Procuro no meter la nariz en nada de lo que pasa allí; uno puede meterse en problemas muy rápido con algunas de las cosas que pasan en ese lugar.

En ese momento llegaron las ostras.

—¿Algún problema? —le pregunté, al ver que se quedaba mirándolas ceñudo.

—No, es que entran mejor acompañadas de un traguito.

Le pedí otra ginebra, y cuando estaba a punto de terminarse las ostras le pregunté de nuevo si Thierry tenía algún problema.

—Lo único que sé es que se largó el día después de que estuviera allí el americano. Un americano grandote. Si lo sé es porque oí cómo el tipo le gritaba al señor Cream, y nadie le grita al jefe. Nadie. Thierry no volvió después de eso.

—¿Por qué estaba gritando?

—No llegué a oírlo. —Dejó caer la última ostra vacía, se aferró a la barra y se quedó mirando el suelo como si no supiera si iba a poder bajar hasta allí sin caerse.

—¿Sabe quién era ese americano?

—Era la primera vez que le veía.

—Pero usted debió de oír algo.

—No hablo con nadie y nadie me habla a mí, hago mi trabajo y me largo a casa. Es lo más sensato. Es lo que les aconsejaré a mis hijos, si alguna vez llego a tener alguno. —Se echó a reír y llamó a la camarera—. ¡Eh, Jeannie! ¿Lo has oído? ¡He dicho que es lo que les aconsejaré a mis hijos, si alguna vez llego a tener alguno!

—Sí, Ernest, muy gracioso —le contestó ella—. Qué pena que ya se te haya caído la minga.

A él se le borró la sonrisa de la cara de golpe, y tanto el barman como un cochero que estaba sentado al final de la barra se echaron a reír.

—¡Podría mencionarte a varias que jurarán que mi minga está en su sitio y funciona bien, gracias!

Pero la camarera se había puesto a hablar con el cochero y no prestó ninguna atención a la protesta del viejo, que se quedó mirándolos enfurruñado por unos segundos antes de apurar su bebida y darse unas palmaditas en los bolsillos del abrigo. De la barbilla cubierta de vello incipiente le colgaba un fláccido pliegue de piel, y daba la impresión de que tenía unas muñecas tan delgadas como palos de escoba bajo las mangas del grueso abrigo.

—Yo me largo ya.

—Ernest, ¿podría averiguar usted dónde está Thierry? —le pregunté, cuando salimos a la calle—. Estoy dispuesto a pagarle bien.

—Encuentre a otro tonto, señor —me contestó, arrastrando las palabras, mientras nos golpeaba el frío aire nocturno—. No quiero terminar en el río con los pulmones llenos de barro. No, ni hablar.

Lanzó una mirada llena de amargura hacia la ventana, por donde se veía a la camarera y al cochero hablando entre risas, y entonces dio media vuelta y se alejó por la calle con paso airado.

3

El saloncito del jefe había sido transformado. El suelo estaba barrido y no quedaba ni una miga, las botellas y los platos se habían esfumado, las sábanas y los cojines estaban bien colocados. Lo único que había quedado inalterado eran las torres de periódicos a lo largo de las paredes. En cuanto al jefe, estaba sentado en su silla, se había peinado, llevaba puesta una camisa limpia, y sostenía en la mano el libro que le había ocupado durante los últimos meses: *La expresión de las emociones en el hombre y en los animales*, del polémico señor Darwin. Algunos años atrás, la señora Barnett se había enfurecido bastante con el susodicho porque este parecía dar a entender (o eso afirmaba ella, al menos) que tanto ella como sus hermanas eran hijas de un mono grandote en vez de la generosa creación del buen Señor todopoderoso. Huelga decir que ella no había leído los libros del señor Darwin, pero algunos feligreses de su iglesia estaban muy en contra de la idea de que el buen Señor no hubiera creado a una mujer a partir de una costilla y a un hombre a partir de una partícula de polvo. El jefe (quien, hasta donde yo sabía, no se había formado aún una opinión definitiva al respecto) había estado leyendo el libro en cuestión con mucha atención y lentitud, y de paso le había hecho saber a todo el mundo que estaba haciéndolo. Daba la impresión de que estaba convencido de que aquellas páginas contenían secretos que podrían ayudarle a ver más allá de las mentiras que formaban parte del día a día de nuestro trabajo. Y, por otro lado, no pude evitar darme cuenta de que sobre la mesita auxiliar situada junto a él tenía abierto otro de los relatos de Watson.

—Llevo toda la mañana esperando noticias tuyas, Barnett. Desayuné hace horas. —Se le veía tan incómodo como un cerdo con sombrero.

—No llegué a casa hasta pasadas las dos de la madrugada.

—Ettie me ha levantado a la hora que le ha dado la gana para limpiar la cama —añadió él, con resignación—. Era muy temprano. En fin, dime qué averiguaste.

Le conté todo lo ocurrido y él me ordenó de inmediato que enviara al chico de la panadería a por Neddy, un muchacho que se había mudado junto a su familia a una habitación situada en aquella calle varios años atrás y que le había caído en gracia al jefe. Su padre había muerto hacía mucho, su madre era una lavandera desastrosa que no ganaba lo suficiente para mantener a la familia (apenas conseguía lo bastante para pagar la renta), así que Neddy vendía panecillos en la calle para colaborar en casa y ayudar a mantener a sus dos hermanitas pequeñas. Debía de tener unos nueve o diez años, puede que once.

El niño llegó poco después con su cesta de panecillos bajo el brazo. Necesitaba con urgencia un corte de pelo, y su jubón blanco tenía un rasgón en el hombro.

—¿Te queda alguno, muchacho? —le preguntó el jefe.

—Solo dos, señor —contestó, antes de apartar la tela—. Los dos últimos que me quedan.

No pude por menos que maravillarme ante la magnífica y gruesa capa negra de mugre que enmarcaba sus deditos, y bajo su gorra marrón alcanzaba a verse con claridad el lento movimiento de los bichos que habitaban su cabellera. ¡Ah, qué vida tan despreocupada la que llevaba el muchacho!

El jefe emitió un inarticulado sonido de asentimiento y tomó los panecillos.

—¿Has comido algo, Barnett? —me preguntó, antes de darle un bocado a uno de ellos.

Con la boca llena procedió a darle instrucciones a Neddy: aquella noche debía esperar frente al Beef hasta que saliera Martha, la sirvienta, seguirla a casa y regresar con la dirección. Le hizo prometer que iría con muchísima cautela y que no hablaría con nadie.

—¡Le traeré esa dirección, señor! —le aseguró el muchacho con vehemencia.

El jefe se metió en la boca el último trozo de panecillo y sonrió.

—Por supuesto que sí, muchacho. Pero ¡mira qué cara tan sucia tienes! —Se volvió hacia mí y me guiñó el ojo—. ¿Qué opinas, Barnett? ¿No prefieres a un muchacho con la cara sucia?

—¡Mi cara no está sucia! —protestó el niño.

—La tienes incrustada de mugre. Ven, mírate en el espejo.

El muchacho contempló ceñudo su propia imagen antes de decretar con firmeza:

—¡No está sucia!

Nosotros dos nos echamos a reír, y el jefe lo atrajo contra su pecho y le abrazó con fuerza.

—Anda, vete ya —le dijo, antes de soltarle.

—¿Va a pagarle los panecillos? —le pregunté yo.

—¡Pues claro que sí! —me aseguró, mientras la frente se le teñía de rubor. Se sacó una moneda del bolsillo del chaleco y la lanzó a la cesta de Neddy—. Le pago siempre, ¿no?

El muchacho y yo nos miramos e intercambiamos una sonrisa.

Esperé a que se fuera y a que el jefe se sacudiera el chaleco y llenara el suelo de migas antes de comentar:

—Su hermana ha hecho un buen trabajo en esta sala, señor.

—Ajá —murmuró, mientras miraba alrededor con semblante taciturno—. Debo admitir que no creo que este caso concluya felizmente, temo por lo que pueda haberle pasado a ese joven francés si se ha metido en problemas con Cream.

—Pues yo temo por lo que pueda pasarnos a nosotros si descubren que hemos estado haciendo preguntas.

—Tenemos que andarnos con cuidado, Barnett. No deben enterarse.

—¿Podemos devolverle el dinero a nuestra clienta?

—He dado mi palabra. Bueno, ahora necesito una siestecita. Regresa mañana, y temprano. Tendremos trabajo que hacer.

Para cuando llegué a la mañana siguiente, Neddy ya había regresado con la dirección. La casa de huéspedes en la que vivía Martha se encontraba a unos pasos de Bermondsey Street, y llegamos en cuestión de veinte minutos. No era un lugar bonito. La pintura blanca de la puerta estaba desconchada y sucia, las ventanas de todo el edificio se veían empañadas y un terrible humo negro emergía de la chimenea. El jefe hizo una mueca al oír gritos procedentes del interior, ya que era un caballero al que no le gustaban las agresiones de ninguna clase.

La mujer que abrió la puerta no parecía demasiado complacida por la molestia.

—Segunda planta —nos dijo con voz áspera, antes de dar media vuelta sin más y alejarse de vuelta a su cocina—, la habitación del fondo.

Martha era tan bella como había dicho el viejo. Nos abrió cubierta por dos viejos abrigos y con ojos aún somnolientos.

—¿Los conozco?

Oí que el jefe contenía el aliento. La muchacha guardaba cierto parecido con Isabel, su esposa, aunque era más joven y alta. Tenía los mismos rizos color bronce, los mismos ojos verdes y la misma nariz respingona, pero su acento irlandés de lenta cadencia difería de la entonación de Isabel, que procedía de la zona de las marismas del este del país.

—Disculpe que la molestemos, señorita —le dijo el jefe con una voz un poco trémula—, pero nos gustaría hablar un momento con usted.

Dirigí la mirada hacia el interior de la habitación por encima del hombro de la joven. Vi una cama en la esquina, una mesita sobre la que reposaba un espejo, dos vestidos colgados en un

31

perchero, y una cómoda sobre la que había un montón de periódicos apilados con pulcritud.

—¿Qué es lo que quieren? —nos preguntó ella.

—Estamos buscando a Thierry, señorita —contestó el jefe.

—¿A quién?

—A su amigo del Barrel of Beef.

—No conozco a ningún Thierry.

—Sí, sí que lo conoce —le aseguró él, con una voz de lo más amable—. Sabemos que es amigo suyo, Martha.

Ella se cruzó de brazos antes de preguntar:

—¿Para qué le buscan?

—Su hermana nos contrató para que lo hiciéramos, cree que podría estar metido en problemas.

—No creo que Thierry tenga ningún problema.

Intentó cerrar la puerta, pero yo logré interponer una bota justo a tiempo. Ella bajó la mirada hacia mi pie, y al ver que no íbamos a ceder acabó por soltar un suspiro.

—Tan solo queremos saber dónde está. Queremos ayudarle, eso es todo —le aseguré yo.

—No sé dónde está, ya no trabaja allí.

—¿Cuándo le vio por última vez?

Se oyó un portazo en la planta de arriba y el sonido de pasos que empezaban a bajar pesadamente los polvorientos peldaños de la escalera, y Martha retrocedió a toda prisa y cerró la puerta de su habitación. Quien bajaba era un hombre alto de mandíbula prominente y huesuda, y para cuando le reconocí ya era demasiado tarde para girarme. Le había visto rondando por los alrededores del Barrel of Beef cuando estábamos trabajando en el caso Betsy, cuatro años atrás. Nunca llegué a saber a qué se dedicaba. El tipo estaba allí sin más todo el tiempo, merodeando y observando.

Al pasar junto a nosotros nos miró con cara de pocos amigos, y entonces siguió escalera abajo. Cuando oímos por fin que la puerta principal se abría y se cerraba, Martha reapareció y susurró:

—No puedo hablar aquí, todo el mundo trabaja en el Beef. Encontrémonos después, cuando vaya de camino al trabajo.

Sus ojos verdes se alzaron hacia la escalera y esperó unos segundos mientras aguzaba el oído. Un hombre se puso a cantar en la habitación contigua.

—En la puerta de San Jorge Mártir, a las seis —añadió al fin.

Yo ya estaba en el primer descansillo cuando me di cuenta de que el jefe no venía tras de mí. Le llamé al ver que se había quedado mirando la puerta cerrada y estaba inmerso en sus pensamientos, y él se sobresaltó y me siguió escalera abajo.

Rompí el silencio una vez que salimos a la calle.

—Se parece un poco a...

Me interrumpió antes de que pudiera terminar la frase.

—Sí, Barnett, así es.

No volvió a hablar en todo el trayecto de vuelta a casa.

Llevaban poco tiempo de casados cuando conocí al señor Arrowood. La señora Barnett nunca pudo comprender cómo era posible que una mujer tan atractiva se hubiera casado con un patata como él, pero por lo que yo alcancé a ver daba la impresión de que la pareja se llevaba bien. Él se ganaba la vida razonablemente bien como periodista trabajando para el *Lloyd's Weekly*, y vivían en un hogar feliz. Isabel era amable y atenta, y siempre había alguien interesante de visita. Conocí a Arrowood en los juzgados, donde yo estaba ganándome el sustento como asistente administrativo. En ocasiones le ayudaba a conseguir cierta información para artículos que estuviera escribiendo y él me invitaba a menudo a su casa a comer cordero o un plato de sopa, pero en un momento dado el periódico fue vendido a un nuevo propietario que puso a su primo en el puesto del jefe, a quien le dieron la patada.

El señor Arrowood ya tenía para entonces cierta fama de ser capaz de sacar a la luz esas verdades que los demás querrían que permanecieran enterradas, y un conocido suyo le ofreció poco tiempo después una suma de dinero por resolver un problemilla personal que tenía que ver con su esposa y otro hombre. Ese joven conocido le recomendó los servicios del jefe a un amigo que también tenía un problemilla personal, y así fue como empezó a trabajar como detective privado. Al cabo de un año más o menos yo me quedé también sin trabajo, porque perdí los estribos con cierto magistrado que tenía la costumbre de encarcelar a jóvenes a los que recibir algo de ayuda les habría beneficiado mucho más que pasar una temporada en una cárcel de adultos. Me echaron sin un mísero apretón de manos ni un reloj de bolsillo, y el jefe vino en mi busca cuando se enteró de lo que me había pasado. Tras mantener una entrevista con la señora Barnett, me ofreció trabajar como su ayudante en el caso que le ocupaba en ese momento. Se trataba del caso de bigamia de Betsy, mi bautismo de fuego, en el que un niño perdió una pierna y un hombre inocente la vida. El jefe se culpó a sí mismo por ambas cosas, y con justa razón. Permaneció encerrado en sus habitaciones durante cerca de dos meses y no salió hasta que se quedó sin dinero, y aunque aceptamos un caso, todo el mundo se dio cuenta de que había empezado a beber; a partir de entonces, los casos iban llegando de forma irregular y el dinero escaseaba siempre. El caso Betsy se cernía sobre nosotros como una maldición, pero lo que habíamos visto me unía a él con tanta fuerza como si fuéramos hermanos.

Isabel aguantó que bebiera en exceso y el trabajo irregular durante tres años, hasta que un día el jefe llegó a casa y se encontró con que la ropa de su esposa se había esfumado y tenía una nota esperándole sobre la mesa. No había vuelto a saber nada más de ella. Mandó cartas a los hermanos de Isabel, a sus primos y a sus tías, pero se negaron a revelarle su paradero. Yo le sugerí en una ocasión que utilizara su pericia como investigador para encontrarla, pero él se limitó a negar con la cabeza. En aquel momento me dijo, con los ojos cerrados para no tener que ver mi mirada, que perder a Isabel era su castigo por haber permitido que el joven muriera en el caso Betsy, y que debía soportar dicho castigo tanto tiempo como dictaminaran

Dios o el diablo. El jefe no solía ser un hombre religioso y me sorprendió oírle hablar así, pero tras la marcha de su esposa estaba desgarrado y quién sabe hacia dónde puede encaminarse la mente de un hombre cuando tiene el corazón roto y le da vueltas a la cabeza una noche tras otra. Llevaba esperando a que su esposa regresara desde el día en que ella se marchó.

4

Llegamos tarde. Hacía un tiempo inmundo, había lluvia y viento y las calles estaban enlodadas. St. George's Circus era un hervidero de gente a aquella hora de la tarde y el jefe, al que le apretaban los zapatos, caminaba renqueante entre refunfuños y suspiros. Le había comprado aquellos zapatos usados y baratos a la lavandera, y llevaba quejándose desde entonces de que eran demasiado pequeños para sus hinchados pies. Ella no aceptó la devolución, así que el jefe, que era un hombre que cuidaba con esmero su calzado, se había resignado a ponérselos hasta que se rompieran o perdieran un tacón. La cosa estaba alargándose más de lo que él habría querido.

Cuando llegamos por fin a la iglesia vimos a nuestra Martha un poco más adelante, cubierta por una capa negra con capucha. Se aferraba a la barandilla de la iglesia, justo delante de la puerta, mientras sus ojos recorrían la calle una y otra vez. Era obvio que nos esperaba ansiosa, así que el jefe me pellizcó el brazo y aceleró el paso. Frente a uno de los puestos de comida había una aglomeración de gente y, mientras luchábamos por abrirnos paso, un tipo bajito nos adelantó a empellones y nos dejó atrás a toda prisa con los faldones de su viejo abrigo de invierno ondeando al viento y la cabeza enfundada en un sombrero.

El jefe masculló una imprecación cuando un carbonero nos cortó el paso al dejar caer frente a nosotros uno de los sacos que estaba descargando de su carro, y en ese preciso momento se oyó un grito. Había una mujer parada junto a la puerta de la iglesia, llevaba en brazos a un bebé y miraba frenética alrededor mientras el tipo bajito que nos había adelantado corría a toda velocidad hacia el río.

—¡Es el destripador! —gritó la mujer.

—¡Que venga un médico! —pidió otra voz.

El jefe y yo echamos a correr. Para entonces eran muchos los que se dirigían apresurados hacia la iglesia para ver qué ocurría, y cuando nos abrimos paso entre el gentío vimos a Martha tirada en el suelo mojado. Yacía allí, encogida, con el pelo extendido sobre los adoquines como un charco de bronce fundido.

El jefe soltó un gemido y cayó de rodillas junto a ella.

—¡Ve tras él, Barnett! —me ordenó, mientras levantaba del suelo la cabeza de la joven.

Yo me lancé en su persecución, zigzagueando y esquivando al gentío. El tipo cruzó la calle con el abrigo (que le quedaba enorme) ondeando tras él y las arqueadas piernas moviéndose a toda velocidad. Se dirigió como una bala hacia la siguiente intersección y cuando enfiló por Union Street alcancé a ver el perfil de su cara, el grasiento cabello gris que se le pegaba a la frente y la prominente nariz aguileña. Llegué un minuto después a la misma esquina, pero me detuve en seco al encontrarme con un húmedo enjambre de gente y caballos. Al tipo no se le veía por ninguna parte. Eché a correr de nuevo mientras buscaba frenético con la mirada su abrigo entre el gentío; carros y ómnibus y vendedores ambulantes se interponían una y otra vez en mi camino conforme iba avanzando más y más por la calle.

Seguí corriendo a ciegas, guiado por mi instinto, hasta que vislumbré por un efímero segundo que un abrigo negro doblaba por una calle lateral un poco más adelante. Me abrí paso sin contemplaciones entre los carros, y al llegar a la esquina en cuestión vi ante mí a un enterrador llamando a una puerta. Era una callejuela estrecha y no se veía a nadie más, así que me volví de nuevo, jadeante, hacia la concurrida Union Street sin saber hacia dónde dirigirme. No había nada que hacer, le había perdido la pista al tipo.

Para cuando regresé a la iglesia, el gentío aún no se había dispersado. Había un caballero caminando agitado de acá para allá por la acera y sacudiendo la cabeza, el jefe estaba arrodillado en el suelo con la cabeza de Martha apoyada en el regazo. La joven tenía el rostro macilento, la punta de la lengua le asomaba por la comisura de la boca; bajo la gruesa capa negra que la cubría, la blusa blanca de su uniforme de sirvienta se había teñido de un vívido tono burdeos.

Me arrodillé y le tomé el pulso, pero, por la forma en que el jefe estaba negando con la cabeza y por la desolación que se reflejaba en su mirada, quedaba claro que estaba muerta.

En ese momento llegó un agente de policía.

—¿Qué ha pasado aquí? —preguntó en voz alta e imperiosa, para hacerse oír por encima del barullo del gentío.

Fue el caballero quien contestó.

—¡Esta joven ha sido asesinada! Ha sido ahora mismo, ese hombre ha perseguido al culpable.

—Ha huido por Union Street —afirmé yo, antes de ponerme en pie—. Le he perdido entre la multitud.

—¿Es una prostituta? —preguntó el policía.

—¿Qué importancia tiene eso? —le dijo el caballero—. ¡Por Dios, está muerta! ¡La han asesinado!

—Solo lo he preguntado pensando en el destripador, caballero. Él solo mata a prostitutas.

—¡No, no era una prostituta! —exclamó el jefe, con voz firme y categórica. Tenía el rostro encendido de furia—. ¡Era sirvienta!

—¿Alguien ha visto lo sucedido? —preguntó el agente.

La mujer que llevaba en brazos al bebé intervino entonces, imbuida de importancia e impactada por lo sucedido.

—¡Sí, yo lo he visto todo! Yo estaba parada aquí, justo aquí, junto a la puerta, cuando él va y se acerca de repente y acuchilla a la joven a través de la capa sin más. ¡Zas, zas, zas...! Le ha dado tres cuchilladas a la pobrecilla, y entonces ha echado a correr. Por la pinta que tenía yo diría que era extranjero, un judío. Pensé que también iba a venir a por mí, pero, como ya le han dicho, se ha largado a la carrera.

El agente asintió y se arrodilló al fin para tomarle el pulso a Martha, y la mujer prosiguió con sus explicaciones.

—¡Los ojos de ese tipo no eran humanos! ¡Brillaban como los de un lobo, como si también quisiera rajarme a mí! Si no lo ha hecho es por la gente que ha venido corriendo al oírla gritar, eso es lo que le ha ahuyentado. Pero para ella ya era demasiado tarde, ¡pobrecita!

—¿Alguien más ha presenciado el incidente? —preguntó el agente, antes de ponerse en pie de nuevo.

—Yo me he dado la vuelta al oír el grito de la joven —afirmó el caballero—, y he visto cómo el tipo echaba a correr. A mí me parece que era irlandés, pero no podría afirmarlo con seguridad.

El agente bajó la mirada hacia el jefe.

—¿Usted estaba con la joven?

—Él ha llegado después —contestó la mujer.

—Sé que trabajaba en el Barrel of Beef, pero no la conozco —afirmó el jefe, con voz apagada y carente de inflexión.

El agente les pidió una descripción del tipo tanto a la mujer como al caballero (que coincidieron en que debía de tratarse de un extranjero, pero no se pusieron de acuerdo a la hora de determinar si sería judío o irlandés), y entonces me tocó el turno a mí. Después mandó a un muchacho a la comisaría en busca del forense, y procedió a dispersar a los que estábamos allí reunidos.

—¿Qué hacemos ahora? —le pregunté al jefe, mientras regresábamos a paso lento.

Él no me hizo ni caso, y soltó una imprecación antes de mascullar:

—¡Maldita sea! ¡Está dispuesto a matar a quien le dé la gana!

—No sabemos con certeza si él está detrás de todo esto.

Él dio un fuerte bastonazo contra el bordillo y dijo con un semblante que reflejaba un profundo pesar:

—Hemos llevado a la muerte a esa dulce joven. El malnacido

ese del Beef nos vio en la casa, es como si la hubiéramos matado nosotros mismos.

—No sabíamos que todos los huéspedes de ese lugar trabajan en el Beef.

—¡Maldita sea, Barnett, está empezando otra vez el dichoso problema con Cream!

—Quizás sería buena idea dejar el asunto en manos de la policía.

—El idiota ese de Petleigh sería incapaz de encontrar al asesino.

Se volvió a mirar hacia la iglesia, y cuando doblamos la esquina me mostró un pañuelito retorcido.

—Martha tenía esto en la mano, estoy convencido de que nos lo quería entregar a nosotros.

Abrió el pañuelo y vi que contenía una bala cobriza.

5

Llegamos más avanzada la tarde a Great Dover Street, donde se alineaban sombrererías, tiendas de ropa y zapaterías que habían encendido ya sus luces. Al final de la hilera había una cafetería, y la brisa arrastraba el intenso aroma de los granos de café tostándose. Había un único estudio de fotografía, uno llamado The Fontaine, y al entrar vimos en el mostrador a un hombre que llevaba puesta una chaqueta de terciopelo verde y llevaba el pelo largo hasta el cuello. Sostenía un pequeño martillo en la mano y un clavo entre los labios.

—Buenos días, caballeros —nos saludó, con una sonrisa muy poco sincera—. ¿En qué puedo ayudarles? ¿Desean que les haga un retrato?

—Estamos buscando a la señorita Cousture —le contestó el jefe, mientras recorría con la mirada los retratos fotográficos que colgaban de las paredes—. ¿Se encuentra aquí?

—Está trabajando. —El hombre echó su alargada cabeza hacia atrás con desdén antes de añadir—: Soy el señor Fontaine, el propietario. ¿Desean concertar una cita para hacerse un retrato?

—¿Ha hecho usted estos? —El jefe indicó los que había en las paredes—. Son muy buenos.

—Sí, así es. Todos ellos son trabajos míos. Permítame decirle que podría hacerle uno soberbio, caballero. Tiene usted un perfil excelente.

—¿En serio? —El jefe sacó pecho y se alisó el pelo alrededor de la coronilla—. Llevo algún tiempo pensando en encargar uno, creo que a mi hermana le encantaría tenerlo encima de la chimenea.

Yo le miré y no pude reprimir una sonrisa ante la idea de semejante regalo.

—Podríamos concertar la cita ahora mismo. ¿Le parece bien el lunes por la mañana, a las once?

—Sí..., no, espere. Pensándolo bien, será mejor que espere hasta tener mi traje nuevo. Pero ¿podríamos hablar ahora con la señorita Cousture? Se trata de un asunto personal.

El fotógrafo nos observó con aire de altiva superioridad por un largo momento, hasta que me harté y le dije con impaciencia:

—Es un asunto importante, señor Fontaine. ¿Está aquí la señorita Cousture?

Soltó un teatral suspiro y sacudió su lacio cabello negro antes de desaparecer tras una cortina que había al fondo del lugar. Nuestra clienta apareció un momento después. Vestía una falda negra de talle alto y una camisa blanca remangada, e iba peinada con un recogido alto.

—Buenos días, *monsieur* Arrowood. *Monsieur* Barnett —nos saludó, con voz queda, al cruzar la cortina.

El señor Fontaine apareció a continuación y se detuvo junto a la cortina con los brazos cruzados, y ella le señaló con los ojos disimuladamente como para advertirnos que no dijéramos nada. Sus pálidas mejillas se tiñeron de rubor y bajó la mirada hacia sus botas.

—Señor Fontaine, ¿le importaría que habláramos en privado unos minutos con la dama? —preguntó el jefe finalmente.

Yo me di cuenta de que tenía la corbata echada por encima del hombro por culpa del viento de la calle, así que me acerqué y se la coloqué hacia delante, a lo que él contestó con un rápido manotazo.

—Este es mi estudio, caballero —contestó Fontaine con altivez—. El nombre que figura sobre la puerta es el mío, no el de la dama. Si tiene algo que decir, adelante.

—Muy bien, en ese caso..., señorita Cousture, ¿podría salir un momento a la calle?

—¡*Putain*, Eric! —exclamó ella, antes de volverse hacia su jefe—. ¡Solo será un momento!

En labios de aquella bella mujer, la palabra malsonante nos dejó a todos impactados. Fontaine echó la cabeza hacia atrás de golpe y se apresuró a desaparecer de nuevo tras la cortina, y se oyó el sonido de sus pasos airados alejándose.

El jefe apartó la silla que había detrás del mostrador y se sentó con una mueca de dolor. Se frotó los pies a través de los apretados zapatos y, tras una larga pausa, tomó la palabra al fin.

—Tenemos que hacerle unas preguntas más, señorita.

—Sí, por supuesto. Pero ya les he dicho todo lo que sé.

—Debemos saber en qué problema estaba metido su hermano, cualquier pequeña cosa que él pueda haberle dicho —le dijo él, con el rostro enrojecido y una sonrisa que revelaba lo incómodo que se sentía—. Le pido que sea franca con nosotros.

—Sí, por supuesto.

—¿Conocía usted a una amiga de su hermano llamada Martha? —Al verla negar con la cabeza, añadió—: Era su enamorada. ¿Usted no sabía de su existencia?

—Nunca antes la había oído mencionar.

—Pues lamento decirle que la han asesinado esta tarde, señorita Cousture.

La sorpresa inicial que se reflejó en su rostro dio paso a la tristeza. Se aferró al mostrador y se sentó en el taburete.

—Habíamos acordado encontrarnos con ella, pero alguien se nos adelantó —añadió el jefe. Ella se limitó a asentir con lentitud—. También hemos descubierto que hubo algunos problemas en el Barrel of Beef justo antes de que Thierry desapareciera. La única pista que tenemos es que puede tratarse de algo relacionado con un americano. ¿Thierry le mencionó algo al respecto?

—¿Un americano, dice? —contestó ella, con cierto tono decepcionado en la voz—. No, jamás. ¿Cómo se llama?

—Aún no tenemos el nombre, tan solo sabemos que el día en que desapareció su hermano hubo una discusión en la que estuvo implicado un americano. Ni siquiera tenemos la certeza de que Thierry estuviera metido en ella. Haga memoria de nuevo, por favor. ¿Sucedió algo antes de que desapareciera? ¿Hubo algún cambio en él?

—Únicamente cuando vino a pedirme dinero. Ya les dije que estaba asustado la última vez que le vi. —Se interrumpió y dirigió la mirada hacia mí por un momento antes de volver a centrarla en el jefe—. ¿Creen que está muerto? ¿A eso se refieren con lo de que podría estar metido en algún problema?

El jefe le tomó la mano y se la sostuvo al decir:

—Aún es muy pronto para pensar en eso, señorita.

Ella estaba a punto de responder cuando el señor Fontaine echó a un lado la cortina y entró de improviso. En esa ocasión se mostró inflexible y no nos concedió más tiempo.

El jefe y yo regresamos rumbo a Waterloo. No hacía viento y había empezado a caer la niebla.

—Barnett, ¿te ha resultado extraño algo de lo que acabamos de ver?

Yo repasé mentalmente lo ocurrido para intentar dar con lo que a él le había llamado la atención, pero al final me rendí.

—No, la verdad es que no.

—Supongamos que la señora Barnett hubiera desaparecido sin llevarse su ropa ni su documentación y tú hubieras contratado a un detective, y que dicho detective fuera a verte dos días después. Recuerda que estás muerto de preocupación.

—Sí, por supuesto.

—¿Qué sería lo primero que le dirías?

—Supongo que le preguntaría si la había encontrado.

—Exacto, Barnett. —Su frente se tensó—. Exacto.

* * *

El jefe se fue a su casa para reflexionar acerca del extraño comportamiento de nuestra clienta, pero yo regresé al White Eagle. Mientras esperaba pedí una ración de ostras, después un plato de cordero, y a continuación una jarra de cerveza seguida de otra más. El bar estaba lleno y bullicioso aquella noche, y me contenté con permanecer sentado en una esquina y ver a través del enorme espejo que se extendía de un extremo al otro de la pared cómo se divertían mis paisanos. El vendedor de cerillas llegó en un momento dado y cruzó trabajosamente el pegajoso suelo sin mirar a nadie. Tenía un rictus en la cara por si debía iniciar de repente alguna anárquica pantomima, y después de pagar agarró su vaso y fue a ocultarse a la que parecía ser su esquina habitual tras la mampara de cristal.

El lugar ya había empezado a vaciarse un poco cuando Ernest llegó y se dirigió hacia el mismo lugar de la barra de la vez anterior. Pidió una ginebra y se la bebió rápidamente. Estaba encorvado hacia delante sobre la barra, la gruesa ropa que llevaba era la misma de la otra vez y daba la impresión de que permanecía ajeno a todos los que le rodeaban... excepto a la camarera, quien le había puesto la jarra delante con tanta brusquedad que cualquiera habría dicho que él acababa de insultar a su madre.

—Me alegra verle de nuevo, amigo mío —le saludé, antes de dejarle una segunda jarra junto a la primera—. Venga a sentarse a mi mesa, me vendría bien tener algo de compañía.

Él me miró con ojos llenos de confusión, bajó la mirada hacia la ginebra antes de alzarla de nuevo hacia mí. De las encías le caía un hilillo de sangre que le bajaba por el único diente frontal que le quedaba.

—¿Qué? —me dijo al fin.

—Nos conocimos la otra noche, Ernest. Aquí mismo. Hace dos noches.

Sus lacrimosos ojos empezaron a despejarse poco a poco y dio la impresión de que me recordaba. Se puso erguido, pero al cabo de un momento su mirada se llenó de suspicacia.

—No tengo dinero —afirmó, antes de beberse de un trago toda la ginebra.

—Venga conmigo, le invito a unas ostras.

—¿Qué es lo que quiere de mí?

Yo bajé la voz al contestar. El cochero al que también había visto la vez anterior estaba apoyado en la esquina de la barra, hablando con la camarera.

—Información, eso es todo.

Él negó con la cabeza.

—No sé nada de nada, ni siquiera tendría que haber hablado con usted la otra noche. —Me dio la espalda sin más.

Un brazo asomó de repente desde detrás de la mampara haciendo aspavientos, seguido de un gruñido de irritación. Un grupo de jóvenes con el rostro y las manos ennegrecidos de carbón fueron a curiosear, y se echaron a reír al ver al torturado vendedor de cerillas intentando reprimir sus tics. Regresaron a la mesa, pero las chanzas y las risas se alargaron durante varios minutos. Desde detrás de la mampara se oyó otro alarido estrangulado y una fuerte imprecación, lo que hizo que los jóvenes estallaran en una segunda ronda de carcajadas incluso más fuertes.

—Deje que le invite a otro trago —le dije a Ernest. Antes de que pudiera negarse le hice un gesto a la camarera, que colocó en su enrojecido puño una nueva jarra de ginebra—. Vamos a sentarnos, da la impresión de que le vendrá bien descansar los pies. Está claro que ha estado trabajando duro.

Él me siguió hasta la mesa sin rechistar, y yo esperé hasta que estuvimos sentados antes de preguntar:

—¿Ha visto alguna vez a la hermana de Thierry en el Beef? Una mujer muy bella, cabello oscuro. Francesa, como ya supondrá.

Él inhaló aire de golpe y se tragó con rapidez su ginebra.

—No, no me suena. Martha es la única mujer con la que le vi.

—¿Qué me dice del americano? ¿Qué oyó acerca de él?

—¿No ha dicho que me invitaba a comer ostras? —Cruzó los brazos por encima de su raído abrigo.

Fui a pedir una ración de ostras y otra jarra de ginebra para él, y para cuando le repetí las preguntas ya se había comido medio plato y había sobrevivido a un breve ataque de eructos.

—El señor Cream tiene muchos socios —me contestó—. A algunos de ellos los conozco de vista, pero era la primera vez que veía a ese americano. Barba negra, ojos azules penetrantes. Yo fui a servirles café y por poco me atraviesa con ellos. Iba acompañado de un irlandés, a ese sí que le había visto alguna que otra vez por allí. Un tipo bajito con un vozarrón, pelo amarillento y greñudo, le faltaba una oreja. Tenía una pinta horrible.

—Y supongo que usted no sabe sobre qué estaban hablando.

—Hablan de negocios en el despacho, no en la cocina.

—Tengo que saber quién más tenía una relación estrecha con Terry, Ernest. ¿Con quién hablaba? Deme algunos nombres.

—Ya le di uno la última vez. Martha. Pregúntele a ella.

—Necesito otro.

—¡Ya le he dado uno! —protestó, envalentonado por la ginebra—. ¡Pregúntele a Martha! Si hay alguien que pueda saber algo, esa es ella.

Yo me incliné hacia delante y susurré:

—Está muerta, Ern. La han asesinado esta tarde cuando iba de camino al trabajo.

Abrió la boca de par en par y se me quedó mirando con aquellos ojos lacrimosos como si su cerebro, embotado por el alcohol, fuera incapaz de asimilar lo que acababa de oír.

—¿Me ha oído, Ern? La han asesinado, por eso tengo que hablar con alguien más.

El miedo fue adueñándose poco a poco de él. Empezó a temblarle el brazo, sus ojos parpadearon repetidamente. Apuró la jarra de ginebra y yo le pedí otra, pero negó con la cabeza cuando iban a servírsela.

—Tengo que irme, no sé nada —me dijo con rigidez.

Hizo ademán de levantarse, pero yo le agarré de la muñeca para detenerle.

—Un nombre, Ern. Uno solo. Alguien con quien Terry pudiera haber hablado. ¿Quién trabajaba con él? ¿Con quién pasaba más tiempo en el Beef?

—Con Harry, supongo —lo dijo atropelladamente, miraba alrededor cada vez que oía algún sonido—. Intente hablar con él si quiere. Es uno de los aprendices de cocinero, trabajaban en la misma sección de la cocina.

—¿Qué aspecto tiene?

—Es delgadísimo, no es normal lo delgado que está. Y tiene las cejas oscuras, pero es rubio. Es inconfundible.

Le solté la muñeca.

—Gracias, Ernest.

Se levantó y salió del bar en un abrir y cerrar de ojos. Yo noté el peso de la mirada de alguien al ponerme en pie, y al darme la vuelta vi que el vendedor de cerillas había asomado la cabeza desde el otro lado de la mampara de cristal y estaba mirándome con curiosidad. Dio un resoplido, el hombro le dio una sacudida y volvió a ocultarse en su hueco.

6

A la mañana siguiente encontré al jefe solo en su saloncito. Tenía el rostro enrojecido y con un lustre peculiar, parecía como si una limpiadora se lo hubiera abrillantado.

—Mi hermana ha salido, está con las demás en una reunión de coordinación —me dijo en cuanto entré procedente de la panadería.

—¿Qué es lo que coordinan?

—Van a visitar a los pobres. Bueno, dime qué averiguaste anoche.

Le hablé de Harry, el aprendiz de cocinero. Como a ninguno de los dos nos apetecía lo más mínimo aparecer por el Barrel of Beef, avisó a Neddy y le pidió que llevara una nota hasta allí. La firmaba el señor Locksher (ese era el alias que el jefe solía utilizar), y en ella se prometía una recompensa de un chelín a cambio de un trabajito muy rápido. A Harry se le indicaba que aquella noche, al salir del trabajo, fuera a la cafetería de la señora Willows, que estaba situada en Blackfriars Road y era la única que estaba abierta a aquellas horas. La única explicación que se le daba era que «Tu amigo del otro lado del canal te ha recomendado para este trabajo». Neddy tenía instrucciones de guardar con celo aquella nota y entregársela única y exclusivamente al tal Harry. Le indicamos que se trataba de un tipo muy delgado de cejas oscuras y cabello rubio, que entrara directamente en la cocina y que no le dijera a nadie quién le enviaba.

El jefe se puso a rellenar su pipa cuando el muchacho se marchó, y una vez que la tuvo encendida de nuevo me miró con tristeza.

—¿Qué piensas acerca de la muerte de esa joven, Barnett? ¿Crees que Jack volvió a las andadas?

—No, no creo que fuera él.

—Crees bien. Este asesinato no ha sido obra de Jack, los suyos tenían un carácter similar entre ellos. Actuaba en lugares solitarios, prefería descuartizar los cadáveres y para eso se necesita tiempo.

Esperé en silencio, ya que por su semblante pensativo y su mirada perdida estaba claro que él iba a añadir algo más.

—He estado pensando en ese hombre, Barnett. En primer lugar tenemos su precisión. Se acerca a la iglesia con rapidez, asesta tres cuchilladas mortales y se pierde corriendo entre el gentío; no deja nada atrás, ni pistas ni el arma; es rápido y cauto, así que podemos deducir que no se trata de un acto pasional. Y tampoco fue un robo. Un ladrón no elegiría como víctima a una muchacha pobre, al menos a plena luz del día y en una calle tan concurrida.

—No tendría tiempo de buscar en los bolsillos de su víctima.

—Exacto. —Succionó su pipa mientras le daba vueltas al asunto—. Y después está su vestimenta. Lleva un abrigo de invierno cuando estamos en verano, un abrigo que le queda muy grande. Hay dos posibles explicaciones: o se trata de un hombre sin apenas recursos o va disfrazado. Dime, ¿se volvió a mirar hacia atrás mientras le perseguías?

Yo contesté negando con la cabeza, a lo que él respondió con otra pregunta.

—Dime, ¿cómo te sentirías si acabaras de asesinar a una persona en una calle llena de gente?

—Supongo que estaría muy tenso y alerta, con miedo a ser atrapado.

—Sí, por supuesto, y ¿mirarías atrás para ver si te estaban persiguiendo?

—Sí, supongo que sí.

—No podrías reprimir el impulso de volverte a mirar, Barnett. Tus fuertes emociones te empujarían a hacerlo. Este hombre no es como tú, se trata de alguien acostumbrado a controlar sus emociones, así que debemos preguntarnos a qué se dedica. ¿Será un asesino a sueldo?, ¿un agente de policía?

—Un soldado, quizás.

Él asintió, dejó la pipa en el cenicero y se levantó de la silla.

—Ya tenemos un punto de partida. Bueno, ahora vayamos a ver a Lewis. No quiero estar aquí cuando Ettie prosiga con sus esfuerzos por reorganizar mi vida y es mejor que tú tampoco estés en las inmediaciones, porque también se pondría a organizar la tuya.

Lewis Schwartz era el propietario de una oscura armería situada no muy lejos del puente de Southwark. Era el lugar al que acudía quien tenía pistolas y escopetas que deseaba vender, el lugar al que acudía quien tenía necesidad de comprar un arma con la que protegerse. Yo habría preferido no tener que entrar en un lugar así, ya que no me costaba ningún esfuerzo imaginar la clase de criminales que entraban y salían de allí. Con todo, Lewis era un hombre tan sólido e inmune al peligro que suponía su trabajo como los diques del río, que filtraban su amarillento pus entre los ladrillos de la oscura tienda. Era un hombre regordete, le faltaba un brazo y su greñuda cabellera canosa le llegaba al mugriento cuello de la camisa. Arrowood y él eran viejos amigos. El jefe había recurrido a él en el pasado cuando necesitaba alguna información para el periódico, y el tipo había seguido ayudándolo de vez en cuando desde que nos habíamos convertido en detectives privados.

El jefe siempre compraba en el restaurante algo de ternera asada o de hígado para llevárselo y Lewis dejaba el paquete sobre una grasienta mesita. Yo tenía por costumbre mantenerme a un lado en esas ocasiones, y eso fue lo que hice en ese momento mientras imaginaba todas las enfermedades que sin duda podrían transmitir las ennegrecidas manos de nuestro amigo.

En esa ocasión Lewis comió con cuidado, utilizando un único lado de la boca para masticar, y yo le pregunté con curiosidad:

—¿Te están dando problemas los dientes?

—Hay uno que me está haciendo la vida imposible, el muy condenado.

—Déjame ver —le dijo el jefe, quien hizo una mueca cuando Lewis abrió la boca y echó la cabeza hacia atrás—. Este diente está negro, te lo tienen que quitar.

—Estoy haciendo acopio de valor.

—Cuanto antes mejor.

Una vez que dieron buena cuenta de la ternera y aquellos dos viejos amigos se limpiaron los grasientos dedos en sus respectivos pantalones, el jefe se llevó la mano al bolsillo del chaleco y sacó la bala.

—¿Tienes idea de quién ha podido usar una bala como esta, Lewis?

El aludido se puso las gafas y sostuvo la bala bajo una lámpara.

—No está nada mal —murmuró, mientras la giraba a uno y otro lado y la frotaba entre los dedos—. Calibre .303, pólvora sin humo. ¿Cómo ha llegado a tus manos algo así, William?

—Me la dio una muchacha moribunda, una joven inocente que fue asesinada ante nuestros propios ojos. Estamos decididos a descubrir quién la mató. ¿Sabes en qué tipo de arma se utiliza?

—En los nuevos rifles de repetición de Lee-Enfield —afirmó Lewis, antes de devolverle la bala—. Son armas militares, tan solo se les han entregado a unos cuantos regimientos hasta el momento. No estamos hablando del rifle de un cazador, esa joven debió de recibirla de manos de un soldado. ¿Tenía novio?

—Sí, pero no era soldado.

—Entonces, se la dio otro hombre. ¿Era una prostituta, William?

—¡No, por supuesto que no! —exclamó el jefe.

—¿Por qué te enfadas? —le preguntó Lewis, sorprendido—. ¿Acaso la conocías?

—¡Es que no entiendo por qué todo el mundo da por hecho que era prostituta! Trabajaba de sirvienta en el Barrel of Beef.

—Es posible que la bala se la diera un cliente —afirmé yo, consciente de que el jefe veía en Martha la misma pureza que le atribuía a su esposa.

—¿Para qué iba a darle algo así un cliente a una sirvienta? —Estaba claro que a Lewis no le convencía mi posible explicación—. Una propina es una cosa, pero ¿por qué habría de darle una bala?

El jefe sacudió la cabeza y se puso en pie antes de decir:

—Eso es lo que tenemos que averiguar.

Él y yo nos dirigimos hacia la puerta, pero cuando estábamos a punto de salir, el sonido de una cerilla encendiéndose a nuestra espalda hizo que nos detuviéramos y nos volviéramos a mirar. Lewis estaba sentado encorvado en su silla al fondo de la tienda, rodeado de cajas de balas y de paquetes de pólvora, con una pipa encendida en la boca.

—Un día de estos vas a volar por los aires —le dijo el jefe—. Llevo años advirtiéndotelo, ¿por qué no me haces caso?

—Si empezara a preocuparme a estas alturas, tendría que vender esta armería como si fuera un miedica —le contestó su amigo con despreocupación—. Tendrías que ver a algunos de los tipos con los que tengo que tratar, bastaría con una chispa para hacerles explotar a ellos; en comparación, esto no es nada.

Horas después estaba esperando con el jefe en la cafetería de la señora Willows, viendo a través de la ventana el ir y venir de gente por la calle embarrada, bajo la turbia lluvia: los habitantes de la noche deambulando trastabillantes entre gritos y risotadas; los caballos trotando a paso lento, cabizbajos y cansados. La medianoche quedó atrás, y el oscuro nuevo día ocupó su puesto al otro lado del mugriento cristal. El jefe, mientras tanto, se dedicó a leer insaciable los periódicos. Empezó con el *Punch* mientras guardaba bajo los muslos el *Lloyd's Weekly* y la *Pall Mall Gazette*. En la mesa de al lado, un tipo delgado vestido de enterrador se comió una ración de caracoles de mar mientras le miraba enfurruñado a la espera de poder leer las noticias antes de marcharse rumbo a casa, pero el jefe se tomó su tiempo. Fue leyendo cada columna, cada página, y justo cuando parecía que ya había terminado regresó al principio y se puso a repasar las columnas.

—Mira esto, Barnett —me dijo, al mostrarme una caricatura titulada *El Frankenstein irlandés* que mostraba a un alto campesino irlandés sosteniendo un cuchillo sobre un acobardado caballero inglés—. Otra vez han empezado a publicar estas caricaturas, ¿ves lo que hacen? Al irlandés le ponen una cara peluda de mono; el inglés aparece indefenso. Santo Dios, ¿cuándo cambiará todo esto? ¿Cómo es posible que no vean nuestra propia agresión?

—Supongo que no quieren verla, señor.

El enterrador carraspeó e indicó el periódico con un ademán de la cabeza. El jefe encendió su pipa y, sin decir palabra, se lo pasó antes de alzar la pierna para sacar de debajo la siguiente publicación, la *Pall Mall Gazette*.

Seguimos esperando hasta que nuestro hombre llegó al fin y se detuvo en la puerta. Tenía unos brazos largos y delgados que sobresalían de unas mangas que le quedaban cortas a pesar de que el abrigo en sí, una prenda marrón de lana, le iba demasiado largo, y su cabello rubio estaba recogido bajo una gorra de tela gris que le cubría en parte las orejas. Dirigió la mirada hacia el enterrador y hacia la señora Willows, que estaba parada en la puerta de la cocina, y sus negras cejas se enarcaron por un momento cuando nos vio al jefe y a mí.

—Buenas noches, señor Harry —le saludé mientras me ponía en pie—. Le presento al señor Locksher. Siéntese, por favor. ¿Le apetece un café?

Él asintió y se sentó en un taburete antes de preguntar:

—¿Qué es lo que tengo que hacer?

El jefe se inclinó hacia delante por encima de la mesa y contestó con voz suave.

—Tenemos un paquete para su amigo Thierry, pero no logramos localizarle.

Harry se puso en pie.

—En la nota hablaban de un trabajo, no de algo así.

—Le pagaremos por la información.

Nos miró a uno y otro con indecisión mientras se mordía el labio, y al cabo de un momento nos dio su respuesta.

—No. —Estaba volviéndose para marcharse cuando le agarré del brazo. En su rostro, cubierto por una hirsuta barba incipiente, apareció una tensa mueca de enfado—. ¡Suélteme!

Noté los huesos de su brazo bajo la gruesa lana de su abrigo, estaba tan delgado como si viviera en un hospicio; tenía la piel macilenta, el borde de los ojos enrojecido y una mandíbula cadavérica.

No me costó ningún esfuerzo sentarle de nuevo con un firme tirón. Me sacaba unos cinco centímetros de altura, pero era débil como un gorrioncillo.

El enterrador se levantó apresuradamente, se metió en el bolsillo los caracoles de mar que aún le quedaban y se marchó a toda prisa. La señora Willows trajo el café con un semblante de lo más sereno, como si no estuviera pasando nada, y me pidió en voz baja:

—Pórtese bien, señor Barnett.

—Tenemos intención de tratar de maravilla al caballero, Rena —le aseguró el jefe.

—¡No sé nada!, ¡de verdad que no! No puedo ayudarles. Thierry no está aquí, se marchó hace unos días. Lo más probable es que regresara a Francia, eso es todo lo que se me ocurre. —Alzó la mirada hacia mí—. Es todo cuanto puedo decirles.

—Es usted bastante delgado para ser cocinero —comentó el jefe.

—Ayudante de cocinero. Lo que hago es pelar verdura y quitarle la raspa al pescado, no soy un gran cocinero ni mucho menos.

El jefe se inclinó de repente por encima de la mesa, le metió la mano en el bolsillo antes de que pudiera reaccionar, y sacó un grasiento paquetito que dejó caer sobre la mesa.

—¡Solo es pudin, medio pudin! —exclamó Harry, a la defensiva.

—¿Qué tiene en el otro bolsillo? —le preguntó el jefe.

—Un par de patatas, un cacho de hueso de jamón. ¡Iban a tirarlo!

—Lo dudo mucho, es comida que está en buen estado —afirmé yo, al echar un pequeño vistazo al bolsillo en cuestión—. Aun suponiendo que hubiera sobrado, la venderían en el Skirt o a los que duermen en el callejón de fuera.

—¡No se lo digan al patrón, por favor! Lo devolveré todo, ¡no puedo quedarme ahora sin trabajo!

—No hace falta que lo devuelva, no somos amigos de su patrón —le dijo el jefe.

—¿Por qué está delgado? ¿Está enfermo? —le pregunté yo.

—Sí, si tener seis hijos puede considerarse una enfermedad. Y uno de ellos cumple dos añitos este mes.

—Pero usted tiene un trabajo estable. ¿Está viva su esposa? —le preguntó el jefe.

Harry asintió y sus ojos se desviaron hacia la ventana, frente a la que estaba pasando en ese momento un cabriolé.

—¿Ella no le da de comer?

La nuez del tipo, que sobresalía de su garganta como un huesudo nudillo, se alzó cuando tragó saliva.

—No puedo ayudarles —insistió.

—Vamos a pagarle un chelín, Harry —le aseguró el jefe, con voz suave—. Somos investigadores, trabajamos para la familia de Thierry. Ellos dicen que está desaparecido, están preocupados. —Al ver que seguía mirando por la ventana sin saber si creernos o no, añadió—: No podíamos ir al Beef porque el señor Cream siente una fuerte animadversión hacia nosotros dos, por eso hemos mandado al muchacho.

Harry pensó en ello durante un largo momento y, finalmente, se puso en pie.

—No puedo ayudarles. Thierry se marchó sin más y no he vuelto a tener noticias de él desde entonces, pero si supiera algo no sé si se lo contaría a ustedes. No quiero meterme en algo que no tiene nada que ver conmigo.

Permaneció donde estaba a pesar de sus palabras, y el jefe le observó pensativo antes de decir:

—Nosotros dos estábamos presentes cuando acuchillaron a Martha, Harry. Ella estaba esperándonos. La sostuve entre mis brazos hasta que llegó el agente de policía.

El cocinero se quedó inmóvil y se le llenaron los ojos de lágrimas. Yo le puse una mano en el hombro, y permitió que le sostuviera mientras se sentaba de nuevo.

—Creemos que su asesinato está relacionado con la desaparición de Thierry —añadió el jefe—. Vamos a averiguar quién la mató, pero necesitamos información.

—¿Ustedes estaban allí?

—Ella nos pidió que nos encontráramos allí, iba a contarnos algo.

Harry se puso a hablar de repente a toda velocidad. Se inclinó sobre la mesa y bajó la voz como si no quisiera que le oyera la señora Willows.

—Estaba pasando algo en el Beef. No era lo de siempre, era algo más gordo. No sé de qué iba la cosa exactamente, pero había unos tipos que entraban y salían de allí. El señor Cream le pidió a Terry que saliera a hacer una entrega la semana pasada. Yo le dije que no fuera, pero al señor Cream no se le puede decir que no. Si quieres trabajar allí, tienes que cumplir sus órdenes. Un día llegaron dos de los tipos, subieron al despacho del señor Cream y se pusieron a romperlo todo, se les oía desde la cocina. Ni uno solo de los hombres del señor Cream subió a pararles los pies. El señor Piser, Long Lenny, Boots..., ninguno de los tres hizo nada, se quedaron callados como ratones junto al bar de la parte de delante.

—¿Quiénes eran esos hombres? —La pregunta la hizo el jefe. Al ver que Harry negaba con la cabeza para indicar que no lo sabía, siguió insistiendo—. ¿Eran americanos?

—No, todos ellos eran irlandeses, pero eso es lo único que sé.

Era un secreto. Entraban sin más y subían sin decirle ni una palabra a nadie como si fueran los amos del lugar.

—Venga, Harry, intente recordar. Seguro que oyó decir algo acerca de esa gente.

—Hubo quien dijo que eran ladrones. Supongo que ustedes sabrán que el señor Cream trafica con objetos robados, ¿no? Se comentó que a lo mejor era una banda que estaba limpiando las casas finolis de Bloomsbury. Las de alrededor de Hyde Park también, y las de los ministros y las embajadas. Joyas y plata..., ya saben, cosas fáciles de distribuir. Ahí es donde entra el señor Cream. Ese es el rumor que me llegó, pero no oí ningún nombre.

—¿Por qué destrozaron su despacho?

—Vete tú a saber. Puede que los estafara, que le filtrara alguna información a la poli, que les hiciera alguna promesa que no pudo cumplir. Podría ser por cualquier cosa.

—¿Qué tenía que ver Martha en todo eso?

—Nada, al menos que yo sepa. Aunque al señor Piser ella siempre le hizo tilín, esa es la única conexión que veo yo. Pero a ella le gustaba Terry, y el señor Piser..., en fin, digamos que estaba bastante cabreado por eso.

—¿Tuvieron una discusión? —le preguntó el jefe.

—El señor Piser nunca discute con nadie, apenas abre la boca.

—¿Por qué crees que la asesinaron, Harry?

El tipo apuró su taza de té, enderezó la espalda y le sostuvo la mirada al contestar.

—Supongo que porque iba a verse con ustedes, eso es lo que yo creo.

El jefe reaccionó como si hubiera recibido un golpe que le había dejado sin aliento, aunque no sé por qué; al fin y al cabo, se trataba de algo que él sabía tan bien como yo, algo que ambos supimos en cuanto vimos a la muchacha tirada frente a la iglesia. Había muerto por nuestra culpa, de eso no había ninguna duda.

—Háblenos de los amigos de Terry. ¿Conoce a alguno? —pregunté yo.

—Solo le conozco de la cocina, no sé lo que hace fuera de allí.

—¿Él nunca le habló de su vida?

—Sé que salía a beber, pero no sabría decirles con quién. Yo nunca he podido permitirme gastar dinero en unos tragos.

—¿A dónde iba Terry? ¿Qué pubs solía frecuentar?

—Lo siento, pero no recuerdo que mencionara nada de eso.

Le entregué su chelín junto con una tarjeta donde estaba anotada la dirección del jefe y me limité a decir:

—Si se entera de algo más...

—Sí, señor. —Se puso en pie e indicó el pudin con un gesto—. ¿Puedo llevármelo?

—Claro que sí, lléveselo todo.

—Y no van a decirle a nadie que han hablado conmigo, ¿verdad?

—Tiene nuestra palabra —le aseguró el jefe—. Pero dígame una cosa, Harry, ¿desde cuándo lleva usted cargando con el problema de su esposa con la bebida?

—Eh... —La pregunta le había dejado boquiabierto y fue incapaz de hilar una frase.

—¿La tolera hasta el momento?

El jefe añadió aquellas palabras antes de dar paso a aquel silencio especial que a aquellas alturas yo ya sabía que no debía romper. Miró con semblante comprensivo al delgado cocinero, que cambió el peso de un pie a otro con nerviosismo hasta que acabó por darse por vencido.

—¿Cómo lo ha sabido? Se lo ha dicho alguien, ¿verdad?

—No me lo ha dicho nadie, amigo mío. Lo he visto en usted.

—No es nada fácil, señor. No duermo porque tengo que cuidar a los pequeños, pero mis jornadas de trabajo son tan largas que mi mujer no tiene a nadie que la ayude a controlarse. Y la vieja bruja que vive al lado es una mala influencia.

El jefe se puso en pie y le tomó la mano.

—Esas son cosas que nos son enviadas para ponernos a prueba. Ya sé que usted cuenta con las fuerzas necesarias para pasar esta prueba, Harry, pero debe nutrirse. Está demasiado débil para ser un padre como Dios manda, debe comer más.

—Sí, señor —lo dijo con la cabeza gacha y la mirada puesta en el suelo, avergonzado.

—Gracias por su ayuda.

Una vez que se fue, el jefe y yo nos pusimos nuestros respectivos abrigos. El cielo estaba despejado, pero hacía frío a pesar de que era verano. La señora Willows estaba limpiando, barriendo y apagando ya las luces.

—¿Cómo ha adivinado lo de la esposa? —le pregunté, una vez que los dos salimos de la cafetería. Al otro lado de la calle, un policía hacía su ronda.

—Lo he intuido, Barnett.

—Venga, desembuche. ¿Cómo se ha dado cuenta?

—¿Cuánto crees que debe de ganar un ayudante de cocinero? ¿Unos treinta chelines al mes?, ¿cuarenta? Con eso le bastaría para alimentar a su familia y pagar el alquiler sin morirse de hambre, pero roba comida y se arriesga a perder un trabajo que necesita con desesperación. Eso indica que el dinero debe de ir a parar a otra parte. No tiene suficiente para salir a beber, eso nos lo ha dicho él mismo, así que ¿a dónde va ese dinero?

—Hay infinidad de opciones. Deudas de juego, por ejemplo.

—Es un hombre demasiado sensato para eso. Ha medido mucho sus palabras hasta que nos hemos ganado su confianza, y eso no parece propio de un jugador. Pero ¿te has fijado en cómo ha desviado la mirada cuando ha confesado que su esposa está viva? ¿Has visto cómo ha cambiado de tema cuando le he preguntado si ella no le da de comer?

—Podría estar postrada en cama, o internada en algún lugar.

—Si estuviera enferma, él nos lo habría dicho. No hay de qué avergonzarse por una enfermedad, medio Londres sufre alguna. Lo de la bebida ha sido una suposición mía, Barnett. Lo admito. Pero esta ciudad está ahogándose en alcohol, así que era una suposición justificada.

—Ha sido cuestión de suerte.

Él se echó a reír.

—Soy un hombre con suerte, Barnett. Al menos en algunos aspectos.

Pasamos junto a los harapientos cuerpos que se hacinaban a las puertas del hospicio, junto a un viejo que barría un enorme montón de estiércol de caballo en la entrada de una empresa de cabriolés de alquiler, y se echó a reír de nuevo mientras recorríamos las calles a aquellas horas de la noche. Su risa, fingida y carente de alegría, resonó en la silenciosa calle como un trueno.

7

Cuando llegué a la mañana siguiente, Ettie me recibió hecha una furia.

—¿Estuvo bebiendo anoche con él? ¡Mi hermano lleva desde ayer fuera de casa!

—No, Ettie, no estuvimos bebiendo.

El saloncito parecía haberse agrandado desde la última vez que lo había visto, y me di cuenta de que las pilas de periódicos ya no estaban allí.

—Fue a ver a una mujer, ¿es eso?

—Nos encontramos a eso de la medianoche con un hombre que podría tener información sobre nuestro caso y nos separamos en la esquina de Union Street, ni a cinco minutos de aquí. Me dijo que se venía para casa.

—¿Está diciéndome la verdad? —me preguntó con severidad.

—Sí, le aseguro que sí.

Me sostuvo la mirada durante un largo momento, las aletas de la nariz se le dilataban cada vez que inhalaba el fresco aire londinense.

—Ya veo —dijo al fin—. En ese caso, es posible que le hayan estrangulado en alguna oscura callejuela. Le estaría bien empleado.

—Hay un lugar al que va cuando algo le perturba y que él dice que es «un oasis para toda la noche», lo más probable es que se encuentre allí.

Ettie alzó los ojos al techo y soltó un suspiro antes de preguntarme:

—¿Qué es lo que le ha perturbado esta vez?

—Se culpa por la muerte de la sirvienta, el hombre con el que hablamos anoche reforzó aún más esa idea. Pero yo creo que no le habría afectado tanto si la muchacha no le recordara a Isabel. Le levantó la cabeza del suelo y la sostuvo sobre su regazo hasta que llegó el forense, no quería dejarla tirada en el suelo mojado. Le faltó poco para echarse a llorar delante de la gente.

Ella me miró pensativa por un largo momento antes de decir:

—¿William ha estado bebiendo desde que Isabel se fue?

—No de forma constante, solo de vez en cuando. No es algo continuado ni mucho menos.

Ella sacudió la cabeza con impaciencia.

—¡Esta ciudad está nadando en alcohol! Las botellas y las jarras son los soldados de Lucifer, Norman. El reverendo Hebden afirma que el alcohol tiene esclavizados a los pobres. Los trabajadores se gastan en bebida el dinero con el que deberían alimentar a sus hijos, se pelean entre ellos y acaban en el banquillo de los acusados. Las mujeres gritan y discuten, pierden a sus maridos y terminan trabajando en las calles. El destripador fue el castigo que Dios envió por la bebida, de eso no hay duda. La ginebra china es la novedad del momento, ¿lo sabía usted? Y buenos hombres como mi hermano caen en sus brazos en momentos de vulnerabilidad. Usted no beberá, ¿verdad?

—Lo hago con moderación.

Ella asintió y se agachó a recoger del suelo una pluma.

—Tenemos en nuestras manos una verdadera batalla, Norman. Concuerdo con el reverendo Hebden, la ciudad ha sido un monstruo para con los pobres. ¿Ha leído la obra de Charles Booth?

—No, la verdad es que no.

—En ella queda todo dicho. En este momento estamos trabajando en un lugar inmundo llamado Cutler's Court, ¿ha oído hablar de él?

Yo negué con la cabeza. Estábamos en medio del saloncito, parados el uno frente al otro. Ella tenía la espalda erguida y los brazos cruzados, y su semblante se tornó solemne mientras seguía hablando.

—Es un corral de vecinos donde hay cuatrocientas personas viviendo en veinte casitas, y con un matadero a cada lado. Diez almas durmiendo en cada habitación, una única tubería para suministrar agua y dos letrinas. Increíble, ¿verdad? Y mires a donde mires se ven montones de ostras vacías y huesos.

Pude imaginármelo sin esfuerzo, ya que veinte escasos años atrás yo mismo había vivido en un lugar así. Conocía bien aquella ciudad, sabía cuáles eran sus peligros y sus juegos.

—Es un lugar rodeado de los negocios más inmundos. Los desperdicios de los mataderos van a parar a un sumidero que discurre por el centro del patio, y es allí donde vacían los orinales. El hedor que hay es un insulto a Jesús, Norman. El recinto entero es propiedad de un hombre que se niega a mejorar las condiciones de salubridad. Sí, es un único propietario, pero nosotras estamos presentes allí.

Hablaba con una intensa determinación que me hizo ver por primera vez el espíritu de lucha que la impulsaba, y sentí que eso me ayudaba a comprenderla un poco mejor. Me miró en silencio a la espera de una respuesta igual de larga, pero yo sabía que en lo que a aquel tema se refería no iba a poder complacerla. Aunque hacía mucho que había dejado atrás a quienes habitaban lugares como Cutler's Court, no podía hablar de ellos como si me fueran desconocidos.

—¿Qué hacen ustedes allí? —me limité a preguntar.

—Hacemos campaña para exigir mejoras, ayudamos, rezamos pidiendo que el Señor nos guíe. Contamos con un programa que nuestra organización sigue por toda la ciudad. Enseñamos nociones básicas de higiene, organizamos grupos de oración y suministramos medicinas. La Asociación de Damas para el Cuidado y la Protección de las Jóvenes trabaja estrechamente con nosotras, ¿la conoce usted?

—He visto a algunos de sus miembros por la ciudad.

—Yo no tenía una noción real de la magnitud del problema hasta que vine a esta zona. Como usted ya sabrá, William y yo nos criamos en... —titubeó y se le ruborizaron las mejillas—. Es decir, nuestro padre era un hombre acaudalado.

—Sí, Ettie, eso ya lo sabía.

—Sí, por supuesto. En fin, la cuestión es que la mitad de las mujeres de ese lugar se dedican a la prostitución. Hay algunas familias en las que tanto madres como hijas se ganan así la vida. Intentamos ayudar a las más jóvenes, hay casas de caridad a las que pueden acudir y aprender a desempeñar trabajos útiles. Intentamos salvarlas antes de que sea demasiado tarde.

—Qué trabajo tan noble.

—No resulta nada fácil. A los hombres no les gusta que las salvemos y a veces surgen problemas, pero los pobres son nuestra carga y nuestra responsabilidad. Así lo dicen las Sagradas Escrituras, Norman. La guerra ha llegado, se libra en nuestras callejuelas.

Su pecho se movía al ritmo de su agitada respiración bajo el vestido negro, tenía la frente enrojecida y me sentí aliviado al ver que titubeaba y se detenía a respirar hondo. No quería que siguiera hablándome de la gente de las barriadas pobres, de mi gente, porque todas las faltas que ellos cometían yo mismo las había cometido, presenciado o fomentado en el pasado. Reconocía todo lo que ella estaba describiendo, pero lo conocía desde el otro lado.

—Pero ahora estoy preocupada por mi hermano. ¿Está usted seguro de saber dónde está?

—No se preocupe, yo me encargo de traerlo.

—Está bien. —Se volvió hacia la puerta antes de añadir—: Ah, dígale que traiga unos panecillos. Recién hechos. Y que no acepte descuentos.

El Hog tenía un único cliente más aquella mañana: un corpulento hindú que llevaba un cuchillo al cinto y el pelo atado atrás como un pirata, y que roncaba con la boca abierta mientras dormía sobre un banco situado junto a la chimenea. Una mujer regordeta estaba enjuagando vasos en un cubo de hojalata al lado del mostrador. El lugar apestaba a tabaco y a la cerveza que se había derramado y que volvía resbaladizo el suelo de piedra. Vi al jefe sentado erguido en una mesa de la esquina, de espaldas a la puerta y con una botella de cerveza entre las manos. Fue al acercarme cuando me di cuenta de que tenía los ojos cerrados. Le puse una mano en el hombro, y gimió quejicoso cuando le di una firme sacudida.

—Su hermana me ha ordenado que le lleve de vuelta a casa.

Abrió por un segundo sus adormilados ojos para lanzarme una mirada antes de dejar caer la cabeza sobre la mesa, así que opté por pasarle un brazo por debajo del suyo y le levanté como buenamente pude. Era bastante pesado, y más en cada sucesiva repetición de aquella misma escena.

La mujer chasqueó la lengua y suspiró mientras yo luchaba por transportar aquel peso muerto, cuyos pies empezaron a moverse poco a poco en irregulares pasos. Le oí gemir de nuevo, se limpió la boca antes de entreabrir ligeramente los ojos, y su rubicundo rostro se contrajo en una mueca. Me eructó en el oído, pero al menos estaba caminando..., bueno, más o menos.

—Ha sido un placer conocerle, Hamba —le dijo arrastrando las palabras al marinero, que seguía roncando sobre el banco de madera.

—Podrían llevárselo también a él —bromeó la mujer con una carcajada.

El jefe se volvió a mirarla y se despidió de ella con una torpe inclinación de cabeza antes de balbucir:

—Ha sido un placer, mi florecilla.

—Espero que no esté pensando en marcharse sin darle a Betts la corona que le debe, señor Arrowood. Ella me hizo prometerle que me encargaría de cobrársela.

—Ah..., sí, por supuesto —asintió, aturullado. Se puso a rebuscar en el bolsillo del chaleco y unas monedas cayeron al suelo.

Yo me agaché a recogerlas y, después de entregarle una corona a la mujer, volví a guardar el resto en el bolsillo del jefe, quien hizo una nueva inclinación de cabeza sin soltarme el brazo. Salimos a la calle, donde el súbito impacto de la luz del sol le hizo gemir y taparse los ojos con la mano.

—Llévame en brazos, Barnett.

—Venga, siga caminando.

—¡Estoy sufriendo!

—Y yo también, pero con la diferencia de que no me lo merezco.

Avanzamos tambaleantes por las ajetreadas calles y, una vez que llegamos a la panadería y proseguimos rumbo a sus habitaciones, encontramos a Ettie sentada en la silla favorita del jefe remendando un calcetín. Tenía la espalda bien erguida, y a su rostro asomó una expresión de profunda decepción al vernos entrar.

—¿Necesitas que te ayude a subir arriba, William?

—Estoy bien, hermana —masculló él. Me soltó el brazo y logró mantenerse en pie por sí mismo—. Ayúdame a subir, Barnett.

Subirlo por la estrecha escalera fue una ardua tarea y cuando logramos llegar arriba se desplomó en su cama, jadeante y aferrándose la frente; a decir verdad, yo mismo estaba también un poco jadeante por el esfuerzo.

Me disponía a bajar de nuevo cuando me preguntó, articulando con dificultad las palabras:

—Barnett, ¿Nolan ha salido ya de prisión?

—Sí, lo soltaron la semana pasada.

—Ve a verle.

Yo ya había tomado esa decisión la noche anterior, al darme cuenta de que lo más probable era que el jefe pusiera rumbo al Hog tras despedirse de mí, pero opté por no decírselo. Nosotros teníamos nuestra propia forma de hacer las cosas.

—Acércame el orinal —farfulló.

—Arrégleselas usted mismo. —Eché a andar escalera abajo y oí sus ronquidos antes de llegar al saloncito.

Ettie me miró desesperanzada, y me detuvo justo cuando ya me disponía a salir por la puerta.

—Un momento, Norman. ¿Han traído los panecillos que le pedí?

—No. Lo siento, pero tenía la mente puesta en otra cosa.

—Sí, por supuesto. —Hizo un mohín de tristeza. Le gustaba comer tanto como a su hermano—. Debe pedirle a la señora Barnett que venga a una de nuestras reuniones, el reverendo Hebden siempre está buscando nuevas reclutas. Estoy convencida de que a ella le resultaría muy enriquecedor, le avisaré cuando vaya a celebrarse la siguiente.

—Gracias, Ettie.

En ese momento su estómago emitió un sonoro ruido que la hizo sonrojarse, y se apresuró a decir a modo de conclusión:

—Bien, quedamos así.

Se puso a remendar de nuevo y los dos fingimos no haber oído el sonido procedente de sus tripas.

Nolan vivía en dos habitaciones de una pensión situada en Cable Street. Era un viejo amigo mío de mi época pasada en Bermondsey que siempre había vivido al otro lado de la ley, y acudíamos a menudo a él si queríamos obtener información sobre lo que estaba pasando en las zonas irlandesas de la ciudad. Varios días atrás había quedado libre tras pasar catorce lunas en prisión por robarle un abrigo a un chino en Mile End Road y había vuelto a su antigua vida, a vender de estraperlo relojes y ollas a las mujeres de bien que vivían en Whitechapel.

—No tienes muy buena pinta —comentó cuando nos sentamos a la mesa.

Su esposa Mary, su madre y dos primas habían sido enviadas a la habitación delantera para que nos dieran privacidad. Era un día soleado, pero la habitación trasera donde nos encontrábamos era fría porque por la ventana apenas entraba luz debido al edificio que había justo enfrente, a unos cuatro metros y medio escasos de distancia. Las gafas que Nolan llevaba puestas estaban rotas, y una de las patillas era un lápiz mordisqueado que estaba sujeto con un trozo deshilachado de cordel.

—Perdóname por no haber ido a verte al trullo, pero es que siento aversión hacia los criminales —le dije.

—Estás perdonado, Norman. ¿Qué tal está tu jefe?

—Sufriendo después de pasar una noche en el Hog.

Él se echó a reír y se dio una palmada en el muslo.

—Siempre le ha faltado aguante. Tiene un cuerpo débil, ese es el problema. Muy poco aguante. Bueno, viejo amigo, dime qué es lo que quieres ahora.

—¿Has oído hablar de una banda de irlandeses o de americanos? Podrían estar desvalijando las casas finolis del West End.

Él se puso en pie y fue a cerrar la puerta; cuando regresó a la mesa, su sonrisa se había esfumado.

—Yo de vosotros no me metería en ese asunto, amigo mío. No os recomiendo que hagáis preguntas sobre esa gente.

—Podrían estar relacionados con un caso.

—Aunque así fuera, no os conviene tener nada que ver con esa gente. Manteneos bien alejados de ellos.

—El jefe no se va a olvidar del asunto. Una joven ha sido asesinada, y él se lo ha tomado como algo personal. Parece ser que esa banda está relacionada con...

—¡No me cuentes nada más! —lo dijo con tanto énfasis que se le cayeron las gafas—. ¿Te he dicho en algún momento que quiera enterarme de lo que pasa? —Respiró hondo al verme negar con la cabeza y se agachó a recoger las gafas del suelo antes de seguir hablando—. Mira, esto es lo que hay: esos tipos son fenianos, ¿te acuerdas de ellos?

Yo asentí. ¿Qué inglés habría podido olvidarse de ellos? Diez años atrás, una serie de bombas habían sembrado el caos por toda la ciudad. Cada día aparecían noticias sobre nuevos objetivos y planes que habían sido frustrados por la policía, se habían colocado explosivos en el ferrocarril subterráneo, en el puente de Londres e incluso en el palacio de Westminster. La gente estaba tan asustada que dejó de usar el ferrocarril, y el propio jefe había escrito más de un artículo para el periódico sobre los saboteadores y los americanos de origen irlandés que estaban detrás de todo aquello. Habían trasladado la lucha por Irlanda al corazón de Inglaterra, eso era algo que sabíamos todos los que vivíamos allí.

—Creía que se habían rendido.

—Casi todos lo hicieron, pero unos cuantos tomaron su propio camino y siguen creyendo que los británicos solo van a prestar atención a una guerra declarada. Se rumorea que tienen alguna relación con los robos, pero eso es lo único que ha llegado a mis oídos.

—¿Puedes darme algún nombre?

—Solo he oído mencionar a un tal Paddler Bill, dicen que es uno de los Invencibles. ¿Te acuerdas de ellos?

—¿Los asesinos?

—Exacto. Era uno que escapó, ni siquiera se le mencionó durante el juicio. Un pelirrojo grandote..., eso tengo entendido, yo no le he visto en mi vida. Dicen que no olvida las ejecuciones de quienes estaban con él, que por eso sigue con la lucha. Mató a su hermano por dar información, eso es lo que dicen. Le mató en una fábrica de dulces, le hirvió en caramelo.

Yo me estremecí al oír aquello.

—Dios, Nolan, no me gusta nada este caso.

—Estamos hablando de gente a la que no te conviene cabrear, mantente bien lejos de ellos.

Guardó silencio mientras yo le daba vueltas al asunto, mientras me preguntaba si sería posible convencer al jefe de que aquel caso era demasiado peligroso, pero sabía que era una esperanza vana. Una vez que daba su palabra, no había forma de convencerle de que renunciara.

—¿Por qué roban en todas esas casas? ¿Qué tiene eso que ver con la lucha por su causa?

—No me extrañaría que fuera por dinero, ten en cuenta que librar una guerra no es barato.

—¿No has oído mencionar más nombres?

—No, no tengo ni idea de cómo se llaman los demás..., y antes de que me lo pidas, que te quede claro que no pienso hacer averiguaciones por la zona. Esa gente es capaz de atar a una persona y lanzarla al río en medio de la noche sin pensárselo dos veces.

—No te lo preguntaría si no fuera importante, Nolan.

Él negó con la cabeza y se metió las manos en los bolsillos. Un gato salió de detrás del horno y se le acercó para frotarse contra su pierna, pero lo apartó con impaciencia.

—Mary también es irlandesa, ¿verdad? —le pregunté al fin.

—Nació aquí. Sus padres se vinieron a vivir aquí después de la hambruna, pero no saben nada sobre esos fenianos. La mayoría de esos tipos son americanos.

—¿Qué opina sobre ellos?

—Su prima Kate es la que asiste a todas las reuniones sobre la reforma agraria, pero toda su familia está a favor de una Irlanda libre. El padre también lo estaba antes de palmar.

—Y cómo no, viviendo contigo.

Nolan me había hablado con fervor sobre el autogobierno en más de una ocasión. Él se había mudado a Londres veinte años atrás, durante la represión, y al hermano que se había quedado en su tierra lo habían encarcelado en Tralee por ayudar a granjeros que se resistían a ser desahuciados de las tierras que arrendaban. Cuanto más me contaba sobre lo acontecido en Irlanda, más avergonzado me sentía por lo que estaba haciendo mi propia gente. El jefe compartía la opinión de Nolan respecto a ese tema, y esa era una de las razones por las que se había creado un respeto mutuo tan profundo entre ellos.

—Muchos de los tuyos nos ven como pura basura —afirmó—. En esta ciudad hay muchos irlandeses que respetan las leyes, amigo mío. Yo no soy uno de ellos, por supuesto, pero son muchos y a pesar de eso nos echan la culpa de todos los crímenes habidos y por haber; si sale algún trabajo, siempre somos la última opción. Nuestra gente tiene buenos motivos para ponerse en vuestra contra, pero hay algo que te quiero dejar muy claro: abogaré por la liberación de mi país hasta el día en que me muera, pero no estoy de acuerdo con lo de las bombas. Nunca lo he estado.

Se cruzó de brazos y sacudió la cabeza. Supe por la expresión de su rostro que se disponía a iniciar una conversación de lo más seria, pero en ese preciso momento la puerta se abrió con un pequeño chirrido y su Mary asomó la cabeza.

—Ha llegado el mozo del pub con las cervezas, chicos.

Nolan emitió un sonido que revelaba que había estado conteniendo el aliento, y entonces sonrió y me preguntó si me apetecía una. Tomamos un trago los tres juntos y cuando Mary se fue a buscar caracoles de mar intenté convencerlo de que hiciera algunas pesquisas, pero mis esfuerzos fueron en vano. Aquellos fenianos inspiraban miedo en mi viejo amigo, un hombre que no solía temerle a nada.

8

Cuando llegamos aquella tarde al estudio de fotografía The Fontaine, nos encontramos con que acababa de ocurrir un accidente. Un caballo había muerto a causa de una caída y había arrastrado al carruaje del que tiraba, que estaba volcado de lado. Una dama que tenía el rostro ensangrentado y sostenía un ramito de flores en la mano se había sentado en un escalón y lloraba desconsolada mientras el cochero intentaba desenganchar el carruaje del cadáver del caballo, y una multitud se había congregado en el lugar para curiosear.

Cuando pasamos junto a la mujer, el jefe se detuvo y se inclinó solícito hacia ella.

—¿Está herida, señorita? —le preguntó, antes de ofrecerle su pañuelo—. Tenga, aquí tiene.

Los sollozos de la dama amainaron mientras sus llorosos ojos se alzaban hacia él, pero su mirada se posó entonces en el pañuelo y, al ver las manchas de tabaco y los hilos que colgaban de la tela (hilos que tenían incrustados vete a saber qué), se estremeció asqueada y giró la cara.

—¿Desea que mande a buscar a alguien? —le preguntó el jefe, mientras se apresuraba a guardar de nuevo el pañuelo.

—¡No me toque! —susurró ella con vehemencia, antes de cubrirse la cara con las manos—. ¡No necesito su ayuda!

Él se golpeteó los zapatos con el bastón mientras la miraba con cara de tristeza. Daba la impresión de que no sabía qué hacer, así que le tomé del brazo.

—Prosigamos nuestro camino, señor. El cochero se encargará de socorrerla.

Eric estaba observando al gentío a través de la ventana del estudio, pero se apresuró a colocarse tras el mostrador al vernos llegar. Vestía una corbata moteada y una camisa de cuello alto elaborada con una tela amarilla que no supe identificar, y reconoció de inmediato al jefe.

—¡Ah, ha venido a concertar una cita para que le haga su retrato! No sabe lo complacido que me siento, para mí sería un verdadero placer tener la oportunidad de dejar plasmadas para la posteridad sus nobles facciones. Tiene usted justo el tipo de perfil por el que trabajo en este negocio.

—Eh…, sí, claro —balbuceó el jefe.

Estaba claro que aquellos inesperados cumplidos le habían tomado desprevenido. Yo no había oído nunca una descripción semejante de su enorme cabeza de patata. Jamás.

—¿Tiene en mente alguna fecha en concreto? —le preguntó Fontaine, antes de abrir su agenda y agarrar una pluma.

—Pero antes nos gustaría poder hablar brevemente con la señorita Cousture, si no es mucha molestia —le pidió el jefe—. Sería una conversación muy breve.

Los firmes labios de Fontaine se curvaron en un mohín de desaprobación, y vislumbré dos dientes frontales superiores que sobresalían por encima de su labio inferior como los de una liebre.

—Ella no está aquí. Ha salido a por sopa hace unas horas y no ha vuelto, y si la ve puede decirle que estoy a punto de buscar otra ayudante. Verá usted, caballero, yo contraté a una mujer porque creo en la emancipación de la especie femenina.

—Mi hermana comparte esas ideas —afirmó el jefe con firmeza.

—¡Pues así es como me tratan!

Fontaine se indignó por un instante, y fue en ese efímero momento cuando su acento afloró y noté un inconfundible deje irlandés en la pronunciación de las vocales. El jefe me lanzó una fugaz mirada antes de contestar.

—No hay duda de que es usted digno de admiración, señor. ¿Cuánto tiempo me ha dicho que lleva trabajando para usted la señorita Cousture?

Fontaine suspiró, alzó la pluma y se limitó a decir:

—Quería concertar hora para hacerse un retrato, ¿no?

El jefe asintió y recorrió con la mirada los que colgaban de la pared.

—Tiene usted muy buen ojo —comentó, mientras se rascaba la barbilla—. Da la impresión de que esta gente podría cobrar vida de un momento a otro.

—Esa es la meta de un artista —le contestó Fontaine con gravedad, antes de señalar hacia el retrato de un soldado que se encontraba colgado detrás del mostrador—. Esta es la mejor de mis creaciones.

—Sí, ya veo. Es una verdadera obra de arte, de eso no hay duda.

Fontaine contempló en silencio el retrato en cuestión, y al cabo de un largo momento se volvió de nuevo hacia el jefe y comentó:

—Usted también tiene muy buen ojo, caballero.

—¿Dispone de tiempo para que hagamos ahora mismo mi retrato?

—Pues sí, yo diría que dispongo del tiempo justo antes de que llegue mi siguiente cliente. ¡Adelante, adelante! —Le indicó que cruzara la cortina negra—. ¡Pase! Un hombre como usted tiene que tener un retrato de su ilustre semblante para poder colgarlo en el pasillo o en su saloncito, o puede que en su biblioteca privada... ¡Por supuesto que sí!

Aún seguía hablando cuando ambos desaparecieron tras la cortina negra, y yo esperé un par de segundos antes de aprovechar para inspeccionar los cajones del mostrador. Estaban llenos de tornillos, placas y perillas. En el de abajo encontré el libro de cuentas, donde leí que había empezado a pagarle a la señorita Cousture en enero de ese mismo año, es decir: hacía unos cuatro meses escasos.

Busqué una dirección y al final la encontré anotada en la última hoja de una libretita.

El jefe reapareció veinte minutos después con aquel cabello lateral suyo peinado y fijado con aceite, las patillas recortadas y la corbata anudada con pulcritud al cuello.

—Sí, una semana —le dijo Fontaine—. Indíqueme su dirección, por favor.

—El cincuenta y nueve de Coin Street, detrás de la panadería.

—Le pondré un pequeño marco, el mismo que tiene el retrato del soldado. A su hermana va a encantarle esta fotografía, se lo aseguro. —Abrió la puerta—. No me cabe la menor duda, caballero.

El jefe y yo salimos del estudio, y él esperó a que dobláramos la esquina al final de la calle antes de comentar:

—Bueno, Barnett, no hay duda de que ha sido una experiencia interesante. Parece ser que quien ayudó a nuestra clienta a encontrar empleo no fue un tío que trabaja como tratante de arte; según el señor Fontaine, fue un reverendo quien acudió a él estas navidades pasadas y le ofreció los servicios de la dama por la mitad de lo que Fontaine le pagaría a cualquier otra persona. Al parecer, ella no tenía ni las más mínimas nociones del arte de la fotografía. No sabía nada de nada. Pero una cara bonita y la sutil persuasión de la Iglesia pueden obrar milagros.

—Por no hablar de un sueldo barato.

—Exacto.

—No empezó a pagarle hasta enero. Bueno, eso es lo que pone al menos en el libro de cuentas.

—Ya veo que tú también has estado atareado. Ah, y hay algo más: la señorita Cousture ha rechazado las proposiciones amorosas del señor Fontaine, pero él no se rinde y mantiene la esperanza de llegar a acostarse con ella.

—¡Me asombra lo que la gente llega a contarle, señor! —le dije con una carcajada.

—No me lo ha dicho, lo he leído en él.

—No le entiendo.

—A ver, Barnett..., parece ser que la señorita Cousture desaparece con bastante regularidad y de forma inesperada, eso es algo que él mismo ha admitido. Pero a pesar de todo no la despide aunque está claro que está enfadado. ¿Por qué no lo hace? Tal y como nos asegura el señor Darwin, no hace falta buscar más allá de la naturaleza animal básica del ser humano. Si no la despide es porque se trata de una mujer bella y desea meterse entre sus muslos, que es lo mismo que desearán sin duda muchos otros. Seguro que está convencido de que, dada su posición como jefe suyo, está en su derecho. El culpable no es él. El león tiene derecho a poseer a las leonas de su manada, y el señor Fontaine es el leoncito de su estudio. No me cabe duda de que muchos de los comerciantes de esta calle se acuestan con sus respectivas ayudantes, la ciudad está llena de leoncitos. Debe de molestarle sobremanera el que ella no se le ofrezca. Es como si hubiera comprado un hermoso pastel que permanece todo el día en el mostrador sin que pueda comérselo.

—Puede que esté casado.

—Cielos, Barnett, qué dulce eres a veces.

—¿Cómo puede estar tan seguro de que él la desea?

—Pues porque es una mujer hermosa. Yo sentí deseo hacia ella, y tú también.

—¡Eso no es verdad!

—Claro que sí, amigo mío. Vi cómo perdías tu habitual compostura en mi saloncito. Incluso a ti te afectó su belleza, a pesar de tu fidelidad hacia tu esposa.

Tuvimos que detenernos para dejar pasar a un vendedor ambulante que se metió en una callejuela empujando un carro cargado de abrigos.

—Sus deducciones se parecen más de lo que usted cree a las de Sherlock Holmes —comenté cuando nos pusimos de nuevo en marcha.

—De eso nada, Barnett. Yo descifro personas, y él códigos

77

secretos y lechos de flores. Ese hombre y yo no nos parecemos en nada, y la verdad es que me estoy cansando de que me lances pullitas con ese tema.

Yo me reí para mis adentros mientras seguíamos caminando.

—¿Por qué nos mintió la señorita Cousture? —le pregunté mientras pasábamos por debajo del puente ferroviario.

—No lo sé. Y como el señor Fontaine no ha querido darme su dirección, vamos a tener que esperar hasta que ella reaparezca para poder averiguarlo. Otra tarea de la que tendrás que encargarte mañana, Barnett. Reza para que no regrese la lluvia.

Yo le mostré el trozo de papel donde había anotado la dirección en cuestión.

—Pues suerte que he encontrado esto, señor.

A su rubicundo rostro asomó una enorme sonrisa. Me dio una palmada en el hombro.

—¡Excelente, Barnett! Esperemos que la dama esté en casa.

Advertí la presencia de un tipo cuando el jefe y yo enfilamos por Broad Wall. Era un hombre que no me habría llamado la atención de no ser por el trozo rasgado de papel marrón que llevaba pegado a la pernera del pantalón, ya que era un trozo de papel que yo ya había visto antes en la cafetería mientras me tomaba una infusión. Recordaba haber pensado que a lo mejor se había manchado el pantalón con un poco de melaza o algo así, y por eso el papel se le había quedado pegado a la tela. Y allí estaba de nuevo, pegado al mismo hombre, que en ese momento caminaba paralelo a nosotros al otro lado de la calle con la mirada alzada hacia las ventanas superiores de los edificios.

Vi que estábamos acercándonos a una estrecha callejuela situada a nuestra derecha y se me ocurrió una idea.

—Señor, ¿podemos tomar esa callejuela de ahí?

—¿Por qué?

—Creo que un hombre podría estar siguiéndonos. No se gire

a mirar, está al otro lado de la calle. Un tipo de estatura media, abrigo gris. —Me di cuenta de que apretaba los puños y se mordía el labio, saltaba a la vista que estaba reprimiendo a duras penas las ganas de lanzar un vistazo—. ¡No lo haga!, ¡no le mire!

—¡Vale, Barnett, vale!

Lo dijo a regañadientes, nada contento con tener que acatar aquella restricción, y se esforzó por mantener la mirada al frente. Cojeaba un poco porque le apretaban los zapatos, y el peso de su cuerpo hacía que caminara resoplando por el esfuerzo.

—¡Te he oído la primera vez! —añadió en tono gruñón.

—Estaba a punto de mirar.

—¡De eso nada!

En ese momento llegamos a la callejuela, un pasaje estrecho y oscuro que tenía a ambos lados talleres y fábricas de considerable altura que parecían inclinarse hacia el centro de la misma al alzarse hacia el cielo gris. Casi todos habían acabado ya la jornada y estaban cerrados, pero en las mugrosas ventanas de unos cuantos aún había luz. Las personas con las que nos cruzábamos caminaban con pesadez, cansadas y cabizbajas, y vestían ropa gruesa y raída; en el suelo que pisábamos se alternaban la grava y el barro. Había un carro cargado de cajas un poco más adelante, y cuando lo dejamos atrás doblamos por una callejuela incluso más estrecha que la anterior. No miramos atrás en ningún momento, y al llegar al final de la callejuela doblamos por otra que estaba más oscura aún.

Señalé hacia un recodo en la calle justo enfrente, donde sobresalía un pequeño muro, y el jefe asintió.

—Sí, perfecto —dijo.

Aceleramos el paso y nos ocultamos allí. Me asomé con cuidado para ver si alguien seguía nuestros pasos, y el jefe se quedó tras de mí apoyado contra una puerta mientras intentaba recobrar el aliento.

El hombre tardó muy poco en aparecer y avanzó a paso rápido por la callejuela.

—Ya viene —le dije en voz baja al jefe, mientras el tipo se acercaba cada vez más.

—No te muevas —susurró.

De repente se oyó un ruido a nuestra espalda, la puerta en la que él estaba apoyado se abrió y apareció una harapienta mujer que sostenía en las manos un orinal lleno hasta arriba de un repugnante líquido con tropezones. La señora puso cara de sorpresa al encontrar a dos caballeros en el umbral de su puerta, esperando a recibir los excrementos de su familia. Puede que fuera incapaz de evitar que sus músculos hicieran aquello a lo que sin duda estaban acostumbrados en tales circunstancias, porque echó el orinal hacia atrás como si se dispusiera a vaciarlo en la calle.

El jefe, sobresaltado, retrocedió a toda prisa para alejarse de ella, lo que hizo que saliera de detrás del muro y quedara a plena vista de nuestro perseguidor, quien al verle dio media vuelta y huyó corriendo por donde había venido.

—¡Maldición! —El jefe aún estaba lanzando la exclamación cuando la mitad del contenido del orinal le dio de lleno en los pantalones.

Yo salí en persecución del tipo sin pensármelo dos veces y al doblar la primera esquina vi su silueta, desdibujada contra los oscuros ladrillos, corriendo a unos metros de distancia. Fui ganándole terreno poco a poco, así que para cuando llegamos a la siguiente callejuela estaba seguro de poder alcanzarle. Dobló a la derecha, lo que seguía alejándonos de las farolas de Broad Wall y nos internaba cada vez más en el laberinto de húmedos edificios.

Perdí tiempo por culpa de un carro que estaba intentando girar. El caballo me bloqueaba el camino y el repartidor me pidió que me detuviera y esperara un momento, que no sobresaltara al animal, pero yo hice caso omiso y pasé por encima del vacío carro como buenamente pude.

—¡Cretino! —me gritó, chasqueando en el aire la fusta.

La callejuela que tenía frente a mí estaba desierta. Seguí corriendo y no tardé en llegar a un cruce, mi instinto me hizo doblar de nuevo a la izquierda y vi frente a mí, a unos metros de distancia, las farolas de una calle propiamente dicha.

Mi cerebro aún estaba asimilando esa información cuando un súbito impacto contra las piernas me derribó y caí con fuerza al suelo de grava; mi cadera estaba impactando contra el suelo cuando me asestaron un golpe en la espalda que me arrancó un grito de dolor. Alcancé a girar la cabeza lo bastante para poder ver al hombre, cuyos ojos centelleaban en un rostro barbudo mientras alzaba la porra para golpearme de nuevo. Mi mirada se centró en la mano con la que sostenía el arma, en la uña morada y aplastada del dedo índice, y en ese momento sentí como si la destrozada uña estuviera llena de furia y sed de venganza, como si el hombre en sí mismo no fuera más que su herramienta. Alcé la mano para detener el golpe, con lo que me dio en el antebrazo. Unas intensas náuseas me recorrieron en una gran oleada y mi cuerpo se quedó sin fuerzas; los oídos me zumbaban como si se me hubiera metido en la cabeza un enjambre de abejas, tenía los ojos llenos de lágrimas. Estaba indefenso. Me encogí sobre mí mismo, me tensé más y más hecho un ovillo, apreté bien fuerte los ojos y me preparé para recibir el siguiente golpe.

Nada, el golpe no llegó. Me daba miedo girar la cabeza por si empezaban a molerme a palos hasta hacerme papilla, así que me limité a escuchar. Conforme el zumbido fue desvaneciéndose poco a poco, oí la voz de una mujer que estaba hablando en el interior de alguno de los edificios. Hice acopio de valor, giré la cabeza y no vi al tipo por ninguna parte.

Fui incorporándome poco a poco hasta sentarme. No estaba seguro de si iba a ser capaz de levantarme, el más mínimo movimiento hacía que me doliera todo. Miré a uno y otro lado de la callejuela hasta tener la certeza de que el tipo se había largado, y entonces me apoyé contra la pared y me puse trabajosamente en pie.

Un fuerte latigazo de dolor en la espalda me obligó a sentarme de nuevo en el suelo, donde permanecí frotándome el brazo, descansando, a la espera de que mi estómago se asentara y desaparecieran las náuseas.

Una mujer que iba cargada con una pesada olla dobló en ese momento la esquina.

—¿Se ha caído? —me preguntó al verme.

Yo intenté que mi voz sonara normal.

—Pues sí, he tropezado.

—¿Quiere que le ayude?

Dejó la olla en el suelo y me ayudó a ponerme en pie. Era tan recia como la señora Barnett, y su mera presencia bastó para darme fuerzas.

—¿Se ha cruzado con un tipo bajito con barba? Lo más seguro es que estuviera corriendo.

—Sí, vaya si tenía prisa —contestó mientras alzaba la olla—. Le ha robado, ¿verdad?

—Algo así.

—Pues ni se moleste en ir a la poli, si no quiere perder medio día como mínimo.

—¿Puede describírmelo?

—Con tan poca luz no le he visto bien, pero tenía unos ojitos pequeños. Tenía pinta de que no era de fiar. Pero hágame caso, ni se moleste en ir a la poli esta vez.

Echamos a andar uno junto al otro, un latigazo de dolor me recorría la espalda con cada paso que daba.

—Pregúnteme por qué —me dijo.

—¿Por qué?

—Porque llevaba al cinto una porra de poli. Y el cinturón también era como el que llevan los polis. No iba de uniforme, pero las botas también eran como las que llevan ellos.

—Sabe mucho sobre la ropa que llevan, ¿no?

—Es que mi padre era agente. Ya la palmó. Era yo quien le abrillantaba las botas cada día. ¿Está usted casado?

Yo asentí. Caminamos juntos hasta llegar a la calle principal, desde donde ella se marchó en dirección al puente. Cuando la perdí de vista, me senté en el escalón de una de las tiendas de The Home and Colonial para darme un respiro del dolor. Tardé una hora en tener las fuerzas suficientes para ponerme en pie y marcharme de allí rumbo a la casa del jefe.

9

Cuando entré en el saloncito del jefe, lo encontré sentado con una jarra en la mano. Ettie estaba sentada en la silla que había junto a la ventana, se llevó una mano a la frente y me saludó con un breve gesto de asentimiento antes de cerrar los ojos. Él sacudió la cabeza como para advertirme que era mejor no preguntar, y entonces tomó un buen trago de cerveza. Era obvio que se sentía culpable por lo ocurrido, pero, tal y como era habitual en él, no me ofreció disculpas.

Me senté en el sofá despacito, con mucho cuidado, convencido de que debía de tener un moratón enorme en la espalda. El jefe vio en ese momento mi mano hinchada.

—¡Por Dios Santo, Barnett! ¿Qué demonios te ha pasado? ¿Quieres que avise al médico?

—Supongo que eso saldría de nuevo de mi dinero, ¿verdad? —No pude evitar que las palabras sonaran bastante cortantes, y al ver que parecía sentirse dolido procuré suavizar el tono—. Estoy magullado, eso es todo.

Me pregunté si Ettie, siendo enfermera, podría echarme un vistazo, pero permaneció inmóvil con la mano en la frente.

—Tiene que verte alguien —insistió el jefe—. Puedo avisar al médico para que de paso revise también a Ettie, así nos sale más barato.

—No necesito un médico. —Se apresuró a decir ella, sin abrir los ojos.

—Yo tampoco, señor. Aunque un trago no me vendría nada mal.

Él me pasó una botellita azul.

—Es clorodina, una medicina realmente mágica. Te será de ayuda.

Me tomé un poco mientras él me servía una jarra de cerveza, y con el agradable calorcillo de la medicina bajándome por la garganta le relaté el ataque que había sufrido en la calle.

—¡Cielos! —exclamó cuando terminé de contárselo—, ¡este caso se complica más y más con cada día que pasa! Llevo un buen rato aquí sentado, preguntándome por qué habría de mentirnos la señorita Cousture. Ha venido mientras nosotros dos estábamos fuera, mi hermana ha hablado con ella. Parece ser que de repente está de lo más impaciente por saber si hemos logrado algún avance, pero no ha dejado ninguna dirección. ¿No te resulta extraño, Barnett?

—En este caso no hay nada que no resulte extraño.

—Y ahora resulta que un agente de policía nos sigue y te golpea, pero no intenta interrogarte.

Ettie soltó un suspiro y cambió de postura en la silla. Estaba muy pálida y tenía el rostro desencajado de dolor.

—¿Qué le pasa a su hermana? —susurré.

—Ha llegado a casa débil e indispuesta. —La voz del jefe fue ganando volumen—. Se niega a subir a acostarse, insiste en permanecer ahí sentada.

Dirigí la mirada hacia ella de nuevo y alcancé a ver cómo le titilaban los párpados por un fugaz instante. Estaba claro que nos oía y estaba decidida a no contestar.

El jefe alzó los ojos al techo y golpeteó su pipa con un dedo antes de decir:

—Iremos a visitar a la señorita Cousture mañana a primera hora, antes de que se vaya a trabajar. Registraremos su habitación en busca de pistas.

—¿Cree que nos lo permitirá?

Él se echó a reír.

—Por supuesto que no, pero puede que nos sirva al menos para provocarla y lograr que nos diga la verdad.

La campana de la panadería empezó a tintinear, así que me levanté trabajosamente, salí del saloncito y crucé rumbo a la puerta principal, donde encontré esperando al inspector Petleigh. Tras él se encontraba el joven agente de potente vozarrón que había tomado el mando cuando la entrada de la iglesia de San Jorge Mártir se había convertido en la escena de un crimen. Los conduje hasta el saloncito, y al llegar vi que Ettie ya no estaba allí. Oí el crujido de las tablas del piso de arriba y deduje que se había retirado a descansar.

—¿Son estos los hombres? —le preguntó Petleigh al agente.

—¡Sí, señor, sí que lo son! ¡Este y ese de ahí! —vociferó el joven.

—¡Lo sabía! En cuanto me los describiste, supe que se trataba de ellos.

Soltó una risotada nada agradable. Habíamos coincidido muchas veces con el inspector a lo largo de los años, en circunstancias buenas y no tan buenas. Él no aprobaba nuestro trabajo, pero sabía que no había agentes suficientes para encargarse de todos los delitos que se perpetraban en aquella zona de la ciudad. No era un mal tipo, aunque eso era algo que el jefe no admitiría jamás.

—El alto es el que persiguió al asesino —afirmó el agente—, el otro sostenía la cabeza de la víctima. La conocían, ellos mismos lo admitieron.

Petleigh se sentó sin que se le invitara a hacerlo y miró al jefe.

—Me decepciona usted, William. Me decepciona mucho. Yo creía que ya había aprendido la lección. Accedió a contentarse con infidelidades y criados rateros, pero ahora vuelvo a encontrarle en la escena de un asesinato.

Se retorció el bigote y estiró sus largas piernas. Llevaba puestas unas botas de cuero nuevas con la suela embadurnada de barro húmedo y me di cuenta de que el joven agente, que estaba parado junto a la puerta sosteniendo el casco con una rígida mano, tampoco se había limpiado los pies. Me dirigí hacia el armario donde se guardaba la escoba.

—Me alegra que hayan puesto una mente tan aguda como la suya en este caso —afirmó el jefe mientras encendía de nuevo su pipa—. Dígame, ¿han atrapado ya a ese malnacido?

—Estamos investigando. Parece ser un robo callejero que se torció, aunque la muchacha no llevaba encima nada de valor. También existe la posibilidad de que el destripador haya regresado, el comisario está muy atento a esa posibilidad.

—¡Venga ya, Petleigh! ¡Eso es una soberana ridiculez! Jack nunca actuó a plena luz del día en una calle llena de gente.

—Sí, eso es cierto. Estamos siguiendo varias pistas, pero estaríamos más cerca de resolver el caso si no se nos ocultara información.

—¿Puedo preguntar cuáles son esas pistas?

Petleigh suspiró y negó con la cabeza. Una sonrisa irónica ensanchó ligeramente sus finos labios.

—¿Me toma por idiota? —preguntó.

—No, para nada. Le tomo por imbécil.

Petleigh lo miró con indignación y espetó con voz cortante:

—¡Puedo llevarle ante el magistrado por obstrucción a la policía, señor mío!

—¡No he hecho nada, inspec...!

—¡Está investigando un caso que está relacionado con el asesinato!, ¿o acaso me equivoco?

—No.

—Usted posee información que no nos contó a su debido momento. Han pasado varios días, tiempo suficiente para que el culpable se escape. Un magistrado podría afirmar que usted está protegiendo al asesino.

—No sabemos de quién se trata, pasó junto a nosotros rápidamente. Barnett le persiguió, pero acabó por perderle la pista.

—¿Cuál es el caso que tienen entre manos?

—Estamos intentando encontrar al enamorado de la muchacha, habíamos acordado encontrarnos con ella en la iglesia.

—Ella los contrató —dedujo Petleigh.

—No.

—Entonces ¿quién fue?

—No podemos decírselo, nuestro cliente exigió confidencialidad —le dijo el jefe.

El agente intervino al oír aquello.

—¡Dele la información al inspector si no quiere pasar la noche en el calabozo!

Petleigh alzó una mano para tranquilizar al acalorado joven, y el jefe afirmó con calma:

—Podemos ayudarle a atrapar al asesino, inspector.

—Es usted un hombre muy pagado de sí mismo, señor Arrowood —afirmó, antes de cruzar las piernas—. ¿Quién se cree que es? ¿Sherlock Holmes?

El jefe se limitó a soltar un bufido burlón, y el inspector siguió hablando con voz firme.

—Permita que le deje esto muy claro: nosotros somos la policía. Nos encargamos de asesinatos, violaciones, robos... Estamos hablando de gente peligrosa. Ustedes investigan a abogados que han falsificado contratos, buscan a maridos que se han escapado con la sirvienta. Nosotros no les damos información, son ustedes quienes nos la dan a nosotros. Así que vamos a intentarlo una vez más. ¿Para quién trabajan? ¿Qué saben acerca de este asesinato?

—Le contaré lo que pueda a cambio de que averigüe el nombre del agente que le ha propinado una tunda a Barnett esta tarde —le propuso el jefe.

Todas las miradas se volvieron hacia mí, así que tomé la palabra.

—Ese agente estaba siguiéndonos, inspector, y me preguntaba si usted le había dado la orden.

Petleigh se volvió hacia el agente.

—¿Sabes tú algo de eso? —le preguntó.

El joven negó con la cabeza, y yo les mostré mi hinchado brazo antes de levantarme la camisa para dejar al descubierto el moratón que tenía en la espalda.

—¡Madre mía, qué porrazo! —exclamó el jefe con asombro—. Debe de dolerte mucho, Barnett. Tienes la espalda del color de unos riñones, me parece que al final sí que vamos a tener que llamar al médico.

—No, señor, no puedo permitirme ese gasto. —Me bajé de nuevo la camisa y me volví hacia Petleigh—. La cuestión es que el tipo era policía, y usted aún no ha contestado a mi pregunta. ¿Me siguió por orden suya?

—No, Norman, le juro que no. Cuénteme lo ocurrido. —Guardó silencio mientras yo se lo contaba y describía al hombre lo mejor que pude. Una vez que terminé, me preguntó con calma—: ¿Está seguro de que era un agente de policía?

—Llevaba un cinturón de policía, y la porra con la que me golpeó era como las que usan ustedes.

—El hombre que ha descrito no me resulta conocido. —Miró al agente—. ¿Tú lo reconoces?

—Hay un compañero que trabaja en la zona de Elephant and Castle que encaja con la descripción, aunque no sé cómo se llama. Pero me cuesta creer que uno de nuestros hombres pueda hacer algo así.

—Aún no tenemos la certeza de que sea un agente de policía, pero, suponiendo que lo sea..., ¿desean presentar una denuncia? —nos preguntó Petleigh.

El jefe me miró antes de contestar.

—Lo que queremos es saber su nombre, eso es todo por el momento.

Petleigh sopesó la situación durante unos segundos antes de dar una respuesta.

—Haremos las indagaciones necesarias. Ahora le toca a usted, deme toda la información que tenga. —Sacó una libretita para ir tomando nota.

El jefe procedió a contarle todo cuanto sabíamos. Supo resistirse a sus repetidos intentos de sonsacarle el nombre de nuestra clienta y nuestros informadores, y en un momento dado se sacó la bala del bolsillo del chaleco y se la mostró.

—La joven guardaba esto en la mano, creo que tenía intención de entregárnoslo.

Petleigh la sostuvo bajo la lámpara para poder verla bien, y la revisó con atención antes de dejarla sobre la mesa.

—Puede que se la regalara un enamorado o que la encontrara en algún lado, no creo que sea relevante.

—¿En serio? Bueno, supongo que debemos aceptar su dictamen. ¿Cuál es entonces su teoría, inspector?

—Venga ya, Arrowood, ni lo sueñe. Ande, cuéntenos la suya.

El jefe carraspeó y se echó ligeramente hacia delante en el asiento.

—La teoría más sencilla es que el joven francés estaba metido en algún asunto relacionado con Cream y la banda de fenianos, pero algo se torció y huyó o le mataron. Martha fue asesinada porque estaba a punto de darme información y eso indica que se trata de un asunto serio, más serio de lo que pensamos cuando aceptamos el caso. Es la opción que me parece más probable. ¿Qué han averiguado ustedes?

Petleigh se puso en pie, se sacudió una imaginaria mota de polvo de la chaqueta y contestó mientras revisaba sus mangas.

—Lo mismo, más o menos. O algo similar.

Yo no pude evitar echarme a reír. Mi reacción no le hizo ninguna gracia, e insistió con cara agria:

—Necesito que me den los nombres de sus informantes.

Me acerqué a la chimenea y me puse a apagar los últimos rescoldos del fuego. El jefe chasqueó la lengua y guardó silencio mientras tanteaba sus bolsillos en busca de cerillas.

—Es usted un verdadero incordio, Arrowood —dijo Petleigh al fin, antes de ponerse el sombrero con cuidado—. Deje este asunto en manos de la policía. Si Cream o los fenianos deciden encargarse de usted, le aplastarían como... como... —Se quedó allí, parado frente a nosotros con la boca abierta, con el peso de su advertencia perdido en su incapacidad para encontrar un símil adecuado—. ¡Como una vaca que pisa un bollito relleno de manzana! —Se volvió a mirarme—. Y eso también va por usted, Norman.

—¿A mí también me aplastarían como a un bollito, inspector?

—¡No, a usted le partirían en dos como a una galleta!

—Claro, señor. Por supuesto.

—¡Estoy hablando en serio! —exclamó, cada vez más furioso—. Ustedes dos no tendrían ni la más mínima oportunidad contra ellos. Sabemos que los hombres de Cream están detrás de una oleada de muertes que ha habido en estos últimos años, y todo apunta a que podemos añadir a la lista el asesinato de esa joven. Usted no sabe de la misa la media, Arrowood. Ahogamientos, palizas, incendios provocados..., los actos más abominables. Están dispuestos a asesinar a todo el que se interponga en su camino, y tienen tan aterrada a la gente que no encontramos a nadie que esté dispuesto a testificar contra ellos. No hace falta que le recuerde el caso Spindle, ¿verdad? ¡Usted mismo vio lo que le hicieron a aquel hombre! —Al verle asentir, añadió—: ¿Quiere que a usted le pase lo mismo?

El jefe se quedó pensativo con las manos entrelazadas sobre el vientre y los ojos fijos en la chimenea, y tardó bastante en contestar.

—¿Me hará llegar el nombre del agente, Petleigh?

—Sí, se lo haré llegar —le dijo el inspector con un suspiro—. Pero déjenos a nosotros el asesinato de la joven sirvienta. Avíseme de inmediato si averigua algo, envíe al muchacho de los panecillos con un mensaje. Se lo advierto, Arrowood, no sigan la pista ustedes dos.

Una vez que se hubieron ido, el jefe soltó una carcajada carente de humor mientras nos tomábamos otra jarra de cerveza en el cálido saloncito.

—¡Más de lo mismo! —exclamó—. ¡Más de lo mismo, Barnett! ¡Es un idiota! Sabe que sin nosotros no tiene ni la más mínima posibilidad de resolver el caso.

—¿Cuál es el plan para mañana, señor?

—Descubrir la verdad sobre la dama francesa.

10

Aquella noche apenas pude conciliar el sueño a pesar de que estaba muy cansado y necesitaba con urgencia descansar. El moratón de la espalda me impedía encontrar una postura cómoda y el brazo me ardía a más no poder. Me pasé la noche dándole vueltas y más vueltas a la cabeza. Mis pensamientos tomaron infinidad de direcciones distintas, pero en todas ellas había hombres dispuestos a asesinarnos al jefe y a mí. Si la decisión hubiera estado en mis manos, habríamos devuelto el dinero en cuanto la señorita Cousture había mencionado el Barrel of Beef, pero, por si fuera poco, ahora teníamos la preocupación añadida de los fenianos. Ya había muerto una muchacha y a mí me habían golpeado, así que estaba claro que, cuanto más nos adentráramos en aquel caso, peor se pondrían las cosas.

Mientras avanzábamos por Old Kent Road, que a aquella hora de la mañana era un hervidero de gente que iba apresurada al trabajo y llenaba a rebosar los ómnibus, decidí hablar sin tapujos.

—Lo más probable es que nos maten antes de que este caso quede resuelto.

—No si andamos con cuidado.

Por la forma en que lo dijo, no supe si él mismo creía en sus propias palabras.

—Tiene que estar preocupado por culpa de los fenianos, William —insistí.

Su semblante se oscureció. Aunque abogaba con vehemente convicción a favor del autogobierno irlandés, la campaña feniana de ataques con bombas que habíamos sufrido diez años atrás le había aterrorizado. Había cubierto para el periódico la información sobre los ataques y había asistido a los juicios de los Invencibles, de los dinamiteros de Mansion House, de los conspiradores del Domingo de la Dinamita; había investigado el fondo monetario para escaramuzas y el Triángulo, y los intrincados vínculos que existían entre el Clan na Gael y Parnell. Aquellos años le cambiaron, y puede que fuera eso lo que le costó finalmente su trabajo. Antes era un hombre audaz que investigaba una noticia sin importar hacia dónde le condujeran sus pesquisas, pero le cambiaron aquellos años en los que la ciudad había estado sumida en el pánico. Dejó de echar leche al té porque se creía los rumores que aseguraban que los fenianos envenenaban las cántaras con estricnina; después de que se descubriera el plan contra el ferrocarril subterráneo, no volvió a entrar en los túneles, y hasta la fecha seguía usando únicamente el ómnibus; durante un año entero, al igual que tanta otra gente asustada, había estado comprándole el agua a un carro procedente de la campiña, por si habían envenenado los suministros de la ciudad. Nunca en mi vida había visto a un hombre tan aterrado por algo. Fue uno de los motivos que hicieron que Isabel se fuera. Tardó algunos años en empezar a ser el de antes, pero aún quedaban restos de ese miedo en él y uno podía verlos asomar a veces, entremezclados con los berrinches, la amabilidad y la maraña de cualidades que conformaban su personalidad.

—¿Qué le parece si nos salimos hoy mismo del caso? —le propuse—. Podríamos devolverle el dinero a la señorita Cousture; seguro que no tardamos en conseguir otro caso. En cuanto Cream o los fenianos se enteren de que estamos husmeando, terminaremos en el fondo del río. Y también está lo del poli que me atacó. ¿Cómo sabemos que lo que le contemos a Petleigh no acabará llegando a oídos de esos tipos?

Él guardaba silencio y supuse que estaría recordando el caso

Betsy, en el que John Spindle había muerto de una paliza a manos de los hombres de Cream. Nos había parecido un caso sencillo cuando lo aceptamos. La señora Betsy quería que alguien vigilara a su marido, que trabajaba de estibador en los muelles, porque había empezado a llevar muy poco dinero a casa. Ella sospechaba que estaba gastándose el sueldo en juegos de azar, pero descubrimos que el dinero iba a parar en realidad a una segunda esposa con la que el tipo residía cerca de las escaleras de Pickle Herring. El jefe y yo creíamos que sería un trabajito fácil con el que ganaríamos unas monedas, que sería cuestión de seguirle un par de días cuando acabara la jornada en los muelles y en breve podríamos pasar al siguiente caso. Y habría sido así de no ser porque al jefe le cayó en gracia la otra esposa de Bill Betsy, quien logró por medio de triquiñuelas que él ayudara a un primo suyo a salir de un problema en el que se había metido. Fue así como causamos la muerte de John Spindle. Le delatamos sin saberlo, y después no fuimos a buscarlo en un cabriolé tal y como habíamos acordado. Le dejamos en manos del señor Piser y Boots, que lo aporrearon hasta matarlo en la carbonera de la pensión donde le habíamos ocultado. Cargábamos con el peso de una profunda culpa desde entonces, y hasta el momento habíamos cumplido la promesa de mantenernos alejados de casos que pudieran torcerse. Nos habíamos ceñido a esa decisión durante cuatro años, pero aun así el recuerdo de ese caso tenía el poder de hacer que nos sintiéramos como los hombres más miserables de todo Londres.

El jefe se detuvo de improviso y me dijo, con voz firme y vehemente, mientras permanecíamos parados en medio del flujo incesante de transeúntes:

—Escúchame bien, Barnett: cometimos un error terrible en el pasado, pero aprendimos de él. Sabía que llegaría el día en que tendríamos que pagar por lo que sucedió y emplear lo que hemos aprendido. —Se quedó mirándome con gravedad, con las gafas apoyadas en su enrojecida nariz, y al cabo de unos segundos se metió las manos en los bolsillos—. Este caso nos ha elegido a nosotros. Esos canallas asesinaron a Martha, a esa pobre muchacha, la asesinaron para salvaguardar su secreto. ¡Tenemos que seguir con este caso por ella! ¡No pueden salirse con la suya de nuevo! Petleigh no va a poder resolverlo, eso lo sabes tan bien como yo. La policía no puede hacer nada a menos que haya unas pruebas claras, no cuenta con recursos suficientes.

—¿Tiene un penique para mi bebé, señor? —La voz ronca procedía de una harapienta mujer llena de mugre que se nos había acercado por detrás—. El pobrecillo no está muy bien.

El jefe se sacó una moneda del bolsillo, se la dio y bajó la mirada hacia el bebé. Al ver su sucia carita, la viscosa mucosidad que le bajaba hasta los labios y las legañas amarillentas que sellaban sus ojitos, se sacó el pañuelo amarillo nuevecito que había aparecido en su chaleco el día anterior y se lo ofreció a la mujer.

—Límpiele la cara.

Ella se quedó mirando la tela como si creyera que estaban tomándole el pelo, así que el jefe suspiró con impaciencia y procedió a limpiar él mismo la cara del bebé antes de meter el pañuelo bajo la manta que cubría al pequeño.

—No lo venda —le indicó a la mujer—. Es para el bebé, no para usted. —Proseguimos nuestro camino, y al cabo de un momento se volvió a mirarme y reiteró—: Este caso nos ha elegido a nosotros, Barnett. Es nuestra oportunidad para pagar por el error que cometimos y hacer bien las cosas.

Cuando llegamos a la dirección que buscábamos, nos encontramos con una mansión de ladrillo gris situada en una avenida de casas acomodadas que tenía en la pared una placa de latón en la que figuraban una cruz y las letras *ACJ*. Nos abrió la puerta una matrona vestida de negro que llevaba una bufanda blanca alrededor de la cabeza a la que no le hizo ninguna gracia recibir visitas tan temprano. Nos pidió que regresáramos a una hora más decente, pero nos mantuvimos firmes y al final nos permitió entrar mientras ella subía a avisar a la señorita Cousture.

Nos condujo a un sombrío saloncito que tenía un piano en una esquina y un sofá a lo largo de una de las paredes, pero en el que no había ornamentos aparte de un crucifijo de plata con la agonizante figura de Cristo colgando de la cruz. El jefe y yo nos sentamos en dos sillas macizas situadas frente a la pequeña chimenea y, mientras esperábamos oímos movimiento en la parte trasera de la casa y risas femeninas procedentes del piso de arriba. Daba la impresión de que en aquel lugar había un número considerable de mujeres.

—Es una casa lo bastante respetable para la empleada de un negocio —comentó él.

—Puede que su tío le consiguiera alojamiento aquí.

—Si es que realmente existe ese tío, claro.

El tintineo de platos sonó desde algún lugar situado más al fondo, y no tardó en llegarnos un olorcillo a comida. Yo no había comido aún, y se me hizo la boca agua mientras de las tripas del jefe emergía un sonido que podría describirse como el mugido de una vaca pariendo.

Fue en ese preciso momento cuando la señorita Cousture entró en el saloncito.

Nos pusimos en pie de inmediato y saboreamos el fresco aroma de su piel recién lavada, nos quedamos admirados al ver su perfecto atuendo y aquel cabello que brillaba incluso en aquella oscura sala.

Ella nos invitó a tomar asiento de nuevo y se acomodó a su vez en un pequeño sillón orejero.

—¿Su hermana le dijo que fui a verles ayer? —le preguntó al jefe.

—Sí. Deseamos ponerla al tanto de lo que hemos averiguado.

—¿Cómo han logrado encontrarme? No dejé una dirección.

—Somos investigadores, señorita Cousture. Averiguar ese tipo de cosas forma parte de nuestro trabajo.

—¿Tienen alguna información para mí?

—Antes de empezar es primordial que examinemos su habitación —dijo el jefe, antes de ponerse en pie.

Se dirigió hacia la puerta, y yo le seguí. Era un truco suyo basado en que resulta más difícil oponerse a una acción que ya ha sido iniciada que a una que tan solo se ha propuesto, pero la dama no se movió de donde estaba y se limitó a preguntar:

—¿Por qué?

—Es posible que haya alguna pista entre las pertenencias de su hermano, algo que tan solo advertiría un investigador.

—No lo hay.

—¿Está diciendo que no hay nada que usted haya advertido, o que no hay nada de nada?

—Ambas cosas son lo mismo.

—Discúlpeme, señorita Cousture, pero debemos cerciorarnos de que es así. —Extendió el brazo hacia el pasillo—. ¿Vamos?

Al ver que permanecía sentada en el sillón, opté por intervenir.

—Desea encontrar a su hermano, ¿verdad?

—No pueden ir a mi habitación, está prohibido que suban hombres al piso de arriba.

—Pero a su hermano sí que se le permitía subir.

La furia tiñó de rojo sus pálidas mejillas. Exhaló aire con fuerza antes de contestar.

—¡Eso no es verdad, *monsieur*! ¡Esta es una casa santa!

El jefe volvió a sentarse y la miró con expresión benigna, empleando otra de sus técnicas psicológicas: ojos cálidos y comprensivos por encima de una boca apretada en un rictus severo.

La dama lo soportó bien durante un minuto antes de empezar a dar muestras de incomodidad. Su mirada se dirigió hacia mí antes de desviarse hacia la chimenea, y la mantuvo fija allí hasta que acabó dándose por vencida.

—*Putain*! —exclamó, antes de golpear el brazo del sillón con la palma de la mano—. ¡Sí, lo admito, no les conté la verdad! Thierry no se alojaba aquí. ¡Ya está! ¡Lo he admitido! ¿Era eso lo que querían?

—¿Por qué nos mintió, *mademoiselle*? —le preguntó el jefe—. Estamos intentando ayudarla.

Ella le miró desafiante con ojos en los que aún se reflejaba un intenso enfado.

—¡No me trate como si la criminal fuera yo! Temía que no se tomara en serio el caso. Sabía que me diría que Thierry había regresado a Francia, por eso dije que había dejado aquí sus documentos.

—¿Ni siquiera era cierto eso? —El jefe alzó las manos en un gesto de exasperación.

—No lo sé —admitió ella, con la cabeza gacha.

—¡Y yo no sé si creer algo de lo que nos ha dicho, señorita Cousture!

—¡Lo demás es cierto! ¡Todo es cierto! —le aseguró ella con apremio—. ¡Por favor, *monsieur* Arrowood! ¡Tiene que encontrar a mi hermano! ¡Le he pagado, me ha dado su palabra! —insistió al ver que él se limitaba a observarla en silencio mientras aferraba con fuerza su bastón—. Por favor, *monsieur* Arrowood. Siento haberle mentido.

El jefe se volvió a mirarme y alzó las cejas. Era obvio que estaba pensando, así que fui yo quien preguntó:

—¿Dónde se alojaba su hermano si no estaba aquí con usted, señorita?

—En albergues. Iba de uno a otro, no sé cuál sería el último.

—¿Sabe la dirección de alguno de ellos?

—No, *monsieur*.

—¿Por qué no vivían juntos? —le preguntó el jefe con voz cortante.

—Aquí me siento segura, es una casa propiedad de la iglesia para mujeres que están solas. A Thierry no se le da bien manejar dinero, bebe bastante. Yo no podía pagar la renta de los dos. —Se inclinó hacia delante de repente y le aferró la muñeca—. ¡Por favor, *monsieur*, no abandone el caso! Estoy convencida de que algo va mal. Él estaba asustado, nunca le había visto así.

—Es posible que por eso decidiera regresar a casa —dije yo—. Es lo más probable.

—No se habría ido sin decirme hacia dónde se dirigía, me habría mandado un mensaje. Es cierto que bebe, pero es leal.

Soltó al jefe, que se echó hacia atrás en el asiento y empezó a llenar su pipa antes de proceder a contarle con calma lo que habíamos averiguado. Cuando terminó, ella permaneció unos segundos en silencio sentada allí, en el sombrío saloncito, con una expresión de profunda preocupación en el rostro.

—Qué terrible —susurró al fin—. Las cosas están muy mal, ¿verdad?

—¿Quiere que le demos su nombre al inspector Petleigh? —le preguntó el jefe. Asintió al verla negar con la cabeza—. De acuerdo, no lo haremos. ¿Podría decirnos por qué desea permanecer en la sombra?

Ella parpadeó y tragó saliva, por primera vez daba la impresión de que se sentía indecisa. Después de mucho rascarse y fruncir tanto el ceño como aquella delicada naricilla suya, contestó al fin:

—Es por *monsieur* Fontaine. A él no le gustaría que la policía fuera a su estudio por mi culpa.

El jefe enarcó las cejas al oír aquello.

—No me diga.

Ella asintió, se inclinó hacia delante para acercarse un poco más a nosotros y habló en voz baja.

—Es que hace fotografías de algunas cosas... de mujeres, no sé si me explico. No sé, podría ser un escándalo.

—¿Qué tipo de fotografías?

—Para caballeros.

—¿Se refiere a fotografías íntimas? —susurró él.

—Sexuales, *monsieur* Arrowood.

El jefe parpadeó con fuerza, como si se le hubiera metido una mosca en el ojo.

—¿Y usted le ayudaba con eso?

Ella no contestó, y en ese momento se abrió la puerta y la matrona entró en el saloncito.

—Debemos pedirles a los caballeros que se retiren, Caroline. Se te necesita en la cocina.

La señorita Cousture se puso en pie de inmediato.

—Sí, ahora mismo voy. Los caballeros se marchan ya.

La matrona salió de nuevo al pasillo tras lanzarnos una mirada llena de irritación al jefe y a mí, y la señorita Cousture cerró la puerta antes de decir:

—Debe encontrar a mi hermano, *monsieur* Arrowood —Mantuvo la mano en el pomo de la puerta y frunció el ceño—. Tiene que entrar en el Barrel of Beef y averiguar qué es lo que han estado haciendo allí.

—Nos matarían si apareciéramos por ese lugar —afirmé yo.

—En ese caso tienen que entrar como ladrones, cuando esté cerrado.

El jefe me lanzó una mirada, como si le hubiera sorprendido oír tal cosa en boca de aquella dama.

—¿De acuerdo? —insistió ella.

Él se limitó a asentir, pero yo carraspeé antes de decir:

—Necesitamos otro pago, señorita.

Cuando ella estaba sacando su monederito de un pliegue de la falda, el jefe se puso en pie.

—Te espero fuera, Barnett. Que tenga un buen día, señorita Cousture.

11

Aquella noche regresé al White Eagle. Ernest estaba donde siempre, encorvado sobre la barra con una jarra de ginebra en su huesuda mano.

—¡Por Dios bendito! ¿Otra vez usted? —masculló al verme.

—¿Le invito a un trago, viejo?

—¡No voy a responder a ninguna pregunta! —lo anunció en voz bien alta mientras miraba alrededor para cerciorarse de que se le había oído—. ¡Lárguese y déjeme en paz!

La camarera se volvió a mirarnos y frunció el ceño. En una mesa situada junto a la ventana había tres prostitutas que no nos prestaban ni la más mínima atención y tras la mampara de cristal se encontraba el vendedor de cerillas, que me sostuvo la mirada mientras la parte izquierda de su rostro se contraía en una serie de tics. Sonrió de oreja a oreja mientras intentaba controlar los movimientos, y al final se cubrió la mejilla con la mano.

—No quiero que me invite —protestó Ernest, cuando yo pedí las bebidas.

—Un par de preguntas y le dejo en paz.

Le puse un chelín en la mano y él frunció el ceño, pero acabó por guardárselo en el bolsillo con disimulo.

—Necesito información sobre Martha, ¿qué sabe sobre ella?

—Nada. Se llevaba bien con Terry, eso es todo. Bromeaban entre ellos.

—¿Eran amantes?

—No estoy seguro de eso. Yo creo que ella se creía por encima de los que trabajan en el Beef, que estaba esperando a que apareciera algún caballero que la mantuviera. Esa era la impresión que yo tenía. Se daba muchos humos, estaba convencida de que encontraría a un tipo así en la planta de arriba.

—Entonces, no era un primor con sus compañeros.

—Demasiado exigente para eso —sentenció, antes de llevarse la jarra de ginebra a la boca.

—¿Alguna vez la vio acompañada de un soldado?

—Trabajo en la cocina, no veo nada de lo que pasa arriba.

—¿Oyó hablar de algún soldado, oficial o similar que visitara el lugar?

Él se sorbió los mocos antes de limpiarse la húmeda nariz con la manga de su raído abrigo gris.

—No —se limitó a decir.

—¿La cocina tiene una puerta trasera?

—Hay una que da al patio.

—¿Tiene usted una llave?

—Si la tuviera no se la daría; en cualquier caso, esa puerta tiene cerrojos arriba y abajo, así que no podría entrar ni con la llave.

En ese momento se oyó a una mujer protestando a gritos en la calle, y al cabo de un momento pasó frente a la enorme ventana. Un agente de policía le sujetaba el brazo a la espalda y la llevaba medio a rastras mientras ella se debatía y pateaba.

—Además, ¿de qué le serviría entrar? —Ernest me miró con suspicacia—. ¿Está planeando un robo o algo así?

—Necesito que me haga un favor, Ern. Mañana deje una ventana abierta en la parte de atrás, tan simple como eso. Le llevará un minuto, medio minuto.

—¡Ni hablar! —Sus enrojecidos ojos se humedecieron—. El señor Cream me ha tratado bien y yo voy a corresponderle.

—Puede ganarse media corona si lo hace.

—¡Váyase al infierno! ¡No lo haría ni por cinco libras!

Apuró su jarra, pero cuando se volvió para irse le agarré del brazo y tiré para obligarle a que se girara de nuevo hacia mí.

—¡Suélteme! —me exigió, muy enfadado.

—Aún no he terminado, amigo mío.

—¡Le digo que me suelte! —exclamó, mientras intentaba zafarse de mí de un tirón—. ¡Que me suelte, malnacido!

La camarera se acercó a ver qué pasaba.

—¿Qué está pasando aquí? Espero que no estéis peleando.

Yo solté a Ernest y la miré con la más inocente de mis sonrisas.

—Qué va, solo estamos tratando un asunto de familia. —Sacudí una imaginaria pelusa del abrigo de Ernest y le puse bien las solapas—. Todo va de maravilla.

Él me fulminó con la mirada y salió a toda prisa del bar.

Cuando llegué a Coin Street a la mañana siguiente, al jefe no le complació nada saber que no había cumplido con éxito mi misión.

—¿Qué te dijo? —me preguntó.

Estaba sentado en su silla predilecta del saloncito, que estaba limpio y ordenado. Yo me dispuse a relatarle lo ocurrido, pero apenas había empezado cuando uno de los libros de oraciones de Ettie surcó el húmedo aire rumbo a mi cabeza.

—¡No solo anoche, desde la primera vez que hablaste con él! Quiero oír hasta la última palabra que recuerdes.

Yo inhalé y exhalé poco a poco varias veces para serenarme, nunca en mi vida me había gustado que me gritaran y él lo sabía. Le miré con enfado y él me sostuvo la mirada sentado allí, con aquel rostro suyo fláccido y rubicundo, hasta que finalmente encorvó los hombros con actitud contrita.

—Te pido disculpas, Barnett. Ya sé que te prometí que no volvería a lanzarte mis cosas, pero es que mi hermana me está volviendo loco. Eso es todo cuanto puedo decir. No volverá a ocurrir.

—Más vale que no, porque si esto vuelve a pasar una sola vez más le meteré ese libro tan hondo que podrá rezar sus oraciones por el culo.

Él parpadeó sorprendido y tardó unos segundos en recobrar el habla.

—Tienes mi palabra, Norman. Y ahora cuéntamelo todo, intenta recordar con la mayor exactitud posible todo lo que te ha dicho ese hombre.

Una vez que le relaté los tres encuentros que había tenido con Ernest, empezó a hacerme preguntas para averiguar hasta el más mínimo detalle. Me preguntó acerca de lo que había dicho Ernest sobre mear mucho cuando bebía cerveza, me pidió que le contara mejor lo del regalo que Cream le había hecho y también el momento en que la camarera y el cochero se habían burlado de su minga. Después permaneció pensativo, fumando su pipa mientras las manillas del reloj que había sobre la repisa iban avanzando, hasta que finalmente rompió su silencio.

—Tengo un plan, Barnett. Escucha con atención.

Cuando llegué al White Eagle aquella noche, el jefe estaba sentado en una mesa cercana a la barra con un plato de ostras ante sí. Llevaba puesto su mejor traje, iba peinado y perfumado, tenía las uñas limpias y estaba bebiendo una jarra de vino. Ernest estaba sentado encorvado en la barra con la nariz goteando, cubierto hasta las rodillas por el viejo abrigo. El mismo cochero de las veces anteriores estaba también allí, charlando con la camarera, y había unos cuantos clientes más que se limitaban a beber en silencio con la mirada perdida.

Crucé el local y estampé una moneda en la barra.

—¡Una jarra de cerveza para mí, y otra para mi amigo de lo que él quiera! —le indiqué a la camarera.

El viejo se sobresaltó como si hubiera estado sumido en un sueño y yo acabara de despertarle.

—¡No puede ser! ¿Usted otra vez? No voy a hacer lo que me pide, ya se lo dije. ¡Y tampoco quiero ese trago!

Le pedí la ginebra de todas formas y permanecí junto a él to-mándome mi cerveza. El rechoncho barman emergió poco después cargado con una caja de botellas.

—¡Eh, Ernest! —exclamó el cochero, desde el otro extremo de la barra.

—¿Qué pasa? —le espetó el viejo con sequedad.

—¡Sales en el periódico!

—¿Qué?

El cochero mostró en alto la publicación, y todo el mundo se echó a reír al ver el titular:

¡Un hombre cae dentro de una letrina!

—¡Vete al infierno! —masculló Ernest.

Al ver que la camarera se iba a la cocina apuró su jarra, dispues-to a marcharse, pero yo le agarré del brazo para detenerle.

—¡Ya me he hartado de usted!

—Solo quiero que deje abierta una ventana, nada más —susu-rré junto a su orejota—. Le recompensaré bien por ello.

Él dio un tirón para intentar soltarse, pero yo me limité a aga-rrarle con más fuerza.

—¡Ay! ¡Suélteme, malnacido!

—¡Suéltele! —me ordenó el jefe, antes de levantarse de la mesa—. ¡Ese hombre no desea hablar con usted!

—Esto no es asunto suyo —le contesté yo—. Vuelva a sentar-se, tan solo estamos charlando.

El jefe me asestó un fuerte golpe con su bastón en el antebra-zo, y yo solté al viejo con una imprecación. Me dolía muchísimo. Él me había asegurado que me golpearía flojito y, aunque había ju-rado no hacerlo, había ido a por el brazo que el poli había estado a punto de romperme dos días atrás.

—¡Le está bien merecido, señor mío! —exclamó—. ¡Que no le vea yo molestando de nuevo a este buen hombre!

Yo retrocedí como si le tuviera miedo mientras luchaba por ocultar la furia que me embargaba.

—Venga a sentarse conmigo —le dijo entonces a Ernest—,

105

compartamos mi mesa hasta que se haya recobrado. Debe de haberse llevado un buen disgusto.

—Gracias por su ayuda, caballero —le dijo el viejo—. Se lo agradezco, pero será mejor que me vaya para casa. Quiero alejarme de este tipo.

El jefe se apresuró a interponerse en su camino.

—Sí, por supuesto. Es comprensible. Pero, si no es mucha molestia, ¿podría quedarse unos minutos más? Me aseguraré de que no se le acerque. Verá, es que no soy de por aquí. Tan solo llevo un par de noches en esta zona, y necesito con urgencia que alguien me dé algo de información sobre esta parte de la ciudad. Estoy pensando en invertir en un negocio que hay en esta calle. —Se inclinó hacia él y susurró, indicando el resto del bar con un ademán de la mano—: Tengo la impresión de que muchos de los presentes carecen de sesera, pero usted tiene pinta de ser un hombre cabal que puede darme información fiable. ¿Estoy en lo cierto?

—Bueno, sí, la verdad es que sí. Llevo viviendo y trabajando aquí cerca de sesenta años, así que sé todo lo que hay que saber. Lo que pasa es que no quiero tener cerca a ese tipo. —Me señaló con un gesto de la cabeza.

—Yo me encargaré de que no le moleste —le aseguró el jefe mientras le conducía a la mesa—. Siéntese un rato conmigo, si es tan amable. Estaría haciéndome un gran favor.

—Bueno, está bien. Supongo que puedo quedarme un rato más —asintió Ernest, antes de sentarse.

Yo me quedé sentado en la barra de espaldas a ellos, tomándome sin prisa mi cerveza, mientras el jefe empezaba por preguntarle algunas cosas sobre la zona..., lo adentrada que estaba en el West End, cuáles eran los hoteles que tenían mejor reputación, dónde estaban los teatros..., en fin, ese tipo de cosas. En un momento dado, indicó a la camarera que se acercara al verla pasar.

—Señorita, una jarra de cerveza para mí y una de ginebra para mi amigo, por favor.

—Bueno, supongo que no me vendría mal otro traguito —dijo Ernest.

—No me gusta ver cómo molestan a una persona, no me gusta en absoluto. Los tipos como ese no tienen derecho a molestar a un hombre trabajador como usted. Supongo que acaba de salir del trabajo, ¿verdad?

—Sí, he venido directo aquí.

—¿Dónde trabaja?

—En un sitio llamado Barrel of Beef. Está en Waterloo Road, no sé si lo conoce.

—¡Ah, sí! He ido a comer allí. Un lugar excelente en verdad. El mejor restaurante de esta parte de la ciudad, eso tengo entendido.

—Yo trabajo en la cocina —le explicó Ernest, antes de tomar un trago de ginebra—. Llevo allí unos diez años más o menos.

—¡Vaya! ¿Tanto tiempo? Su jefe debe de valorarle mucho como empleado.

—Sí, la verdad es que sí. El señor Cream es un hombre rico, no le miento si le digo que es uno de los más ricos de por aquí.

—Yo soy dueño de un hotel de Gloucester que cuenta con veinte habitaciones —afirmó el jefe en voz alta—. Allí tengo un empleado que es igualito a usted, lleva conmigo desde el principio. Preferiría perder a todos los demás antes que a él, se lo aseguro. Nunca ha llegado tarde, si algún día ha faltado al trabajo ha sido porque estaba enfermo. Apuesto a que usted es igual en ese sentido.

—Pues sí, nunca falto a mi trabajo.

—Lo sabía. Basta con ver los ojos de alguien para saber si es una buena persona, y yo supe que usted era un buen hombre en cuanto le vi. Mire, amigo mío, voy a pedir más ostras. ¿Le apetece compartirlas conmigo?

El jefe le pidió las ostras y otra ronda de bebida a la camarera antes de proseguir.

—No, no me gusta nada ver cómo importunan a un hombre.

Hay tipos que se creen mejores por ser más jóvenes y tener algo más de musculatura, pero no ven lo que hay en el interior. La sabiduría que se adquiere con los años. Cuando veo a un hombre molestando a alguien mayor me dan ganas de romperle el brazo, me pongo furioso.

—Comparto su opinión, señor.

—Mire, esto no es más que una idea que se me está ocurriendo, pero... ¿estaría dispuesto a venirse a trabajar para mí? Le daría un buen puesto y un sueldo con el que se sentiría muy satisfecho, necesito a otro hombre de confianza.

—Pues...

—Claro, por supuesto que usted sería incapaz de dejar en la estacada a su jefe. No es como esos hombres sin ética que tanto abundan. No, no tendría que habérselo propuesto, me disculpo por ponerle en un aprieto. ¡Ay! —Puso cara de dolor y se llevó la mano a la pierna—. Esta rodilla me está matando, las articulaciones no me dejan vivir. ¡Ay, amigo mío! No es nada fácil envejecer, ¿verdad?

—No, la verdad es que no. Por las noches tengo que levantarme cinco o seis veces para usar el orinal, y estoy más cansado al despertar que al acostarme. La edad no es amiga de nuestro cuerpo, eso está claro.

—¡Qué horror! —le dijo el jefe con conmiseración—. Su vida no debe de ser nada fácil.

—No, no lo es, pero no me quejo.

—Salta a la vista que usted no es ningún quejica, amigo mío. Cuando ha entrado, me he dado cuenta de que se llevaba la mano a la espalda, ¿también le duele?

—El dolor es constante. Me tomo Black Drop, una medicina que supongo que usted conocerá. Intento no pasarme porque me da sueño, pero la verdad es que tomo bastante.

—Yo no haría trabajar a un hombre que sufre dolores. Mi empleado, el que le he mencionado, también tiene dolores de espalda, y cuando veo que está pasándolo mal le digo que vaya a acostarse. Pero no le descuento nada del sueldo, por supuesto. Es una cuestión de principios. Todos llegamos a la vejez. Supongo que su jefe actúa igual con usted.

—Pues no, la verdad es que no. Me duela o no me duela, quiere que trabaje.

—¡No me diga! ¿Así es como trata a un hombre leal como usted?

—Sí.

—Debo admitir que semejante comportamiento me sorprende —comentó el jefe con desaprobación.

Las ostras y las bebidas llegaron en ese momento. Los dos comieron en silencio durante unos minutos, y el jefe retomó la conversación una vez que terminó.

—¿Puedo preguntarle cuánto le paga el tal señor Cream? —Se llevó su jarra de cerveza a los labios.

—Gano seis chelines a la semana.

El jefe se atragantó y escupió cerveza a la mesa, se aferró el pecho mientras tosía y resollaba.

—¡No puede ser! —exclamó finalmente, furibundo—. ¿Seis chelines para un hombre leal y trabajador como usted? ¡Es indignante! —prosiguió con su diatriba mientras Ernest se limitaba a asentir—. ¡Un hombre que no ha faltado ni un solo día ni aun estando enfermo! ¡Un hombre que vive con un dolor incesante!, ¡que se levanta cinco veces por la noche debido a problemas de vejiga! ¿Seis chelines a la semana?

Ernest asintió de nuevo, y él añadió con indignación:

—Estoy perdiéndole el respeto a ese señor Cream, Ernest. De verdad que sí. Lamento decirlo ante usted, que tanta lealtad siente hacia él, pero a mí me parece que ese caballero está tratándole deplorablemente mal. Supongo que al menos le aumentará el sueldo cada año, ¿verdad?

—No he tenido ni un solo aumento, señor.

El jefe se quedó mirándolo boquiabierto y Ernest miró alrededor con incomodidad, se rascó las pelotas y entonces se bebió lo que le quedaba de ginebra.

—¿No ha tenido ni uno en diez años? —preguntó el jefe al fin.

—No, señor. Ahora que lo menciona, supongo que a estas alturas tendrían que haberme dado uno.

—¡Uno no, amigo mío! Es increíble, no puedo creerlo. Dígame, ¿tiene días libres? —Al verle negar con la cabeza, insistió—: ¿No tiene ningún día libre para ir a ver a la familia?

—No tengo familia.

—No me extraña que le duela la espalda, si no tiene ni un solo día libre.

—Supongo que el señor Cream tendría que darme alguno de vez en cuando, ¿verdad?

—¡Él es el culpable de que su salud vaya a peor, Ernest!

El jefe pidió otra ronda de bebidas para ambos, y cuando se las sirvieron tomó un largo trago y se secó la boca antes de retomar la palabra.

—Mi empleado recibe un soberano a la semana por el mismo trabajo que hace usted, y le subo un penique al año. Tiene dos días libres al mes. Espero que no le moleste que le diga esto, Ernest, pero yo soy de la opinión de que todo hombre merece respeto, y es una opinión que comparten muchos hombres de negocios. Si uno obtiene unos buenos beneficios, debe tratar con dignidad a sus mejores trabajadores. Yo creo que a usted están tratándole mal.

—Yo creía que así era como se hacían las cosas, señor.

El jefe asintió mientras miraba con benevolente comprensión al anciano.

—Apúrese la ginebra, voy a pedirle otra jarra. Disfruto charlando con usted, amigo mío. —El jefe esperó a que llegara la siguiente ronda antes de añadir—: Le pido perdón por hablar con tanta franqueza, pero no he podido contenerme. Espero no haberle ofendido.

—Si usted dice que las cosas son así, pues debe de ser cierto. —Después de tomar tres jarras de ginebra en tan poco tiempo, se le había soltado la lengua—. Usted es un caballero y un hombre de negocios, así que supongo que sabe de lo que habla. La verdad es que a veces me parece que el señor Cream no me trata bien, lo vengo pensando desde hace algún tiempo. Deja que sus hombres se burlen de mí porque estoy viejo. Hay uno que es el peor de todos, uno que se llama Long Lenny. Me encantaría que acabara en el fondo del río, de verdad que sí.

—¡Lo sabía! —exclamó el jefe antes de dar una sonora palmada en la mesa—. Su lealtad le ha impedido admitirlo antes, pero yo sabía que pasaba algo.

Oí cómo el viejo suspiraba y resollaba, y el jefe bajó la voz al preguntar:

—¿Por qué estaba molestándole el tipo ese de la barra, amigo mío? Supongo que estaría intentando robarle.

—No, es que se trae algo turbio entre manos. —A esas alturas Ernest ya estaba bastante borracho y hablaba arrastrando las palabras—. Quiere entrar en el Beef sin que le vean. Quiere que yo deje una noche de ventana abierta..., una ventana abierta de noche. Sí, eso es lo que quiere. Y me ofreció media corona a cambio.

—Entonces, se trata de un ladrón, ¿verdad? —El jefe hablaba tan bajito que me costaba oírle.

—Eso creo. Yo le dije que no, pero ha vuelto, aquí está otra vez. ¡No me deja en paz!

—¿Ve lo que le digo? Usted es de esa clase de hombres que un jefe debería valorar.

—Pues parece que no me ha servido de mucho —murmuró con un eructo.

—Para serle sincero, a mí me parece que el señor Cream se merece que le roben si es así como le trata, amigo mío, y que el Señor me perdone por hablar con tanta franqueza. ¡Con el dineral que debe de ganar en ese lugar, y a usted no le ha aumentado el sueldo ni una sola vez en diez años! En fin, yo diría que usted merece una bonificación después de tanto esfuerzo, y más aún teniendo en cuenta lo que sufre su cuerpo debido al exceso de trabajo.

—Puede que sí. Sufro mucho por el dolor, señor, eso no lo puedo negar.

111

Yo me volví ligeramente para lanzarles una mirada y vi que Ernest estaba tambaleándose un poco en el pequeño taburete donde estaba sentado.

—¿Cuánto ha dicho que le ofreció ese hombre?

—Media corona.

—Pídale una corona.

Ernest tomó una gran bocanada de aire y se agarró a la mesa para estabilizarse. Chasqueó los labios varias veces, su húmeda lengua se deslizó por encima de su mellada dentadura.

—Se lo merece después de todos estos años —añadió el jefe—, después de la forma en que ha sido estafado por el señor Cream, de que haya estado a punto de quebrarse la espalda con tanto exceso de trabajo. No parece que haya ningún riesgo, se trata de dejar una ventana abierta. Nadie se enterará. Mire, voy a decirle a ese hombre que se acerque.

El viejo soltó otro eructo.

—¡Uy! Perdón, señor, es que a veces se me salen así, de la nada. Pero ¿usted cree que...? ¿Cree que está bien? Lo de la ventana, ¿cree que es correcto?

—Es lo más correcto del mundo, créame. Estoy aconsejándole como hombre de negocios. Lo que está bien está bien, eso es algo indiscutible.

—Bueno, supongo que sí.

El jefe se puso en pie, se abrochó el abrigo y le estrechó la mano con firmeza.

—Lamentablemente, me duelen mucho las rodillas y debo retirarme ya, amigo mío. Me siento honrado de haber conocido a un hombre tan honesto y trabajador como usted, verdaderamente honrado. Para mí ha sido un placer charlar con usted. Si alguna vez va a Gloucester, venga a verme y compartiremos una buena comida.

—Eh...

—Sí, por supuesto que sí. Me complacería sobremanera volver a verle. Y ahora, espere a ver. —Cruzó el local y me dio unos golpecitos en la espalda con el bastón. Cuando me volví a mirarle, me dijo con firmeza—: ¡El precio es una corona, granuja! ¡Una! Mi amigo va a hacer lo que usted le pide, pero quiere el dinero ahora mismo.

—Sí, señor. —Saqué la moneda del bolsillo, pero el movimiento hizo que me subiera por el brazo un intenso dolor que me hizo murmurar una imprecación.

Me acerqué a Ernest y, una vez que dejé el dinero en su avejentada mano, el jefe afirmó:

—Lo hará mañana por la noche. Amigo mío, ¿qué ventana dejará abierta?

El viejo parpadeó como si no supiera qué decir, así que opté por intervenir y le dije con voz cortante:

—¿Qué ventana?

—La del patio del callejón lateral, una algo pequeña que hay junto a la puerta de la cocina.

—¿Es muy pequeña?

—Supongo que va a necesitar a un muchacho para entrar.

—Volveré mañana —me dijo el jefe—. Si me entero de que le ha robado a mi amigo el dinero que acaba de darle, responderá ante mí. ¿Está claro?

Yo bajé la mirada como si le tuviera miedo y me llevé la mano a la gorra.

—Buenas noches —dijo antes de marcharse del bar.

12

Al día siguiente, cuando cayó la noche y todos los pubs y bares estaban cerrados, cuando los que no tenían un techo bajo el que cobijarse roncaban en las callejuelas bajo viejas cobijas raídas y tan solo algún que otro cabriolé quebraba la quietud que reinaba en las calles, el jefe y yo pusimos rumbo al Beef. Faltaban tres horas para que amaneciera. Tras nosotros, caminando adormilado y cansado, trastabillando de vez en cuando en los adoquines del suelo, venía Neddy. Apenas hablamos durante el trayecto, era la primera vez en cuatro años que entrábamos de nuevo en aquel lugar. Yo me dirigí al callejón trasero, cerca de la entrada del Skirt of Beef, y me oculté en un portal desde donde se veían bien las ventanas; el jefe, mientras tanto, fue con Neddy a revisar la zona delantera.

El edificio estaba oscuro y silencioso. Cuando tuve la certeza de que no había ni rastro de movimiento en el interior, lo rodeé para reunirme con ellos frente a la entrada, y los tres enfilamos con sigilo por el estrecho callejón que discurría por el lateral del edificio. Encontramos sin problema la puertecita que buscábamos, y al entrar en el pequeño patio oímos el sonido sordo de ratas escabulléndose. Por todo el suelo había esparcidas mondaduras y cáscaras que habían caído de los repletos cubos de basura, y en la parte central había un sumidero que, a juzgar por el olor, debía de ser donde meaban los empleados de la cocina.

Nuestra ventana se encontraba junto a un grueso roble, y la abrí en un segundo. Dirigí la mirada hacia Neddy, que estaba parado junto a la puerta del patio, y me di cuenta de que estaba temblando de pies a cabeza.

—¿Tienes frío? —le pregunté, en voz lo más baja posible.

—Un poco.

—¿Estás asustado?

—Es la primera vez que participo en un robo.

—Esto no es un robo, Neddy. No venimos a robar, sino a buscar pruebas.

—Ya, pero eso no lo saben los polis, ¿verdad?

El jefe se sentó en una caja, posó las manos en sus hombros y susurró, con voz muy baja y tranquilizadora:

—Neddy, querido muchacho, escúchame: eres un joven muy valiente, yo sé que lo eres. En cuanto te conocí supe que eras un ser especial, y se lo dije al señor Barnett. ¿Sabes lo que le dije? «Ese chico llegará lejos». Por eso estamos enseñándote a trabajar como detective privado.

—Ya lo sé, señor.

—¡Esa es la actitud! Será cosa de un minuto, puede que dos, y estarás aquí fuera otra vez. Vamos a alzarte para que puedas entrar, y una vez que estés dentro tienes que abrir la puerta. Tiene cerrojos arriba y abajo, súbete en un taburete si es necesario. En cuanto los hayas abierto volverás a estar fuera.

—¿Y si hay alguien dentro? —preguntó el muchacho mientras cambiaba el peso de un pie a otro con nerviosismo. Llevaba una bota negra y otra marrón, eran de hombre adulto y el doble de grandes que sus pies.

—No lo hay. Mira, no hay ninguna luz encendida.

—A lo mejor sí que hay alguien, pero está dormido.

—No duermen en la cocina —le aseguré yo—. Anda, vamos allá. Dame el sombrero, yo te lo guardo.

Era un muchacho valiente. Le subimos hasta la ventana y, tras colarse con facilidad, le oímos soltar un sonido ahogado al caer de cabeza contra el suelo del otro lado. En cuestión de varios segundos, la puerta se había abierto y Neddy estaba de vuelta en el patio.

—¡Buen chico! ¡Estamos orgullosos de ti! —le felicité sonriente.

Él se sorbió los mocos mientras se frotaba el codo y, bajo la tenue luz, alcancé a ver que tenía los ojos llorosos por la caída.

—Bien hecho, eres un valiente —afirmó el jefe—. Y ahora ve a esperarnos en la calle de delante, encárgate de hacer guardia. Si ves que se enciende alguna luz o que alguien llega y abre la puerta, quiero que lances esto contra la ventana. —Le entregó una piedrecita.

—¿Y si rompo el cristal?

—Quiero que lo hagas, asegúrate de hacer bastante ruido para que nosotros lo oigamos y entonces echa a correr. Vete a tu casa tan rápido como puedas.

—Sí, señor.

El jefe le revolvió el pelo antes de añadir:

—Venga, en marcha.

Los rescoldos que aún quedaban encendidos en los fuegos mantenían la cocina calentita. Nos detuvimos por un momento para aguzar el oído, pero lo único que se oía era el ruidito sordo de un ratón correteando tras la pared. El jefe encendió una vela que había traído consigo y avanzamos con sigilo por el suelo de piedra hasta llegar a un pasillo donde vimos la escalera. El súbito y ruidoso crujido del primer escalón me dejó paralizado, y el jefe me tironeó del abrigo desde atrás. Si había alguien en el edificio, tenía que haber oído aquel ruido. Esperamos con el aliento contenido, y al ver que no se oía sonido alguno procedente de la planta de arriba retomamos la marcha. Fuimos subiendo tan silenciosamente como pudimos hasta llegar a lo alto de la escalera, donde nos encontramos con un amplio comedor delantero con mesas largas y sillas que precedía a dos salas más privadas situadas al fondo. No había luces encendidas ni rastro de movimiento. En el piso siguiente encontramos más de lo mismo, pero el paso a la escalera que subía hacia la planta superior estaba bloqueado por una gruesa puerta verde con un cristal central. Saqué mi ganzúa y la abrí en cuestión de uno o dos minutos. Antes de subir aquel último tramo de escalera nos quedamos inmóviles de nuevo mientras aguzábamos el oído, el jefe estaba jadeante por el esfuerzo de subir tanta escalera y yo mismo tenía la respiración acelerada por la tensión. No se oía nada, todo estaba en silencio.

En la planta superior estaba la sala de juego. Había una larga mesa central para jugar a los dados, una ruleta y algunas mesas de juego más pequeñas esparcidas por toda la sala. A lo largo de una de las paredes discurría una barra donde se servían las bebidas. Mientras el jefe se dedicaba a husmear, yo me acerqué a una de las ventanas de aquel cuarto piso para echar un vistazo y vi que había empezado a llover. Neddy se había cobijado en la puerta de una tienda al otro lado de la calle, estaba agachado con la gorra echada hacia delante y los brazos alrededor de las rodillas. La calle estaba desierta.

El despacho de Cream se encontraba en la parte trasera del edificio. Saqué de nuevo mi ganzúa y no tardé en abrir la puerta.

—Tienes unos dedos muy delicados, Norman —susurró el jefe.

Aguzamos de nuevo el oído para comprobar que todo permaneciera en silencio, y entramos en el despacho al cabo de unos segundos.

Él alzó un poco la vela y fue deslizando lentamente el haz de luz por el lugar. Había un macizo escritorio junto a la ventana del fondo, una caja fuerte en la esquina junto a un archivador y un escritorio más pequeño junto a la pared. La estantería contenía hilera tras hilera de libros de cuentas.

—¿Por dónde empezamos? —pregunté, mientras encendía mi propia vela.

Teníamos que trabajar con rapidez. Si los hombres de Cream regresaban estando nosotros allí arriba, no tendríamos escapatoria.

—Yo me encargo del escritorio, empieza por el archivador.

A ver si encuentras cualquier anotación inusual que pudieran hacer alrededor de la fecha de la desaparición de Thierry. Busca también nombres que conozcas, algo que pueda estar relacionado con Irlanda, cualquier cosa que tenga que ver con rifles.

Abrimos sin problemas tanto el archivador como los cajones del escritorio. Yo había aprendido de niño el arte de abrir cerraduras; me enseñó mi tío Norbert, que era cerrajero y estaba preparándome para trabajar con él cuando murió una noche al caer entre dos barcazas. Dijeron que estaba borracho, y no tengo motivos para dudarlo. Saber abrir cerraduras no me sirvió de mucho mientras estuve trabajando en los juzgados, pero me convirtió en un valioso ayudante para el señor Arrowood si las cerraduras en cuestión eran sencillas. Las más costosas (como las que había en las puertas principales del Beef, por ejemplo) eran demasiado para mí, pero las pequeñas y las viejas no se me daban nada mal.

El archivador contenía libros de cuentas de años atrás. Les eché un rápido vistazo, pero no eran más que registros de las cuentas del Beef y del resto de los negocios de Cream. Pagos realizados, facturas..., nada que pudiera sernos útil.

El jefe estaba sentado tras el escritorio, tenía un grueso cuaderno rojo abierto ante sí y estaba atareado tomando notas a toda prisa en su propia libretita. Ambos nos quedábamos inmóviles ante cada crujido y cada mínimo ruido, ante el más pequeño soplo de viento, ya que sabíamos que los hombres de Cream podían regresar en cualquier momento. Intenté abrir la caja fuerte a pesar de saber que estaría cerrada. Norbert no me había enseñado ese arte, así que me puse a revisar la estantería.

Fue en ese preciso momento cuando oímos el sonido de cristales rompiéndose en alguna de las plantas de abajo.

—¡Tenemos que largarnos! —susurró el jefe con apremio.

Salimos del despacho tan rápido como pudimos, nos paramos en lo alto de la escalera y permanecimos alerta, pero no se oía ruido alguno. Bajamos con cautela, procurando no hacer ruido y apoyar el peso en la esquina de cada escalón para evitar que crujieran.

Nos paramos de nuevo al llegar al rellano, y fue entonces cuando oímos los sonidos apagados de varios hombres hablando y arrastrando algo pesado por el suelo.

Esperamos mientras el jefe intentaba controlar su respiración jadeante, el corazón me martilleaba en el pecho.

—¿Nos escondemos? —le pregunté con voz casi inaudible.

—Tenemos que salir de aquí —me susurró él al oído.

No tuve más remedio que darle la razón en eso. Los hombres de Cream iban armados con cuchillos y pistolas; si nos encontraban allí, estábamos perdidos.

Dio la impresión de que las voces salían a la calle antes de entrar de nuevo, y se oyó otra vez el sonido de algo siendo arrastrado por el suelo. El jefe me dio un pequeño codazo y bajamos el siguiente tramo de escalera rumbo a la primera planta. Los sonidos de hombres moviéndose de un lado a otro cada vez se oían con mayor nitidez.

Nos detuvimos de nuevo, esperamos unos segundos y el jefe me tomó de la mano y señaló en silencio hacia uno de los comedores privados del fondo.

—Entremos ahí —susurró.

Antes de que tuviéramos tiempo de escondernos, se oyó un grito procedente de abajo seguido de un revuelo de gente que salía corriendo a la calle, y aprovechamos la oportunidad. Bajamos atropelladamente la escalera, atravesamos la cocina, salimos al patio, y una vez que estuvimos en el callejón nos dirigimos hacia el Skirt, es decir: en dirección contraria a la entrada principal del Beef. El jefe no podía correr bien por culpa de los zapatos y del peso de su propio cuerpo, así que cuando llegamos al final del callejón y nos cercioramos de que nadie nos seguía aminoramos la marcha y, tras recorrer a paso rápido las calles de detrás del Beef, cruzamos Waterloo Road. La lluvia había arreciado, la luna estaba oculta tras las nubes y las calles parecían sumidas en una negra oscuridad infernal. Avanzamos por las callejuelas de la parte norte hasta que emergimos a unas tiendas de distancia del pub, y nos escondimos tras un montón de escombros procedente de un edificio medio demolido.

El landó de Cream estaba parado en la puerta del Beef y el cochero se encontraba cobijado en un portal, fumando. Detrás del landó había un carro cargado de toneles y varias cajas. El jamelgo al que se hallaba enganchado estaba desganado y empapado, y mantenía la cabeza gacha con actitud lastimera, como si pensara que ya estaba demasiado viejo para estar a la intemperie a aquellas horas. La puerta del Beef permanecía abierta, desde donde estábamos oíamos las voces apagadas de los hombres hablando dentro y salía un tenue haz de luz que bañaba la acera.

—Vaya susto —susurró el jefe cuando su respiración recobró el ritmo normal.

—Hemos tenido suerte.

Intenté encontrar una postura más cómoda tras el montón de cascotes húmedos. Aún me dolía la espalda por el ataque del policía, y tenía la esperanza de que el jefe diera por concluida la misión de aquella noche para poder irme a casa a descansar.

Tras diez minutos de espera en los que no hubo ningún cambio en la calle, el jefe se sentó sobre una pila de piedras y me preguntó, mientras la lluvia caía en un fino hilo del ala de su sombrero:

—¿Qué te pareció que la señorita Cousture nos sugiriera que entráramos a hurtadillas en el Beef, Barnett?

—Me sorprendió que una dama como ella propusiera algo así.

—Parece ser que nuestra clienta puede ser bastante dura, ¿verdad? Me pregunto dónde habrá aprendido la táctica que nos propuso.

—En algún folletín barato, seguramente —susurré yo.

Él no tuvo oportunidad de contestar, porque en ese momento salieron tres hombres por la puerta. Uno de ellos era Cream, que sostenía un paraguas y mantenía la espalda bien erguida. Se quitó el bombín por un momento y volvió a ponérselo tras alisarse el pelo. Tras él salió Long Lenny, a quien yo conocía de vista a raíz de cuando estuve vigilando aquel lugar durante el caso Betsy. El tercer tipo, un desconocido que no me sonaba de nada, iba bien tapado para protegerse de la lluvia, llevaba una bufanda alrededor del rostro y una gorra negra echada hacia delante. Se subió con agilidad a la parte trasera del carro y se puso a colocarles las tapas a los toneles, fue asegurándolas una a una con un chasquido que resonaba en la oscura calle.

Cream subió al landó y los caballos se pusieron en marcha. Mientras él se alejaba, los otros dos bajaron una de las largas cajas que había en el carro y la metieron en el Beef, y después procedieron a meter también la segunda caja. Después emergieron por la puerta cargando un pesado baúl que colocaron junto a los toneles y, tras intercambiar unas palabras, el hombre de la bufanda se marchó en el carro y Lenny volvió a entrar en el Beef.

El jefe y yo esperamos un rato más para ver si salía de nuevo y teníamos oportunidad de colarnos otra vez para seguir registrando el lugar. La lluvia no cesaba, la calle se había convertido en un lodazal, por las paredes de los edificios y los canalones atascados caían regueros de agua. Los dos teníamos la ropa empapada. Al cabo de media hora, el jefe me dio un golpecito en el codo y señaló hacia una ventana de la primera planta que tenía un agujero del tamaño de una manzana, un agujero a cuyo alrededor el cristal se había resquebrajado como una telaraña.

—Es un buen chico —comentó—. Le daré un chelín extra por las molestias. ¿Has encontrado algo en los libros de cuentas?

—No, nada.

—Yo creo que puedo haber encontrado algo en el cuaderno.

Aún estaba hablando cuando una oscura silueta salió de un portal situado a unos metros del Beef y echó a andar a paso rápido hacia nosotros a través de la lluvia. Yo le bajé la cabeza al jefe a toda prisa, permanecimos parapetados tras el montón de escombros, y me asomé con cautela para verle pasar.

En un primer momento creí haberme equivocado debido a la oscuridad y a que el tipo llevaba la gorra echada muy hacia delante y apenas se le veía la cara, pero supe sin lugar a dudas que se trataba de él por aquellos andares tan chulescos y llenos de arrogancia. Me recorrió una oleada de furia al recordarlo de pie junto a mí con ojos centelleantes y armado con su porra, al recordar cómo me había golpeado sin darme opción a defenderme. Me moría de ganas de vengarme de aquel poli por el enorme y doloroso moratón que se extendía por mi espalda como una quemadura y me mantenía despierto por la noche.

Saqué mi propia porra y me puse en pie, pero, justo cuando estaba saliendo de detrás de los escombros dispuesto a atacar, recibí un inesperado y fuerte golpe en el muslo que me arrancó un grito de dolor. Trastabillé hacia atrás y quedé sentado sobre las afiladas piedras; la pierna se me había quedado adormecida y tenía náuseas.

Supe que el poli huía corriendo al oír el golpeteo de sus botas alejándose por la calle. El jefe estaba de pie junto a mí, armado con un pedazo de tubería vieja.

—Lo siento, Barnett, pero no habría sido buena idea que hicieras eso.

Yo apreté los dientes y me froté la pierna hasta que empezó a recobrar algo de normalidad.

—¿Estás bien? —me preguntó, antes de lanzar la tubería al montón de escombros—, ¿quieres que busque un cabriolé?

—Señor Arrowood, como vuelva a hacer algo así le vuelo los dientes de un puñetazo. Lo digo muy en serio.

—Entendido, Norman.

Dejé que me ayudara a incorporarme y nos alejamos por la calle como buenamente pudimos hasta que encontramos un cabriolé madrugador. Las campanas de la iglesia estaban tocando en ese momento, eran las cuatro de la mañana.

—¿Te importa que el cochero me deje a mí primero? —me preguntó, de lo más sumiso, con cara de no haber roto un plato en su vida—. Por la gota que padezco, es una verdadera cruz.

—Al cuerno con su gota, señor —le contesté antes de inclinarme hacia delante para indicarle mi dirección al cochero.

13

Cuando llegué al día siguiente por la tarde, encontré a Ettie acompañada de seis invitadas en el saloncito. Estaban sentadas en taburetes procedentes de la panadería, y todas ellas sostenían una taza de té en sus competentes manos. El frío se había desvanecido al fin del ambiente y hacía un calor sofocante, por lo que la ventana estaba abierta.

—Permítame presentarle a las damas de la Misión de Londres, señor Barnett. La señora Boothroyd, la señorita Crosby, la señorita Campbell, la señora Dewitt, la señorita James y nuestra organizadora, la señora Truelove.

Yo saludé a cada una de ellas con una inclinación de cabeza antes de decir:

—He oído hablar de las buenas obras que realizan.

—Somos instrumentos del Altísimo, señor Barnett —afirmó la señora Truelove. Ladeó ligeramente la cabeza y me miró con ojos llenos de cordialidad—. No merecemos llevarnos ningún mérito, hay demasiado trabajo por hacer.

—¿Le transmitió mi invitación a su esposa? —me preguntó Ettie.

—En estos momentos se encuentra un poco indispuesta.

—¡Cielos! Espero que no sea nada grave.

—Gracias, señorita Arrowood.

—Transmítale mis mejores deseos.

Yo asentí y permanecí allí, parado en la puerta con el sombrero entre las manos mientras todas aquellas damas me observaban con ojos penetrantes, hasta que Ettie se apiadó finalmente de mí.

—Está arriba —se limitó a decir.

El jefe se encontraba acostado en su cama con el chaleco abierto. Por el agujero de uno de sus calcetines amarillos le salía el pulgar enrojecido e hinchado de un pie, su cabeza calva también estaba enrojecida a causa del calor y perlada de sudor, y tenía un libro en la mano.

—Me han echado del saloncito —anunció quejicoso—. ¡Sus cacareos atraviesan las tablas del suelo!

—Están intentando hacer buenas obras.

—Eso ya lo sé, Barnett. No me malinterpretes. Lo que pasa es que estoy molesto porque aún no me he tomado mi té de la tarde.

La cortina que separaba las dos camas estaba recogida y atada a la pared, así que me senté en la de Ettie. Por la ventanita abierta se veía la pared de ladrillo ennegrecida por el hollín que había al otro lado de la callejuela; no entraba ni un mínimo soplo de aire que pudiera aliviar en algo aquel calor.

El jefe me indicó con un ademán de la mano la bandeja que había sobre el baúl.

—Lo he mandado traer para ti, ¿has comido ya? —Sonrió al verme negar con la cabeza—. Perfecto, comeremos juntos. Adelante, sírvete.

Había un envoltorio que contenía rodajas de jamón, unas patatas asadas que aún estaban calientes, una buena hogaza de pan y media libra de queso. Una vez que me serví un plato bien lleno y volví a sentarme en la cama de Ettie, él se levantó resoplando por el esfuerzo y procedió a servirse también.

Comimos mientras las voces femeninas procedentes de abajo nos permitían hacernos una idea de lo que estaban hablando. Yo me serví un poco más de jamón; era bastante bueno y hacía tiempo que no saboreaba uno de aquella calidad. Era consciente de que aquello era una disculpa. El jefe siempre usaba jamón para disculparse.

—¿Sabías que de niños teníamos ama de llaves? —me contó, con los carrillos llenos de comida y un poco de pan húmedo pegado a la barbilla—. No era correcto que nuestra madre se encargara de las labores de la casa. Me gustaría volver a tener una, pero sospecho que eso no sucederá jamás. Supongo que las cosas eran distintas en tu casa, Barnett.

—Mi madre era la que trabajaba de ama de llaves en una casa.

—Ah, sí, recuerdo que ya me lo habías contado.

Sí, eso ya se lo había contado. Lo que no le había dicho era que mi madre había sido ama de llaves hasta la muerte del viejo Dodds, el hombre para el que trabajaba; después de eso no había podido encontrar empleo, ya que ¿quién metería a trabajar en su casa a una criada tan fea, a una mujer que tenía un lado de la cara quemado como una libra de hígado crudo? Y el que una noche le había sujetado la cara contra una olla ardiente no había sido otro que el propio señor Dodds. Yo tan solo tenía diez años cuando nos mudamos a Weavers Court, un corral de vecinos de Bermondsey, y vaya si fue un cambio que nos impactó a los dos. Yo era bastante grandote para mi edad y tuve que aprender rápido cómo funcionaba todo en aquel lugar inmundo, tuve que aprender a adaptarme y a usar los puños. Desde aquella temprana edad cargué a mis espaldas con dos cosas que no siempre me fueron útiles tras alcanzar la edad adulta: en primer lugar, un profundo prejuicio contra todos los que tratan a sus criados como si fueran seres inferiores; en segundo lugar, un pesado sentimiento de culpa por algunas de las cosas que hice para salir adelante durante los tres años que mi madre y yo vivimos allí.

—He estado leyendo algo bastante interesante —afirmó Arrowood. Dejó el plato a un lado y agarró un libro—. Henry Maudsley, el psiquiatra, tiene mucho que decir sobre crímenes y locura. —Pasó las páginas hasta encontrar la que buscaba—. Él afirma que existen dos tipos de hombres creativos: por un lado, los que tienen serenidad y un elevado intelecto; por el otro, los que cuentan con un intelecto limitado, pero disponen de mucha energía. Esas son las dos tipologías que tienen influencia sobre el mundo, pero escucha esto y dime si no describe a mi hermana: las de la segunda tipología son *Personas inteligentes, pero a la vez volubles; tienen talento, pero son inestables; son intensas, pero estrechas de miras; tienen determinación, pero son fanáticas. Todo aquel que se lanza a nuevos movimientos, ya sean estos buenos o malos, y que se entrega a ellos con celo desmedido y sin un justo equilibrio en sus facultades.* A ver, ¿no la describe a la perfección?

—No sabría decirle, señor. No la conozco lo suficiente.

—¡Es increíble! ¡Es como si el propio Maudsley estuviera casado con ella!

—Le cuesta ver las virtudes de su hermana, señor.

Él me miró sorprendido, pero en vez de contestar se limitó a ponerse a comer otra vez.

—¿Ha sabido algo de Petleigh? —le pregunté, al cabo de una larga pausa.

—No, nada. Le mandaré un mensaje cuando Neddy venga a por su dinero.

—¿Aún no ha venido? —le pregunté alarmado.

—Estará en la calle con sus panecillos, o reparando algo que haya roto su madre.

—El muchacho suele venir a cobrar de inmediato.

—Pasaron cinco minutos como mínimo desde que rompió la ventana hasta que oímos que los tipos salían corriendo a la calle. Neddy no tiene ni un pelo de tonto, seguro que echó a correr en cuanto lanzó la piedra. —Dejó el libro sobre la cómoda—. Es un muchacho listo.

—Eso ya lo sé, pero es que quisiera tener la certeza de que está sano y salvo. —Deposité mi plato sobre el baúl—. Bueno, cuénteme qué fue lo que encontró en el cuaderno de Cream.

—Una lista de fechas que abarca varios años. Cifras y nombres, pero casi nunca las dos cosas juntas. Hubo un solo nombre que me llamó la atención. ¿Has oído hablar de un tal Longmire, Barnett? Coronel Longmire. —Ante mi respuesta negativa, añadió—: Si es quien yo creo, se trata de un oficial de alto rango del Departamento de

Guerra. Su nombre está escrito aquí y allá durante los últimos cuatro años. No aparece ninguna información, tan solo fechas y el nombre.

—¿Tendrá algo que ver con la bala?

—Sí, es posible que exista alguna relación con nuestra Martha. Si se trata del mismo Longmire, claro.

Oímos el sonido de pasos subiendo la escalera y la puerta se abrió. Era Ettie.

—Abajo hay una mujer que quiere hablar contigo sobre Neddy —le dijo al jefe—. Está en la panadería.

Él asintió.

—Voy a ponerme los zapatos, hazla entrar al saloncito.

—Preferiría dejarla en la panadería, William.

—Pero...

—¡Está nerviosa y alterada! —le espetó ella con sequedad.

El jefe exhaló un largo suspiro y me lanzó una mirada antes de contestar.

—Dile que enseguida bajo.

En la panadería solía haber bastante ajetreo a aquella hora del día, pero en aquella ocasión estaba incluso más llena de lo habitual. El enjuto y sombrío rostro de Albert estaba húmedo de sudor mientras los clientes intentaban llamar su atención para que les atendiera; era un hombre lento que no estaba hecho para lidiar con aquella actividad frenética. Su esposa, la señora Pudding, estaba removiendo la masa que tenía en un enorme cuenco mientras sus dos vástagos, John y Albert hijo, se encargaban de los hornos y las ollas.

—¿Qué está pasando aquí, muchachos? —les pregunté, cuando el jefe y yo nos abrimos paso entre la gente tras cruzar la puerta que había al fondo del local.

John interrumpió su tarea por un momento para contestar.

—Anoche hubo un incendio en la panadería de Gleason, hoy

ha venido todo el mundo a la nuestra. No damos abasto, y encima es el día más caluroso del año.

—¡Listos para salir del horno! —exclamó Albert hijo—. ¿Podría quitarse de en medio, señor Arrowood? Como puede ver, esto es una emergencia. Todos los clientes de Gleason están aquí.

—Sí, por supuesto —murmuró el jefe, que parecía estar aturdido al verse de repente en medio de una multitud hambrienta.

La madre de Neddy se acercó a nosotros entre la gente al oír nombrar al jefe.

—¿Señor Arrowood?

Su voz sonaba extraña y aguda, como si tuviera la lengua pegada al paladar; tenía el pelo apelmazado y lo llevaba recogido en un desaliñado moño alto que parecía un revoltijo de sacos putrefactos; tenía el cuello mugriento, le faltaban muchos dientes y los que tenía estaban amarronados y amarillentos; llevaba un largo vestido que llegaba al suelo bajo un viejísimo abrigo que debía de haber pertenecido en el pasado a alguna dama adinerada. Era la única persona que vestía abrigo en toda la panadería.

—Mire, no me importa que mi Neddy salga de casa para aprender un oficio y tal, eso no tiene nada de malo, es bueno para él y para nosotros, que somos su familia, y nos alegra mucho que tenga a alguien como usted, señor Arrowood, y como usted. —Me miró y, a modo de saludo, frunció la nariz e inclinó fugazmente la cabeza—. No hay problema mientras que no se olvide de su familia, de la hermana que tiene el pie torcido y de la que no hay forma de que aprenda a hablar bien, mientras que siga ganando algo de dinero, unos cuantos chelines aquí y allá, para que podamos vivir con unas cuantas patatas y cuatro cosas más, señor, y se ocupe de nosotros, de los de su misma sangre, cuando me pongo mala como suele pasarme por culpa de estos pulmones tan débiles que tengo. —Sacó pecho y tosió con delicadeza.

—¿Qué es lo que está pidiéndome, señora? —le preguntó el jefe, mientras intentaba liberarse de la mano que le aferraba la muñeca como una garra. Sus esfuerzos fueron en vano, ella siguió agarrándolo con fuerza e incluso tiró de él para acercarle aún más—. Sabe que a usted no puedo pagarle nada, aunque me encantaría poder hacerlo.

—A ver, señor, lo que pasa es que usted siempre hace que Neddy, dondequiera que esté, nos envíe el dinero a casa cada día o cada semana, pero hoy no lo hemos recibido y las niñas aún no han comido nada y les vendría bien aunque fuera algo de pudin.

—Dígale que venga a por su dinero, se lo ha ganado.

Ella interrumpió su monólogo, alzó su delicada barbilla y miró al jefe con suspicacia.

—¡No le he visto!, ¡por eso he venido!

—¿Anoche no regresó a casa? —le preguntó él.

—No le veo desde que salió ayer de casa porque había quedado con usted para no sé qué trabajito.

El jefe me lanzó una mirada antes de volverse de nuevo hacia ella.

—¿Está segura de que no regresó a casa? ¿Hay algún otro sitio al que pueda haber ido? No sé..., a casa de alguna tía, o de un amigo.

—¿No sabe dónde está Neddy?

—No, nos despedimos de él a eso de las tres de la madrugada.

—¡Oh, no! ¡Santo Dios!

Muchos de los clientes estaban mirándola con curiosidad. Agarró también la otra muñeca del jefe y le espetó, con voz mucho más cortante:

—¡Le ha pillado la poli, eso es lo que le ha pasado! ¿Qué trabajo le pidió que hiciera a esas horas de la noche? ¡Confié en usted, señor Arrowood! ¡Sí, confié en usted! O a lo mejor le han dado una paliza, ¡vete tú a saber! ¿Qué se traía usted entre manos, eh? ¿Qué se traía entre manos a esas horas, con un niñito? ¡Venga, conteste!

—Teníamos una entrega, señora, eso era todo —le aseguré yo—. Por favor, préstame mucha atención. ¿Hay algún otro lugar al que pueda haber ido?

—¡No, no tiene a nadie! Neddy nunca acude a nadie más. ¡Dios mío, la poli lo encerró por estar tan tarde por la calle! Dirán que estaba tramando algo malo. ¿Qué va a comer mientras está en el trullo?

Yo me saqué un par de peniques del bolsillo y, cuando se los ofrecí, me los quitó de la mano de un plumazo y se los guardó en el bolsillo del abrigo.

—Bueno, supongo que ahora tendré que buscarle. —Dio media vuelta, dispuesta a marcharse—. Señor, dame paciencia. ¡No tengo más que problemas!

El jefe y yo permanecimos allí parados, siguiéndola con la mirada, mientras los clientes se empujaban y parloteaban a nuestro alrededor. Supe sin necesidad de mirarle que él estaba sintiendo el mismo pánico que yo.

14

Esperamos en la comisaría hasta que apareció el inspector Petleigh, que nos condujo por las instalaciones hasta una estrecha escalera que subía a la planta superior. Una vez arriba, nos hizo entrar en un oscuro despacho donde hacía un calor asfixiante a pesar de que habían colocado un trozo de madera en la ventana para mantenerla abierta. Procedió a sentarse en la silla que había tras el viejo escritorio mientras el jefe, sin tomar asiento, le contaba lo ocurrido con Neddy, y cuando el relato terminó juntó los dedos, echó la silla hacia atrás y afirmó con sequedad:

—Vaya par de necios.

—¡Tiene que registrar el Beef, inspector! —le urgió el jefe, mientras abría y cerraba los puños con nerviosismo—. ¡Que Cream sepa que usted está enterado de que tiene a Neddy en su poder! ¡No hay tiempo que perder! ¡Dios Santo, espero que no sea demasiado tarde!

—Ajá.

—¡Vayamos ahora mismo! —Se puso el sombrero y se dirigió hacia la puerta—. ¡Vamos!

—Yo acato las órdenes del inspector en jefe, Arrowood, no las suyas.

—¡Por favor, inspector! No sería tan directo si no fuera un asunto tan urgente. Usted sabe tan bien como yo que Cream es un hombre despiadado. ¡Va a hacerle daño a ese niño, disfrutará con ello!

—Les advertí que no interfirieran.

—¡Petleigh, hágame caso! —El jefe estaba tan fuera de sí que los ojos se le salían de las órbitas—. ¡Hemos cometido un terrible error, lo admito! Pero Cream va a enfurecerse cuando descubra que alguien ha entrado a escondidas en el Beef, hará lo que sea con tal de averiguar quién ha sido. Va a hacer trizas a ese niño hasta hacerle hablar, y después tirará su piel al río. ¡Tenemos que ir ahora mismo!

Petleigh nos observó pensativo durante un momento antes de contestar.

—Me parece que vamos a dejar pasar un poco más de tiempo antes de irrumpir sin más en el Barrel of Beef. Lo más probable es que Neddy se encontrara con algún amigo y se distrajera con algo. Puede que a un muchacho como él le guste entrar a robar en alguna casa de vez en cuando, a lo mejor se subió a un ómnibus y se perdió en el West End. Si no ha vuelto..., a ver..., bueno, digamos que mañana por la tarde, entonces nos plantearemos la posibilidad de ir a visitar al señor Cream.

—¿Qué? —balbuceó el jefe, boquiabierto.

—Como quizás recordará, tenemos un caso de asesinato entre manos. Nuestros agentes están ocupados con las pesquisas pertinentes. Estoy seguro de que el muchacho estará de vuelta en un periquete.

El jefe dio un puñetazo en el escritorio y gritó enfurecido:

—¡No, de eso nada! Eran las tres de la mañana, no había ómnibus ni amigos con los que pudiera encontrarse. Las calles estaban desiertas y Neddy es tan honrado como usted. ¡Ese niño está en peligro, se lo juro!

—¡No me grite, Arrowood! —le ordenó Petleigh, mientras se acariciaba el bigote con rapidez en una muestra clara de irritación—. ¡Mis decisiones no se discuten!

—¡Le gritaré mientras la vida de ese niño esté en peligro! ¡Vaya al Beef, perro holgazán!

Petleigh se puso en pie como un resorte al oír aquello.

—¡Fuera de mi despacho!

—¡No hasta que acceda a hacer su trabajo!

—¡Soy yo quien decide cómo hacerlo!

—¡Sacaré esto en los periódicos si le pasa algo a ese niño! ¡Dejaré claro quién es usted, Petleigh!

—¡Fuera! ¡Fuera de aquí! —El inspector se dirigió hacia la puerta y llamó a gritos por la escalera a alguien que estaba abajo—. ¡Agente Reid! ¡Venga inmediatamente!

—¡Haga su trabajo, inspector! —insistió el jefe. Estaba tan acalorado que tenía el rostro de color carmesí.

Le agarré del brazo, le saqué a empujones del despacho y le susurré con firmeza:

—Espéreme fuera, no diga ni una sola palabra más.

A pesar de lo enloquecido que estaba, sabía que no tenía sentido intentar oponer resistencia. El tal agente Reid apareció en ese momento a los pies de la escalera.

—¡Asegúrese de que el caballero se larga, Reid! —le ordenó el inspector, antes de regresar a su despacho.

Yo entré tras él y cerré la puerta.

—Lamento lo ocurrido, inspector. El señor Arrowood es un hombre visceral, su corazón se impone en ocasiones a su cabeza. Sus intenciones no son malas.

—¡Haré que le arresten por agresión!

—Y estaría usted en todo su derecho de hacerlo.

Él se sentó pesadamente en su silla, daba la impresión de que estaba bajo una gran presión. Yo me senté en una silla que había junto a la puerta.

—Tiene usted un trabajo difícil —comenté.

—No tiene ni idea de lo duro que es. —Después de secarse la frente con un pañuelo, se sacó un cigarro del bolsillo y lo encendió.

—Ese niño es como un hijo para él. El padre de Neddy falleció y su madre es muy simple; el señor Arrowood ha velado por él en estos últimos años. Está muerto de preocupación, y si está tan alterado es porque sabe que usted podría encontrar al muchacho. Él es consciente de sus grandes dotes como inspector.

Petleigh asintió y dio una calada del cigarro antes de afirmar:

—Usted debe de tenerme por idiota, Barnett. —Expelió el humo con toda la calma del mundo.

—¿Estaba jugando con el jefe?

—Sí, admito que sí. Sus berrinches me divierten. Voy a ir al Beef, claro que voy a ir. Cream es una enfermedad en esta parte de Londres y me encantaría mandarle a prisión, pero no me gusta recibir órdenes de alguien como Arrowood; de hecho, ni siquiera me gusta recibirlas del comisario adjunto.

—¿Ha averiguado el nombre del agente que me atacó? —le pregunté mientras me ponía en pie.

—No fue el agente de Elephant and Castle que teníamos en mente, el pobre sufre de tisis y lleva meses sin trabajar. Pero hay un hombre que encaja con la descripción en Scotland Yard, o eso al menos me ha dicho el oficial con el que comparto este despacho. Parece ser que ambos asistieron a no sé qué ceremonia, pero, lamentablemente, no fueron presentados, así que no puedo darle su nombre. Sé con certeza que no es agente, pero no tengo ni idea de cuál es el puesto que ocupa.

—¿Puede averiguarlo?

—Haré algunas averiguaciones.

—Gracias, inspector. ¿Cuándo estará de vuelta?

—Voy a ir de inmediato, regrese a eso de las seis.

Se sacó otro cigarro del bolsillo y me lo dio.

—Ande, Barnett, salga a fumárselo fuera y aproveche para tranquilizar a su jefe.

Cuando dieron las seis, yo ya estaba esperando en la comisaría. Petleigh aún no había regresado, y durante cerca de una hora estuve sentado en un banco viendo pasar a las buenas gentes de Southwark, oyéndolas quejarse y hablar de su infortunio, viéndolas esperar, protestar y pelear.

Cuando Petleigh llegó por fin junto con el agente Reid, me

indicó con un gesto que subiera tras él a su despacho y esperó a que ambos estuviéramos dentro con la puerta cerrada antes de hablar.

—Cream está enojado. Aquí está pasando algo, no me cabe ninguna duda. Algo que le tiene preocupado.

—¿Han encontrado al muchacho?

—No. Hemos buscado por todas partes, pero si lo atraparon no lo tienen en el Beef.

—Les vimos sacar un baúl y subirlo al carro, el señor Arrowood sospecha que podrían haberlo encerrado allí. ¿Han interrogado a los hombres de Cream?

—Sí, a Piser y a Long Lenny, pero no les hemos sacado nada.

—¿Pueden arrestarlos?

—¿Para qué?, ¿para molerlos a palos? —me preguntó con mirada severa.

—Sí.

—No, Barnett. En esta comisaría no empleamos esos métodos.

—¿Y qué pasa con el niño?

—No podemos darles una paliza, Barnett, y usted lo sabe tan bien como yo. En cualquier caso, ahora ya saben que sospechamos de ellos. Puede que eso sea suficiente para salvar al crío.

—No lo será, inspector.

—¿Acaso tiene una idea mejor?

Yo di media vuelta y salí del despacho.

El Beef ya había dado por terminada la jornada y estaba cerrado. Yo esperé al otro lado de la calle, oculto tras el mismo montón de escombros de la vez anterior. Cream, tan elegante como siempre, ya se había marchado hacía rato acompañado de Piser y Boots. Las luces de las ventanas de las plantas superiores fueron apagándose y fueron saliendo las camareras, el personal de cocina y el resto de los empleados. Ernest volvió a salir solo, pero le dejé ir sin molestarle porque esa noche no era él quien me interesaba. Seguí esperando hasta que vi salir por fin a Long Lenny; a pesar de que la noche era cálida, llevaba su gabardina de siempre y la gorra echada hacia delante.

Le seguí a unos metros de distancia mientras caminaba por la calle desierta. Se detuvo y alzó la mirada hacia la ventana de una casa de empeños donde se oía una discusión a gritos, pero prosiguió su camino al cabo de unos segundos. Oí a mi espalda el traqueteo del cupé que me seguía.

Lenny no volvió la vista atrás ni una sola vez mientras pasábamos junto a las tiendas cerradas de Lambeth Road y el largo muro de Bethlem. Se dirigía con cansancio a casa, donde podía dejar atrás todo lo que Cream y los demás le habían hecho pasar a lo largo de la jornada. Cuando estuve vigilando el lugar durante el caso Betsy, pasé algunas horas bebiendo en el Beef para recabar información sobre quién trabajaba allí y lo que hacía, y seguí a Lenny en un par de ocasiones cuando salió a hacer alguna entrega. No llegó a pillarme, y para cuando el jefe y yo quedamos al descubierto, él estaba preso por agresión. El tipo era un matón, ni más ni menos. Hacía lo que le ordenaban que hiciera, cometía errores y le gritaban por ello. No tomaba decisiones por sí mismo, pero lo que hacía se le daba tan bien que los ladrones y las rameras se apartaban de su camino si le veían acercarse.

Le perdí de vista cuando entró en una callejuela, así que eché a correr para alcanzarle y cuando llegué a la esquina le vi a menos de veinte metros de distancia. Él se detuvo al oírme, se volvió con brusquedad y entornó los ojos mientras intentaba verme mejor en la oscuridad reinante.

—¿Qué quieres? —lo dijo con actitud amenazante, estaba claro que creía que quería robarle.

—Vengo a pedirte perdón, Jack —le dije arrastrando las palabras como si estuviera borracho, mientras me acercaba a él con paso tambaleante.

—Vete al cuerno, yo no soy Jack —masculló antes de darse la vuelta.

Yo le cubrí la boca con el cloroformo en un abrir y cerrar de ojos, con la otra mano le agarré la muñeca y se la llevé a la espalda de un brusco tirón. Puede que él fuera más alto, pero yo era más fuerte. Intentó resistirse, pero empezó a debilitarse conforme el líquido fue haciendo efecto. Yo sabía que el cloroformo no iba a dejar inconsciente de inmediato a un hombre tan grandote como él, pero estaba lo bastante desorientado como para dejar de oponer resistencia.

Una de las ventanas del albergue que teníamos a nuestra espalda se abrió en ese momento, y alguien lanzó a la callejuela un cubo de porquería. La ventana estaba cerrándose de nuevo cuando el cupé se detuvo en la boca de la callejuela y mi cuñado Sidney bajó de un salto.

Él agarró a Lenny de las piernas, yo de los brazos, y lo llevamos a rastras hasta el vehículo. No fue una tarea fácil debido a lo alto que era el tipo y al hecho de que aún estaba medio despierto, pero lo logramos. La calle estaba desierta, la suerte se puso de nuestro lado.

El jefe estaba esperando en el interior del cupé. Subí a toda prisa y él se encargó de maniatar a Lenny mientras yo le sujetaba los tobillos con un fuerte cordel. Una vez que lo tuvimos inmovilizado, el jefe le obligó a abrir la boca y le hizo tragar un vial de éter.

Sidney subió al pescante y chasqueó las riendas para que los caballos reiniciaran la marcha. Trabajaba de cochero, pero años atrás había sido marinero y sabía usar los puños; siendo un hombre con dos hijos cuya mujer había muerto al dar a luz, mi cuñado tenía sus altibajos, pero la verdad era que siempre estaba dispuesto a ayudar cuando nos hacía falta un tercer hombre.

El cupé empezó a bambolearse con fuerza conforme fue ganando velocidad, y no tardamos en detenernos junto a los escalones del muelle que había un poco más allá del puente de Londres. Había marea alta, los barcos estaban amarrados y se mecían en el oscuro río. Hice que Lenny inhalara de nuevo el cloroformo un buen rato y después le llevamos a rastras hasta el amarradero más alejado, justo al fondo del todo, donde una barcaza impedía que alguien pudiera vernos desde la calle.

Lenny estaba farfullando incoherencias, pero la medicación le tenía atontado y no nos dio demasiados problemas; tras tumbarlo en el suelo con la cintura justo en el borde del muelle flotante, Sidney y yo nos sentamos sobre sus piernas y volvió en sí de golpe en cuanto su cabeza tocó el agua.

Empezó a retorcerse, a patalear y a gritar, pero cuanto más se movía más se le hundía la cabeza. La sacó tosiendo y resollando, echando bocanadas del agua infecta del río, sacudió los hombros mientras luchaba por librarse de las ataduras que le sujetaban las manos a la espalda. Nosotros esperamos pacientemente. No iba a durar demasiado si seguía así, y para mantener la cabeza fuera del agua su única alternativa iba a ser utilizar los músculos del vientre.

Le agarré del pelo y le alcé la cabeza antes de decir:

—Escúchame bien, Lenny: si nos dices lo que queremos saber, te sacaremos del agua y seremos amiguísimos.

—¡Sacadme de una vez! Trabajo para el señor Cream, ¡os va a liquidar!

—Tan solo vamos a hacerte unas preguntas, nada más.

Empezó a gritar, así que le estampé el pie en el tobillo y su gemido de dolor resonó en la quietud del muelle. Su cabeza volvió a hundirse en el agua.

Emergió jadeante, empezó a patalear como un loco, tomó una gran bocanada de agua y se hundió de nuevo en el río. Al cabo de un momento emergió de nuevo, tosiendo y vomitando agua, y Sidney le agarró del abrigo para mantenerle la cabeza alzada.

—Si no hablas vamos a tener que tirarte al agua —le advertí, con suma educación—. Verás, resulta que la corriente se dirige hacia afuera en este momento. Aquí también es bastante fuerte, ¿verdad?

—Sí, es de lo más traicionera —afirmó el jefe, antes de encender un cigarro. Estaba apostado en un extremo de la barcaza, vigilando la calle.

—Y, teniendo en cuenta que llevas las manos y los pies atados..., en fin, no hace falta que te diga lo que va a pasar, ¿verdad?

—¡Cream os hará picadillo! —gimió con voz ronca.

—La policía creerá que ha sido él quien ha acabado contigo, y el propio Cream no tendrá ni idea de que hemos sido nosotros. Vete tú a saber cuántos enemigos tendrá un hombre como él. —Le di unas amistosas palmaditas en la mejilla—. Estás metido en una situación bastante complicada, amigo mío.

Volví a hundirle la cabeza en el agua sin más, y se debatió mientras le mantenía sumergido unos segundos de más para ponerle aún más nervioso. Cuando le saqué estaba jadeante, luchando por respirar.

—¿Dónde está el niño? El muchacho que os rompió anoche la ventana, ¿dónde está?

—No sé...

Volví a hundirlo en el río y la rutina se repitió. Él se debatió y yo acabé por sacarlo de nuevo.

—¡Por favor! —suplicó aquel hombretón, cuando recobró el control de sus pulmones, antes de romper a llorar.

—¿Dónde está el niño?

Se puso a toser de nuevo, echaba agua por la boca. Le arranqué un grito al hundirle el codo en el vientre con tanta fuerza que incluso a Sidney se le escapó un gemido.

—¡No lo sé! —jadeó sollozante—. ¡Es la verdad! ¡No vi a ningún niño!

—Anoche atrapasteis a un niño cuando regresasteis al Beef, ¿dónde está?

—¡No vi a ningún niño! ¡Tenéis que creerme! ¡Por favor!

—Ah, ya entiendo —le dije con toda la amabilidad del mundo—. Quieres poder decirle a Cream que no nos has dado la información, así que voy a hacerte una pregunta más sencilla.

—¡No sé nada sobre ese niño!

—¡Cierra el pico y escúchame! ¿A dónde se dirigía el carro de anoche? ¿A dónde fue cuando se marchó del Beef? ¿A dónde se llevó el baúl?

Se me quedó mirando como atontado, así que le agarré del abrigo e hice ademán de volver a hundirlo en el río.

—¡Voy a hablar! ¡Súbeme y te lo cuento!

Sidney me ayudó a subirlo del todo al muelle y lo dejamos sentado allí, con las piernas extendidas hacia delante y las manos a la espalda. Tenía la respiración agitada, y el agua que le caía chorreando mojaba las tablas del muelle.

—El local de Milky Sal, está en Southwark Bridge Road —dijo al fin con voz ronca—. El número ciento doce.

—¿Es ahí donde está el niño? —Esperé mientras vomitaba una nueva bocanada de agua, y luego me agaché junto a él y contemplé su desencajado rostro—. ¿El niño está en el local de Milky Sal, Lenny?

—Ya os he dicho que no sé nada sobre ese niño. Es la pura verdad, no vimos a ninguno.

—Si no está allí volveremos a por ti, Lenny.

Se había quedado sin fuerzas para luchar y se limitó a mirarme en silencio, totalmente vencido.

—¿Qué le pasó a Thierry, el repostero? —le pregunté.

—¿Qué?

—El joven francés.

—¿Quiénes sois vosotros?

—Responde a la pregunta.

—¡He contestado a tus malditas preguntas, así que ahora tenéis que soltarme!

Sidney le agarró del empapado abrigo, yo de las piernas, y le sacamos de nuevo por el borde del muelle.

—¡No! —gritó mientras se retorcía intentando retroceder.

Le hundimos la cabeza en el agua, pero justo en ese momento un grito procedente de la calle nos hizo alzar la mirada hacia allí y vimos a un policía asomado junto al muro. Era una noche oscura, la luz de su farol iluminaba parte de la superficie del agua, pero se quedaba a medio camino de donde estábamos nosotros, y la barcaza ocultaba a un Lenny que no dejaba de retorcerse.

—¡Ayúdenos, agente! —le pidió el jefe—. ¡Este hombre ha caído al agua!

Subimos a Lenny al muelle. Estaba inmóvil, y por un momento creí que se había ahogado.

—¿Han podido sacarle? —nos preguntó el policía, desde el otro extremo del agua.

—¡Sí, es un borracho!

Le oímos mascullar una imprecación y retroceder hacia los escalones del muelle, y Sidney cortó apresuradamente las ataduras con su cuchillo y las lanzó al agua. Lenny cayó de costado y, mientras él jadeaba y vomitaba agua, nosotros tres salimos al encuentro del agente, que había bajado al muelle.

—Le hemos visto desde la calle —le explicó el jefe—. Ha tenido suerte de que pasáramos por aquí cuando se ha caído, está borracho como una cuba.

—Será mejor que lo lleve a comisaría.

—Gracias a los cielos que existen personas como usted, agente —afirmó el jefe mientras le daba unas palmaditas en el hombro—. Es usted un joven encomiable.

—Gracias, señor.

—En fin, nosotros debemos irnos ya. Por culpa de ese borracho vamos a llegar tarde a nuestra cita.

15

El local de Milky Sal tenía tres plantas superiores y un sótano. Desde fuera daba la impresión de que no había ninguna lámpara encendida, pero empezaba a despuntar el día y la gente no tardaría en ir despertando. Esperamos hasta que Petleigh y sus hombres llegaron en dos *Black Marias*, los carruajes policiales para transportar a los detenidos, y al cabo de un momento ya estaban golpeando con sus porras la puerta principal.

Quien abrió al cabo de un momento fue un hombre de largo bigote que llevaba puestos unos pantalones portugueses, pero segundos después apareció la propia Milky Sal. Se la veía adormilada, estaba pálida y cansada, y un gorro de dormir amarillo le cubría la cabeza; cuando Petleigh le explicó el porqué de su presencia allí, empezó a gesticular y a lanzar toda clase de improperios, pero, a una señal del inspector, los agentes que esperaban tras él la apartaron a un lado y entraron en el edificio.

Para entonces Sidney ya había regresado a su casa, así que el jefe y yo éramos los únicos que esperábamos junto a los carruajes policiales. Del interior del edificio salían gritos, voces de mujeres que protestaban por haber sido despertadas de forma tan súbita, pasos que subían y bajaban escaleras.

La puerta del sótano se abrió en un momento dado, y tres jóvenes que llevaban puesto un abrigo encima del camisón subieron escalera arriba con cautela hasta salir a la calle. Se detuvieron en seco al vernos, pero cuando se dieron cuenta de que no íbamos a intentar detenerlas se alejaron a toda prisa de allí.

Poco después, cuando la policía sacó a dos muchachas de unos catorce años y las subió a los carruajes, el jefe se dirigió a uno de los agentes.

—¿Han encontrado al niño ahí dentro?

—No hemos visto a ningún niño, señor, pero hay un montón de mujeres. —El agente cerró bien el carruaje policial y volvió a entrar en el edificio junto con sus compañeros.

Poco después sacaron al portugués, que llevaba el pecho desnudo y tenía una larga cicatriz en el brazo. El agente que lo llevaba esposado, quien tenía un lado de la cara ensangrentado, hizo que se estrellara contra los adoquines de la calle al lanzarlo por los escalones de la entrada sin miramientos, y después lo obligó a levantarse y lo metió con brusquedad en la parte trasera del otro carruaje policial.

—¿Han encontrado al muchacho? —preguntó el jefe.

—No, señor.

Aquello ya fue demasiado para él. Sin pensárselo dos veces, subió los escalones de la entrada y se adentró en aquel lugar.

—¿Han encontrado alguna otra cosa ahí dentro? —le pregunté yo al agente.

—Es un burdel —me contestó con una pequeña carcajada—. Nunca en mi vida había visto a tantas damas en paños menores.

—¿Qué me dice de esas muchachas tan jóvenes?

—Lo más probable es que sean ilegales.

La puerta principal se abrió de nuevo y Milky Sal emergió con los brazos sujetos por sendos agentes. Se había puesto un ceñido vestido negro y un sombrerito con un velo de lo más elegante que le cubría el rostro, y estaba protestando con amargura.

—¡Mira que interferir en la vida de una mujer que lo único que hace es llevar un negocio! ¡Debería daros vergüenza! ¡Habéis interrumpido el sueño reparador que mis chicas necesitan para estar frescas y lozanas! ¡Hay varios hombres muy influyentes a los que no va a hacerles ninguna gracia que me hayáis detenido!, ¡os lo digo muy en serio! —Los agentes guardaron silencio, y al cabo de un momento dio un tirón para intentar zafarse del más alto de los dos—. ¡Me estás pellizcando, malnacido! ¡No aprietes tanto!

—Lo que usted diga, señora.

—¿Qué estás mirando, grandullón? —me espetó con sequedad mientras la conducían a uno de los carruajes.

—¿Han encontrado al muchacho? —le pregunté a los agentes, cuando lograron hacerla callar.

—No, ahí dentro no hay ningún muchacho —me contestó el más bajito de los tres. Se pasó un pañuelo por la cara y alzó la mirada hacia los nubarrones que estaban acumulándose por el norte de la ciudad—. Ojalá que llueva, hace tanto calor que hasta me cuesta respirar.

Encontré al jefe en la escalera que subía del sótano, tenía el rostro rojo como un tomate.

—¿No ha habido suerte? —Se limitó a negar con la cabeza, así que opté por insistir—. ¿Qué hay ahí abajo?

—Una cocina y una carbonera.

—¿Qué me dice del patio trasero?

—Lo único que hay es ropa tendida. —Al ver salir a Petleigh del salón delantero, le preguntó con apremio—: ¿Qué ha dicho Milky Sal?

—Nada de nada. —No se le veía nada complacido—. Según ella, no sabe a qué muchacho nos referimos ni de dónde han salido esas jovencitas. Ah, y también afirma que no tiene ni idea de quién es Cream.

—Déjeme interrogarla —le pidió el jefe.

—No ponga a prueba mi paciencia, Arrowood. Todas las chicas aseguran no haber visto a ningún niño, de no haber encontrado a esas jovencitas esto habría sido una soberana pérdida de tiempo. Puede considerarse afortunado.

Mientras el jefe protestaba, decidí bajar a echar un vistazo al sótano. A los pies de la escalera había una amplia cocina que abarcaba gran parte del espacio; en la parte de delante, las ventanas y la puerta daban a la escalera que subía hasta la calle, y en la de atrás había una puerta que daba al patio y otra que daba entrada a la despensa. Por las sucias ventanas penetraba a duras penas una luz mortecina, junto a la pared del fondo había una mesa larga, el suelo estaba pegajoso y en las esquinas se acumulaban montoncitos de migas y peladuras.

Una mujer de edad avanzaba removía una gran olla que tenía al fuego. Se volvió a mirarme sin demasiado interés, y al cabo de un momento centró de nuevo la atención en sus gachas.

—¿Vio a un niño por aquí ayer? —le pregunté.

Ella permaneció de espaldas a mí al contestar.

—No pierda el tiempo haciéndome preguntas. Yo no subo arriba, solo conozco a los que bajan a comer.

—¿Lleva mucho tiempo aquí?

—El suficiente.

—¿Tiene hijos, cocinera?

—Eso no es asunto suyo, ¿verdad? —Golpeó el cucharón contra el borde de la olla antes de dejarlo a un lado.

—No, supongo que no —admití, antes de sentarme a la mesa—. Alguien atrapó a un niño de unos diez años, un verdadero diablillo. Nos dijeron que lo habían traído a este lugar.

Ella guardó silencio mientras tapaba la olla y se limpiaba las manos en el delantal.

—Van a hacerle daño —insistí yo.

—He tenido siete. Seis de ellos murieron antes de cumplir los cinco años, solo me queda un varón que está en alta mar.

Se acercó a paso lento a la mesa y se sentó frente a mí. Tenía el cabello canoso y ralo, y el vientre protuberante como si estuviera embarazada a pesar de que sus brazos eran delgados como palos.

—¿Él tiene hijos?

Eso la hizo sonreír al fin, y quedaron a descubierto los dos dientes tambaleantes que le quedaban en las encías superiores.

—¡Tiene cuatro! Los vi en las navidades pasadas y le di un

145

caballito de madera a cada uno. —Se echó a reír—. ¡El mes que viene van a llevarme a las carreras!

—Seguro que disfrutarán mucho de la salida en familia, ¿a usted le gustan los caballos?

—Sí, desde que era una mocosa.

Me incliné hacia delante sobre la mesa, y señalé con un ademán de la cabeza hacia el montoncito de mantas que había junto a la puerta del patio.

—¿Duerme aquí abajo?

—En el suelo.

—Es un poco duro, ¿no?

Ella se encogió de hombros en un gesto de indiferencia.

—Estoy acostumbrada, supongo. Tengo la lumbre, que es más de lo que tienen algunos —hizo una mueca de dolor y se llevó la mano al vientre.

—Está enferma, ¿verdad?

—¿Y quién no lo está?

—No soy poli.

—Podría ser uno de esos que va de paisano, qué sé yo.

—Lo único que quiero es salvar al muchacho antes de que le hagan daño. —Al ver que asentía y me miraba en silencio con aquellos ojos empañados, supe que iba a ayudarme—. ¿Oyó algo hace dos noches? ¿Llegó alguien? Ya debía de faltar poco para que amaneciera.

Ella hizo memoria mientras sus dedos tamborileaban contra la mesa, y al final asintió.

—Llegó el carro y el portugués le abrió la puerta. Sí, usted tiene razón, ya casi había amanecido.

—¿Sabe qué es lo que estaban haciendo?

—Sacaron unas cuantas cosas para subirlas al carro, debían de ser bastante pesadas por cómo resoplaban. Me cuesta dormir, y eso si logro conciliar el sueño. Pero no me levanté a fisgonear, si es eso lo que va a preguntarme.

—¿Oyó hablar a un niño?

146

—No, ni lo oí ni lo vi. Y el carro no tardó en largarse.

—¿Hay algún lugar de esta casa donde hayan podido esconder a un niño?

—Nunca he estado arriba, pero puedo asegurarle que no está aquí abajo.

—¿Seguro que no vio lo que estaban cargando en el carro?

—Lo único que vi fueron las patas de la yegua a través del cristal.

Señaló hacia la mugrienta ventana que daba a la escalera del sótano; en la parte superior, a través de la base de la barandilla, alcanzaban a verse las ruedas de uno de los carruajes policiales y las patas del caballo.

—Es un ejemplar blanco y grandote calzado de negro —añadió la mujer.

—¿Quién conducía el carro?

—Sparks, tiene una tonelería junto a Cutler's Court. Su vieja yegua no está nada mal, pero no la tratan bien..., igual que a mí. —Se echó a reír de nuevo—. Pero ella y yo nos entendemos de maravilla, a veces le llevo algo de comer mientras espera en la puerta. Alguna vieja zanahoria o algo así, y un poco de agua cuando hace calor. —Al ver que yo me ponía en pie, me preguntó—: Oiga, no le dirá a Sal que he estado hablando con usted, ¿verdad?

—No, claro que no. ¿Irá a ver a un médico?

Ella encorvó los hombros e hizo una mueca que convirtió su rostro en una fea pasa marrón llena de arrugas.

—Espero que encuentre al niño, cielo —me dijo antes de levantarse de la silla con un gemido.

16

Las calles eran un hervidero de actividad. De las fábricas que se agolpaban en aquella parte de la ciudad entraban y salían mujeres que acarreaban grandes montones de armazones de paraguas y sacos llenos de sombreros; los estibadores y los obreros iban de acá para allá. El cielo había empezado a dejar caer alguna que otra gota de lluvia, pero el calor se impuso y el ambiente era húmedo y asfixiante. Yo estaba preocupado por el jefe, quien respiraba jadeante por sus problemas de pecho, caminaba renqueante por la gota y estaba transpirando de tal forma que en la fina chaqueta azul que llevaba puesta habían empezado a aparecer manchas de sudor. Era todo un compendio de dolencias y malestares, y yo mismo me sentía cansado solo con verle avanzar trabajosamente por las transitadas calles. Le dije que se fuera a casa, que le pediría a Sidney que me acompañara, pero me miró ceñudo y agitó su bastón.

—Ya han pasado un día y una noche, Barnett. El muchacho debe de estar muerto de miedo.

En su quejumbroso rostro se reflejaba el profundo sentimiento de culpa que le atenazaba. Ninguno de los dos habíamos admitido en voz alta nuestro verdadero temor: que Cream hubiera vendido a Neddy a algún caballero extranjero y el niño ya estuviera fuera del país... o muerto.

—Vamos a encontrarlo —afirmé yo con firmeza.

Seguimos avanzando por las calles y al cabo de unos minutos comentó, con voz jadeante y fatigada:

—He estado preguntándome cómo lograron atraparle, ¿y si no huyó después de tirar la piedra?

—Le dijimos que echara a correr en cuanto nos alertara.

—Sí, pero le gusta impresionarme. Siempre quiere hacer más de lo que se le pide. No le basta con cuidar de sus hermanas y de su madre, también quiere hacer algo por mí, para verme feliz. A lo mejor se quedó allí por si le necesitábamos, puede que decidiera averiguar por su cuenta lo que estaban haciendo los hombres de Cream.

Habíamos doblado la última esquina antes de llegar a la tonelería cuando, de buenas a primeras, me agarró de la camisa y me hizo entrar en un estrecho callejón.

—¡Santo Dios bendito!, ¡está ahí! —murmuró, al asomarse con cautela para echar un vistazo.

—¿Quién?

—¡Mi hermana! ¡Y está acompañada de todas las demás! ¡Escóndete!

Nos ocultamos en un portal mientras las mujeres pasaban de largo por la calle principal; estaba el grupo al completo: Ettie, la señora Truelove, la señorita James, la señora Campbell, la señorita Crosby, la señora Boothroyd y la señora Dewitt. Caminaban con paso decidido y una expresión de firme determinación en el rostro, y cada una de ellas llevaba una cesta. Pasaron junto a la tonelería y después enfilaron por una callejuela situada a la derecha.

—¿Cómo se llama esa zona de ahí? —murmuró el jefe.

—Cutler's Court, es un corral de vecinos.

—¿Cómo he podido pasar por alto algo así? —susurró, con un lastimero gemido—. ¡Es el lugar que se ha empeñado en salvar!

Salimos de nuevo a la calle principal una vez que todas ellas hubieron desaparecido de la vista. La tonelería daba a dicha calle por dos grandes puertas que estaban abiertas de par en par, y en su interior se veía a hombres enderezando a martillazos barras metálicas mientras otros manejaban serruchos. Delante de la puerta había un carro que estaba enganchado a la corpulenta yegua blanca calzada de negro de la que la vieja cocinera se había hecho amiga. El animal tenía los ojos apagados y tristes, su enorme cabeza permanecía gacha y sus negros labios estaban manchados de espumilla.

Cruzamos la calle y entramos en el taller, donde hacía un calor de mil demonios debido a la pequeña forja. Los hombres trabajaban con el pecho desnudo, había toneles grandes y pequeños distribuidos por el suelo de piedra y apilados contra las paredes; por todas partes... colgando de las paredes, sobre los toneles, en las manos de los trabajadores... había serruchos, martillos y hachas. También había multitud de troncos de madera con crudos cortes dentados, unos cortes que habían abierto en ellos heridas que resaltaban, húmedas y rosáceas, bajo el resplandor de los fuegos.

Al fondo había dos grandes puertas más que daban a un patio descubierto donde se veía una hilera tras otra de toneles, y nos dirigimos hacia allí al ver a Sparks hablando con uno de los cocheros.

—¿En qué puedo ayudarles, caballeros? —nos preguntó, al vernos llegar. Era un tipo pecoso, no llevaba camisa debajo de la chaqueta y las punteras de sus botas estaban muy desgastadas.

—Hemos venido a por el muchacho —afirmó el jefe sin andarse con rodeos.

—Aquí no hay ningún muchacho, señor —afirmó Sparks con cara de desconcierto.

—Sabemos que está aquí, entréguenoslo —le dije yo.

Su mirada se endureció y levantó la voz al contestar.

—¡Ya les he dicho que aquí no hay ningún muchacho! ¡Lárguense de aquí!, ¡fuera!

El sonido de los martillazos enmudeció a nuestra espalda mientras todas las miradas se dirigían hacia nosotros. Quienes trabajaban allí eran hombres duros y llenos de cicatrices, hombres curtidos y manchados de hollín. Ellos eran muchos, y nosotros tan solo dos.

—Entréguenoslo y no le causaremos ningún problema, señor —afirmó el jefe—. Tenemos que recuperarlo. Estoy pidiéndoselo con amabilidad, no nos iremos de aquí hasta que lo tengamos con nosotros.

—¡Chicos!, ¡venid aquí!

Un calvo grandote dejó su serrucho en el suelo y se acercó, otro que tenía pinta de ser su hermano vino hacia nosotros desde el otro extremo del taller con una vieja porra policial en el puño. Dos tipos más jóvenes, uno de ellos armado con un atizador y el otro con unas tenazas, vinieron corriendo desde la forja. Otros cuatro individuos se colocaron ante la puerta para impedirnos salir.

—¡Tranquilos, tranquilos! —exclamó el jefe, cambiando el peso de un pie a otro con claro nerviosismo. Su voz había perdido en gran parte la seguridad anterior—. No queremos problemas, señor mío. Díganos dónde está el muchacho, si no lo hace nos veremos obligados a acudir a la policía para que registren este lugar.

En cuanto le oí pronunciar aquellas palabras me di cuenta de que se había equivocado de táctica. Los labios de Sparks se curvaron en una fugaz sonrisita que se esfumó al momento. El jefe y yo no contábamos con refuerzos, y él lo sabía tan bien como nosotros.

—¿Y vosotros quiénes sois, mamarrachos?

—Los tutores del muchacho, señor. —El jefe se metió los pulgares en los bolsillos del chaleco, pero el nerviosismo que exudaba revelaba que su intento por aparentar seguridad era puro teatro—. No se complique la vida, ¿dónde está?

La respuesta de Sparks fue hacerles una indicación con la cabeza a sus hombres. Los dos hermanos me agarraron con fuerza los brazos, los más jóvenes se encargaron de sujetar al jefe. Un tipo de pelo rizado y cuerpo de luchador callejero vino hacia nosotros sin prisa balanceando un enorme martillo que parecía gigantesco iluminado por el resplandor de la forja.

—Cierra las puertas, Dennis —ordenó Sparks.

Mientras un hombre bajito procedía a obedecer, el luchador callejero se detuvo ante nosotros. Sostuvo el martillo de hierro contra su pecho y ladeó la cabeza mientras permanecía a la espera; en sus ojos claros no había clemencia alguna.

—Caballeros, no es necesario recurrir a la violencia —afirmó el jefe con la boca seca—. Lo único que van a lograr con eso es salir perjudicados.

Intenté liberarme, pero los hombres que me sujetaban me torcieron un brazo a la espalda con brusquedad. El jefe me miró alarmado al oírme gemir de dolor, a él seguían sujetándole ambos brazos los dos jóvenes.

Sparks se rascó el sobaco bajo la chaqueta, y esperó a que todas las puertas estuvieran cerradas antes de decir con voz suave:

—Y ahora vais a decirme quiénes sois y qué demonios estáis haciendo aquí.

—Su carro fue visto anoche en la puerta del local de Milky Sal —le dijo el jefe, hablando atropelladamente y lleno de nerviosismo.

—¿Qué tiene eso que ver con ese muchacho del que habláis?

—A la policía le llegó el soplo de que lo tenían allí, pero no lo encontraron. Usted se lo llevó antes de que ellos llegaran.

—¿Ah, sí?

—Sí, estamos convencidos de que eso fue lo que pasó.

Alguien empezó a dar martillazos contra un tonel a nuestra espalda y al sonido se le sumó el de un segundo martilleo contra un yunque, parecían dos relojes descompasados. Sparks miró en silencio al jefe mientras el sonido resonaba en el enorme taller. Yo me debatí de nuevo intentando liberar los brazos, pero mis esfuerzos fueron en vano; el luchador callejero se llevó el martillo al hombro mientras sus gélidos ojos me taladraban con la mirada. El lento martilleo no paraba, el jefe respingaba como si el sonido estuviera golpeándole y, a decir verdad, a mí también empezaba a crisparme los nervios.

—¿Quién le dio el soplo a la poli? —preguntó Sparks.

—¡No lo sabemos!, ¡no nos lo dijeron! —se apresuró a contestar el jefe—. Tan solo nos avisaron de que fuéramos a la casa de esa tal Milky Sal.

Sparks les hizo un gesto de asentimiento a los dos hombres que lo sujetaban, y el jefe cayó al suelo con un grito de dolor cuando uno de ellos le dio una patada que le barrió los pies del suelo. El joven le torció entonces el brazo a la espalda mientras el otro se sentaba sobre sus tobillos, el martilleo fue ganando más y más intensidad.

—¡Suéltenme! —les exigió el jefe.

Sparks le puso un pie en el cuello y le apretó la cara contra el suelo.

—¿Por qué creéis que yo me llevé a ese muchacho?

Fui yo quien contestó.

—La policía se llevó a Sal y a los demás a comisaría, nosotros nos disponíamos a irnos cuando salieron los vecinos y fue entonces cuando nos enteramos de que su carro había estado allí.

Sparks se cruzó de brazos y miró pensativo al jefe, que seguía aplastado contra el suelo.

—Eso quiere decir que los polis no saben que estáis aquí —sentenció, al cabo de una larga pausa, antes de volverse hacia el tipo de pelo rizado que tenía el martillo—. ¿Qué opinas tú, Robbie? ¿No te parece que todo esto suena muy raro?

—Sí, rarísimo —asintió el luchador callejero.

Sparks se me acercó, se detuvo frente a mí y me observó con mirada acerada. Su rostro estaba húmedo de sudor y tenía los ojos amarillentos.

—Yo creo que vamos a empezar por este grandullón —afirmó con voz gélida.

Empujé hacia atrás con todas mis fuerzas para intentar hacer caer a los hombres que me sujetaban, pero eran demasiado fuertes.

—¡Sí que saben que estamos aquí! —exclamó el jefe. Las gafas se le quedaron colgando de una oreja cuando alzó la cabeza del suelo, los dos jóvenes que le sujetaban lo inmovilizaron de inmediato—. ¡Hemos mandado un mensaje antes de venir!

Sparks se quedó observándolo con expresión pétrea y de repente, sin previo aviso, el dorso de su mano surcó el aire a toda velocidad. Yo vi venir el golpe, pero los hermanos me sujetaban con tanta fuerza que no pude esquivarlo y me dio de lleno en la cara.

Solté una palabrota y escupí sangre al suelo.

—No creerá realmente que nos hemos presentado aquí sin más, ¿verdad? —insistió el jefe—. ¿Cree que vendríamos sin contar con ningún tipo de respaldo? ¡No somos idiotas, Sparks!

El tipo sopesó la situación mientras contemplaba con cara de repugnancia su enrojecido rostro, y yo permanecí alerta a su manaza mientras se frotaba los nudillos. Di un respingo cuando me lanzó un puñetazo, pero detuvo la mano a escasa distancia de mi cara y me miró con una sonrisita burlona, como si yo fuera un cobarde.

—Lleváoslos de aquí, muchachos —ordenó entonces.

—¡No! —gritó el jefe, mientras lo obligaban a ponerse en pie—. ¡Entréguenos al muchacho, Sparks!

El tipo le agarró del abrigo y lo acercó de un fuerte tirón. Sus caras estaban poco menos que tocándose cuando masculló entre dientes:

—No sé nada sobre ningún muchacho. Largaos de aquí, y dad gracias de que no os meto en ese horno.

Mientras el jefe se debatía, nos condujeron sin miramientos hacia las puertas de delante y nos echaron a empujones. Dennis agarró a la yegua blanca y la hizo entrar junto con el carro en el taller antes de cerrar con un sonoro portazo.

Yo escupí más sangre al suelo, estaba enfurecido. Mientras el jefe se sacudía el polvo de la camisa, afirmé con convicción:

—No hay duda de que lo tienen aquí. ¿Ha visto el pequeño gesto de sorpresa que se le ha escapado a Sparks cuando usted ha mencionado al muchacho?

—Sí, pero no sé si... —Lanzó una mirada por encima del hombro hacia la tonelería—. ¿Cómo tienes la boca?

—Olvídese de eso, ¿cómo vamos a rescatar al muchacho?

—Aún estoy intentando descifrar el comportamiento de Lenny, Barnett. Me dio la impresión de que el tipo realmente no sabía nada sobre Neddy, lo tenías muerto de miedo con tanta zambullida en el río y no sé si habría tenido la fuerza de voluntad necesaria para callarse la información.

No quería plantearme aquella posibilidad, aquella era nuestra única esperanza de poder encontrar a Neddy. No tenía ni idea de lo que íbamos a hacer si el muchacho no estaba en aquella tonelería.

—Está claro que Sparks está tramando algo —afirmé—. ¿Por qué si no habría de cerrar esas puertas en un día tan caluroso como hoy? Ahí dentro hay una forja y diez hombres empapados en sudor. Además, ¿por qué ha metido a esa yegua que lo que necesita con urgencia es refrescarse? Seguro que tiene intención de sacar a Neddy de aquí.

El jefe procedió a cruzar la calle y comentó pensativo:

—Vete tú a saber, a lo mejor lo que quiere sacar de aquí son objetos robados que no quiere que vea la policía.

El sol caía sobre nosotros sin piedad en aquella polvorienta calle, y yo empezaba a irritarme cada vez más.

—¡Tenemos que hacer algo! —exclamé—. ¡Si tienen a Neddy ahí dentro, Sparks lo sacará en cuestión de minutos!

—¡Eso ya lo sé, Barnett! —me espetó con aspereza—. ¡Maldita sea! Vamos a tener que entrar de nuevo, no hay tiempo de avisar a la policía.

Empezó a pasear de un lado a otro con desesperación, tenía el cuello de la camisa empapado de sudor. Se detuvo de golpe y sus ojos se iluminaron.

—¡Tengo una idea! ¡Rápido, sígueme! —Pasó tan rápido como pudo frente a la tonelería y se dirigió a la entrada de Cutler's Court.

Yo entré tras él. Era un lugar bastante oscuro, porque los apelotonados edificios se alzaban a los cuatro lados e impedían que entrara el sol. En medio había un largo patio lodoso por cuyo centro discurría un sumidero abierto que apestaba a más no poder. Había conchas vacías de ostras desperdigadas por todas partes, algunos perros deambulaban entre críos desnudos.

Ninguno de los edificios tenía puertas, tan solo un hueco abierto donde estas tendrían que estar y todas las ventanas de las plantas bajas estaban selladas con tablas; sentada en un escalón, una vieja borracha cantaba con los ojos cerrados una canción a la que cada dos por tres le añadía alguna palabrota; un grupo de jóvenes mugrosos que haraganeaban en un rincón se nos quedó mirando con desconfianza; aquí y allá se veía a alguna de las misionarias conversando en un umbral con los habitantes del lugar.

Una joven que sostenía un paquete marrón en la mano escuchaba a regañadientes a la señora Truelove; un hombre especialmente delgado se puso a decirle algo con actitud vehemente y poco menos que a voz en grito a la señora Dewitt, quien retrocedió intentando apartarse como si temiera que él pudiera contagiarle las erupciones que le cubrían la cara; dos madres con niños en sus brazos asentían educadamente mientras la señora Campbell les explicaba algo.

El jefe se dirigió hacia Ettie, quien estaba entregándole un paquete de jabón carbólico a un viejo que estaba sentado en una caja.

—¡William! —exclamó asombrada—, ¿cómo me has encontrado?

—Estamos en un grave aprieto, hermana. Han atrapado a Neddy, los hombres de Cream lo tienen retenido en la tonelería cercana. —Se sacó el pañuelo y se secó el sudor de la cara—. Han golpeado a Barnett, aquí presente, y estaban a punto de acabar conmigo a martillazos.

Ella soltó una exclamación ahogada y se llevó la mano al pecho.

—Necesitamos que nos ayudes a rescatarlo, apuesto a que no se atreverán a levantar una mano contra vosotras.

—¿Quieres que entremos en ese lugar y rescatemos a Neddy?

El viejo al que le había dado el jabón soltó una carcajada que se convirtió en una fuerte tos que por poco lo descoyunta.

—Creo que podría estar metido en un baúl —dijo el jefe—, pero también es posible que lo tengan atado en alguna parte. Hay que registrar todo el lugar.

—¡Lo que propones es peligroso, William! ¿Cuántos hombres hay?

—Unos diez.

—Nosotras solo somos siete.

—Estoy seguro de que serían incapaces de atacar a mujeres, llevad vuestras cruces bien en alto.

—Por Dios, ¿no lees los periódicos? A diario hay mujeres asesinadas a manos de hombres. ¡Tienes que acudir a la policía!

—No tenemos tiempo para eso, esa banda cree que la policía ya viene de camino. Tenemos que actuar de inmediato, antes de que trasladen al muchacho a otra parte.

Ettie entrelazó las manos con fuerza y miró alrededor sin saber qué hacer.

—¿Se trata de la gente a la que estás investigando?

—Sí.

—Te advertí que no usaras al muchacho en tus investigaciones, William. ¿No te lo advertí?

—¡Por favor, Ettie! Están a punto de llevárselo de aquí, puede ser nuestra única oportunidad de salvarle.

Ella lo miró ceñuda, las aletas de su nariz se expandían y se contraían al ritmo de su respiración. De repente se volvió hacia sus compañeras, dio unas palmadas, y todas ellas se alejaron unos pasos de los umbrales donde estaban y la buscaron con la mirada.

—¡Señoras! —anunció en voz alta—, ¡mi hermano necesita nuestra ayuda! ¡Hay un niño secuestrado en la tonelería, debemos intentar rescatarlo!

Las damas se dispusieron de inmediato a dar batalla.

—¡El diablo está aquí, ante nosotras! —proclamó la señora Dewitt.

—El muchacho tiene diez años y se llama Neddy, debemos entrar en ese lugar y buscarlo —añadió Ettie—. Es probable que esté metido en un baúl, pero si no es así habrá que buscar cualquier posible escondrijo. Dentro hay hombres trabajando, no les presten ninguna atención.

—¿Van a intentar detenernos? —le preguntó la señora Truelove.

—Cabe esa posibilidad, así que debemos actuar con premura y fe. ¡El Señor fortalecerá nuestra mano!

La señora Truelove dio unas palmadas y exclamó con firmeza:

—¡Vamos allá, señoras!

Las seguimos mientras salían del corral de vecinos con paso marcial. Aporrearon con fuerza la puerta de la tonelería, y en cuanto les abrieron irrumpieron en el lugar sin dar explicaciones, se dispersaron y empezaron a mirar dentro de los toneles.

El jefe y yo optamos por permanecer en la calle.

—¡Eh! —gritó Sparks, mientras cruzaba a toda prisa el patio trasero—. ¿Qué están haciendo, señoras?

—¡No nos moleste!, ¡estamos buscando al muchacho! —le espetó la señora Truelove.

—¡Aquí no hay ningún muchacho! —le gritó Sparks. Tenía el rostro enrojecido de furia y gesticulaba como un loco—. ¡Ya se lo he dicho a los tutores del crío! ¡Lárguense de aquí! ¡Fuera!

La dama no respondió y todas ellas siguieron buscando como si nada. Levantaban las tapas de los toneles, escudriñaban las esquinas, llamaban a Neddy mientras los trabajadores permanecían allí, con el pecho al descubierto, mirándolas sin saber qué hacer. La señora Truelove se acercó a los toneles que estaban amontonados contra la pared y procedió a ir revisándolos uno a uno, pero se interrumpió de repente y dio unas fuertes palmadas.

—¡Señoras, busquen un baúl! ¡Comprueben únicamente los toneles que tengan tapa! Señora Dewitt, señorita James, vayan a ver qué hay en ese almacén de ahí.

Sparks corrió hacia ella, la agarró del brazo y la echó hacia atrás con un violento tirón. Ettie, quien estaba buscando en la cuadra, acudió en ayuda de su compañera en un abrir y cerrar de ojos.

—¡Suéltela! —gritó, mientras tironeaba de la chaqueta de Sparks.

Él no le hizo ni caso y le propinó un fuerte bofetón a la señora Truelove mientras la llevaba medio a rastras hacia la puerta; tras sacarla a la calle de un empujón, se volvió hacia las demás y gritó:

—¡Fuera! ¡Las quiero a todas fuera de aquí! ¡Chicos, agarradlas y sacadlas a la calle!

Los trabajadores se dispersaron por el local. Uno de los hermanos lanzó al suelo a la señora Dewitt, que gritó al caer sobre un montón de tornillos y al alzar la mano vio horrorizada que se había hecho un ancho corte en la palma de la mano y estaba sangrando. El corpulento tipo la agarró de un pie y la llevó a rastras hacia la puerta. Sparks, quien había acorralado a la señorita James al final de una hilera de toneles, la agarró del pelo y tiró para sacarla de allí. Ella dio un alarido mientras se debatía frenética, luchó por arañarle la cara, y él llamó a gritos al luchador callejero.

—¡Por todos los demonios! ¡Robbie, ven a ayudarme!

El jefe y yo ayudamos a la señora Truelove a ponerse en pie. Tenía la boca hinchada, pero se limitó a enderezarse la falda con firmeza antes de adentrarse de nuevo en la refriega. Nosotros la seguimos, y apenas habíamos cruzado la puerta cuando el jefe me dio una palmadita en el brazo y señaló hacia el carro, que estaba junto a la forja enganchado a la cansada yegua blanca. Lo habían cargado con unas cajas iguales a las que habíamos visto la noche anterior en el Beef, pero ahora había más. Eran unas treinta como mínimo, y en el suelo había una lona.

Mientras los hombres empezaban a atrapar a las damas, nosotros nos encargamos de buscar el baúl. La señora Truelove agarró una pala por el asa, se abalanzó hacia Sparks por la espalda con una expresión de centelleante furia en su rostro de digna matrona... y justo entonces se oyó un grito procedente del patio.

—¡Aquí está! ¡Lo he encontrado! —exclamó una voz con acento escocés que reconocí como la de la señora Campbell.

El niño entró desde el patio como una exhalación y cruzó la tonelería a la carrera zigzagueando aquí y allá para esquivar a los hombres, que se quedaron parados por un momento sin saber si tenían que seguir lidiando con las mujeres o debían atrapar a aquel jovenzuelo de rostro manchado de hollín y ojos enrojecidos por el llanto que tenía los pies descalzos y la cabeza despojada de su gorra.

Sparks soltó a la señorita James y gritó enfurecido:

—¡Atrapadlo! ¿Qué demonios hacéis ahí parados?

Pero para entonces ya era demasiado tarde, Neddy llegó a la puerta.

—¡No te detengas! —le gritó el jefe—. ¡Vete de aquí!

—¡Huye, muchacho! —le ordené yo.

Neddy salió corriendo a la calle y, para cuando Sparks logró que sus hombres reaccionaran y le persiguieran, ya había doblado la esquina y se había esfumado entre el gentío.

17

Cuando llegamos a Coin Street encontramos a Neddy sentado en un taburete alto de la panadería, comiéndose a dos carrillos un pudin enorme. El galopín nos saludó con una alegre sonrisa como buenamente pudo, teniendo en cuenta que tenía la boca hinchada, y el jefe se acercó a él y sin mediar palabra le dio un fuerte abrazo.

—¡Qué ternura! —La señora Pudding dejó de barrer y comentó sonriente—: Le he dado un pudin, Ettie. Cuando ha llegado se le veía medio muerto de hambre.

—Gracias, ha pasado toda la noche atrapado en un tonel.

Ettie y yo guardamos silencio mientras el jefe seguía abrazando al muchacho. Su tosca cabezota seguía enrojecida por el ejercicio y el calor, tenía el rostro contraído y los ojos apretados con fuerza tras las gafas. De uno de ellos escapó una lágrima que descendió por su regordeta mejilla; soltó de inmediato a Neddy y se la secó con la mano.

—¡Neddy!, ¡mi querido muchacho! ¡Qué valiente eres!

—No ha sido nada, señor.

Fue entonces cuando nos dimos cuenta de que le faltaba un diente frontal superior, y le pregunté con preocupación:

—¿Te hicieron saltar un diente?

—Es que el tonel se cayó del carro. No me dolió, señor.

—¿Veis lo valiente que es? —anunció el jefe, henchido de orgullo.

—Me alegra que me hayan encontrado, no me ha gustado nada estar encerrado en un tonel.

—A mí tampoco me habría gustado, y menos aún en un día tan caluroso como hoy —afirmó el jefe.

—Sí, estaba asándome de calor. No tenía ni idea de dónde estaba.

—Cuéntanos lo que pasó, Neddy.

—Lo siento mucho, señor. Tendría que haber echado a correr como usted me dijo.

Al oír aquello, el jefe se volvió a mirarme con una triunfal sonrisa en el rostro y asintió.

—Pero es que cuando vi entrar a esos tipos pensé que podría escuchar lo que decían —siguió diciendo el muchacho—. Estaban hablando de algo que parecía importante y quería enterarme por usted, señor Arrowood. Me metí debajo del carro asegurándome de que no me vieran, tal y como usted me ha enseñado.

—¿Qué pasó después?

—Que llegó el landó y se detuvo justo delante. Tuve miedo de que me vieran, así que me metí en uno de los toneles. Pero entonces volvieron a salir esos tipos y lo cerraron, así que me quedé atrapado.

—¿No te hicieron daño, muchacho?

—No sabían que yo estaba metido allí, señor Arrowood. No hice ruido en toda la noche, ni siquiera cuando llevaron el tonel de un lado a otro. Sabía que usted vendría a rescatarme, por eso me quedé callado. Sabía que usted iría a por mí.

—Has tenido suerte, Neddy —le dijo él con voz severa—. Quién sabe cuánto tiempo habrías podido aguantar ahí metido.

—No mucho más —admitió el muchacho con voz queda—. Estaba a punto de pedir a gritos que me sacaran de allí. Hacía tanto calor que me estaba friendo, señor.

—¡No vuelvas a hacer algo así en toda tu vida! ¿Me oyes? Me has decepcionado, ¿no te das cuenta de que esos hombres podrían haberte matado? —El niño agachó la cabecita, pero él insistió—:

162

¿Qué habría pasado si no hubiéramos logrado encontrarte jamás? —Se quedó mirando la cabeza gacha de Neddy durante un largo intervalo.

Los hombros del niño se sacudían ligeramente, y Ettie se me acercó al cabo de unos segundos y me preguntó en voz baja:

—¿Está llorando?

Al verme asentir le dio un pequeño codazo a su hermano, quien posó entonces las manos en los hombros del niño y le dijo con voz suave:

—En fin, olvidemos lo que ha pasado. Soy consciente de que estabas intentando ayudarnos, Neddy. Fuiste muy valiente.

La gacha cabecita asintió.

—¿Te duele el labio? —le preguntó Ettie.

—Estoy bien, señora. Puedo aguantar el dolor.

—¿Te ayudaría un buen trozo de pastel?

El muchacho alzó al fin la mirada, tenía los ojos llorosos.

—Sí, puede que me ayude un poquitín.

—Entonces termínate ese pudin, y nos vamos al saloncito a por ese trozo de pastel.

—No les habría dicho nada a esos tipos, señor Arrowood —afirmó, mientras iba recobrando la compostura—. Les habría dicho que quería entrar a robar las cazuelas para venderlas, lo tenía todo planeado.

—Bien pensado —asintió el jefe, mientras se sacaba el monedero—, pero la próxima vez recuerda la primera regla de un investigador: uno no debe ponerse en peligro. Ten, aquí tienes el chelín que te prometí.

Neddy asintió con semblante serio, y entonces agarró el dinero y se lo guardó en el bolsillo.

—Señor... —intervine yo.

Cuando el jefe se volvió a mirarme le lancé una mirada elocuente, pero él no me hizo ni caso. Le dio unas palmaditas al niño en la cabeza seguidas de un breve abrazo y le dijo sonriente:

—¡Ese es mi chico!

—Señor...

Él me ignoró de nuevo.

—Bueno, muchacho, tu madre está preocupada por ti. Ve a por tu pastel y regresa a casa, cómprale a tu familia un poco de pudin de guisantes... No, espera, tengo una idea mejor. Albert va a darte uno de los que han sobrado. ¡Lo pago yo, Albert! Con el descuento de siempre, por supuesto.

—No se olvide del extra que mencionó —le recordé yo.

—¿De qué hablas? Yo no mencioné ningún extra.

—Dijo que le daría un chelín extra por las molestias, y el muchacho ha perdido los zapatos.

Él alzó la barbilla y me miró desafiante.

—No recuer...

—¡Sí, William, por supuesto que sí! —intervino Ettie poniéndose de mi parte al darse cuenta de lo que pasaba. Me guiñó un ojo, e intercambiamos una sonrisa—. Dale ese chelín extra que te comprometiste a entregarle.

El jefe soltó un bufido antes de sacar con renuencia otro chelín del monedero.

—¡Gracias, señor! —exclamó el muchacho. Le brillaban los ojos al ver lo rico que se había vuelto.

—De nada —le contestó él—. Venga, vete al saloncito con Ettie. Ella se encargará de limpiarte la cara.

Cuando el jefe y yo llegamos a la comisaría, Petleigh aún estaba allí y se alegró al enterarse de que habíamos encontrado a Neddy.

—Bueno, les complacerá saber que no me hicieron perder del todo el tiempo con lo de esta mañana. Una de las jóvenes que encontramos afirma que en ese lugar han abusado de ella muchos hombres y que no se le permitía salir de allí. Eso va a permitirnos llevar a Sal ante el magistrado, Arrowood, así que la falsa pista que me dio ha servido para algo. Es una joven francesa de tan solo catorce años, está deseosa de regresar a su país.

El jefe sacudió aquella cabezota suya de nabo y luego afirmó pesaroso:

—Me temo que a la pobre ya le han arruinado la vida.

—No me diga que no cree en la rehabilitación, William —le dijo Petleigh.

—Ha trabajado de ramera, su mente ha cambiado. ¿Podrá invertirse ese cambio?

No me gustaba oírle hablar así. Yo no era un experto en cuanto a opiniones ni mucho menos, pero me daba la impresión de que algunas de las suyas no encajaban las unas con las otras. El jefe era un hombre que a veces estaba dispuesto a ver lo bueno que había en la escoria más mísera de Londres, mientras que en otras ocasiones podían salir de su boca con toda naturalidad las opiniones más crueles e inflexibles de los de su clase social.

—En fin, esas cuestiones no son competencia de la policía —afirmó Petleigh—. La hemos rescatado, eso es todo cuanto podemos hacer por ella.

—¿Cómo llegó a ese lugar? —pregunté yo.

—Su padre murió por una fiebre, su madre era criada. Cuatro hermanos menores. La abuela los crio hasta que la madre se quedó sin trabajo, sin el dinero no podían mantenerlos a todos. —El inspector suspiró y se reclinó en su silla—. Se enteraron de que una inglesa estaba buscando a muchachas dispuestas a venir a trabajar de criadas a este país; al parecer, algunos de nuestros compatriotas prefieren contratar a jóvenes francesas para trabajar en sus casas, se dice que son más educadas y honradas. En fin, la cuestión es que se trataba de un engaño y la mujer en cuestión era Milky Sal. Se trajo a la joven de Rouen, la alejó de su familia y la llevó a esa casa. La otra joven también es francesa, pero se niega a hablar.

El jefe y yo intercambiamos una mirada, y fue él quien preguntó:

—¿Las dos proceden de Rouen?

—Sí, así es.

—¿El tributo de las doncellas? —pregunté yo.

Petleigh asintió.

—Sí, por desgracia es algo que sigue existiendo a pesar de lo que puedan decir los periódicos. El comercio funciona en ambas direcciones. Nuestras jóvenes florecillas son transportadas hasta allí, y las suyas vienen aquí. El hecho es que no disponemos de efectivos suficientes para luchar contra todos los delitos que se cometen en esta dichosa ciudad. —La piel que rodeaba su negro bigote estaba perlada de sudor. Se levantó y fue a abrir la puerta para intentar airear el despacho aunque solo fuera un poco; lo que mantenía abierta la ventana en esa ocasión era un tarro de pepinillos—. ¡Estoy hasta las narices de este calor! —Le propinó una patada a la papelera de mimbre que tenía junto al escritorio en un súbito arranque de ira.

—Déjeme hablar con Sal —le pidió el jefe, antes de ponerse en pie.

—Ya la he interrogado.

—Deme cinco minutos con ella.

—Ella afirma que no sabe nada sobre el asesinato.

—Hay otra cosa que quiero preguntarle.

—¿Tiene relación con el asesinato?

—Con el caso que estamos investigando, pero puede que también le sirva de ayuda a usted.

Petleigh suspiró con exasperación, se quitó la chaqueta negra que llevaba puesta y la colocó con cuidado en el respaldo de la silla.

—Podemos arreglárnoslas sin su ayuda, Arrowood.

—Hemos sido nosotros quienes hemos encontrado al muchacho.

—¡Ustedes fueron quienes lo perdieron!

—Otra cosa más: cuando Sparks creyó que la policía iba de camino hacia allí, empezó a cargar en el carro las mismas cajas que sacó la otra noche del Beef. Está ocultando algo.

—Por el amor de Dios, Arrowood, ¡estamos investigando un caso de asesinato! ¿Cree que tengo tiempo de buscar mercancía robada?

—Déjeme hablar con Sal.

—La respuesta sigue siendo no.

—¡No sea necio, Petleigh! —exclamó el jefe, exasperado ante tanta obstinación. Se secó el sudor de la cara con su pañuelo—. El joven al que estamos buscando procede de Rouen, es posible que Sal sepa algo que pueda servirnos de ayuda.

Petleigh se cruzó de brazos, en sus ojos había aparecido un brillo beligerante.

—Ya me he hartado de todo esto. Salgan los dos de mi oficina, no hay nada más que hablar.

—Mire, Petleigh...

Yo agarré al jefe del brazo para que se callara y le aconsejé con calma:

—Señor, así no conseguirá nada.

—¡Venga, fuera! —insistió Petleigh, que había empezado a acariciarse el bigote casi frenético—. Váyanse ya, no tengo tiempo para aguantar berrinches.

Guardé silencio hasta que el jefe y yo salimos a la calle.

—La próxima vez vendré a hablar con él yo solo, señor. Usted es incapaz de controlar su genio. Para ser alguien capaz de ver lo que guardan en el alma los demás, parece estar completamente ciego en lo que al inspector se refiere.

Él emitió un sonido inarticulado e hizo un ademán con la mano.

—¡Es que me exaspera!

Al otro lado de la calle había una cafetería, y al llegarnos el aroma de lo que tenían en el horno el jefe me tomó del brazo y me condujo hacia allí.

Lewis también estaba de muy mal humor. Su cueva, llena hasta el techo de objetos que nunca iba a vender, estaba tan caldeada como un horno, y no había puertas traseras ni ventanas por las que dejar entrar algo de aire. En el exterior, atados a las jambas de la puerta, colgaban guantes de boxeo y cartucheras; del dintel de la puerta colgaba un surtido de cuchillos de caza; en la acera había cajas repletas de espadas, arcos, bastones y paraguas, y en la repisa de la ventana estaba expuesta una selección de pistolas. Lewis, que estaba sentado al sol rodeado de su mercancía, tenía la cara enrojecida y sudorosa y el pelo se le pegaba a la cabeza en grasientas greñas. Sudaba tanto que el grueso abrigo negro que llevaba puesto estaba empapado, el sudor caía al ardiente suelo de tierra en goterones. Al menos se animó un poco cuando le entregué un paquete de pescado frito. Colocamos un banco en una zona de la calle donde había algo de sombra, y allí nos pusimos a comer; una vez que terminamos, el jefe le preguntó si sabía quién era Longmire.

—¿El del Departamento de Guerra? He oído hablar de él.

Lanzó el grasiento envoltorio de papel a una callejuela, se levantó con un gemido y entró pesadamente en su armería. Cuando volvió a salir sostenía en la mano un libro que empezó a hojear.

—Ah, sí, es verdad —murmuró con la mirada puesta en las páginas—. Coronel Montague Longmire, sirve en el departamento del mayor general de artillería bajo el mando de sir Evelyn Wood. —Alzó la mirada hacia nosotros—. Esto está relacionado con la bala, ¿verdad?

—Puede ser. ¿Qué más puedes decirnos sobre él?

—Segundo hijo de lord Longmire, la familia es de Gloucester. Creo recordar que es un aliado del comandante en jefe.

—¿Sirvió en Irlanda? —le preguntó el jefe.

—Eso no lo sé.

—¿Es católico?

—Lo dudo.

—¿Está casado?

—¿Qué hombre respetable no lo está?

—Tú, Lewis, por poner un ejemplo —afirmó el jefe.

El regordete armero se echó a reír, pero luego se puso serio al preguntar:

—¿Has sabido algo de Isabel?

El jefe negó con tristeza con la cabeza antes de entregarle su libreta a su amigo.

—¿Reconoces alguno de estos nombres?

Lewis echó un vistazo antes de contestar.

—No, solo me suena Longmire.

Nos quedamos un rato sentados allí, fumando un cigarro y viendo cómo los carros entraban y salían de los almacenes que había a lo largo de la calle. Lewis nos preguntó sobre el caso y, mientras nosotros le contábamos todo lo que sabíamos, él fue centrándose en cada detalle y nos hizo una pregunta tras otra. En el pasado nos había ayudado en más de una ocasión con alguna sugerencia o algún dato útil.

Se echó a reír cuando le relatamos cómo habían salvado las mujeres a Neddy en la tonelería, pero recobró de nuevo la seriedad al afirmar:

—Puedo daros algo de información sobre ese granuja de Sparks. La tonelería es uno de los lugares donde Cream esconde su mercancía, es fácil mantener las cosas ocultas en unos cuantos toneles cuando la policía tendría que buscar en cien para encontrar uno; además, allí no hay riesgo de que le roben.

El jefe asintió pensativo y comentó, al cabo de unos segundos:

—Claro, y supongo que es tarea fácil mover la mercancía en el carro de un tonelero.

—Cream no es tonto ni mucho menos, lo tiene todo bien organizado —afirmó Lewis.

El jefe se puso en pie justo cuando un carro cargado hasta los topes de arcones de té pasaba rumbo a los muelles.

—Si se te ocurre algo más, avísanos, amigo mío —le dijo a Lewis.

—Ándate con cuidado, William. Los fenianos son unos fanáticos, para ellos su causa lo es todo. Si te interpones en su camino, te liquidarán sin pensárselo dos veces.

—Sé cómo son, Lewis —le aseguró el jefe con voz suave.

—¿Estás seguro de que este caso no es demasiado para ti?

El jefe me miró y vi la duda que asomaba a sus ojos. Me sostuvo la mirada al contestarle a su amigo.

—Vamos a encontrar al asesino de Martha; después de eso, quién sabe lo que va a pasar.

18

Cuando llegamos al estudio fotográfico, encontramos a Fontaine hablando con un caballero de rostro rosado y pobladas patillas blancas. Lucía una chistera gris con una banda negra, una levita elegante y de muy buena calidad, y llevaba puestos unos guantes blancos a pesar del calor. En la puerta esperaba un reluciente carruaje negro conducido por un cochero de librea; dos caballos blancos resoplaban y piafaban, impacientes por retomar la marcha. El caballero nos lanzó una mirada al oírnos llegar y bajó la cabeza como si no deseara ser reconocido.

—En cualquier caso, mandará a avisar —dijo, dando por concluida la conversación a toda prisa.

—Por supuesto, señor. Serán dos días, ni uno más. —Fontaine se inclinó ante el caballero y se apresuró a salir de detrás del mostrador para acompañarle a la puerta.

En ese preciso momento, la señorita Cousture emergió de detrás de la cortina, pero Fontaine intervino antes de que ella pudiera articular palabra.

—Es un placer verles, caballeros. Les complacerá saber que el retrato ya está listo. —Sonrió y se frotó las manos.

Aquellas palabras lograron que el jefe se recobrara de golpe del agotamiento que le causaba el calor.

—¡Excelente! Tráigalo, por favor. No puedo esperar ni un momento más.

—Creo que va a encantarle, señor. Voy a buscarlo, lo tengo justo aquí.

En cuanto Fontaine desapareció tras la cortina, yo aproveché para entregarle una nota a la señorita Cousture. Se la metió con rapidez bajo la manga y me preguntó en voz muy baja:

—¿Tienen alguna información para mí?

—Lea la nota —susurré yo.

Fontaine salió de espaldas a través de la cortina, cargado con el voluminoso retrato.

—Debo decir que el resultado es muy bueno —afirmó, antes de resoplar por el esfuerzo—. Le ha ennoblecido, señor. Este retrato sería digno de las más selectas mansiones.

—¡Permítanos verlo! —le pidió el jefe.

—Ayúdame, Caroline.

Subieron el retrato al mostrador, quitaron con cuidado el papel marrón en el que estaba envuelto... y ante nosotros apareció el jefe inmortalizado ante un fondo de un tono pálido, con el codo apoyado sobre un atril. Detrás de su hombro había un loro posado en una percha, y tenía una mano metida bajo la chaqueta como Napoleón.

—¡Bravo, señor Fontaine! —exclamó él con entusiasmo—, ¡no podría haber pedido un retrato mejor!

Noté que los tonos sepia habían borrado muchos de los surcos y las irregularidades de aquel rostro de buey; era realmente asombroso.

—Creo que he sacado a la luz a su verdadero yo. Vi al hombre que lleva dentro, señor Arrowood. El hombre aventurero, heroico, noble... ¡Y aquí está, plasmado tal y como es en realidad!

El jefe siguió contemplando el retrato, asintiendo y murmurando elogios.

—Espero que no le moleste, señor, pero me tomé la libertad de mostrárselo a mi buen amigo el señor Flint, quien ostenta un puesto en el Colegio de Bellas Artes. Posee una apreciación muy desarrollada de la figura humana, y me sentía tan excepcionalmente complacido con este retrato que sentí la necesidad de mostrárselo.

172

—Sí, por supuesto. ¿Qué opinión le dio su amigo?

—Vio algo en usted que le recordó a Moisés, señor Arrowood.

—¡No me diga! ¿En serio?

—Sí, el parecido le resultó asombroso.

—¡Moisés! —El jefe se llevó una mano a la barbilla y asintió mientras devoraba el retrato con la mirada—. Vaya, vaya..., me siento honrado. ¿Qué opinas, Barnett? ¿Crees que va a gustarle a mi hermana?

—Va a adorarlo, señor.

Dio la impresión de que ni siquiera me oía. Suspiró con satisfacción y se volvió de nuevo hacia Fontaine.

—Siento como si acabara de reunirme con un viejo amigo.

El retratista se pasó los dedos por su brillante cabello y contestó sonriente.

—Ha sido un honor para mí, señor. Conseguir un modelo como usted hace que valga la pena el tener tantos otros que son insulsos y anodinos, la verdad es que me ha hecho un favor.

—Tienes que hacerte uno, Barnett. Seguro que a tu esposa le encantaría. O... —se dirigió a Fontaine— quizás no le pase lo mismo que conmigo, a lo mejor no ve algo especial en él.

—*Au contraire*, señor Arrowood. —Los ojos de Fontaine se centraron en mí, fueron bajando poco a poco desde mi nariz hasta mis botas—. Podría ennoblecer de igual forma a un hombre tan grandote y bien formado como usted, señor Barnett.

—Supongo que el resultado no sería tan bueno —refunfuñó el jefe—. No, seguro que no sería comparable, pero aun así estoy seguro de que a la señora Barnett le gustaría tener uno.

—No puedo permitirme estos lujos.

—Ah. —El señor Fontaine perdió todo interés en mí y centró de nuevo su atención en el jefe—. ¿Desea que le ayude a subir el retrato a un cabriolé, señor Arrowood? Quizás le gustaría tener también uno de su hermana.

* * *

Esperamos a la señorita Cousture en la cafetería Willows con el retrato (que estaba envuelto de nuevo en papel marrón) apoyado junto a la pared, al lado de donde estaba sentado el jefe. Él había vuelto a adueñarse de los periódicos, y los dos que no estaba leyendo los tenía guardados bajo la pierna.

—Aquí hay un caso interesante —comentó, antes de extender sobre la mesa el *Daily Chronicle*—. La señorita Susan Cushing, una viuda de cincuenta años de Croydon, ha recibido dos orejas en una caja de cartón. Sobre una cama de sal. Lestrade está investigando el caso.

—¿Orejas humanas?

—Pues claro. —Siguió leyendo el artículo con interés, y se frotó las manos antes de decir con entusiasmo—: ¡Qué caso tan interesante, Barnett! ¿Por qué no nos tocan a nosotros casos así? Sospechan de tres estudiantes de medicina a los que ella echó de las habitaciones donde se alojaban, dicen que podría tratarse de una venganza. Vaya, vaya..., pero eso no explicaría la sal, ese es un detalle que parecen haber pasado por alto. Apuesto a que la sal es un mensaje para la dama, la cuestión es cuál será su significado. —Pasó la página y soltó un bufido burlón—. No dan más información que esa.

Rena llegó en ese momento con un sándwich de ternera y una porción de pastel para cada uno. Tan solo había otro cliente, un lacayo que acabó de beberse su café y se marchó.

—Aún siguen informando sobre la muerte de Martha —me dijo el jefe mientras comíamos—. En este periódico le dedican tres páginas.

—¿Dicen algo que pueda sernos útil?

—No hay más que chismes. Una vecina de Martha dice que era galesa. Panda de idiotas... Ah, mira esto, un agente de policía afirma que el asesino podría ser el destripador, que lo interrumpieron antes de que pudiera abrirla en canal. Y hay dos páginas enteras dedicadas a describir de nuevo los asesinatos de Whitechapel con todo lujo de escabrosos detalles. Vaya por Dios, y yo que pensaba que ya los habíamos dejado atrás.

—¿Hay alguna otra teoría?

—En el *Lloyd's Weekly* se habla de la póliza de un seguro, las sospechas apuntarían hacia el padre de Martha.

—¿De dónde ha salido esa información?

—No lo especifican, pero eso encajaría al menos con el hecho de que la matara un asesino a sueldo.

—¿No se menciona a Cream ni a los fenianos?

—No.

En ese momento la puerta se abrió y la señorita Cousture entró en la cafetería. Venía sofocada a causa del calor y respiraba pesadamente.

—Dígame qué noticias tiene, *monsieur* Arrowood —le pidió al jefe sin ni siquiera sentarse—. No dispongo de mucho tiempo.

—Hemos hecho progresos, señorita —le contestó él—. Parece ser que Cream se trae algo entre manos con un tal coronel Longmire, quien trabaja para el Departamento de Guerra. Es posible que esa sea la conexión que buscábamos entre Cream y la bala.

—Si es que es cierto que esa bala es tan importante —dijo ella con sequedad—. ¿Están seguros de que existe alguna conexión?

—Cream se ha encontrado con Longmire a menudo durante este último año, y también sabemos que la bala pertenece a un rifle que solo posee el ejército.

—¿Qué más han averiguado?

—Cream utiliza una tonelería para almacenar mercancía robada, traslada los objetos por la ciudad en el carro del tonelero. También sabemos que posee un burdel que dirige una mujer llamada Milky Sal.

Llegado a ese punto hizo una pausa y arrancó con los dientes un pedazo de sándwich. La señorita Cousture, que seguía de pie, se había quedado mirándolo fijamente mientras apretujaba un pañuelito entre sus manos.

—Siéntese, señorita.

—¿Ustedes dos han estado en el burdel?

—Sí, así es.

—¿Qué averiguaron allí?

Un carnicero que aún llevaba puesto su ensangrentado delantal intentó abrir la puerta, pero yo la bloqueé con la bota y le hice un gesto de negación con la cabeza. El tipo puso mala cara, pero se fue. Rena, siendo como era una buena mujer, no dijo nada y optó por irse a la trastienda para darnos privacidad.

—¿Le apetece una taza de té, señorita? —pregunté, antes de comerme el último bocado de mi sándwich.

Ella ni siquiera dio muestras de haberme oído, mantuvo la mirada fija en el jefe al preguntar:

—¿Qué averiguaron en el burdel?, ¿algo relacionado con Thierry?

El jefe siguió masticando con la mirada alzada hacia el pálido rostro de nuestra clienta. Esperó a tragar y, entonces, contestó a su vez con otra pregunta.

—¿Tiene algo que decirnos, señorita?

—¿Qué quiere decir?

—La bala no parece interesarle a pesar de que es la mejor pista que tenemos, tampoco le interesan los negocios de Cream con la mercancía robada ni la tonelería donde la guarda, pero se pone alerta cuando menciono el burdel.

—La bala sí que me interesa, claro que sí, pero no sé si va a conducirnos a mi hermano. Eso es todo.

—Parece estar muy interesada en el burdel.

Ella guardó silencio por un momento mientras recorría la calle con la mirada.

—Porque mi hermano visitaba ese tipo de lugares —contestó al fin—, así que es posible que encuentren allí alguna pista relacionada con él. Ese es el motivo de mi interés.

—Claro, ya veo —asintió el jefe, con un tono de voz suave y lleno de comprensión—. Pero debo insistir, ¿hay algo que nos esté ocultando?

Ella lo miró con enfado y le espetó ceñuda:

—*Mon Dieu*! ¡Cada vez que nos vemos me saca dinero, pero no me da nada a cambio!

—Señorita Cousture, soy consciente de que esto es difícil para usted —le dijo el jefe manteniendo un tono de voz suave—. Está desesperada, y en esta gran ciudad resulta difícil saber en quién se puede confiar. Pero no podemos ayudarla a encontrar a su hermano si no nos cuenta la verdad.

—¡Ya se la he contado!

Él respiró hondo y echó mano de su truquillo: labios apretados en un rictus severo bajo la más cálida y comprensiva de sus miradas. Se limitó a esperar en silencio, un silencio tan expectante que incluso las moscas se pararon a ver lo que pasaba, pero, en vez de confesar, ella se cruzó de brazos y eludió su mirada.

—Por favor, señorita, siéntese un momento —le pidió él al fin.

Ella resopló y refunfuñó y le fulminó con la mirada, pero acabó por sentarse en el borde del taburete que había frente a él. Yo, por mi parte, me situé de pie con la espalda apoyada en la puerta.

—Sabemos que no fue su tío quien le consiguió el trabajo, sino un reverendo. —Se interrumpió para remover su café, sopló un poquito y tomó un sonoro sorbo. No siguió hablando hasta que volvió a dejar la taza sobre la mesa—. Usted no vino a Londres para trabajar de fotógrafa, ¿verdad?

La dama dirigió la mirada hacia mí, y en ese momento sentí lástima por ella.

—¿Cómo lo sabe, *monsieur*? —susurró.

—Por su jefe, el señor Fontaine —contestó el jefe.

—Ah, debí imaginarlo —comentó ceñuda.

—Señorita, créame cuando le digo que no la culpo por mentirnos. Estoy seguro de que tendría sus razones para hacerlo —ella asintió sin contestar, y él le tocó la mano y le preguntó en voz baja—: ¿Por qué nos mintió?

—¡Oh, *monsieur* Arrowood! —dijo ella con voz queda y la mirada gacha—, me avergonzaría contar la verdad sobre mi vida. Eric me trata muy mal, no me paga casi nada. Soy como una esclava.

—¿Qué me dice del reverendo?

—La casa donde vivo es una casa de caridad, una misión. Da cobijo a mujeres solteras en la ciudad, ya se lo dije. Agradezco tener un lugar donde vivir, pero la verdad es que vivo de la caridad. —Alzó la mirada de la mesa y la posó en él—. Eso es algo que también me avergüenza. Cuando vine a Londres pensé que mi vida sería mejor, mi familia y yo somos gente orgullosa. De ser por mí no aguantaría a Eric, pero el reverendo me encontró el puesto y tuve que aceptarlo si no quería terminar en la calle, no me dio otra alternativa. Decidí que no regresaría a Francia hasta que aprendiera bien el oficio. Algún día me iré de ese estudio y volveré a casa, puede que me convierta en la primera fotógrafa de Francia.

Mientras la oía hablar, el jefe metió su cuchillo en el tarro de la mostaza y untó distraídamente una gruesa capa de la amarilla sustancia en el interior de su sándwich. A continuación agarró otra rebajada de pan y la untó también antes de añadirla al sándwich, y repitió el proceso con otra rebanada más. Cuando se dio por satisfecho, había más mostaza que ternera.

—Jefe...

Él me indicó que me callara con un ademán de la mano y prosiguió con su conversación.

—Si tan poco le pagan, ¿cómo es posible que tenga tanto dinero en el monedero?

—Le ruego que no me haga esa pregunta, *monsieur* Arrowood. Le aseguro que no lo he robado.

—No estoy insinuando que lo haya hecho.

—Por favor, no me pregunte eso.

—¿Cómo puedo saber yo si esto no es mentira también?

—Ahora estoy diciéndole la verdad. —Se sacudió las manos—. ¡Nada de mentiras!

—En ese caso, díganos de dónde ha salido el dinero —le pedí yo entonces.

Ella se volvió a mirarme con aquellos ojos marrones que

destilaban pureza. Varios mechones de pelo se le habían escapado del sombrerito y le rozaban el cuello, que estaba húmedo por el calor.

—No voy a decírselo —insistió con terquedad.

El jefe y yo intercambiamos una mirada, ambos estábamos pensando lo mismo. No era inusual que una mujer sin marido se ganara así algo de dinero. Yo no iba a juzgarla por ello, y sabía que el jefe tampoco iba a hacerlo.

—Usted nos dijo que vivía con su hermano —le dijo él.

—¡Para que aceptaran el caso! *Monsieur* Arrowood, por favor, estoy convencida de que Thierry está metido en problemas. No tengo ni la más mínima duda de ello.

—No se preocupe, señorita —le dije yo—. Por lo que hemos averiguado hasta el momento, sabemos que eso es cierto.

—Ahora voy a preguntarle algo, y debe decirnos la verdad —le dijo el jefe con una voz que destilaba calidez y amabilidad.

Ella asintió.

—¿Qué sabe acerca de Milky Sal?

—¡Nada!, ¡nada de nada! ¿Quién es? ¿Por qué me pregunta de nuevo por ella?

—Es la primera vez que lo hago —asintió al verla titubear—. Ah, lo suponía. Cuéntenos por qué decidió venir a Inglaterra, pero esta vez queremos la verdad.

—Vine con mi hermano. Como ya les conté, él tenía problemas. Por robar. Unos hombres muy crueles de Rouen querían atraparle.

Mientras ella hablaba, el jefe hizo algo de lo más peculiar: se llevó el sándwich a la boca y, manteniéndolo inclinado, lo estrujó con fuerza, con lo que un grueso chorro de mostaza salió despedido y fue a parar a su camisa, donde fue dejando un reguero amarillo al descender rumbo a su vientre. A continuación dejó el sándwich en el plato sin haberlo mordido, extendió los brazos de par en par, se echó hacia atrás y los apoyó en el respaldo del banco.

La señorita Cousture siguió hablando como si nada, ajena a tan

179

extraña conducta. Aunque tenía los ojos fijos en el jefe, daba la impresión de que ni se había dado cuenta de lo que él había hecho.

—Mi hermano no es un hombre sensato y me daba miedo que volviera a Francia si yo no estaba aquí, en Londres, para detenerlo. Vinimos juntos, él está bajo mi responsabilidad. Por eso estoy aquí. No vine para trabajar de fotógrafa, se lo confieso, pero les di esa excusa porque...

El jefe la interrumpió.

—¿La contrataron en Rouen para trabajar de criada en Inglaterra? —Seguía con los brazos abiertos de par en par, la mostaza parecía una herida amarilla en su camisa blanca.

Ella tragó saliva antes de contestar.

—No, *monsieur*.

—¿Sabía usted de otras jóvenes de Rouen que hubieran sido contratadas por una inglesa para venir a trabajar a Londres?

—No, *monsieur*.

—Verá usted, *mademoiselle* Cousture, resulta que hemos encontrado una conexión bastante extraña. Cream es el propietario de un burdel dirigido por Milky Sal, quien estuvo en Rouen reclutando a jóvenes que supuestamente iban a trabajar de criadas en Inglaterra. Pero huelga decir que cuando llegaban a Londres las ponían a trabajar en el burdel, donde eran maltratadas y se las mantenía presas.

Intentó de nuevo el truco del silencio, pero siguió sin funcionarle. La señorita Cousture dirigió la mirada hacia la ventana y no dijo nada mientras veía pasar a los caballos agotados por el calor, a los niños desganados y silenciosos. Una fina uña rascó la mesa; la mostaza, más líquida de lo normal debido al calor, fue bajando lentamente por la camisa del jefe.

—Señorita Cousture, para nosotros es primordial saber cuál es la conexión que hay.

Ella negó con la cabeza y siguió con la mirada puesta en la ventana, contemplando los carruajes y los carros que pasaban por la polvorienta calle.

—No sé nada al respecto, *monsieur*. No tiene ninguna conexión, a menos que... —se tomó unos segundos para pensar en ello— a menos que Milky Sal conociera a los hombres que perseguían a mi hermano. —Su rostro se iluminó, su mirada se posó en mí antes de centrarse en el jefe—. ¡Sí, claro, eso debe de ser! Ella les dijo que Thierry estaba trabajando en el Beef, debió de conocerlos en Francia. Tienen que seguir investigando, *monsieur* Arrowood ¡Ella sabe dónde está mi hermano! ¡Por favor, se lo ruego! ¡Busque toda la información posible sobre el burdel! Averigüe con quién trata esa mujer, quiénes son sus clientes. ¡Investíguela, *monsieur* Arrowood! —Sacó el monedero y nos ofreció dos guineas.

El jefe carraspeó y apartó la mirada mientras yo aceptaba el dinero y, cuando nuestra clienta se marchó, le pidió a Rena una toalla húmeda para limpiarse la camisa.

—No quiero ni pensar en lo que va a decir Ettie cuando vea este desastre —comentó taciturno—, pero es lo único que se me ha ocurrido en ese momento.

—¿Lo ha hecho deliberadamente?

La puerta se abrió de repente y tres críos bulliciosos irrumpieron en la cafetería.

—¿Tenéis dinero, muchachitos? —les preguntó Rena.

—¡Sí, señora! —contestó la niña mostrándole una moneda—. ¡Queremos tarta de frutas! Y que sean unos buenos pedazos, por favor. Llevamos todo el día currando con los sacos.

—¡Sí, tenemos un hambre que *pa* qué! —apostilló un niño más pequeño aún que su compañera.

El jefe alzó la voz, como intentando hablar por encima de ellos.

—¿Te has dado cuenta de que no ha reaccionado cuando me he manchado, Barnett?

—Sí, ha sido algo de lo más peculiar.

—No lo es tanto si uno comprende un poco los entresijos de la mente. Podemos dar por hecho que es más difícil mentir que decir la verdad, así que cuando alguien está concentrado en inventar y ocultar cosas le queda poco margen para otros menesteres.

—¿Ha sido una prueba para ver si estaba mintiendo?

—En efecto. Y no la ha superado.

—Es la primera vez que le veo poner en práctica algo así.

—Es que hace poco que vengo ideándolo.

—Puede que su teoría no sea cierta, que el cerebro esté más vigilante al mentir.

—Sí, es posible, pero ¿cómo explicas entonces el comportamiento de la dama?

—A lo mejor no ha dicho nada por educación. —Él frunció el ceño, así que lo intenté de nuevo—. ¿Por vergüenza?

—Venga ya, Barnett, debes admitir que no se la veía avergonzada.

Hacía mucho que no lo veía tan ufano.

Regresamos juntos a Coin Street y, para decepción del jefe, Ettie no mostró demasiado entusiasmo al ver el retrato; de hecho, se la veía bastante enfadada e intentó hacerle confesar cuánto se había gastado, pero él se negó a decírselo. Yo ya estaba a punto de irme cuando ella se calmó de repente y me invitó a quedarme a tomar una taza de té acompañada de pastel de almendras, y mientras disfrutábamos de aquella especie de merienda sentados en el saloncito se dedicó a hacerle preguntas al jefe sobre los últimos avances que había habido en el caso. Estaba muy interesada en todo lo ocurrido, y al ver que él se limitaba a ofrecer apenas un esbozo no se dio por satisfecha y le presionó para que le diera más detalles. Yo estaba allí sentado, disfrutando de la fresca brisa de la tarde que entraba por las persianas mientras les oía discutir, cuando llegó un muchacho con una nota para el jefe.

—El poli dice que vaya enseguida, señor —le dijo el muchacho, jadeante, mientras luchaba por recobrar el aliento—. He venido corriendo y no me he parado ni una sola vez, señor. Tan rápido como he podido, tal y como él me ha dicho.

El jefe le recompensó con medio penique y le dijo que ya podía irse. Luego abrió el sobre a toda prisa y se quedó boquiabierto al leer la nota.

—¡Átate las botas, Barnett! —me ordenó mientras se ponía rápidamente en pie.

—¿Qué pasa? —le preguntó Ettie.

—La envía Petleigh —contestó antes de entregármela.

Venga de inmediato al depósito de cadáveres de Dufours Place, es posible que hayamos encontrado a su francés.

19

Tomamos un cabriolé y llegamos al depósito de cadáveres en veinte minutos. El agente Reid estaba parado en el pasillo frente a la puerta de la sala, había dejado su casco en el asiento que tenía al lado y sostenía un paquetito de galletas Peek Freans en la mano.

—El inspector ha dicho que pueden entrar —nos dijo mientras se sacudía las migas del uniforme negro.

Petleigh estaba sentado junto a la puerta, esperando nuestra llegada. En el otro extremo de la fría sala abovedada se encontraba un hombre alto de cabello canoso que llevaba puesto un delantal marrón y estaba inclinado sobre la mesa de madera que tenía delante, en la que alcanzaba a distinguirse un cuerpo blanco desnudo y desfigurado.

—Creo que este puede ser su hombre, William —afirmó Petleigh.

—El cuerpo llevaba unos días en el río —comentó el forense mientras se limpiaba las manos con un trapo—. Está bastante hinchado y apenas le queda pelo..., nada alrededor del pubis ni en las axilas, solo unos cuantos mechones en la cabeza. La piel está hinchada, también hay zonas despellejadas. La cara está tan hinchada que he tenido que quitarle los globos oculares para poder determinar el color. Vengan a ver si pueden identificarle.

El jefe permaneció donde estaba con la mirada fija en el forense, la boca abierta y los ojos bastante vidriosos.

—Vamos, William, venga a echar un vistazo —le instó el inspector, quien ya se dirigía hacia la mesa.

El jefe no se movió lo más mínimo, y el forense le espetó con impaciencia:

—¿Acaso no ha visto nunca un cadáver, señor Arrowood? Tenía entendido que era usted una especie de investigador.

—Lo soy —murmuró—. Lo que pasa es que nunca he visto un cadáver así, eso es todo.

—¿Dónde lo han encontrado? —pregunté yo.

Fue Petleigh quien contestó.

—Más allá de Dartford. El operario de una barcaza lo ha encontrado entre unos juncos y lo ha sacado de allí.

—¿Hay algo que haga pensar que se trata de Thierry?

—De la ropa que llevaba solo queda una manga, pero tenía una cuerda atada al cuello y del otro extremo colgaban la duela de un barril y una argolla de hierro. Eso me hizo pensar en el tonelero ese con el que han estado tratando, lo más probable es que llenaran de lodo un tonel y ataran a él a la víctima. Pero vengan a ver si encaja con la descripción.

Eché a andar hacia la mesa y oí que el jefe me seguía en silencio. El forense se hizo a un lado y se cruzó de brazos. Incluso desde aquella distancia alcanzaba a ver que el cuerpo estaba en un estado terrible, pero conforme fui acercándome la cosa fue de mal en peor. Estuve a punto de vomitar el té debido al hedor que desprendía; la piel que le quedaba tenía un vívido tono rojizo con algo grisáceo de fondo, y algunas partes de los brazos y las piernas estaban tan hinchadas que daba la impresión de que podían explotar de un momento a otro; en otras zonas en las que se habían desprendido largas tiras de piel habían quedado al descubierto los músculos y los huesos; en un gran corte que iba desde el cuello hasta el vientre, la carne estaba abierta para que el forense pudiera introducir sus instrumentos en los órganos. El jefe se alejó a toda prisa y se sentó pesadamente en una silla situada junto a la pared.

Yo no podía apartar la vista del interior del cadáver; pasaron unos largos segundos hasta que fui capaz de alzar la mirada hacia la cabeza, y después tardé unos segundos más en recobrar el habla.

—¿Dónde está la cara? —alcancé a preguntar.

El forense señaló con su escalpelo.

—Mire, eso de ahí es la nariz. Las mejillas la han cubierto. —Insertó el mango del instrumento en un orificio y lo abrió—. ¿Ve las fosas nasales escondidas aquí? Y esta capa de color morado son los labios. —Metió el escalpelo y con la otra mano empujó hacia abajo con firmeza el hueso de la barbilla, que estaba desnudo tanto de piel como de carne. Debajo de la capa morada había unos dientecitos amarillentos—. El ojo está aquí, era la única forma de determinar el color. —Agarró un cuenco de porcelana del estante que tenía a su espalda y me lo mostró.

El ojo que me miró desde el interior del recipiente era un globo aplastado y sanguinolento del que colgaba como una cola una maraña de nervios. El iris era marrón.

—¿Es él? —me preguntó Petleigh.

—¿Cómo vamos a identificarle si no tiene cara?

—¿Qué me dice del ojo?

—¿Quiere que lo identifique a partir de un ojo?

—Ni siquiera lo conocíamos de vista —comentó el jefe desde su silla.

El forense se quedó atónito al oír aquello.

—¿Está diciendo que no le habían visto en toda su vida? ¿Se puede saber entonces qué demonios están haciendo aquí? ¡Petleigh! ¿Para qué los ha traído?

El inspector hizo una mueca y se volvió hacia mí.

—¿La persona que les contrató les dijo de qué color tenía los ojos?

—No, pero sabemos que tenía una quemadura en la oreja izquierda.

El forense procedió a examinar con atención ambos lados de la cabeza.

—No queda suficiente piel en las orejas para poder decirlo con seguridad. Debe traer al familiar para que eche un vistazo, Petleigh. No sé por qué no lo ha hecho aún.

—Teníamos que tener en cuenta que ese familiar podría ser el asesino, señor Bentham. Es una teoría en la que estamos trabajando.

El jefe se indignó al oír aquello.

—¡Vaya teoría más absurda!, ¡por supuesto que no es la asesina! ¿Cree que nos habría contratado si lo fuera? De verdad, Petleigh, a veces me desespera usted.

—¡Ajá! ¡Ahora ya sé que se trata de una mujer! —exclamó Petleigh, como si hubiera logrado sacarnos la información mediante un gran alarde de astucia—. ¡Díganme cómo se llama! ¡Ahora están obligados a hacerlo!

Yo miré al jefe, quien suspiró y finalmente acabó por asentir, así que le di la información al inspector.

—Es la señorita Caroline Cousture. La encontrará en el cincuenta y seis de Lorrimore Road, en Kennington, en una casa de caridad. Es la hermana del desaparecido.

—¡Reid!

El joven agente entró de inmediato al oír que el inspector le llamaba, y este le ordenó que fuera a buscar de inmediato a la dama.

—Ve con él, Barnett —me indicó el jefe—. Es posible que la pobre necesite que alguien la tranquilice.

—No, Reid irá solo —decretó Petleigh.

El jefe se puso en pie de golpe.

—¡Pero se sentirá consternada! —protestó.

—Le permitiré que la espere en el pasillo, y debería agradecérmelo.

—¿No podemos hacer esto mañana por la mañana, Petleigh? —le preguntó Bentham con un sonoro suspiro.

—Lo siento, pero esto no puede esperar.

Era obvio que aquellas palabras no le complacieron lo más mínimo al forense, que masculló:

—Voy a comer algo al Hand and Flower, avísenme cuando llegue la dama.

El forense de la policía regresó una hora después sin que se le hubiera avisado, oliendo a cordero asado y a vino. Estaba de mejor humor, pero eludía nuestra mirada porque no sabía cómo actuar ante nosotros estando medio borracho. Entró en la sala donde estaba el cadáver con Petleigh pisándole los talones y, poco después, el agente Reid llegó y condujo a paso rápido a la señorita Cousture por el pasillo. Ella tenía el rostro parcialmente oculto tras un velo negro que había sido remendado sin demasiado acierto y que colgaba torcido del sombrero. Al señor Arrowood le preocupaba cómo iba a afectarla el hecho de ver el cadáver y quería prepararla, pero ella no se detuvo ni contestó a sus palabras y, cuando intentamos entrar tras ella en la sala, Petleigh nos cerró el paso.

—Esperen fuera —nos ordenó, antes de cerrar la puerta.

El jefe y yo nos sentamos en las duras sillas de madera y nos dispusimos a esperar. En cuestión de minutos, la puerta se abrió de nuevo y la señorita Cousture salió de la sala. Se había levantado el velo.

—No es él.

Una pequeña sonrisa afloró a sus labios, pero de repente se le quedaron en blanco; el jefe se levantó como un resorte justo cuando a ella se le doblaron las rodillas, y logró sujetarla por debajo de los brazos y bajarla hasta una silla.

—Lo siento —dijo ella con los ojos cerrados—. Ese pobre hombre... —se sacó un pañuelo gris de la manga y lo sostuvo sobre su boca—, el olor...

—¿Está segura de que no es él, señorita? —le preguntó Petleigh.

—Sí, por supuesto que sí. Mi hermano tenía un cabello dorado como el trigo, pero el que he visto ahí, en esa cosa, es negro. No había mucho, pero era negro. No es mi hermano.

—Lamento que haya tenido que ver algo así.

Ella se volvió hacia el jefe.

—Pero ya les había dicho a ustedes de qué color tiene el pelo, ¿verdad? —Me miró con expresión interrogante.

Yo miré al jefe y supe por la cara de culpa que tenía que se sentía tan avergonzado como yo. Qué idiotas éramos. Nos habíamos quedado tan impactados al ver el cuerpo, que ni él ni yo habíamos prestado atención a los mechones de pelo. Qué par de investigadores tan brillantes.

—¿Es eso cierto? ¿Usted ya se lo había dicho? —Petleigh se volvió hacia nosotros—. ¿Y no se les ha ocurrido pensar que podría servir de ayuda?

—Debo admitir que ver el cadáver me ha enfermado —dijo el jefe.

En ese preciso momento recordé un detalle que antes había pasado por alto. Sin esperar a oír cómo seguía justificándose el jefe, regresé a la sala abriéndome paso sin contemplaciones. Mis pasos resonaron en el frío suelo mientras me acercaba al monstruoso cuerpo que yacía sobre la mesa, y vi que el forense se disponía a taparlo con una sábana.

—¡Espere! —le ordené.

—¿Qué está haciendo? —me preguntó Petleigh, que se había apresurado a seguirme.

Yo tragué saliva antes de agarrar aquella fría muñeca, se me revolvió el estómago incluso antes de rozarla siquiera. Al tacto era como unas tripas, y el hedor me inundó la boca en cuanto la toqué. Apreté los dientes, giré la mano y allí, en el dedo índice, vi una uña aplastada, pero en ese momento ya no me daba la impresión de que estuviera llena de furia. Se la veía suave, inocente, como si perteneciera a un bebé que tenía una mano aplastada.

—Ya sé quién es. Es el poli vestido de paisano que me golpeó, el de Scotland Yard.

—¿Es un policía? ¡Santo Cielo! —dijo el forense arrastrando un poco las palabras.

—¿Qué pasa, señor Bentham? —le preguntó Petleigh.

—Espere, voy a enseñarle otra cosa. —Apartó la sábana para dejar al descubierto las piernas del cadáver—. Se supone que ustedes son investigadores, así que intenten explicarme esto.

Pasó el palo de una escoba bajo las pantorrillas del cadáver y le alzó ambas piernas, pero al hacerlo los pies se cayeron doblados hacia atrás formando un ángulo antinatural, como si estuvieran unidos a los tobillos por medio de unos finos filamentos. El forense agarró uno de los pies con su mano libre y lo dobló de repente hasta que el talón tocó la pantorrilla.

La señorita Cousture soltó una exclamación ahogada, el jefe gimió.

—¿No tienen ni idea de lo que pasa aquí? —nos preguntó Bentham.

—¿Los tendones se han disuelto en el agua? —propuse yo.

Él hizo un gesto con la mano que indicaba que mi teoría era absurda y miró al inspector con una lúgubre sonrisa.

—¿Tiene usted alguna teoría, Petleigh?

—Díganoslo de una vez, antes de que empecemos a vomitar.

—Los dos tendones de Aquiles han sido cortados, y tiene aplastados los huesos de los tobillos. Siguiente pregunta para nuestros investigadores: ¿por qué habrían de hacer algo así los asesinos? —En esa ocasión no contestó nadie, así que añadió—: Para evitar que huyera. Cortándole los pies también se lo impedirías, pero el cautivo pierde demasiada sangre y termina muriendo. De esta forma sigue vivo, ya sea para prolongar su tormento o para seguir interrogándole.

—*Mon Dieu*! —susurró la señorita Cousture.

—Vi un caso similar varios años atrás, cuando trabajaba en Mánchester. Un ladrón patológico con cuatro condenas previas, lo encontraron muerto con estas mismas heridas.

—¿Encontraron a los asesinos?

—No, pero estaba claro que había sido algún ajuste de cuentas relacionado con alguna actividad criminal. Supongo que la policía del lugar consideró que no valía la pena perder tiempo en un caso así, tan solo había dos inspectores para toda la ciudad.

—Un momento, no puede ser el policía —intervino el jefe—. Le vimos vivo hace dos días y medio, ¿cómo es posible que el cuerpo esté tan descompuesto?

—¿Está seguro de que lo vieron? —le preguntó el forense.

—¿El cuerpo podría quedar así después de pasar dos días sumergido? —pregunté yo.

—Sería muy improbable, pero explicaría otro detalle que me tenía perplejo. Tiene la piel muy enrojecida, y lo que parecen ser marcas de quemaduras tanto en los huesos de las palmas de las manos como en los del pie. He dado por hecho que se trataba de viejas heridas.

—¿Marcas de quemaduras? ¡Pero si el cuerpo no está quemado! —dijo Petleigh.

El forense frunció la nariz y cerró los ojos antes de explicárselo.

—No, no está quemado, pero se obtendrían estos mismos resultados si lo hubieran hervido.

A la señorita Cousture se le escapó un gemido y se cubrió la cara con las manos mientras temblaba de pies a cabeza.

Un silencio sepulcral inundó la fría sala. Yo me aferré al respaldo de una silla al notar que me flaqueaban las piernas. Nos miramos los unos a los otros, ninguno quería creerse lo que nos estaba diciendo aquel hombre.

—¡Qué malnacidos!, ¡cuánta maldad! —alcancé a decir al fin.

—Debe averiguar en qué caso estaba trabajando este hombre, Petleigh —le pidió el jefe—, y por qué estaba siguiéndonos. Debe de ser algo relacionado con Cream, le vimos vigilando el Beef.

El inspector alzó las manos al cielo en un gesto de exasperación.

—Usted no aprende, ¿verdad? ¡Mi trabajo no consiste en ayudarle a resolver sus casos, William! Voy a pasarle este asunto al Departamento de Investigación Criminal, este hombre trabajaba allí. Serán ellos los que se encarguen de este caso a partir de ahora.

—Vaya, así que ahora resulta que ya sabe quién es —le dijo el jefe.

Dio la impresión de que el inspector se sentía un poco incómodo y finalmente admitió:

—No sé cómo se llama, no he hablado aún con el comandante.

—Pues tendría que haberlo hecho, porque nuestro caso debe de estar relacionado con el que ellos están investigando.

—Cállese ya, William. No puedo interferir en el trabajo de ese departamento. Seguro que querrán hablar con usted mañana mismo.

—¡Perfecto, porque yo quiero hablar con ellos!

Daba la impresión de que Petleigh estaba a punto de perder la paciencia, pero se tomó unos segundos para tranquilizarse y respirar hondo, y entonces se volvió hacia la señorita Cousture.

—Lamento que haya tenido que ver esto, señorita Cousture.

Ella asintió y el jefe la tomó del brazo.

—Barnett y yo la acompañaremos a su casa si nos lo permite.

Se le había caído el velo y, a pesar de que en la penumbra de la sala no alcancé a verle bien la cara, supuse que debía de estar llorando. Yo en su lugar estaría preguntándome muerto de miedo si mi hermano habría corrido la misma suerte que aquel hombre.

—Sí, *monsieur* Arrowood —lo dijo con voz casi inaudible.

Los tres nos marchábamos ya cuando Petleigh añadió una última cosa.

—Venga a la comisaría a las nueve de la mañana, señorita, tengo que hacerle unas preguntas. En cuanto a usted, William, prepárese para recibir una visita del Departamento de Investigación Criminal.

20

El jefe me pidió que me presentara en su casa tempranito y vestido con mi mejor traje, así que deduje que debía de haber ideado algún plan. Para cuando llegué, él ya había mandado a Neddy a Scotland Yard con una nota para el Departamento de Investigación Criminal (también conocido como CID), en la que se solicitaba que mandaran a alguien a encontrarse con nosotros en la cafetería Willows al mediodía para tratar un asunto relacionado con el agente que había aparecido en el río. El jefe opinaba que un hombre era quien era en función de cómo lo trataban los demás y que, cuanto más se despojaba a un policía de los uniformes y los despachos que iban asociados a su trabajo, más se convertía en un hombre normal y corriente. De modo que íbamos a ser nosotros quienes diéramos el primer paso para solicitar un encuentro; dicho encuentro iba a ser en nuestro terreno, íbamos a tener mejor aspecto que ellos e íbamos a manejarlo nosotros a nuestra conveniencia. El jefe estaba convencido de que con eso iba a lograr confundir nuestros respectivos papeles lo suficiente como para que revelaran algo sobre el caso en el que estaba trabajando el agente muerto y, aunque yo no estaba convencido de que aquello fuera a funcionar, la verdad era que no se me había ocurrido ningún plan alternativo; además, tal y como había aprendido trabajando con el jefe, uno debe actuar aunque no esté seguro de estar acertando.

Cuando llegué lo encontré vestido con su mejor traje negro, un chaleco verde y una corbata blanca como la leche; sus botas tenían un brillo impecable y su cabello, bien peinado y aplastado, pasaba de un lado a otro de aquella cabezota calva. Me quedé estupefacto por un instante al ver la gran sonrisa de satisfacción que iluminaba su rostro... Su retrato fotográfico estaba colgado encima de la chimenea.

—¡Cielos, Barnett, vaya pelo! —exclamó con una sonrisa de lo más extraña—. ¿Acaso no te ha visto tu esposa antes de que salieras de casa? Tu cabeza parece un matojo de aulaga, no puedes dar esta imagen. ¡Ettie, baja un momento!

Ella bajó de inmediato, y la expresión de su rostro se suavizó en cuanto me vio.

—Buenos días, Norman. Tengo entendido que hay novedades en el caso.

—Las cosas están avanzando, de eso no hay duda.

—¿La visita al depósito de cadáveres sirvió para averiguar algo nuevo?

Estaba a punto de contestar cuando intervino el jefe.

—¿Puedes arreglarle el pelo?

Ella le miró con expresión interrogante y se sacudió una pelusa de la falda de talle alto que llevaba puesta.

—¿Qué quieres que haga, William?

Yo me miré en el espejo que había junto a la puerta.

—Córtaselo, ponle algo de loción, péinaselo. A mí me has peinado. Hoy tenemos una cita con el CID.

Iba cambiando el peso de un pie a otro sin parar, tenía cara de desquiciado y me pregunté si se habría tomado ya un poco de cocaína a aquella hora tan temprana.

—No, Ettie, no sería apropiado —le dije para aliviar en algo la vergüenza que debía de estar sintiendo—. Iré al barbero si realmente estoy tan mal.

—Ha malinterpretado usted mi reacción —me aseguró ella. Su mirada directa me desconcertó, un extraño brillo había iluminado sus ojos—. Si he titubeado no ha sido por una cuestión de decoro,

Norman. En Afganistán hice con desconocidos cosas mucho más íntimas que cortarles el pelo. El cuerpo no es más que un recipiente que nos ha sido prestado por el Señor, lo sagrado es el alma. ¿Verdad que sí?

—Eh..., sí, supongo que sí.

—De hecho, ayudaría gustosa, pero si titubeo es por la señora Barnett. ¿Qué pensaría ella?

—Supongo que comprendería que ha sido necesario para resolver el caso, pero no quiero ponerla a usted en una situación comprometida.

No me parecía adecuado; a una mujer de buena cuna como ella no debería pedírsele que se encargara del pelo de un hombre mucho menos refinado. Hacía semanas que no me lo lavaba a fondo, y no sabía lo que la pobrecilla podría encontrarse en aquella jungla que había en mi azotea. Lo extraño del caso era que me daba la impresión de que ella realmente tenía ganas de cortarme el pelo.

—¿Se encuentra mejor su esposa?

La pregunta me tomó desprevenido y no logré encontrar las palabras adecuadas. No sé si fue por la forma en que había estado viviendo durante aquel último mes, pero la amabilidad que destilaban las palabras de Ettie me llegaron tan hondo que fue como si por un breve instante lograra tocar esa parte de mi señora que estaba alojada allí, en mi corazón. Quería responderle, pero la tristeza que había causado en mí su pregunta me constreñía la garganta y sabía que no iba a poder articular palabra, así que me limité a negar con la cabeza.

—Me gustaría ir a visitarla, Norman. Para hablar sobre lo que estamos haciendo en la misión.

—Ah.

—¿Podría usted consultárselo cuando se encuentre más recuperada? Dentro de unos días, quizás.

—Así lo haré.

—Perfecto —asintió antes de apartar una silla de la mesa—. Bueno, ahora venga y siéntese aquí.

En cuanto me senté me colocó una toalla sobre los hombros, en un abrir y cerrar de ojos sostenía en sus enrojecidas manos un peine y unas tijeras y estaba empezando a desenredarme el pelo.

—Nos iremos en una hora —afirmó el jefe antes de sentarse en su silla de siempre y tomar su libro sobre la vida emocional de hombres y animales.

—¿Ha terminado de leer aquellos relatos de misterio que le tenían tan entretenido el otro día? —le pregunté, con toda la inocencia posible, en un intento de desprenderme de mi melancolía—. Ya sabe, los de la revista *The Strand*.

—Les eché un vistazo.

—¿Averiguó algo?

Ettie soltó una pequeña carcajada.

—No, nada —dijo él.

—¡Ah, por cierto! —exclamó ella—, ¿te has enterado de lo de la mujer de Croydon que recibió dos orejas en una caja con sal?

—Barnett y yo leímos un artículo al respecto ayer, es un caso muy interesante.

—Han solicitado la ayuda de Sherlock Holmes, lo he visto en la portada esta mañana.

—Tendría que haberlo supuesto —masculló él. Era la primera vez en toda la mañana que su voz se teñía de enfado—. Es el caso más interesante del verano hasta el momento, seguro que el doctor Watson estará sumamente complacido.

—Dijeron que los culpables podrían ser unos estudiantes de medicina —comentó ella.

—Dudo mucho que esa teoría sea cierta. Robar cadáveres sería un asunto muy serio. ¿Por qué iban a arriesgar sus respectivas carreras para asustar a una anciana? Y dudo mucho que hubieran invitado a Holmes a participar en la investigación si se tratara de algo tan sencillo como eso. —El enfado se esfumó de su voz y dio paso a un tono juguetón—. ¿Tú qué opinas? ¿Probará el insigne detective la sal sobre la que yacen las orejas y determinará que procede de una mina en concreto de la región báltica en la que, por una de esas casualidades de la vida, él estuvo en alguna ocasión? O quizás, también por pura casualidad, había estado escribiendo un tratado sobre las variaciones de la forma de las orejas según la región de origen.

Guardó silencio mientras su hermana seguía desenredándome el pelo y, al cabo de una larga pausa, habló otra vez.

—Me pregunto si va a resolverlo. Si no volvemos a saber nada de ese caso, podemos dar por hecho que no lo ha logrado.

—Deseas que él fracase, hermano.

—En absoluto.

—Admítelo aunque sea por una vez, William. Sherlock Holmes posee una mente brillante, no tiene nada que envidiarle a nadie.

—Ese hombre comete demasiados errores para ser un gran detective.

—Lo que pasa es que estás celoso —insistió ella.

Para mi gran sorpresa, él se echó a reír.

—¡En absoluto, mi querida Ettie! Nada de eso. Pero la Providencia es más benevolente con unos que con otros y eso es algo que incluso tú debes admitir, hermana. A juzgar por lo que he leído en los relatos de Watson, muchas de las deducciones de Holmes se basan más en la buena suerte que en su genialidad. ¿Y qué me dices de los casos que no aparecen publicados en *The Strand*? Apuesto a que no ha tenido tanta suerte con ellos.

Ella se volvió a mirarlo.

—Desde que perdiste tu puesto en el periódico has sentido resentimiento hacia los que tienen más éxito que tú, hermano. Y no te atrevas a negarlo.

—Eso es una solemne tontería, mi muy excelente hermana —le aseguró con una fraternal carcajada—, pero es cierto que Holmes no ha sufrido nunca por su arte. ¿Sabes cuánto le pagó el rey de Bohemia por tres días de trabajo?

—¿Es ese el motivo de que no admitas su pericia como detective? ¿Sientes que no se valoran tus propios méritos?

—Debes admitir que no he sido afortunado en mi trabajo... ni en el amor.

Normalmente, una conversación como aquella habría hecho que al jefe se le encendiera el rostro de furia, pero en esa ocasión estaba muy risueño y moviéndose como si estuvieran haciéndole cosquillas.

—Yo creo que estás celoso, William. ¿Qué opina usted, Norman?

Era algo que yo mismo también había notado de vez en cuando, pero no me pareció sensato admitirlo; al fin y al cabo, el jefe estaba de buen humor y no quería aguarle la fiesta. Pero él se levantó con una sorprendente agilidad de la silla, sin esperar a oír mi respuesta, y salió rumbo a la letrina.

—Esta mañana ha llegado una carta de Isabel, por eso está comportándose como un loco —me informó Ettie cuando nos quedamos solos—. Le propone venir a verle dentro de unos días.

—¿Va a regresar?

—Eso es lo que él cree, pero yo dudo que tenga intención de hacerlo. Creo que le va a pedir dinero.

—¿Qué hará usted si ella regresa?

—No creo que eso suceda. Bueno, ¿va a contarme ahora qué averiguaron en el depósito de cadáveres? William está intentando protegerme, pero no se da cuenta de que he visto más muestras de la maldad que hay en este mundo que él mismo.

Le conté lo que había ocurrido mientras ella permanecía a mi espalda y seguía lidiando con mi pelo. Cerré los ojos, porque cuando empezaran a caer los mechones no quería verlos, pero no tardé en empezar a relajarme. Estaba claro que no era la primera vez que ella realizaba aquella tarea. Se movía con rapidez, y noté cómo me rozaba su corpiño cuando cambió de posición. Para cuando terminé de relatarle los acontecimientos del día anterior, mi pelo estaba desenredado y había empezado a emplear las tijeras con la seguridad de la que solía hacer gala. Trabajaba en silencio, tan solo se oía su respiración y el tictac del reloj de la abuela; al cabo de unos minutos, me sacudió el pelo de los hombros y procedió a cortarme algunos pelillos del cuello con una cuchilla. A continuación volvió a agarrar el peine, pero en vez de usarlo empezó a pasarme los dedos por el pelo, a frotarme el cuero cabelludo, a palparme los músculos de la cabeza y detrás de las orejas. En un primer momento di un respingo al notar sus dedos en esa zona, porque me tomó totalmente por sorpresa (mi propio barbero no me había tocado el cuero cabelludo ni una sola vez en todos los años que llevaba acudiendo a él), pero no era una sensación desagradable, así que me recosté de nuevo en la silla y me relajé sin saber si tendría que estar sintiéndome culpable por el placer que me recorría.

Antes de que me diera cuenta, Ettie estaba sacudiendo la toalla y empezó a arreglarme las patillas y el bigote. Yo me enderecé de nuevo en la silla y abrí los ojos creyendo que ya había terminado, cuando de repente me puso las manos en las mejillas y las deslizó poco a poco hacia mis orejas. Su respiración se hizo más honda, noté que su cabeza estaba cerca de mi hombro y me tensé; quería girarme para ver lo que estaba pasando, pero temía incomodarla. Sus dedos recorrieron con suavidad mi cuello, se hundieron en mi pelo y siguieron subiendo, y al llegar a la coronilla empezaron a descender. Noté su cálido aliento en mi cuello.

—¿Has terminado ya, hermana? —dijo el jefe al irrumpir de improviso en el saloncito—. Me vendría bien un poco de té.

Ella apartó las manos de mi cabeza, retrocedió un paso y murmuró:

—Eh..., sí, creo que sí —lo dijo con voz suave, sin ninguna sequedad.

—Date la vuelta para que pueda verte, Barnett —me pidió él.

Me puse en pie, y al volverme mis ojos se encontraron con los de Ettie. Se ruborizó y apartó la mirada.

—¡Excelente! ¡Has quedado muy bien! Podrías ponerle algo de loción para darle un acabado perfecto, Ettie.

—La botella está en la vitrina —se apresuró a contestar ella.

—¿Qué te parece si disfrutamos también de un poco de pastel?

Mientras el jefe hablaba yo seguía mirándola en silencio sin saber qué era lo que acababa de ocurrir.

—Hay un espejo junto a la puerta, Barnett —me dijo él—. Mírate en él para ver cómo has quedado. Ah, y échate un poco de ese perfume para disimular el pestazo. Te dije que fueras al baño público.

—Era tan temprano que estaba cerrado.

Mis ojos se encontraron de nuevo con los de Ettie y volví a ver en ellos el mismo destello de antes, pero ella se giró de inmediato.

—Vamos, hermana, apresúrate y llena la tetera —le dijo el jefe—. Barnett y yo tenemos que marcharnos en breve.

Ella alzó los brazos al aire en un gesto de exasperación y perdió la paciencia de golpe.

—¡Llénala tú, patán perezoso! ¡Llevas toda la mañana sentado sin hacer nada!

—¡Ettie! ¿Qué te pasa? —Se le veía sorprendido a la vez que dolido.

—¡Uf! ¡Cállate de una vez!

Nosotros permanecimos en silencio mientras la veíamos marcharse escalera arriba hecha una furia. Cuando la oímos cerrar la puerta con un sonoro portazo, el jefe preguntó con perplejidad:

—¿A qué ha venido eso?

—Ella cree que usted está intentando protegerla —le expliqué mientras aún seguía sintiendo la sensación de sus dedos en mi cabeza y el acelerado latido de mi corazón.

—No sé si estaría más contenta en Afganistán, he intentado sugerirle que se vaya.

—Puede que esa sea la razón por la que está molesta con usted.

Él suspiró y alzó la mirada al techo.

—Será mejor que prepares tú el té, Barnett —dijo al fin.

Aún no nos habíamos tomado ni dos traguitos de té cuando Albert hijo llamó a la puerta del saloncito.

—Dos caballeros preguntan por usted, señor Arrowood. Los he dejado en la panadería, tal y como usted me indicó.

Yo estaba levantándome para ir a por ellos cuando los dos hombres pasaron junto a Albert hijo y entraron en el saloncito. Yo les tomé la medida con rapidez. El mayor vestía un traje marrón, su barba estaba salpicada de canas y tenía los ojos enrojecidos y llorosos, así que no iba a darnos demasiados problemas. Pero el más joven era otra historia muy distinta. Llevaba puesta una polvorienta chaqueta negra que había visto días mejores y en cuanto entró me miró de arriba abajo en busca de mis puntos débiles. No podía igualarse a mí en altura, pero tenía la cara de un pugilista: le faltaban dos dientes de abajo, su nariz parecía estar olisqueando su mejilla derecha, y tenía los ojos tan separados que uno se mareaba con solo mirarle. Era la cara de una gárgola. La postura que adoptó, con las manos a ambos lados del cuerpo, indicaba que estaba listo para usar los puños. Lo supe de inmediato, porque yo mismo la había visto muchas veces en pubs justo antes de que estallara una pelea. Llevaba puestas unas botas desgastadas y viejas, y una de ellas tenía el cordón roto.

—¡Se suponía que tenían que esperar en la panadería! —protestó Albert hijo.

—Te puedes retirar, hijo —le dijo el mayor de los dos con acento irlandés—. Muchas gracias, pero ahora queremos charlar a solas con estos caballeros.

Albert hijo miró al jefe, que se puso en pie mientras agarraba con fuerza el pesado bastón que solía dejar junto a su silla; yo, por mi parte, me acerqué como quien no quiere la cosa a la chimenea con intención de hacerme con el atizador. Los dos estábamos pensando lo mismo: aquellos hombres eran fenianos.

—Puedes irte, muchacho, no pasa nada —le dijo el jefe a Albert hijo antes de dirigir la mirada hacia el mayor de los recién llegados—. ¿Quiénes son ustedes?

—Yo soy el inspector Lafferty. —Mientras el tipo contestaba, yo fui bajando la mano hacia el atizador—. Él es el inspector Coyle.

—El aludido me miró como si no le gustara nada mi pelo—. Somos del CID. Supongo que usted será el señor Arrowood.

—Sí, así es.

Lafferty se volvió entonces hacia mí.

—¿Y usted es el señor Barnett?

Yo me limité a asentir, y él indicó mi mano con un gesto y me dijo con toda naturalidad:

—No va a necesitar para nada ese atizador, señor. Intente usarlo y se lo meto por el culo.

Yo permanecí inmóvil y Lafferty añadió:

—Queremos que los dos nos acompañen a Scotland Yard.

—¿Ah, sí? ¿En serio piensan llevarnos a Scotland Yard? —le dije yo.

—Sí, muy en serio. Queremos hablar con ustedes acerca del asesinato de uno de nuestros hombres; supongo que para ustedes no supondrá ningún inconveniente.

—En la nota les indicamos que nos veríamos al mediodía —protestó el jefe.

—Verá, es que el asesinato de uno de los nuestros lo tratamos como un asunto urgente —intervino Coyle. Tenía una voz amplia, plana... y muy irlandesa.

—¿Cómo podemos tener la certeza de que pertenecen al CID? —les pregunté yo.

—¿Por qué habrían de dudarlo? —me preguntó Coyle a su vez, antes de acercarse amenazante a mí.

Lafferty le agarró del brazo y le hizo retroceder varios pasos antes de decir:

—Les sorprende que haya irlandeses en la policía. Sé que es difícil de comprender, pero ¿qué se le va a hacer? Nuestros países están unidos. Puede que no les hayamos recibido con los brazos abiertos, pero ahora estamos casados, sí señor. Y la verdad es que ustedes los ingleses se lavan tan poco como nosotros, ¿verdad?

—No me cabe duda de que tiene usted toda la razón —asintió el jefe.

—Tenemos un carruaje esperando fuera, así que ahora vamos a salir de aquí como gente educada y civilizada.

Al ver que el jefe se disponía a actuar, me apresuré a intervenir.

—No se lo tomen a mal, caballeros, pero creo que no vamos a acompañarles a ninguna parte. Podemos tomar asiento y mantener una pequeña charla aquí mismo.

—Sí, podemos conversar aquí —asintió el jefe, antes de apartar dos sillas de la mesa—. Mi hermana nos preparará un té.

—No les estamos pidiendo su opinión, señor Arrowood —afirmó Lafferty—. Venga, vámonos.

Yo no iba a ir a ninguna parte. Estaba convencido de que aquellos tipos eran fenianos, y después de ver lo que le había pasado al agente estaba dispuesto a matarlos antes que permitir que me llevaran vete tú a saber dónde.

—No están engañando a nadie —les dije mientras aferraba con firmeza el atizador de hierro—, ustedes tienen tanto de polis como nosotros dos. No queremos problemas con ustedes, caballeros. Tan solo estamos intentando encontrar a un joven francés por encargo de su familia, se llama Thierry. No nos interesa lo que ustedes puedan estar haciendo, lo único que queremos es encontrar al muchacho.

El jefe estaba observándoles con atención mientras yo hablaba, intentando detectar alguna reacción en ellos al oírme mencionar a Thierry, pero lo que vio fue a Coyle sacándose algo del bolsillo de la chaqueta.

Ese algo resultó ser un revólver.

—No vamos a repetírselo. —Su voz carecía de inflexión, sus ojos eran gélidos—. Suelten las armas.

—¡Que Dios nos ampare! —gimió el jefe, muerto de miedo, antes de soltar su bastón—. ¡Nada de todo esto es necesario, se lo aseguro! Caballeros, ¡no hay necesidad de recurrir a la violencia! Yo apoyo a una Irlanda libre, y Barnett también. ¡No somos sus enemigos!

—Qué interesante, señor —dijo Lafferty.

Al ver que intercambiaban una mirada aproveché la oportunidad y alcé el atizador para golpear a Coyle, pero este resultó ser demasiado rápido. Se volvió hacia mí como una exhalación, me hincó el cañón del revólver en el pecho y susurró con voz amenazante:

—Suéltelo.

No tuve elección, dejé que el atizador cayera de mis manos. Coyle lo echó a un lado de una patada.

—¡Por favor, caballeros, vamos a conversar con calma! —exclamó el jefe—. No suponemos peligro alguno para ustedes, ¡les doy mi palabra!

—Cálmese, señor Arrowood —le aconsejó Lafferty—, mi compañero solo le disparará si nos causa problemas. A ver, ¿tenemos que ponerles las esposas o van a acompañarnos como los caballeros que sé que son?

—¿Esposas? ¿Qué esposas? —le preguntó el jefe.

Lafferty suspiró y se sacó unas del bolsillo.

—¡Estas! Ya les he dicho que somos del CID, Petleigh nos dio su dirección.

—¿En serio? ¿Está diciendo que es verdad que son del CID?

—Tal y como les ha dicho el señor Coyle, el asesinato de uno de los nuestros es un asunto urgente. El inspector Petleigh ha venido a vernos poco antes de que llegara su muchacho con la nota, señor Arrowood.

El jefe me miró con expresión interrogante y yo asentí, aunque la verdad era que aún me costaba creerlo. Nunca en mi vida me habría imaginado que pudiera haber un policía irlandés, y en ese momento teníamos dos frente a nosotros.

—Y ahora, si son tan amables, el caballo debe de estar impacientándose —añadió Lafferty—. No le gusta el sol.

21

Ninguno de los dos nos habló en todo el trayecto hasta Scotland Yard. El jefe iba sentado frente a mí con una sonrisa serena en el rostro y la mirada perdida puesta en la ventanilla; estaba claro que pensaba en la carta de Isabel. Cuando llegamos al Yard nos condujeron hasta el sótano y allí nos llevaron a una sala gris que tenía una única y empañada ventanita casi pegada al techo. En el centro había una mesa rodeada de seis sillas. Nos indicaron que nos sentáramos, y luego Lafferty y Coyle se marcharon y cerraron al salir la maciza puerta de acero.

El jefe logró mantener la calma y la serenidad durante cerca de dos horas, lo cual me sorprendió sobremanera, pero cambió de humor cuando empezaron a sonarle las tripas.

—Están haciéndolo de forma deliberada para intentar influenciar nuestras mentes. —Se puso de pie y volvió a sentarse al cabo de un instante.

Cuando Lafferty y Coyle regresaron ya habían pasado cerca de cuatro horas, y no nos ofrecieron disculpas.

—¿Dónde estaban? —les preguntó el jefe soliviantado—. ¡Llevamos aquí medio día!

—Teníamos asuntos pendientes —contestó Lafferty. Dejó un fino cenicero sobre la mesa junto con una libreta y un lápiz.

—¡Nosotros también los tenemos! Será mejor que se den prisa con todo esto.

No le prestaron ni la más mínima atención a sus palabras. Coyle se posicionó junto a la puerta mientras Lafferty caminaba de acá para allá y nos hacía preguntas. Le contamos todo lo que sabíamos y tan solo nos reservamos aquellos detalles que, según como se interpretaran, podrían llevarnos a la cárcel. Le hablamos de Milky Sal, de la tonelería y de la muerte de Martha; le contamos lo de la banda de fenianos que se dedicaba a desvalijar casas y también que Longmire y Cream eran conocidos, aunque no especificamos cómo habíamos averiguado esto último. Una vez que le hubimos dado toda la información que teníamos, se sentó frente a nosotros y le hizo un gesto de asentimiento a Coyle, quien se guardó la libreta, se metió las manos en los bolsillos y procedió a preguntarnos lo mismo, solo que con otras palabras. Me di cuenta de que el jefe iba enfadándose cada vez más conforme el interrogatorio iba alargándose.

—¿Les funciona alguna vez esta táctica, muchacho? —le preguntó finalmente a Coyle. No le gustaba ni lo más mínimo que un hombre más joven ejerciera autoridad sobre él.

Fue Lafferty quien contestó.

—Sí, a veces sí. Si los interrogados están cansados o inventándose alguna patraña demasiado enrevesada.

—Oye, Barnett, ¿qué te parece si nosotros la empleamos también? Tú puedes ser el inspector Coyle, yo seré Lafferty. Vamos a estudiar sus métodos. ¿Ves la postura amenazante que adopta Coyle? ¡Destila autoridad! No sé por qué tú y yo no hemos usado nunca esta estrategia, Barnett.

—Quizás sea porque usted no es inspector de policía —le contestó la gárgola.

—Soy detective privado, y he trabajado en más casos de los que podría usted imaginar.

—Pero no es uno tan bueno como Sherlock Holmes, ¿verdad? Usted no aparece en los periódicos.

El jefe sacudió la cabeza mientras ponía una teatral cara de tristeza.

—¡Cielos, qué tristeza tan grande! No me diga que en el CID

idolatran a Sherlock Holmes, al igual que el resto del país. ¡Qué decepción! Esperaba que en Scotland Yard dispusieran de hombres más cabales.

Coyle se ruborizó al oír aquello y contestó con aspereza.

—Tiene usted una elevada opinión de sí mismo, ¿verdad? No me diga que habría sido capaz de encargarse de los casos que él ha resuelto; Holmes tiene la mente de cuatro hombres.

A juzgar por la mueca que hizo Lafferty al oír aquello, estaba claro que no compartía la opinión de su compañero, pero guardó silencio mientras Coyle seguía hablando.

—El caso del mormón, por ejemplo. ¿Lo conoce?

—El cadáver hallado en una casa de Brixton Road, Thomas Drebber —contestó el jefe con desgana.

—Ningún otro hombre en toda Inglaterra podría haber encajado las piezas de ese caso como lo hizo él. El CID no podría haberlo hecho, ni siquiera Whicher habría sido capaz de resolverlo.

—Holmes no lo resolvió —afirmó el jefe con firmeza.

—¡Claro que sí! Está todo publicado, averiguó el nombre del asesino...

—¡Hope! ¡El asesino se llamaba Hope!

Estaba claro que el jefe empezaba a soliviantarse de nuevo, pero Coyle siguió hablando como si no se hubiera dado cuenta de la interrupción.

—¡Hasta le condujo a Baker Street para que pudieran arrestarle!

El jefe se puso en pie bruscamente y exclamó mostrando indignación:

—¡Por el amor de Dios! ¡Lo único que hizo Sherlock Holmes fue llamar por teléfono a la policía de Cleveland, quien le informó de que Hope iba tras Drebber! ¡Ellos le dieron el nombre del asesino, pedazo de idiota! ¿A usted le parece que eso es resolver un caso?

Coyle sacudió la cabeza y se mantuvo en sus trece con cabezonería.

—¿Y qué me dice del sangrado de la nariz y de las huellas de caballo? ¿Qué pasa con lo del rostro rubicundo del asesino y el anillo? Holmes supo descifrar las pistas, nadie más consiguió encajar las piezas.

—¡Atinó por pura suerte! —El jefe se agarró la cabeza con ambas manos en un gesto de exasperación—. Cada vez que encuentra una pista, Holmes identifica varias posibilidades distintas, descarta una y da la otra por buena. Tomemos como ejemplo el motivo del asesinato. No había sido un robo, eso estaba claro, así que Holmes decide que el móvil tenía que ser una mujer o alguna causa política. Da la impresión de que, aparte de esos dos, no conoce ningún otro motivo que pueda llevar a cometer un crimen, cuando en realidad hay muchos más. ¿Y si el asesinato se hubiera cometido por venganza? El hermano de ese hombre podría haber sido asesinado por Drebber, a lo mejor le habían estafado y había perdido una fortuna, puede que Drebber hundiera su barco. ¿Y si el asesino cometió el crimen en un arranque de locura? ¿Y si había sido un caso de extorsión? No, Holmes no pensó en tantos y tantos motivos que podrían llevar a alguien a cometer un asesinato en este mundo de Dios. —Cada vez hablaba más acelerado, estaba ceñudo y tenía la mirada fija en Coyle, no estaba dispuesto a permitir que le interrumpieran—. Y de buenas a primeras descarta que el móvil fuera político, porque las huellas revelan que el asesino había estado paseando de acá para allá por la sala después de la muerte de Drebber y, según él, eso no sucedería jamás en un asesinato político. ¡Vaya tontería! Las cosas nunca son tan lineales. Puede que hubiera alguien en la calle y el asesino se viera obligado a esperar, o que quisiera tener la certeza de que Drebber estaba muerto, o que estuviera horrorizado por el crimen que acababa de cometer. Así que, por pura casualidad, Holmes llega a la conclusión de que el motivo del asesinato había sido una mujer. Si bien es cierto que estaba en lo correcto, tan solo acertó porque dio a ciegas con el verdadero motivo gracias a una incapacidad asombrosa para ver el resto de las posibilidades.

—¡No se olvide del anillo, que demostraba que...!

Coyle no pudo completar la frase porque el jefe le gritó enfurecido:

—¡No demostraba nada! —Lanzó el cenicero al suelo de un manotazo junto con el sombrero de Coyle, parecía un poseso—. ¡La presencia de ese anillo podría tener infinidad de explicaciones posibles! Se le pudo haber caído del bolsillo al asesino durante el forcejeo, a lo mejor se disponía a empeñarlo, o lo dejó allí para despistar. Holmes descarta lo que encontraron escrito en la pared porque dictamina que es una pista falsa. ¿Por qué no llega a la misma conclusión con el anillo? A ver, ¿por qué diantres no podía ser otra pista falsa? Quién sabe, ¡puede que Drebber estuviera intentando comprar al asesino! Y el problema más serio es que Holmes tampoco es capaz de ver eso. Si tan importante es ese anillo, ¿por qué lo dejó el asesino en la escena del crimen?

A esas alturas estaba gritando a pleno pulmón mientras gesticulaba como un desquiciado, su rubicundo rostro brillaba de sudor a pesar de que en aquel lugar hacía bastante fresco; su cabeza parecía haberse hinchado hasta doblar su tamaño. Estampó un puñetazo en la mesa mientras Lafferty y Coyle le miraban boquiabiertos, sorprendidos ante semejante arrebato.

—¡Cualquier necio sería capaz de deducir que eso significa que el anillo no es importante! ¡Pero resulta que Holmes vuelve a tener suerte y, contra todo pronóstico, el asesino lo deja en la escena del crimen! ¡La probabilidad es de una entre un millón, se lo aseguro! Se demuestra que Holmes está en lo cierto, pero ¡solo porque ha sido incapaz de ver la infinidad de posibilidades alternativas! ¡Y Watson lo publica en *The Strand*, afirmando que ese hombre es un genio!

Se quedó jadeante al borde de la mesa mientras su mirada nos recorría por turnos. Lafferty se puso a tamborilear con su lápiz en la mesa, Coyle se cruzó de brazos y apoyó la espalda contra la pared. Ninguno de los tres dijo ni una sola palabra, y él empezó a mordisquearse el labio inferior mientras seguía mirándonos ceñudo.

Fue Lafferty quien rompió finalmente el silencio.

—Da la impresión de que conoce bien ese caso, Arrowood.

Al ver que el jefe titubeaba ligeramente y que ya no se le veía tan seguro de sí mismo, opté por intervenir.

—Es que lee mucho.

Hice aquella afirmación antes de levantarme y posar la mano en su hombro. Desprendía un calor que no era normal, y a pesar de la gruesa capa de grasa de su brazo noté que tenía el pulso muy acelerado. Le ayudé a tomar asiento, me agaché a recoger del suelo el sombrero de Coyle y lo dejé sobre la mesa antes de añadir:

—El señor Arrowood siempre tiene las narices metidas en un libro.

—Vamos a tener que esposarle si vuelve a perder así el control, Arrowood —le advirtió Lafferty.

—Eso no será necesario, va a portarse bien. Pero cuesta mantener la serenidad cuando ustedes intentan provocarnos. —Noté que el jefe me daba unas palmaditas en la rodilla.

A pesar de mis palabras, Coyle parecía estar empeñado en no dejar atrás el tema y siguió insistiendo.

—Usted no puede compararse a Sherlock Holmes, Arrowood. ¡Mírese! Es un viejo sabueso sin apenas fuerzas que gana unos peniques persiguiendo a deudores acompañado de su matón. Dicen que se le da muy bien seguir a mujeres por encargo de sus maridos cornudos, que disfruta haciéndolo.

Noté que el jefe se tensaba de nuevo, pero Lafferty intervino a tiempo. Se volvió hacia su compañero y dijo en tono apaciguador:

—A ver, vamos a tranquilizarnos. No iniciemos de nuevo esta discusión.

—¿Cuántos años tiene, muchacho? —le preguntó el jefe a Coyle con voz serena.

—¿Y a usted qué le importa?

Las tripas del jefe sonaron de improviso y se apresuró a llevarse la mano al estómago antes de contestar.

—Tan solo lo pregunto para saber cuánta experiencia tiene en este trabajo, parece bastante joven.

Coyle lo fulminó con la mirada y apretó los puños. Miró a Lafferty, quien estaba sentado al final de la mesa con las manos entrelazadas en la nuca, y en ese preciso momento alguien llamó a la puerta con un golpecito y un agente bastante joven asomó la cabeza.

—Inspector Lafferty...

—¿Qué pasa? Estamos ocupados.

—El inspector Lestrade le solicita que suba a su despacho cuando pueda, señor.

—¿Para qué?

—Para hablar de algo relacionado con el caso de Whitehall, eso es lo único que ha dicho.

—Dile que subo enseguida.

El agente volvió a cerrar la puerta.

—¿Ustedes conocen a Lestrade? —le preguntó el jefe.

—A usted no le incumbe a quién conocemos o dejamos de conocer —le contestó Lafferty—. Bueno, caballeros, ¿qué les parece si lo intentamos de nuevo? No hace falta entrar en discusiones, ¿nos aceptan un cigarro?

El jefe se lo pensó durante un largo momento antes de asentir, y yo me agaché a recoger el cenicero del suelo.

Lafferty esperó a que todos tuviéramos un cigarro encendido en la mano antes de retomar la conversación.

—Alguien ha asesinado a nuestro hombre; como ustedes comprenderán, no estamos de muy buen humor. Les agradecería que contestaran a nuestras preguntas aunque les resulten repetitivas.

—Por supuesto que sí, inspector —asintió el jefe—. Pero ¿podría decirnos cómo se llamaba la víctima?

—Eso no es asunto suyo —intervino Coyle.

—Nos ayudaría en la investigación que estamos llevando a cabo —aduje yo.

Lafferty me miró con curiosidad.

—Petleigh le tiene en gran estima, Barnett. Dice que sería un buen policía.

—Me siento halagado, señor.

Lafferty se limitó a fumar en silencio mientras me observaba con atención, no se le veía demasiado convencido.

—¿Tienen idea de quién pudo asesinarle, inspector? —le preguntó el jefe con impaciencia.

Lafferty alzó la mirada al techo y exhaló un sonoro suspiro, pero no contestó. El jefe no se dio por vencido.

—Bueno, díganos al menos en qué caso estaba trabajando. Supongo que sería el asesinato.

—¿Qué asesinato? —preguntó Lafferty.

—¡El de la joven! ¡Por el amor de Dios, no me diga que no están investigando ese crimen! —Al ver que Lafferty se limitaba a fumar sin decir ni mu, el jefe siguió insistiendo—. ¿Van a por Cream?, ¿es eso? —Lafferty esbozó una sonrisa, y él no cejó en su empeño—. ¿Están investigando lo de las jovencitas del burdel?, ¿lo de los fenianos?

—¡Cierre el pico! —le ordenó Coyle.

El jefe no le hizo ni caso y adujo, con un tono de voz de lo más razonable:

—Caballeros, nosotros les hemos contado todo lo que sabemos. Nos conformamos con que nos den una pista.

Lafferty se echó a reír.

—Me temo que eso no va a poder ser, Arrowood. Venga, centrémonos de nuevo en esa bala que ha mencionado antes. ¿Está seguro de que pertenece a un rifle Enfield de repetición?

—Eso es lo que nos dijeron, pero no puedo asegurarlo al cien por cien.

—¿Quién se lo dijo?

—Alguien que no tiene ninguna relación con el caso.

—Ya veo. ¿Dónde está la bala?

—En mi casa.

—Ah. No creo que tenga ninguna relevancia, pero de todas formas va a tener que ir a por ella para traérnosla.

El jefe se cruzó de brazos y contestó con testarudez:

—Si no tengo más remedio que entregársela, pueden acompañarnos y recogerla ustedes mismos.

—No, nosotros vamos a quedarnos aquí. —Lafferty se sacó un reloj del bolsillo del chaleco—. En dos horas como mucho le espero de vuelta, ¿de acuerdo?

El jefe se levantó de la silla con un suspiro.

—Vamos, Barnett, vas a tener que encargarte de traérsela.

—No, de eso nada —dijo Lafferty pronunciando con exagerada claridad las palabras. La sonrisa que tenía en el rostro revelaba que estaba disfrutando con aquella situación—. El señor Barnett va a quedarse aquí hasta que usted regrese, señor Arrowood. No es que no confiemos en usted, por supuesto, pero se nos entrena para actuar con cautela.

—¿Está diciendo que tengo que traerles yo esa bala? —preguntó el jefe con el rostro cada vez más enrojecido—. ¿Quiere que cruce media ciudad y que después venga otra vez para acá? ¡Tengo mejores cosas que hacer, señor mío! Además, sufro de gota. Haga que me acompañe alguno de sus agentes, él se encargará de traerla.

Lafferty se puso en pie y fue a abrir la puerta.

—Cuanto antes lo haga, antes estarán de vuelta en las calles tanto el señor Barnett como usted.

—Deduzco que su caso guarda alguna relación con la bala —afirmó él.

—No se precipite, señor Arrowood. Siempre atamos los cabos sueltos para evitar que después nos azoten de improviso en la siguiente ráfaga de viento. Así es como se nos ha entrenado, ni más ni menos. No tenemos motivos para creer que la mujer quisiera entregarle a usted esa bala, no ha habido ningún aviso reciente informando de que alguien haya recibido un disparo. ¿Ha llegado a tus oídos algún aviso al respecto, Coyle?

—No, ninguno.

—Lo suponía. Y Cream no es un tipo que suela usar rifles. Él usa cuchillos, puños y botas, y también el río, alguna que otra pistola si me apura, pero, que nosotros sepamos, nunca ha usado rifles. Yo creo que la joven debió de encontrar la bala en la calle mientras se dirigía hacia el lugar donde había acordado encontrarse con usted, o puede que se la robara a alguno de los hombres con los que se relacionaba.

—Esa es su opinión —afirmó el jefe.

—Exacto. Pero queremos que nos traiga la bala por si nuestro superior desea verla, eso es todo.

Yo permanecí sentado en mi silla mientras el jefe salía tras ellos.

Los dos polis tardaron una hora en regresar. En la sala hacía bastante fresco debido a que se encontraba en el sótano, así que había estado paseando de un lado a otro para intentar conservar el calor. Me indicaron que me sentara. Lafferty ocupó una silla frente a mí al otro lado de la mesa, Coyle se posicionó detrás de mí, y fue el primero de ellos quien tomó la palabra.

—Va a contárnoslo todo. —Se había quitado la chaqueta y estaba en mangas de camisa, aunque también se había dejado puesto el chaleco. El aliento le olía a cerveza—. Comprendo que en este trabajo puede ser peligroso para uno descubrir todas sus cartas, pero tenemos que saberlo todo. Uno de nuestros hombres ha sido asesinado y, como usted comprenderá, eso es algo que no podemos dejar pasar. ¿Por dónde quiere empezar?

—Ya se lo hemos contado todo.

Apenas había pronunciado esas palabras cuando un frío ramalazo de dolor me corrió por el brazo y me atravesó el cuerpo entero. Una bocanada de vómito me subió por la garganta, me agarré el brazo donde había recibido el golpe y al volverme vi a Coyle armado con una porra. En su rostro se reflejaba verdadero odio, el odio que uno siente cuando hiere a una persona.

—Ahora voy a repetirle la pregunta, Barnett —me dijo Lafferty.

Yo me levanté de golpe y agarré a Coyle del cuello con mi brazo sano, pero el dolor que me causó el movimiento me dejó sin fuerzas y él me sentó de nuevo con un fuerte empujón. Lafferty había empuñado una pistola y estaba apuntándome al pecho.

—¡Váyase al diablo! —le espeté.

Coyle me golpeó de nuevo en el mismo punto del brazo y sentí que un gutural gemido animal emergía de mi boca. Me doblé hacia delante y me golpeé la cabeza contra la mesa.

—Queremos información sobre Longmire —me dijo Lafferty—. ¿Qué tiene que ver él con Cream?

—¡No lo sabemos! —contesté con el rostro desencajado.

Estaba girado hacia un lado para que Coyle no pudiera golpearme de nuevo en el brazo, pero sabía que tenía la espalda totalmente expuesta. En ese momento odié a aquel joven policía como nunca antes había odiado a nadie, y juré vengarme a la más mínima oportunidad.

—Lo único que encontramos era su nombre, el siguiente paso iba a ser intentar averiguar algo más.

—¿De dónde sacaron el nombre?

Noté que Coyle se tensaba a mi espalda y me tomé un momento, solo un momento, para plantearme qué hacer. Le conté a Lafferty lo que había ocurrido.

—Entramos a hurtadillas en el Beef, encontramos un cuaderno lleno de nombres. El de Longmire aparecía una y otra vez, era el que más salía en estos últimos meses. Eso fue todo. Les estoy diciendo la verdad. Sabíamos que trabajaba en el Departamento de Guerra; no reconocimos ningún otro nombre.

Me puse en pie. Si iba a recibir otro golpe, quería estar cara a cara con mi agresor. El joven policía me sostuvo la mirada mientras fruncía su torcida nariz y golpeaba su muslo lentamente con la porra.

Lafferty guardó silencio y, tras una larga pausa, puso un soberano sobre la mesa.

—Esto es para usted —me dijo.

—¿Por qué?

—Porque queremos que nos mantenga informados, nada más. Cuando descubran algo, mándenos una nota.

Me dirigí hacia el extremo de la mesa, lo más lejos posible de Coyle. Cada pequeño movimiento me causaba dolor, un dolor tan intenso que pensé que debía de tener el brazo roto.

—¿Por qué no se limitan a aporrearme otra vez?

—Acepte el dinero, es menos doloroso —me aconsejó Lafferty.

Yo agarré la moneda para evitar recibir otro golpe.

—¿En qué caso están trabajando? Si quieren que les ayude, tengo que saberlo.

—Vamos tras la banda de desvalijadores.

—Están tomándose muchas molestias por unos ladrones, ¿no? ¿Por qué está involucrado el CID en un caso así?

—Esos tipos han enfadado a personas muy poderosas.

—¿Como quién? ¿Longmire, por ejemplo?

—Han robado a algunos miembros de las altas esferas del gobierno, y a esas personas les gustaría recuperar sus pertenencias.

—¿Qué les han robado?

Un agente llamó a la puerta, y Lafferty salió al pasillo y regresó al cabo de un momento.

—Puede marcharse, Barnett. El señor Arrowood ya está aquí.

—Entonces, si averiguo algo sobre la banda de desvalijadores, les mando una nota para avisarles. ¿Es eso?

Lafferty sonrió y se subió un poco más la cintura de los pantalones.

—Exacto. O cualquier dato sobre la red de Cream que pueda ser relevante... Algo relacionado con Longmire, por ejemplo. Ah, y quizás sería mejor que no le contara nada de todo esto a su jefe; de hecho, no se lo cuente a nadie. Una última cosa: es probable que de vez en cuando le encarguemos alguna que otra tarea... Que vigile a una persona, que siga a alguien, que fuerce alguna que otra cerradura... Recibirá por ello diez chelines a la semana.

—Ya tengo un empleo.

—Será algo muy puntual.

—¿Por qué no le encargan esas tareas a alguno de sus agentes?

—Porque hay cosas que se manejan al margen del Cuerpo, asuntos delicados como el que nos ocupa. Coyle le acompañará a la salida.

Seguí al tipo por el oscuro pasillo mientras me sostenía el

brazo para evitar que se moviera, y Lafferty cerraba la marcha. El más mínimo movimiento hacía que me recorriera una sacudida de dolor, y con cada sacudida me daban ganas de cortarle su sucio cuello a aquella gárgola. Antes de llegar a la escalera había otra puerta de acero dotada de una ventanita que daba a una sala idéntica a la que acabábamos de dejar atrás. Lancé una mirada y al ver al jefe sentado ante una mesa, de espaldas a mí, alargué la mano hacia la puerta con la intención de abrirla, pero Lafferty me agarró el dolorido brazo desde atrás con rudeza y el dolor me dejó inmovilizado.

—Venga, Barnett, pórtese bien y lárguese ya.

Esperé a que el jefe saliera del Yard cerca de una hora. Estaba sediento, el inclemente sol de la tarde me mataba de calor y el dolor del brazo era un tormento constante, así que fui al pub que había al otro lado de la calle a por una cerveza y vigilé junto a la puerta la entrada de la estación de policía. Ya estaba muy entrada la tarde y me entretuve contemplando el ir y venir de los ómnibus y los carros, oyendo a los repartidores de periódicos anunciar a gritos los titulares mientras se esforzaban por sujetar los voluminosos montones de ejemplares. Me compré un par de salchichas y otra jarra de cerveza y seguí esperando. El pub empezó a llenarse de polis que habían terminado su jornada de trabajo, y al final decidí marcharme al ver que ya habían pasado dos horas y el jefe seguía sin aparecer. Entré en el pub a devolver la jarra, y cuando ya me iba vi a Coyle saliendo de Scotland Yard. Me metí a toda prisa en un umbral, le seguí con la mirada y vi que cruzaba la calle y entraba en una cafetería. En ese momento pasó un carro repartidor de leche que se puso en medio y me hizo perder de vista la puerta del establecimiento, pero cuando pasó de largo vi que Coyle había salido y caminaba por la calle rumbo al puente de Waterloo. Estaba conversando entre risas con un tipo bajito que tenía que esforzarse para poder ir a su paso.

Mientras los seguía con la mirada, apenas podía dar crédito a lo que estaba viendo. Era un día caluroso y el hombre no llevaba el largo abrigo cuyos faldones había visto ondeando al viento ante mí mientras le perseguía por las calles aquel húmedo y ventoso día, pero aquel cuerpo cuadrado y aquellas piernas arqueadas eran inconfundibles. Coyle y él se detuvieron al llegar al puente y, cuando el hombre se giró, alcancé a ver aquella prominente nariz aguileña. Coyle estaba estrechándole la mano al asesino de Martha.

22

De camino a casa pasé por la botica. Coyle había ido a por el mismo brazo que el poli que me había atacado en la callejuela y el dolor era tan intenso que pensé que a lo mejor me lo había roto, sin embargo al asistente le pareció muy poco probable que así fuera y me vendió una caja de Black Drop para el dolor. Aquella noche dormí de un tirón y desperté a la mañana siguiente con la cabeza embotada y el brazo hinchado y amoratado. Me tomé otra dosis de medicina y, tras quedarme mirando durante un largo rato el sobre que llevaba días encima de mi mesa, lo agarré y partí rumbo a Coin Street.

Encontré a Ettie en la puerta de la cafetería acompañada de la señora Truelove, la señorita Crosby y el reverendo Hebden. No sabía cómo comportarme con ella después de la forma tan íntima en que me había tocado la cabeza, pero eso resultó ser lo de menos porque estaba más preocupada por su hermano que por lo que había sucedido entre nosotros el día anterior.

—¿Dónde está mi hermano? —me preguntó, después de presentarme al reverendo.

—No le veo desde ayer, Ettie.

Ella suspiró, me llevó a un aparte y me preguntó en voz baja:

—¿Ha vuelto a beber? —Me escuchó con semblante grave mientras yo le explicaba lo que había sucedido en Scotland Yard—. ¿Cree usted que le habrán arrestado?

—Lo más probable es que estén intentando sonsacarle información.

—En ese caso, no entiendo por qué el inspector Petleigh ha estado aquí esta mañana preguntando por él.

—Petleigh pertenece a la policía local, los otros inspectores son del CID. Dudo mucho que le hayan informado de lo que se traen entre manos.

Dio la impresión de que se daba por satisfecha con mi explicación; al verla mirar por encima de mi hombro hacia la calle, le pregunté con curiosidad:

—¿Se dirige a alguna parte?

—A Cutler's Court, estamos esperando a las demás. ¿Le ha preguntado a la señora Barnett cuándo puedo ir a visitarla?

—En este momento está un poco ocupada.

En la mirada que me lanzó había algo que no alcancé a descifrar, y me sentí aliviado al ver que el reverendo Hebden se acercaba a nosotros.

—¿Quiere acompañarnos, Norman? —me preguntó.

Era más joven que las tres damas y tenía buena planta, unos hombros elevados, una espesa y lustrosa cabellera negra que le llegaba al cuello de la camisa y un mentón firme.

—Lo lamento, señor, pero no puedo. Este caso me tiene muy ocupado.

—Qué lástima, nos disponemos a rescatar a una jovencita. Acordamos con ella llevarla a un lugar seguro, hemos tardado semanas en lograr convencerla.

—En ese caso les deseo suerte, reverendo.

—¿Seguro que no quiere venir con nosotros, Norman? —me preguntó Ettie con voz suave—. Nos vendría bien contar con otro hombre.

—En otra ocasión, quizás.

—Bueno, esperemos que así sea.

—¿Vamos allá, señoras? —dijo Hebden—. Creo que ya hemos esperado el tiempo suficiente.

Me estrechó la mano con fuerza y, cuando dieron media vuelta dispuestos a irse, Ettie me dio un breve apretón en el codo.

Llevaba días resistiéndome a dar el paso, pero aquel pequeño apretón me dio un consuelo que hacía tiempo que necesitaba y supe que había llegado el momento de hacerlo. Me dirigí hacia la oficina del Registro Civil de St. Olave, me puse a la cola y esperé mientras, una tras otra, las personas que tenía delante iban exponiéndole sus respectivos casos al secretario. El hombre, que ya era algo entradito en años, anotaba con lentitud, les pedía los documentos y emborronaba el libro del registro al meter la pluma en la tinta una y otra vez. Algunos de los más pobres no sabían deletrear sus nombres, y en esos casos él les sugería alguna que otra letra y el problema quedaba resuelto.

—¿Qué desea registrar? —me preguntó, cuando me llegó mi turno.

Yo intenté contestar, pero las palabras se me atoraron en la garganta. Parpadeé para contener las lágrimas. Él asintió en un gesto lleno de comprensión mientras sus ojos me miraban compasivos a través de las gafas, y al cabo de unos segundos se rascó la barba y me dijo con voz suave:

—¿Una defunción?

Yo asentí con la cabeza.

—¿Podría darme el nombre, señor?

—Elizab... —Respiré hondo y bajé la mirada para que no viera mis llorosos ojos.

—Tómese su tiempo, señor.

Yo tragué con dificultad mientras luchaba por recuperar algo de compostura, y al final logré recobrar el habla.

—Elizabeth Barnett.

Su pluma se deslizó por el papel al anotarlo.

—¿Usted es el esposo?

Yo asentí.

Le facilité nuestra dirección y su fecha de nacimiento, le dije que trabajaba en una sombrerería. Veía borroso por las lágrimas que me inundaban los ojos; tenía la voz trémula. Él lo anotó todo y secó la tinta.

—¿Causa de la muerte?

Abrí la boca para contestar, pero al ver que no podía articular palabra le entregué el sobre que contenía el certificado de defunción.

—¿Falleció en Derby? —me preguntó después de leer atentamente el documento.

—Yo ni siquiera sabía que estaba enferma.

—Lo adecuado habría sido que registrara la defunción allí, y tendría que haberlo hecho antes de cinco días. ¿La enterró?

Yo asentí de nuevo mientras sus palabras flotaban a la deriva en mi cabeza. Había ocurrido estando ella en Derby visitando a su hermana, tan solo una semana antes de que la señorita Cousture apareciera en Coin Street. Contrajo una fiebre y ahí terminó todo. Ya no regresó a casa.

—No suelen dar permiso de entierro.

Le oí hablar, pero me había quedado totalmente entumecido. Me aferré al borde de su escritorio para evitar desplomarme.

—¿Se encuentra bien, señor?

—El doctor enfermó, acabo de recibir la carta.

Él me observó pensativo durante una larga pausa, y luego se puso a anotar algo de nuevo. Arrancó un recibo y me lo entregó.

—Ya sé que es duro, señor. Tiene que ser fuerte.

Me dirigí hacia el pub que había al otro lado de la calle y pedí un *brandy* y agua caliente. Agarré la jarra con manos temblorosas, me la bebí de un trago y pedí otra que no logré terminarme. Al salir a la bulliciosa calle puse rumbo al río, crucé por el puente de la Torre y me adentré en los bulliciosos muelles de Santa Catalina, donde contemplé los enormes barcos e inhalé el intenso olor a brea y sal. Cuando había sucedido lo que había sucedido, no había sido capaz de decírselo al jefe, ni a él ni a nadie. Supongo que me daba temor lo que podría pasar si me presentaba en su casa y se lo decía sin más. Después pasó un día, otro más, y seguía siendo incapaz de articular las palabras. Lo único que quería era seguir adelante. Sabía que tanto Ettie como él se mostrarían compasivos y que eso iba a dolerme incluso más, pero también era consciente de que tarde o temprano iba a tener que contarles lo que pasaba.

Seguí caminando sin descanso. Llegué hasta los muelles occidentales, regresé dando un rodeo hasta la Torre y enfilé por Lower Thames Street hasta que volví a ver a la gente que tenía a mi alrededor, hasta que oí sus voces. Cuando sentí que había recobrado el control de mí mismo, crucé el puente de Londres y fui en dirección sur rumbo a las familiares calles de Southwark.

Tenía por delante un sábado libre y sentía la necesidad de tener algo de compañía, así que decidí visitar a Nobber Sugg, un viejo amigo mío que aún vivía en Bermondsey, justo a la vuelta de la esquina de donde nos habíamos criado. De todos mis antiguos conocidos del barrio, era al que mejor le había ido la vida: llevaba trabajando como porteador de mercado desde la muerte de su padre y vivía con su familia encima de una tienda; tenían cuatro habitaciones para ellos solos. Nobber y yo nos tomamos un par de cervezas en el pub Bag o' Nails y empecé a olvidar mis problemas; de hecho, empecé a salir un poco de mi entumecimiento gracias a la cerveza y a otra dosis de Black Drop, así que cuando me propuso ir a East Ferry Road, donde el Millwall estaba jugando contra los de la Royal Ordnance, me convenció sin necesidad de insistir demasiado.

Regresé a Coin Street a eso de las siete y encontré al jefe cansado y cabizbajo. La gota estaba dándole la lata y saltaba a la vista que había tomado láudano, estaba despatarrado en su silla con la camisa abierta hasta el vientre. Me contó que Lafferty lo había tenido toda la noche en aquella sala, que no le había dado comida ni bebida y que ni siquiera le había permitido salir a hacer sus necesidades. Huelga decir que la experiencia no le había dejado de muy buen humor.

—Al menos hemos sacado algo de todo esto —me dijo con un suspiro—, ahora ya sabemos que la bala es relevante.

—Pero Lafferty dijo que no lo era, ¿no?

—Sí, se esforzó mucho por convencernos de ello. De todos los datos que le dimos, ese fue el único al que quiso restarle importancia para que creyéramos que no es nada relevante. Martha, las jóvenes, el burdel..., ni siquiera se comportó así con el tema de los fenianos. Esa bala es la parte más importante de su caso, Barnett. Que no te quepa ninguna duda de eso.

Cuando le conté que había visto al asesino de Martha, se incorporó de golpe en la silla y en sus ojos apareció un brillo acerado.

—¡Por fin tenemos algo!

—¿El qué?

—¡Una conspiración, Barnett! —Sacó un cigarro de la caja que tenía sobre la mesita y lo encendió—. Creo que ha llegado el momento de conocer al coronel Longmire.

23

Nos encontramos en Whitehall al día siguiente. Caía una bendita llovizna y las calles estaban repletas de excursionistas que habían ido a pasar allí el día y de turistas que querían ver el Big Ben y Westminster. Unos y otros paseaban de acá para allá, charlando sonrientes bajo la cálida lluvia.

El soldado que estaba de guardia en la entrada del Departamento de Guerra nos informó que Longmire no se encontraba allí, que ninguno de los altos cargos estaba allí en domingo.

—Vuelvan mañana y seguro que podremos atenderles mejor, caballeros —nos aconsejó antes de dejar sobre el escritorio la rebanada de pan con queso que estaba comiéndose.

Debía de quedarle poco para jubilarse y no tenía pinta de ser un mal tipo, aunque un médico se habría preocupado al ver sus ojos amarillentos.

—Yo creía que el Departamento de Guerra no hacía fiesta —protestó el jefe con irritación—; al fin y al cabo, siempre estamos metidos en alguna guerra.

—Los que luchan son los soldados, no los jefazos que trabajan aquí —le contestó el tipo.

Apartó el plato hacia un lado del escritorio, con lo que quedó a la vista el ejemplar del *Daily Chronicle* que había debajo. El titular decía en grandes letras: *¡Sherlock Holmes resuelve en 2 días el* *enigmático caso de las orejas cortadas! ¡El asesino múltiple fue arrestado en el muelle Albert!*

Vi cómo los ojos del jefe se posaban en el periódico y recorrían rápidamente el texto. Por un instante, sus labios se apretaron y frunció el ceño, pero luego tragó saliva y dirigió de nuevo la mirada hacia el viejo soldado.

—Se trata de un asunto de extrema urgencia, ¿podría facilitarnos su dirección?

—No la tengo. Regresen mañana y podrán hacerle llegar un mensaje.

—¿No hay nadie que pueda dárnosla?

—Estoy solo, regresen mañana.

Permanecimos parados en los escalones, protegidos de la lluvia por el impresionante pórtico del edificio, y justo cuando nos disponíamos a marcharnos, Arrowood me indicó con un gesto la hilera de cabriolés aparcados al otro lado de la calle.

Nos dirigimos hacia allí y procedimos a ir preguntándole a cada uno de los cocheros si conocían al coronel Longmire. A los tres primeros no les sonaba de nada el nombre, pero el cuarto, que estaba colocándole un morral a su caballo para que comiera, nos dio una respuesta afirmativa.

—El otro día me encargaron que fuera a buscarlo. Un tipo con buena planta, ¿verdad? Uno que tiene una especie de lunar junto al ojo.

—¿Sabe dónde vive? —le pregunté yo.

—No, en eso no puedo ayudarles. Lo traje hasta aquí.

—¿Sabe si alguno de sus compañeros podría darnos más información?

—Por aquí hay muchos oficiales y tipos uniformados —Le dio unas palmaditas en el cuello al caballo mientras este comía—. No suelen darnos sus nombres.

—Vamos, Barnett, tendremos que regresar mañana —me dijo el jefe.

—Le recogí en el Junior Carlton Club —añadió el cochero—.

Supongo que habrán oído hablar de ese sitio, los irlandeses pusieron una bomba allí hace unos años.

—Sí, me resulta conocido —asintió el jefe.

—Está en St. James Square. Es a donde van todos, los políticos y tal.

Llegamos al club quince minutos después. Había sido restaurado tras la explosión sufrida once años atrás y a través de la ventana alcanzábamos a ver las tupidas cortinas, las relucientes lámparas de araña y los ornamentados techos de sus elegantes salas.

El portero se negó a dejarnos pasar.

—Puedo trasladarles sus nombres al coronel —nos dijo con altivez.

El tipo había tomado buena nota de mis pantalones remendados y no se le había pasado por alto que, a pesar de que el jefe hablaba con una dicción cultivada, su chaqueta blanca tenía lamparones de sudor y el cuello lleno de mugre. Saltaba a la vista que no estábamos a la altura de los miembros de un club como aquel.

El jefe hizo uso de su alias y, tras decirle que era el señor Locksher, agregó que era urgente que habláramos con el coronel. El portero le dio el mensaje al conserje, quien desapareció por el pasillo y regresó poco después.

—El coronel les pide que mañana soliciten cita en su oficina.

—Se trata de un asunto importante, tenemos que hablar con él hoy mismo —insistió el jefe.

—Lo siento, señor, pero el coronel no desea que le molesten. Se encuentra en una reunión.

El jefe se metió la mano en el bolsillo del chaleco y sacó la bala.

—Entréguele esto y ya verá como accede a vernos.

El conserje se quedó mirándolo con incredulidad.

—No lo dirá en serio, ¿verdad?

—Él comprenderá el mensaje. Necesito hablar con él.

En vez de tomar la bala, el conserje sacudió la cabeza con exasperación y nos cerró la puerta en las narices.

—¿No le entregó la bala a los polis? —le pregunté al jefe, sorprendido, mientras él volvía a guardársela en el bolsillo.

—No, les di otra que me dio Lewis. Pasé por su armería antes de regresar a Scotland Yard. Supuse que esta nos haría falta cuando habláramos con Longmire.

—¿Lewis tenía una del mismo tipo?

—Del mismo color. El mundo no es perfecto, Barnett. No se puede tener todo.

Yo no pude evitar echarme a reír.

—Oiga, ¿podría entregarle esta nota al coronel cuando salga? —le preguntó al portero, antes de escribir un breve mensaje en su libreta; al ver que el tipo se quedaba mirando el papelito en silencio, le metió un chelín en el bolsillo del chaleco—. Estamos investigando un caso importante.

—¿Son de la policía? —le preguntó el portero.

—No, detectives privados.

—Como Holmes y Watson —apunté yo, al ver que el tipo titubeaba.

El jefe fingió no haberme oído y añadió con calma:

—El coronel querrá hablar con nosotros en cuanto lea esta nota, no se sentiría nada complacido si usted no se la entregara. Ande, haga lo correcto. Estaría ayudando al país.

El carruaje de Longmire se detuvo frente a la cafetería de la señora Willows a las siete. El coronel era un hombre de estatura media y tenía un lunar de un color parecido al de la piel de una patata junto al rabillo del ojo en el que sostenía un monóculo. Lucía un bigote caído, pantalones a cuadros, un bombín que le cubría la calva y una expresión de acritud en el rostro. Se detuvo en el umbral de la puerta mientras recorría a los clientes con la mirada y un gesto impaciente, y sus ojos se posaron por un momento en Rena, que estaba barriendo la zona del mostrador. Yo me levanté del banco, le indiqué con un gesto que se acercara a nuestra mesa y me di cuenta de que su cochero, que se había quedado fuera, estaba observándonos con actitud alerta por la ventana.

—¿Le apetece un café, coronel? —le ofreció el jefe.

Antes de contestar, Longmire sacudió con su pañuelo el taburete para limpiarlo y procedió a sentarse. Volvió a recorrer con la mirada el lugar, cuya clientela la conformaban en ese momento cuatro damas que acababan de salir de la iglesia, el conductor de un cabriolé que estaba tomándose el té de la tarde, y una familia que estaba terminando de comerse unas porciones de bizcocho de semillas.

—En la nota ponía que el señor Cream deseaba verme —dijo al fin.

A juzgar por su expresión, saltaba a la vista que creía que podía contraer vete tú a saber qué enfermedad en la cafetería, y el hecho de que no disimulara indicaba que quería que fuéramos conscientes de ello. Del reloj de bolsillo que llevaba en el chaleco colgaba una leontina de oro.

—¿Quiénes son ustedes?

—Conocidos del señor Cream —afirmó el jefe.

—¿Por qué han querido que nos veamos aquí en vez de en el Beef? —Su voz nasal destilaba desprecio.

—Esto nos resultaba más conveniente.

—Insisto, ¿quiénes son ustedes?

El jefe le dio un bocado a su sándwich y fue masticándolo sin prisa mientras mantenía la mirada fija en el monóculo de Longmire. En la cafetería hacía bastante calor y la frente del militar empezaba a perlarse de sudor.

—Yo soy el señor Locksher, y él el señor Stone. Me temo que no le he dicho la verdad en la nota. El señor Cream no sabe de este encuentro y preferiríamos que siguiera siendo así.

—Yo solo hablo con Cream, ¿está claro? —siseó con aspereza antes de hacer ademán de levantarse.

Con toda la tranquilidad del mundo, el jefe se metió un dedo en el bolsillo del chaleco, sacó la bala y, tras colocarla de pie en el centro de la mesa, le guiñó el ojo a Longmire y se dio unos golpecitos en aquella nariz suya salpicada de cráteres.

El coronel se quedó mirando fijamente la bala, tragó saliva y lanzó una mirada alrededor. Movió los labios, pero dio la impresión de que no sabía qué decir.

—¿No está interesado en saber de dónde la hemos sacado? —le preguntó al fin el jefe.

—¿Por qué habría de querer saber de dónde ha salido una bala? Puede que la hayan comprado en alguna armería.

El jefe se reclinó en su asiento y enarcó las cejas.

—Sabe tan bien como nosotros que estas balas no están a la venta.

—¡Qué voy a saber yo! Escúchenme bien: ¡si intentan contactar de nuevo conmigo, haré que los arresten!

El jefe se echó a reír y yo le secundé. Era uno de sus truquitos: reírse cuando alguien te miente en tu propia cara y hacerlo con ganas, como si no pudieras contenerte. Los demás clientes nos miraron con curiosidad, Longmire se puso en pie de golpe con las aletas de su fina nariz dilatadas y los ojos llenos de humillación y furia.

—Por favor, coronel, así solo va a conseguir que pensemos que no es tan inteligente como nosotros creíamos. Sabemos qué es esto y de dónde ha salido, al igual que usted. ¿Quiere que lo anunciemos aquí, en medio de esta cafetería llena de gente?

Longmire apretó los labios, dirigió la mirada hacia su cochero y acabó por sentarse otra vez. Alargó la mano hacia la bala, pero el jefe se le adelantó como un rayo y volvió a guardársela en el bolsillo del chaleco.

—¿De dónde la han sacado?

—La encontramos en la mano de una joven muerta.

—¿Qué joven?

—Una llamada Martha —le contestó el jefe—. Trabajaba en el Barrel of Beef, ¿la conocía usted?

—Se refiere a la que fue asesinada, ¿verdad? Leí sobre el caso en el periódico.

—¿Usted la conocía?

—Tan solo trato con Cream.

—Pero utiliza las mesas de juego.

—Allí hay camareras, pero no sé cómo se llaman.

—¿Sabe quién la asesinó?

Longmire alzó las manos al cielo y exclamó iracundo:

—¡No! ¡No sé nada al respecto, y ustedes están poniendo a prueba mi paciencia con todas estas preguntas!

—Y aun así sigue aquí sentado —le dijo el jefe con una cálida sonrisa.

Tenía la habilidad de saber manejar a la gente. Era algo que se le daba muy bien, siempre y cuando no estuviera sufriendo una de sus crisis emocionales.

—Sigue aquí sentado por la bala —añadió—. Es una clase de bala que solo se le suministra al ejército, se emplea en los nuevos rifles Enfield de repetición. A los periódicos les parecería una historia muy interesante, ¿verdad? Estoy convencido de que sus superiores querrían saber cómo llegó a manos de una joven sirvienta.

Longmire alzó la mirada y terminó cediendo.

—Está bien, conocía a la muchacha. Yo le di esa bala.

—Explíquese.

—Tenía una relación esporádica con Martha —susurró—. ¡Ya está, lo he confesado! Cuando puse fin a nuestra aventura, ella me pidió que le diera algo como recuerdo. Supongo que estaba insinuándome que le comprara alguna joya, me pareció gracioso darle la bala.

El jefe me miró en silencio largamente, pero en esa ocasión no se trataba de ningún truco. Los dos estábamos pensando lo mismo: si lo que Longmire estaba diciendo era cierto, entonces aquella bala que habíamos creído que era nuestra prueba principal en realidad no tenía ningún valor.

—Supongo que lo que quieren es dinero —añadió Longmire.

—No, no queremos su dinero —le contesté yo.

—Les pagaré a cambio de que no acudan a los periódicos.

En esa ocasión fue el jefe quien contestó.

—No queremos su dinero. ¿Por qué querría Martha entregarnos la bala?

—¿Ella se la dio?

—La tenía en la mano al morir, estaba esperándonos.

—Supongo que se aferraba a ella porque estaba enamorada de mí, a lo mejor se sintió reconfortada sosteniéndola en la mano al morir.

—¿Usted la amaba? —le preguntó el jefe.

—No, por supuesto que no.

—¿Por qué la asesinaron?

—¿Cómo voy a saber yo eso? Los periódicos afirman que fue el destripador, a lo mejor fue un robo que se torció... ¡Qué sé yo! Pero vayamos de una vez al grano, señor Locksher. ¿Qué es lo que quieren de mí?

Miré al jefe y vi que estaba intentando pensar a toda velocidad, se le veía bastante perdido.

—¿Señor Locksher? —le apremié con voz suave.

Él parpadeó al emerger de las cavilaciones en las que estaba sumido, y tomó una larga bocanada de aire antes de contestar.

—Lo primero es que tenemos que encontrar a un joven francés llamado Thierry. Trabajaba en las cocinas del Beef, ha desaparecido y su familia está preocupada. ¿Le conoce?

—¿Cree que conozco a los empleados que trabajan en la cocina? ¡No he pisado en mi vida esa cocina! ¡No sé de qué joven francés me habla! Tan solo trato con Cream y con varios de sus hombres.

—Me parece que no comprende la situación, coronel —le dijo el jefe con una sonrisa muy pero que muy cordial—. Iremos a contarles a sus superiores todo lo que sabemos, y después acudiremos a los periódicos. Tengo muchos amigos en la prensa, no me cabe duda de que a su esposa le parecerá una historia interesantísima.

—Oiga, no conozco a ese joven francés. Le estoy diciendo la verdad, no le conozco de nada.

—Disculpe que dudemos de usted, pero, en cualquier caso, si no le conoce, lo que tiene que hacer es indagar sobre él.

—¿Qué demonios quiere decir eso?

—Sáqueles toda la información que pueda a sus amigos del Beef, le damos dos días.

El coronel apoyó los codos sobre la mesa, se cubrió la cara con las manos y respiró hondo varias veces.

—¿Cómo contacto con ustedes? —preguntó al cabo de una larga pausa.

—Seremos nosotros los que contactaremos con usted —le dijo el jefe—. Dé aviso tanto en su oficina como en su club de que la próxima vez deben acceder a entregarle nuestros mensajes; anote aquí su dirección. —Le pasó la libreta por encima de la mesa.

Longmire anotó la dirección con rapidez antes de devolvérsela y comentó ceñudo:

—Ha dicho que eso era lo primero, ¿qué más quieren?

—Eso se lo diremos otro día —contestó el jefe.

Longmire se puso en pie con tanta brusquedad que el taburete volcó y chocó contra el suelo. Salió de la cafetería dando un sonoro portazo.

24

En cuanto el carruaje de Longmire se fue, el jefe y yo salimos de la cafetería y nos dirigimos hacia el cupé de Sidney, que estaba aparcado al otro lado de la calle. Seguimos al carruaje hasta St. George's Circus, y desde allí fuimos por Waterloo Road hasta llegar al Beef. Longmire se apeó con rapidez, entró en el establecimiento y, en cuestión de diez minutos escasos regresó al carruaje y se fue.

—Me pregunto si el tema de conversación habrá sido Thierry o la bala —comentó el jefe.

—Lo más probable es que le haya pedido a Cream que nos dé un chapuzón en el río metidos en un saco de carbón.

Él exhaló un suspiro y miró por la ventanilla mientras el cupé salía de nuevo tras el carruaje.

—Es posible —admitió al fin.

Cruzamos el puente de Waterloo cuando el cielo iba despejándose y el sol vespertino empezaba a asomar entre las nubes. Seguimos a Longmire por The Mall, a través de Green Park y por la parte sur de Hyde Park. El continuo zarandeo del cupé no contribuía a que aquel fuera un paseo relajado precisamente y con tantas sacudidas se me resintió el brazo, que a aquellas alturas estaba hinchado y negruzco. Me tomé otra dosis de Black Drop y apreté los dientes. Al llegar a Kensington, el carruaje puso rumbo a Notting Hill y finalmente se detuvo frente a una mansión de Holland Park Avenue.

Nos mantuvimos a una distancia prudencial mientras Longmire subía los anchos escalones de la entrada y hacía sonar la campana de la puerta, y cuando un mayordomo salió a recibirle y le hizo pasar yo me apeé del cupé y me acerqué para ver si había alguna placa. Había caído la noche y la luz era muy tenue; no vi ninguna placa y en la calle tampoco había nadie a quien preguntar.

Regresé al cupé y nos resignamos a esperar mientras vigilábamos la casa.

Habían pasado unos minutos cuando el jefe quebró el silencio.

—Hay algo que debo preguntarte, Norman. —Se inclinó hacia delante y me puso una mano en la rodilla—. He notado que últimamente no eres el de siempre, y Ettie también se ha dado cuenta de que te pasa algo. ¿Estás enfermo?

—Es que estoy tomando Black Drop, William. El poli me hizo daño de verdad.

—¿Hay algo más? —Seguía con la mano posada en mi rodilla.

—Estoy bien —alcancé a decir, a pesar de que tenía la garganta constreñida y me costó que salieran las palabras.

—Ya veo.

Me dio la impresión de que se sentía decepcionado con mi respuesta. Me sentía mal por mentirle, pero es que era incapaz de dar voz a lo que había pasado. Me pregunté para mis adentros si siempre sería así.

—Sidney y yo vamos a seguir a Longmire —me dijo minutos después—. Tú quédate aquí a ver si puedes averiguar de quién es esa casa, te espero en mis habitaciones mañana por la mañana. Pero, por favor, Norman, ten mucho cuidado. Sabes de lo que son capaces estos tipos.

Yo asentí y fruncí de forma automática la nariz cuando se me vino a la mente la imagen del policía muerto, cuando recordé aquella piel hervida que se había desprendido y aquellos tobillos aplastados; al ver que el jefe me apretaba la mano y me miraba con semblante serio, supe que él estaba pensando en lo mismo.

Longmire salió de la mansión quince minutos después, subió a su carruaje y se marchó. Yo descendí del cupé de inmediato y me aposté al otro lado de la calle.

La mansión estaba apartada de la calle, a lo largo de la parte delantera había una pulcra hilera de setos de boj en miniatura; el edificio constaba de cinco plantas incluyendo el sótano, contaba con terrazas por encima de la puerta principal, y un sinfín de luces resplandecían en el interior. Era realmente magnífica, pero a la fachada le habría venido bien una nueva capa de pintura y parecía un poco deslucida en comparación con sus bien cuidadas vecinas.

No había demasiado tráfico. Un par de ómnibus circulaban rumbo al West End, de vez en cuando pasaba algún cabriolé o algún que otro carro que llevaba su mercancía al mercado. Me tomé otra dosis de Black Drop al ver que empezaba a dolerme de nuevo el brazo y, al cabo de una hora, de uno de los callejones laterales de la mansión emergió un hombre que dobló en dirección a Shepherd's Bush.

Yo le llamé y crucé la calle a toda prisa.

—¡Disculpe, amigo! —Era más joven que yo, llevaba el pelo muy corto y fijado con aceite, y vestía un sencillo traje marrón—. ¿Trabaja aquí?

—Soy el lacayo.

—¿Tiene la noche libre?

—Sí. ¿Está buscando trabajo?

—Soy pintor, y he visto que a la casa le vendría bien una nueva manita.

—Para eso tiene que hablar con el señor Carstairs, el mayordomo.

—¿Qué le parece si le invito a un trago y le hago unas preguntas? Siempre va bien tener algo de información de antemano.

—Pues... —Se lo pensó un segundo escaso— bueno, un traguito rápido.

Me llevó a un pequeño pub llamado Rising Sun situado en Walmer Road y, una vez que pedimos una pinta de Old Six y una ración de caracoles de mar, me contó que el dueño de la mansión era sir Herbert Venning, el intendente general de las Fuerzas Armadas, que trabajaba en el Departamento de Guerra y estaba al mando del departamento que suministraba el equipamiento al ejército británico. Al oír aquello pedí dos pintas más y procedí a preguntarle quién se encargaba de pintar la casa, y si había algún edificio anexo al que también le hiciera falta una buena capa de pintura.

—No hay nada en la parte de atrás —me dijo.

—¿Dónde están las cuadras?

—A la vuelta de la esquina, en Stewart Street.

—Por lo que he visto, hace tiempo que no pintan la casa.

—Estaba previsto hacerlo —me dijo mientras se tomaba la cerveza con rapidez aprovechando que yo estaba siendo tan generoso—. Hará unos dos o tres meses vino un pintor que empezó con la parte de atrás, pero lo despidieron cuando alguien entró a robar. Supongo que sospecharían de él.

—¿Y usted qué opina?, ¿cree que tuvo algo que ver?

—No tengo ni idea. El señor se puso como una furia, también echó al mayordomo aunque llevaba más de veinte años a su servicio. Nos sorprendió a todos, pero es que estaba furioso de verdad. Yo creo que nos habría echado a todos si hubiera podido.

—¿Cómo entraron los ladrones?

—Por la ventana, en medio de la noche. No los oyó nadie. Algunos dormimos abajo y otros arriba, en el desván. La habitación del mayordomo está debajo de la escalera y él no oyó nada, eso fue al menos lo que dijo. Los señores tampoco se despertaron. Alguien debió de dejar una ventana abierta, es la única explicación que hay. Por eso le dieron la patada al pintor.

—Pero ¿por qué echaron también al mayordomo? ¿Sospechaba de él la policía?

—¡Ahí está!, ¡eso es lo que ninguno de nosotros entiende! El señor no avisó a los polis.

Al ver que apuraba su pinta, pedí dos más. Empezaba a darme vueltas la cabeza por la cerveza y la medicación, pero me sentía muy relajado y cómodo en aquel pequeño pub. Alguien se puso a cantar en la otra sala.

—¡No me diga! ¿Por qué no? ¿Los ladrones no se llevaron nada?

—Solo documentos que el señor tenía en su despacho, nosotros creemos que los ladrones debieron de oír a alguien en la planta de abajo. La cocinera se levanta temprano para ponerse a prepararlo todo, puede que la oyeran. Entraron por la ventana de la sala de música y fueron al despacho, que está justo enfrente. No se llevaron ningún objeto de valor, y eso que en el salón hay un montón... Cuadros, ornamentos y no sé cuántas cosas más. Pero no se llevaron nada de todo eso.

—Los documentos debían de ser valiosos.

El lacayo encendió un Capstan sin ofrecerme otro a mí, dio una fuerte calada y lanzó varios anillos de humo antes de contestar.

—El señor estaba fuera de sí, nunca le había visto tan furioso. Nos gritaba a la más mínima.

—¿Qué cree usted que podría haber en esos documentos?

—No tengo ni idea. Los del servicio hemos hablado del tema entre nosotros, pero nadie sabe nada. Podrían ser documentos gubernamentales, eso es lo que creemos nosotros. Algo importante.

—¿Y su señor no avisó a la policía?

—Los polis no se enteraron de nada de todo esto.

El jefe se llevó una alegría cuando llegué a la mañana siguiente y le conté lo que había averiguado.

—De modo que, en opinión de Longmire, las dos personas a las que podría preocuparles más nuestro encuentro con él son Stanley Cream y sir Herbert Venning —dijo al tiempo que paseaba de acá para allá por el saloncito. Le dio vueltas al asunto mientras fumaba su pipa y, al cabo de una larga pausa añadió—: Bien, muy bien. Ahora tenemos una línea que conecta a esos tres hombres con la bala.

—Pero es posible que no fuera a ver a Cream por la bala, sino para averiguar información sobre Thierry.

Se detuvo al escuchar aquello y frunció el ceño pensativo.

—Sí, por supuesto, tienes razón. Gracias, Norman. —Apagó la pipa, le colocó la tapa y agarró su sombrero—. Debemos regresar al Departamento de Guerra, solo espero que esta vez no tengamos que esperar tanto tiempo a que llegue un ómnibus.

—El ferrocarril subterráneo sería más rápido, señor —le dije como siempre.

Él me ignoró, también como siempre.

Cuando llegamos al departamento, encontramos al mismo soldado del día anterior sentado tras su escritorio. Le mandó un mensaje al secretario de Venning y este apareció poco después para informarnos de que, aunque sir Venning no podía recibirnos, si se trataba de un asunto importante podíamos escribirle una carta. Nos esperábamos algo así, por lo que no nos tomó por sorpresa.

Aquella tarde nos presentamos en su casa para ver si había suerte.

—Sir Herbert ha pedido que no se le moleste —nos informó el mayordomo, que era más bajito y regordete de lo que solía ser habitual en los de su profesión.

—Se trata de un asunto urgente —le dijo el jefe.

—Escríbale una carta, señor. Su secretario se encargará de todo.

—Tenemos información sobre un robo ocurrido en esta casa, estoy convencido de que querrá conocerla.

El mayordomo se debatió sobre qué hacer y, finalmente, asintió.

—Iré a preguntar. —Cerró la puerta y regresó minutos después—. Sir Herbert dice que en esta casa no ha habido ningún robo, puede que se hayan equivocado de dirección.

—Claro que lo hubo, y usted lo sabe tan bien como yo —insistió el jefe.

—Entré a trabajar en esta casa hace poco, señor.

—¡Pero sabe que hubo un robo! ¡Que ese fue el motivo de que echaran a su predecesor!

—Que tengan una buena tarde, caballeros.

Nos cerró la puerta en la cara sin más.

25

Cuando llegamos a las cuadras a la mañana siguiente, aún no había amanecido. Sidney había accedido a acompañarnos de nuevo y hacer las veces de cochero. Como era tan temprano tan solo estaba abierta una de las cuadras del callejón, así que entré sin molestarme en llamar y me acerqué al cochero, que estaba cepillando un caballo negro de buena planta a la luz de cinco velas que estaban colocadas sobre los postes que había alrededor.

—¡Hola, patrón! —le saludé con una sonrisa cordial—. ¿Puede decirme cuál es la cuadra de sir Venning?

—Esta. —Tenía la voz ronca, como si estuviera resfriado.

—Pues tengo fuera una entrega para usted.

Salió conmigo al callejón y Sidney, quien estaba oculto tras la puerta, le propinó un golpe con la porra que lo dejó sin sentido. Lo agarramos antes de que su calva cabeza diera contra el suelo y lo metimos a rastras en la cuadra.

—Buen golpe, Sidney.

—Gracias, Norman.

Después de atarle las manos y los pies al pobre diablo, le amordazamos y le atamos con unas riendas a un poste que había al fondo de todo. Forcejeó un poco, pero no fue nada que nos diera problemas.

El jefe, siendo como era una persona a la que no le gustaba ver violencia, entró entonces en la cuadra y metió un par de chelines en el chaleco del cochero.

—Lamento lo ocurrido, amigo mío —le dijo al tipo, que estaba mirándonos aturdido—. Aquí tiene unas monedas por las molestias. Dígame, ¿a qué hora debía pasar a recoger a sir Venning?

Le quité la mordaza al ver que intentaba decir algo y gimió suplicante:

—¡No me hagan daño! —Tenía los ojos llenos de lágrimas.

—¡Responda a la pregunta! —le dije yo amenazante.

—¡A las seis y media! Hoy tenía que ir pronto al trabajo.

—¿Cómo se llama, amigo? —le preguntó el jefe.

—Bert.

—¿A quién pertenece la cuadra de al lado?

—Al señor Warner.

Yo le amordacé de nuevo, y el jefe le dio unas amistosas palmaditas en la calva antes de decir:

—No le dé nuestra descripción a la policía. ¿Está claro, Bert?

El cochero asintió.

—Diga que le golpearon por la espalda.

Asintió de nuevo.

—No querrá que regresemos, ¿verdad? —le pregunté yo.

Negó con la cabeza.

Sidney enganchó el caballo al landó de Venning mientras yo me encargaba de subir la capota y asegurarla. Apagamos las velas y cerramos la puerta de la cuadra. Sabíamos que Bert empezaría a hacer ruido en cuanto oyera llegar a los demás cocheros, pero no podíamos hacer nada al respecto.

El jefe y yo subimos al landó y cerramos las cortinillas, y Sidney puso rumbo a la puerta principal de la mansión. Venning debía de estar esperando fuera, porque Sidney se apeó en cuanto nos detuvimos y, mientras el jefe y yo escuchábamos en silencio desde el interior del carruaje, dijo con toda la naturalidad del mundo:

—Bert se encuentra mal, señor, ha pillado una fiebre en el

hígado. Me pidió que le sustituyera. Trabajo para el señor Warner. El patrón me dijo que hoy no me necesitaba.

—Ya veo —contestó Venning. Su voz sonaba relajada y llena de seguridad, aunque era un poco aguda—. ¿Podrá traerme de vuelta esta tarde?

—Sí, señor.

La portezuela se abrió, Venning empezó a subir los escalones del estribo, e incluso antes de que nos viera le agarré y le metí en el landó de un fuerte tirón.

—¡Qué demonios...? —exclamó mientras forcejeaba contra mí.

Yo le tapé la boca con la mano y me senté encima de él en el suelo mientras Sidney cerraba la portezuela, subía al pescante y reiniciaba la marcha.

Venning era un tipo bastante bajo que tenía una piel suavecita, blanda y fláccida que resultaba desagradable al tacto, y en su redondeado rostro había una boquita de bebé y una nariz puntiaguda. Los ojos se le salían de las órbitas mientras intentaba descifrar lo que estaba pasando en el pequeño carruaje, y su débil cuerpo intentaba sin éxito lanzarme a un lado. Mi trasero estaba bastante calentito, y me di cuenta de que era la primera vez en mi vida que estaba sentado encima de un señoritingo. Con tanta sacudida y balanceo, la verdad es que me lo pasé bastante bien... hasta que el tipo me mordió la mano.

Grité de dolor mientras apartaba la mano a toda prisa y le golpeé la cara con el dorso de la otra. Él pidió socorro a gritos, pero el jefe se sacó su viejo pañuelo rojo del bolsillo y se lo metió en la boca para que se callara antes de decir, con toda la calma del mundo:

—Escúcheme bien, Herbert: no hemos venido a hacerle daño ni a robarle. Nos resultó imposible concertar una cita con usted y esta era la única alternativa que nos quedaba para poder verle. Lo único que queremos es hacerle unas preguntas. Mi compañero se va a quitar de encima de usted y le sacaremos el pañuelo de la boca, pero solo si no grita. Le dejaremos ir cuando lleguemos a Whitehall. ¿Me ha entendido, Herbert?

El intendente asintió frenético y, en cuanto me quité de encima, se sentó en el asiento y se sacudió la ropa. Su pequeño rostro de búho estaba macilento, sus enguantadas manos temblaban de forma visible.

—¿Qué es lo que quieren de mí? —nos preguntó, mientras su mirada pasaba del uno al otro con nerviosismo.

—Somos detectives privados, señor, y estamos buscando a una persona desaparecida —le explicó el jefe—. ¿Conoce usted a un joven repostero francés llamado Thierry Cousture, o Terry? Trabajaba en el Barrel of Beef.

—¡Son los hombres que están intentando extorsionar al coronel Longmire!

—Tuvimos un encuentro con su camarada para consultarle algo.

—Me parece que está tergiversando las cosas. —Intentó colocarse de modo que sus rodillas no tocaran las mías; al darse cuenta de que su sombrero estaba en el suelo, se inclinó hacia delante para recogerlo y lo logró tras varios intentos—. No me gusta nada esta situación, caballeros. Nada en absoluto.

—Y a nosotros tampoco, es una situación muy desagradable —admitió el jefe.

—En ese caso, ¿qué les parece si mantenemos esta conversación en mi despacho, caballeros? —Le temblaba la voz, parecía haberse quedado sin aliento—. Estaríamos mucho más cómodos, podríamos tomar el té. Mandaré a buscar algo para desayunar.

—¿Conoce a Thierry Cousture? —insistió el jefe.

—No, señor, no le conozco. —Negó con la cabeza como si su vida dependiera de ello—. La vida que tengo no me lleva a entrar en contacto con reposteros.

Alzó sus trémulas manos con intención de apartar la cortinilla, pero yo lo detuve.

—¿Conoce a Stanley Cream? —le preguntó el jefe.

El tipo titubeó por unos segundos y se tocó con nerviosismo el bigote.

—¿Stanley Cream, dice?

—Sí. ¿Le conoce?

—He oído hablar de él, es el propietario del Barrel of Beef y de una buena porción de tierra al sur del río.

—¿Ha coincidido con él en alguna ocasión?

—No, creo que no.

—¿Y el coronel Longmire?

—¿Qué pasa con él?

—¿Conoce él a Stanley Cream?

—Ustedes ya saben que sí.

—¿Por qué fue a verle anoche el coronel a su casa, señor?

Volvió a tocarse el bigote. Agarró el sombrero del asiento y lo sacudió de nuevo con aquellas manos enfundadas en unos finos guantes blancos. Hizo ademán de abrir la cortinilla, pero se detuvo de golpe y me miró como si temiera que fuera a golpearle.

—¿Cómo saben ustedes que vino a mi casa?

—Le seguimos hasta allí —le contestó el jefe.

—Le preocupa que estalle un escándalo, vino a pedirme consejo.

—¿Qué fue lo que le aconsejó usted, sir Herbert?

—Que intentara ayudarles con lo del joven desaparecido.

El jefe se reclinó en el asiento y se cruzó de brazos. Yo aparté un poco la cortinilla para echar un vistazo y vi que estábamos cruzando Hyde Park.

—Cuéntenos lo del robo —le ordenó el jefe.

Sir Herbert sacudió la cabeza y le miró ceñudo al contestar.

—¿También están enterados de eso? No puedo decirles quién lo cometió, no quise acudir a la policía.

—¿Qué fue lo que se llevaron?

—No mucho, tan solo unos objetos decorativos que había en el salón.

—¿Qué objetos?

—Pues... —titubeó y alzó la mirada al techo— un reloj de mesa, un soporte donde tenía expuestas mis pipas..., en fin, ese tipo de cosas.

El jefe exhaló aire con lentitud, apretó los labios y ladeó la cabeza mientras miraba con expresión amistosa al trémulo señoritingo. Tanto él como yo permanecimos en silencio. Sir Herbert nos miró a uno y a otro, empezó a rascar el reposabrazos con nerviosismo, los segundos iban pasando...

—Una pequeña acuarela, un tintero de plata..., ¡ah!, y me parece que también un globo terráqueo.

—¿Le parece?, ¿no está seguro? —le preguntó el jefe.

—Eh..., no, perdón, sí que estoy seguro. Sí, también se llevaron el globo terráqueo. Es que fue mi esposa quien se hizo cargo de todo.

—¿Por qué no avisó a la policía?

—Porque en realidad se llevaron muy poca cosa. ¿A qué vienen estas preguntas? ¿Qué tiene que ver esto con su francés desaparecido?

—Estamos haciendo pesquisas, eso es todo —le aseguró el jefe, antes de frotarse el pie con una mueca de dolor—. El robo en su casa coincidió en el tiempo con la desaparición, y sabemos que el señor Cream trafica con mercancía robada. Podría existir alguna conexión.

—Sea lo que sea lo que le ha pasado a ese repostero, no me concierne.

—¿Por qué despidió a su mayordomo?

Aquella pregunta del jefe hizo que sir Herbert se indignara.

—¿Cómo se han enterado de eso?

—Somos investigadores. ¿Por qué lo hizo?

—¡Eso es asunto mío! —Dio la impresión de que recobraba la seguridad en sí mismo—. ¡Y ahora les exijo que detengan el carruaje y se bajen! Ya he contestado a suficientes preguntas, ¡detengan el carruaje!

El jefe contestó con serenidad.

—No. Va a responder a todas nuestras preguntas, señor. Recuerde que tenemos información sobre su amigo Longmire. ¿Por qué despidió al mayordomo?

—Porque creo que ayudó a los ladrones —admitió con un suspiro.

—¿Por qué no acudió a la policía?

—Mi mayordomo llevaba más de veinte años a mi servicio, empezó siendo ayuda de cámara. La única explicación que se me ocurre es que con el tiempo fue albergando resentimiento hacia mí, a pesar de que siempre le traté muy bien. No sé por qué, puede que le obligaran a ayudarles. La cuestión es que no quise que le encarcelaran, me bastó con despedirlo sin una carta de recomendación.

—Ese fue un gesto muy noble de su parte —comenté yo.

Él se encogió de hombros, como restándole importancia al asunto. Nadie habló durante varios minutos mientras el landó cruzaba traqueteante el parque y, al final, el jefe rompió el silencio.

—Dígame, sir Herbert, ¿cuántos regimientos han recibido hasta el momento el nuevo rifle Enfield de repetición?

Los grandes ojos de lechuza del tipo parpadearon en un claro gesto de sorpresa y el jefe insistió al ver que no contestaba.

—¿Cuántos?

—¿A dónde quiere llegar? —Tenía la mirada fija en el jefe, su boquita estaba abierta como si estuviera a punto de vomitar.

El jefe volvió a utilizar el truco del silencio..., cabeza ladeada, cejas enarcadas... Venning dirigió la mirada hacia mí, pero yo permanecí callado.

—¿Qué tiene que ver eso con su caso? —preguntó al fin.

El jefe frunció sus carnosos labios como si estuviera a punto de besar a alguien, pero siguió callado.

—¿Alguien les ha pedido que me hagan esa pregunta? ¿Se trata de eso? ¿Los envía Cream?

—¿No nos ha dicho que no le conoce? —le preguntó el jefe.

—¡No juegue conmigo! ¿Les envía Cream?

El jefe sonrió, se encogió de hombros y se limitó a contestar:

—Puede ser.

—¿Me envía algún mensaje?

—Háblenos de los rifles, sir Herbert.

—¡Ese es un asunto gubernamental clasificado! —Entrelazó las manos sobre su regazo, el rostro se le había sonrojado.

—Cuéntenos la parte que no tiene que ver con el gobierno, amigo mío.

—¿Qué parte? ¡No sé a qué se refiere! —exclamó tartamudeando.

—Ya estamos enterados.

—¿De qué? ¿Qué es lo que saben?

—Más de lo que deberíamos saber —susurró el jefe antes de guiñarle el ojo.

Sir Herbert se me quedó mirando por un momento y, al final, negó con la cabeza.

—¡No, no saben nada de nada! ¡Me están tomando el pelo! Cuéntenme lo que saben..., mejor dicho, lo que creen saber.

—Eso sería una estupidez por nuestra parte —le dijo el jefe.

—¡No saben nada! ¡No hay nada que saber!

—¿En serio? —El jefe se quedó callado al ver que el landó se detenía; al oír que Sidney anunciaba desde el pescante que habíamos llegado a Piccadilly, abrió la portezuela y añadió con una cortés sonrisa—: Bueno, señor, aquí es donde nos bajamos nosotros.

—¡No lo entiendo! —exclamó sir Herbert con desconcierto—. ¿Son detectives privados o trabajan con Cream?

—Que tenga un buen día, señor —se limitó a contestar el jefe antes de proceder a bajar el estribo.

—¿Ya está? ¿Eso es todo? —Sir Herbert estaba cada vez más alarmado.

Yo esperé a que el jefe bajara bufando y resoplando hasta el suelo antes de apearme también, y entonces me despedí del señoritingo.

—Que tenga un buen día, señor. Perdone que me haya sentado encima de usted.

Sir Herbert se inclinó hacia la portezuela y asomó la cabeza.

—Pero ¿quiénes son ustedes? ¿Acaso tenían que darme algún mensaje?

—No tenemos nada más de que hablar con usted, al menos por el momento —le contestó el jefe.

—Va a tener que irse caminando, señor —le dijo Sidney desde el pescante—. Tengo que llevar de vuelta el carruaje.

—¡Cielos!

El orondo sir Herbert descendió del landó y, mientras él miraba alrededor como si no supiera dónde estaba, yo me subí al estribo y le indiqué a Sidney en voz baja:

—A ver si consigues que el cochero te dé la dirección del mayordomo al que echaron.

—Eso está hecho, Norman.

—¿Cómo están los niños?

—Tan bien como cabría esperar, supongo. ¿Te apetece venir este domingo? Les alegraría verte.

—Lo más probable es que tenga que trabajar, pero iré pronto.

Sidney lanzó una mirada hacia el jefe y bajó la voz.

—¿Se lo has dicho ya? —Al verme negar con la cabeza, añadió—: ¿Quieres que lo haga yo?

—No, no te preocupes.

Bajé de un salto a la calle y, en ese momento, Venning se acercó y alzó la mirada hacia Sidney.

—¿Podrá pasar a buscarme esta tarde tal y como hemos quedado, cochero? —Se puso el sombrero—. A las dos y media.

—Estoy con ellos, señor. Con los detectives.

—¡Vaya por Dios!

Mientras nos alejábamos rumbo a Leicester Square disfrutando de la fresca brisa matutina, el jefe se echó a reír y comentó:

—Ese tipo es un completo idiota, sabe Dios en qué lío se habrá metido.

26

El cochero de sir Herbert no sabía dónde vivía el mayordomo que había sido despedido, pero le dijo a Sidney que la sobrina del tipo aún seguía trabajando de lavandera en la mansión. Le encargamos a Neddy que aquella tarde se ocultara entre los arbustos que había junto a los tendederos, y cuando la joven salió a colgar la colada le dijo que tenía un mensaje urgente para su tío sobre un dinero que alguien le debía. En menos de tres horas ya estaba de vuelta con la dirección.

George Gullen vivía cerca de Earl's Court. Era una calle bastante respetable al principio, pero, conforme uno avanzaba, iba volviéndose más oscura y destartalada hasta que se llegaba al final, donde había un horrible corral de vecinos incluso más apestoso y hediondo que el que Ettie estaba salvando. Un bullicioso grupo de niños harapientos y mugrosos se nos acercó corriendo mientras intentábamos localizar la dirección indicada, se arremolinaron a nuestro alrededor pidiéndonos peniques y nosotros nos metimos las manos en los bolsillos para evitar que nos robaran y nos abrimos paso entre ellos. Había vagabundos durmiendo en las esquinas, ancianas desdentadas con jirones de ropa alrededor de la cabeza nos observaban desde los taburetes donde estaban sentadas.

La habitación del mayordomo se encontraba en el segundo piso de un edificio que carecía de puerta principal. Se habían arrancado las barandillas de la escalera para hacer fuego, era un día caluroso y un enjambre de moscas sobrevolaba el montón de cáscaras y mondaduras que había en el primer rellano. Nos abrió la puerta una mujer cuyo cabello caía en enmarañados mechones hasta los hombros, la mucosidad que le chorreaba de la nariz le bajaba hasta el labio. Un bebé estaba llorando en la habitación que había tras ella.

—Estamos buscando a George Gullen, su sobrina nos ha dicho que está aquí —le dije yo.

—No está —contestó con voz ronca. Se volvió hacia la habitación al oír el estridente llanto de una niña—. ¡Cállate, Mary!

—Pero vive aquí, ¿verdad?

—Sí, cuando no está en el pub.

—¿En qué pub?

Un niñito descalzo salió a la puerta y extendió la mano hacia mí.

—¿Tiene un penique, señor?

—Ya te he dicho que no quiero que pidas caridad, Alfred —le dijo su madre. Cuando el pequeño se marchó corriendo escalera abajo, añadió—: ¡Asegúrate de traer algo para el té! —Se cruzó de brazos y se apoyó en el marco de la puerta—. ¿Para qué le buscan?

—Estamos intentando encontrar algo que se ha perdido, y pensamos que George podría ayudarnos —contesté yo.

—Él no estaba involucrado en el robo.

—Eso ya lo sabemos, estamos intentando averiguar quién lo hizo.

—¿Pueden ayudarle a encontrar trabajo? —nos preguntó con tristeza.

—Solo queremos hacerle unas preguntas.

—Debe de estar en el Crosskeys. Cruzando el patio, en la callejuela. Díganle que no vuelva a menos que tenga algo de comida para los niños.

El pub en cuestión consistía en una sala con un agujero en la pared donde se servían las bebidas; el suelo estaba lleno de cáscaras y de ceniza, y pegajoso por las salpicaduras de cerveza. Una mujer de cabello canoso tenía la cabeza asomada por la escotilla mientras se entretenía escuchando a los cuatro hombres que estaban sentados en un banco que había junto a la puerta; dos galgos bastante entrados en años se pusieron en pie al vernos llegar y se nos acercaron con la cabeza gacha.

—¿Alguno de ustedes es George Gullen? —pregunté en voz alta.

—Aquí estoy.

Quien contestó fue el hombre que estaba sentado al final del banco, un tipo de pecho ancho y cara plana que sostenía una pinta de cerveza en la mano. Iba vestido con un pañuelo rojo al cuello, una gruesa camisa de obrero y una gorra de felpa marrón, pero, a pesar de que tenía aspecto de peón, su voz y su impoluto cabello negro marcaban la diferencia.

—¿Quiénes son ustedes?

—Detectives privados —contestó el jefe—. Estamos buscando a un hombre que ha desaparecido, necesitamos que usted nos dé algo de información.

—¿Qué ha dicho que son?, detec... ¿qué? —preguntó el anciano que estaba sentado junto a Gullen. Estaba desdentado y tenía el cuello doblado, así que para poder mirarnos tenía que girar la cabeza—. ¿Son polis, George?

—¡Detectives privados! ¡Como Sherlock Holmes! —le explicó la mujer de la escotilla.

—¿En serio son detectives? —nos preguntó Gullen, ceñudo y con un tono de voz lleno de amargura.

—¿Qué van a tomar? —nos preguntó a su vez la mujer.

Pedí dos pintas de cerveza, una para el jefe y otra para mí, y me volví hacia Gullen.

—¿Qué le apetece, George?

—Lo mismo —dijo, antes de apurar la pinta que tenía en la mano—. Y otra ronda para ellos también. —Indicó con un gesto a los otros tres hombres.

El jefe se llevó la mano al bolsillo y se apresuró a protestar.

—A ver, no tan rápido. Es usted con quien queremos hablar.

251

—Pues a lo mejor yo no quiero hablar con ustedes.

Una vez que el jefe entregó el dinero y se sirvieron las bebidas, Gullen nos condujo a una mesa del rincón.

—Su mujer ha dicho que no regrese a casa sin comida para los niños —le advertí yo.

—No son hijos míos. —Se salpicó la camisa de cerveza mientras se la bebía con ansia. Al verle de cerca me di cuenta de que ya estaba borracho.

—Hemos estado hablando con sir Herbert, nos ha dicho que usted tuvo algo que ver con el robo que hubo en su casa.

—¡Eso no es verdad! —gritó con indignación antes de pegar un fuerte puñetazo contra la mesa—. ¡Yo no tuve nada que ver con eso!, ¿está claro? ¿Por eso han venido? ¿Los ha enviado a darme un escarmiento?

—No, amigo, la verdad es que él no quería hablar con nosotros. No hemos venido a hacerle nada, solo queremos saber qué fue lo que pasó. Creemos que podría estar relacionado con nuestro caso.

La puerta se abrió de repente y el tipo más enorme y andrajoso que había visto en mi vida entró trastabillante. Los tres hombres que estaban sentados junto a la puerta agarraron sus respectivas pintas y las sostuvieron debajo de la mesa. El tipo recorrió el lugar con la mirada poco a poco y Gullen agarró su cerveza y la sostuvo contra su pecho en un gesto protector al ver que venía tambaleante hacia nosotros.

El grandullón agarró la pinta del jefe y escupió dentro.

—¿Se puede saber qué demonios está haciendo?

El jefe aún no había terminado de hablar cuando el tipo se inclinó hacia delante y escupió también en la mía.

Gullen se echó a reír y el jefe exclamó indignado:

—¡Ahora no nos las vamos a poder beber! ¡Va a tener que pagarnos otra ronda, señor mío!

El tipo se incorporó. Era tan enorme que la cabeza le llegaba al techo, tenía una infección que le empezaba debajo de los ojos y descendía por su cuello hasta perderse bajo los harapos que le cubrían el pecho.

—*Stoy* sin blanca —balbuceó, antes de señalar con un ademán ambas jarras—. ¿Qué?, ¿os las vais a beber?

—¡Por supuesto que no! —exclamó el jefe.

El tipo las agarró y se las llevó a la mesa que había al fondo del local.

—Les tendría que haber alertado al ver entrar a Cocko —comentó Gullen—. Ya que van a pedir otra ronda, me apunto también.

El jefe me dio un chelín y, cuando regresé y dejé las tres nuevas jarras sobre la mesa, Gullen procedió a relatarnos lo ocurrido.

—Debían de ser las tres de la madrugada más o menos, todo el mundo estaba durmiendo —hablaba lentamente, haciendo una pausa cada dos por tres, tenía los ojos entrecerrados y la jarra firmemente apretada contra su pecho—. Oí un ruido procedente de abajo, así que fui a echar un vistazo. Estaban en el despacho, eran tres. Habían forzado las cerraduras de todos los cajones del escritorio. —Bajó la mirada hacia el suelo, daba la impresión de que estaba estrujándose el cerebro intentando recordar—. Eran las cuatro más o menos, o las tres —afirmó al fin.

—Sí, eso ya lo ha dicho —comentó el jefe, que sostenía su jarra junto al vientre y permanecía alerta por si a Cocko se le ocurría levantarse de la mesa del fondo.

—Ah. Uno de ellos sacó un cuchillo al verme, me dijo que mantuviera la boca cerrada o me cortaba el pescuezo. Me obligaron a abrir la puerta principal y se largaron sin más. Eran tres. Y ya está, eso fue lo que pasó. —Se sacudió las manos—. Se perdieron en la oscuridad de la noche.

—¿Qué fue lo que se llevaron?

—Tenían una bolsa de lona, no vi nada más.

—¿No se llevaron un globo terráqueo? —le preguntó el jefe.

—No se llevaron ningún objeto de valor, ni siquiera entraron en el salón. La señora lo revisó todo.

—¿Sir Herbert echó algo en falta?

Gullen apuró su jarra de cerveza y soltó un eructo. Tenía los ojos vidriosos. Se limpió la nariz en la manga de la camisa.

—No son mis hijos, ella quiere que me encargue de darles de comer.

—Sí, muy bien —dijo el jefe con impaciencia—. ¿Sir Herbert dijo que había echado algo en falta?

—No, pero esa noche se puso a beber y aún seguía bebiendo a la tarde siguiente, cuando me echó a la calle. —Hizo una pausa y su rostro se contrajo en una mueca de dolor al recordar lo sucedido. Cuando empezó a hablar de nuevo se le veía más sobrio, como si antes hubiera estado actuando—. Nunca antes le había visto tan alterado. Estaba tembloroso y pasó la noche entera andando de acá para allá, ni siquiera me permitió que avisara a la policía. Yo sabía que esos tipos se habían llevado algo importante del escritorio, pero cuando le pregunté al respecto se puso a gritarme.

—¿Por qué creyó que usted estaba involucrado? —le preguntó el jefe.

—Él sabía que yo no había tenido nada que ver.

—Él mismo nos ha dicho que sospechaba de usted.

—Se lo dijo a todos los de la casa, pero no era verdad.

—¿Por qué le despidió, entonces?

—Porque los vi, porque yo quería avisar a la policía. Ande, gástese otro penique, pero ahora que sea ginebra. Me vienen a la memoria malos recuerdos. Ese malnacido arruinó mi vida, se negó a darme una carta de recomendación y no he vuelto a trabajar desde entonces. Arruinó mi vida. ¡Miren el lugar donde vivo! ¡Miren este estercolero! La mitad de los que viven aquí se dedican a robar, la otra mitad mandan a sus mujeres a las calles. —Apretó la jarra con tanta fuerza que los nudillos se le quedaron blanquecinos—. Si me lo encontrara en una calle oscura le mataría, lo haría sin pensármelo dos veces. ¡Le serví lealmente durante veinte años!

El jefe me dio un penique y, cuando regresé con la jarra de ginebra, comenté:

—No entiendo por qué le despidió.

—Así tuvo una excusa para no avisar a la policía.

—No le entiendo.

—Fue la excusa que le dio a la señora, a los niños, al resto de los miembros del servicio. Les dijo que no iba a acudir a la policía para evitar que me encarcelaran, fingió que fue un acto de bondad por su parte.

—Puede que realmente estuviera convencido de que usted era culpable —aventuró el jefe.

—¡Trabajé para él durante veinte años! —exclamó con ojos encendidos de furia—. Él me conocía a la perfección, sabía que yo no era así. No, lo hizo para tener una excusa que justificara el que no avisara a la policía, ¿y saben por qué? ¡Porque reconocí a uno de ellos!

De repente se oyó una risa estridente procedente del exterior, la puerta se abrió de golpe, y una mujer que lucía un vestido verde lleno de lamparones y un sombrerito azul entró corriendo seguida de un hombre cuyos pantalones habían visto días mejores. El viejo que estaba sentado en el banco se puso a gritarles y dio comienzo una discusión.

Esperé a que los ánimos se hubieran calmado un poco antes de preguntar:

—¿Quién era?

—Le había visto en las carreras, siempre está en el Frying Pan. Solo sé que se llama Bill, Paddler Bill. Un americano con un buen barrigón, alto, pelo rizado y pelirrojo. Siempre está allí.

—¿Él le reconoció a usted?

Gullen se bebió media jarra de ginebra antes de negar con la cabeza, hizo una mueca y se golpeó el pecho con el puño.

—Yo solo soy una cara más entre la gente, no destaco. Pero él es muy escandaloso y le gusta gastar dinero..., champán, mujeres..., se le ve a la legua.

—¿Qué puede decirnos de los otros ladrones?

—No los había visto en mi vida. Uno era calvo y tenía una barba negra, estatura media.

—¿Era americano?

—No le oí hablar. El otro era un tipo menudito, pelo rubio y greñudo. Le faltaba una oreja.

—Pero no entiendo por qué sir Herbert no quería que fueran arrestados —dijo el jefe tras apurar su jarra.

—He estado dándole vueltas al asunto en estos últimos meses, debieron de robarle algo que él no tendría que tener en su poder y no quería que se descubriera. Eso es lo que yo creo.

El jefe se puso en pie.

—Ha sido usted de gran ayuda, señor Gullen. Una última pregunta: ¿qué cree que se llevaron del despacho?

—No tengo ni idea, jamás supe lo que había guardado en ese escritorio. Oiga, ¿no podría darme un chelín para los niños?

—Se lo gastará en ginebra.

—Le aseguro que no, señor. Esos niños necesitan comida.

El jefe se metió la mano en el bolsillo, pero yo lo detuve y dije con firmeza:

—Iremos a por algo de comida y se la llevaremos a los niños nosotros mismos, no hace falta que usted interrumpa su jornada.

Gullen aún seguía ceñudo cuando el jefe y yo salimos del pub.

27

El jefe guardó silencio durante el trayecto de regreso hacia Earl's Court. Se le veía pensativo, aquella tosca cabezota suya estaba inclinada hacia arriba y se mordisqueaba el labio inferior. Cuando llegamos a la calle principal, abarrotada como estaba de ómnibus y carruajes, su nariz captó en el aire un olorcillo a pescado frito y miró alrededor como un perro de caza. Le hizo ruido el estómago y me preguntó, sin dejar de mirar a derecha e izquierda:

—¿Qué opinas de Gullen, Barnett?

—Le creo, su versión concuerda con la del lacayo.

—¿Sabías que los gestos de cólera son universales, amigo mío? Los que se encuentran en los ingleses pueden verse también en los indios de piel cobriza de Sudamérica.

—No lo dudo, señor.

—Eso es lo que afirma Darwin. Gullen ha mostrado todos esos gestos cuando le he dicho que sir Herbert lo culpó del robo: aletas de la nariz dilatadas, ojos centelleantes, rostro encendido... No ha habido ningún gesto momentáneo de titubeo. Me resulta imposible creer que estuviera fingiendo, lo que significa que sir Herbert nos ha mentido.

Decidí que había llegado el momento de decir algo que llevaba días rondándome por la mente.

—¿Y si todo esto no tiene nada que ver con el caso? Encontramos una pista, la seguimos hasta la siguiente y así sucesivamente, pero es posible que cada una de ellas esté alejándonos cada vez más del rastro. Es posible que los fenianos no tuvieran nada que ver con la desaparición de Thierry, puede que Martha no tuviera intención de entregarnos esa bala y que el problema de Venning sea meramente familiar.

—Pero debemos ir siguiendo estas pistas, no tenemos otra alternativa.

—Es que a veces pierdo de vista el caso.

—Nuestro caso es el asesinato de la joven, Barnett. Debemos resolverlo por ella. Y también tenemos que averiguar qué fue lo que le pasó a Thierry.

Un caballo se encabritó en ese momento cerca de donde estábamos, tenía los ojos desorbitados y al empinarse sobre las patas traseras hizo volcar el carro de un vendedor ambulante. Algunos niños se acercaron corriendo para robar las pastillas para la tos y los ungüentos que habían quedado esparcidos por el suelo, y el vendedor intentó ahuyentarlos al mismo tiempo interpelaba a gritos al cochero cuyo caballo había causado el estropicio.

—¿Cree usted que Longmire no nos dijo la verdad sobre la bala? —le pregunté al jefe una vez que dejamos atrás la caótica escena.

—No lo sé, pero lo que está claro es que miente con facilidad. —Se frotó el estómago mientras seguía buscando con la mirada al vendedor de pescado frito—. ¿Qué opción nos quedaría si no siguiéramos estas pistas? Tendríamos que volver a empezar desde el principio.

—Quizás sería buena idea intentar encontrar a los tipos con los que Thierry solía compartir unas copas, o averiguar cómo es que Coyle conoce al asesino.

—Lo primero tendríamos que haberlo hecho de inmediato, Barnett. ¿Por qué has tardado tanto en sugerirlo?

—¿Por qué no lo sugirió usted?

—No hace falta que te pongas tan irritable. Es tu tarea para mañana, yo tengo que reflexionar con calma para decidir qué hacemos respecto a Coyle. Pero ahora debemos hablar de nuevo con sir Herbert.

—No accederá a recibirnos, no después de que le hayamos secuestrado y tal.

—Puede que cambie de opinión cuando sepa que hemos hablado con Gullen. ¡Ah, ahí está! —Señaló hacia el vendedor de pescado que estaba parado junto a la estación del ferrocarril subterráneo.

Les llevamos un buen paquete de pescado frito a los niños y después nos comimos nuestra propia ración mientras esperábamos al ómnibus que iba a llevarnos de vuelta a Notting Hill; llegó atestado de gente, así que nos vimos obligados a permanecer de pie durante todo el trayecto.

Para cuando llegamos a casa de Venning ya había empezado a anochecer, y nos disponíamos a subir los anchos escalones de la entrada cuando la puerta se abrió súbitamente y el mozo de los recados salió como una exhalación y se abrió paso entre nosotros con rudeza.

—¡Espera, muchacho!

El mozo hizo oídos sordos al grito del jefe y se alejó por la calle a la carrera, rumbo a Notting Hill Gate. Se había dejado la puerta abierta, así que el jefe me indicó con un gesto que procurara no hacer ruido y subimos los escalones con sigilo. No oímos sonido alguno procedente del interior de la mansión.

—A ver si logramos encontrar a Venning —susurró.

Esperamos unos segundos en el majestuoso vestíbulo, la casa tenía instalación eléctrica y había tanta luz que aquello parecía Piccadilly Circus. Una escalinata ascendía ante nosotros hasta desembocar en una galería, del elevado techo pendía una resplandeciente lámpara de araña de cristal, oscuros retratos de estirados señoritingos colgaban de las paredes, y había coloridos adornos de cerámica en nichos y pedestales. Arriba estaba pasando algo, se oía un revuelo de pasos apresurados y el murmullo de voces apagadas tras puertas cerradas; el salón, en cambio, parecía estar totalmente silencioso.

A nuestra derecha teníamos la puerta del despacho y, al ver que estaba entreabierta, el jefe la empujó con suavidad y entró procurando no hacer ruido. Yo entré detrás de él y cerré tras de mí.

Sir Herbert estaba desplomado sobre la mesa con la cabeza girada hacia un lado. Su mirada vacía estaba fija en la chimenea, en la sien izquierda tenía un siniestro agujero rojo; un reguero de sangre le bajaba por la frente, pasaba por sus grandes ojos de lechuza y chorreaba hasta el escritorio, donde era absorbido en un irregular charquito por el secante; tenía la boca abierta, la lengua le colgaba flácida y había una pistola junto a su mano.

Oímos que alguien bajaba la escalera, una mujer dijo algo en voz serena y baja, y entonces contestó la masculina voz del mayordomo.

—Me quedaré acompañándolo hasta que llegue la policía, señora. A usted le afectaría verlo así, no es una escena agradable.

—Gracias, Carstairs. —La dama que hablaba estaba tranquila, en su voz no había ni rastro de aflicción—. ¿Has mandado al mozo?

—Sí, señora. —El mayordomo entró en el despacho, cerró la puerta y alzó las manos sobresaltado al vernos—. ¿Quiénes son ustedes?

—Hemos venido a ver a sir Herbert —se apresuró a explicarle el jefe—. ¿Qué es lo que ha pasado aquí? —Al ver que al mayordomo le cambiaba la cara y retrocedía hacia la puerta mientras gritaba pidiendo ayuda, el jefe esbozó una sonrisa tranquilizadora y le dijo con mucha calma—: Se equivoca usted, señor mío. ¡Nosotros acabamos de llegar!

Sus palabras no lograron calmar al mayordomo.

—¡Socorro, que alguien me ayude!

Oímos el sonido de pasos que se acercaban corriendo.

—¿Qué pasa? —gritó un hombre desde el vestíbulo.

—¡Aquí! —respondió el mayordomo.

La puerta se abrió de golpe y el lacayo con el que habíamos compartido unas bebidas irrumpió en el despacho. Tras él llegaron otro hombre y una doncella, y por último la propia señora de la casa. Me preocupaba que el lacayo revelara que habíamos estado haciéndole preguntas, y me sentí aliviado al ver que mantenía la boca cerrada.

—¡No tienen escapatoria! ¡Atrápenlos!

—¡No, nosotros hemos llegado ahora mismo! ¡No tenemos nada que ver en todo esto! —protestó el jefe.

Fue entonces cuando los ojos de la dama se posaron en el cadáver de su marido.

—¡Santo Cielo! ¡Pobre Herbert!

—Lamento mucho su pérdida, señora, pero nosotros somos inocentes —le aseguró el jefe—. Cuando su mozo regrese, podrá confirmar que estábamos llegando a la casa cuando él salió en busca de la policía.

Yo aproveché para sentarme en el sofá mientras él daba las explicaciones pertinentes; una vez que terminó, la dama afirmó con autoridad:

—Veremos lo que dice la policía, ustedes no van a moverse de aquí hasta que lleguen. Mis hombres no permitirán que se marchen. —Salió sin más del despacho.

El mozo regresó poco después en compañía de un agente, y hasta que no confirmó que nosotros estábamos llegando de la calle cuando él salía no se desvaneció la desconfianza con la que nos miraban los criados congregados en el despacho.

El agente, un galés jovial cuyo vientre se expandía más allá de la chaqueta del uniforme, nos ordenó que mantuviéramos la calma mientras se encargaba de examinar el cadáver y, tras anotar sus observaciones en una libreta, procedió a realizar una inspección visual del despacho. Observó con atención la alfombra y las estanterías, la estatua exageradamente grande del atleta desnudo con sus partes íntimas al aire, el globo terráqueo que reposaba junto a la ventana, y después fue preguntándole a cada uno de los criados dónde se encontraba en el momento de la muerte y lo que había visto. Nadie había visto nada.

El jefe se sentó a mi lado en el sofá mientras el agente llevaba a cabo el debido procedimiento. Poco después se oyeron más pasos que se acercaban por el vestíbulo y Petleigh hizo acto de aparición acompañado de Bentham, el forense policial, quien al vernos se limitó a sacudir la cabeza con exasperación.

El jefe se puso en pie y se dispuso a hablar, pero el inspector no le dio oportunidad de pronunciar ni una sola palabra.

—¡Siéntese! ¡Hablaré con usted más tarde, Arrowood!

Le indicó al agente que le pusiera al tanto de la situación y después permaneció a la espera mientras el forense examinaba el cadáver.

—No hay duda de que la causa de la muerte es la herida de bala, falleció hace muy poco —dictaminó Bentham al fin.

—¿Ha encontrado alguna nota? —le preguntó Petleigh al agente.

—No, señor. He echado un buen vistazo.

Petleigh se volvió hacia el mayordomo.

—¿A qué hora han oído el disparo?

—A eso de las ocho y media, señor.

—¿Cuándo le vio por última vez?

—Serían las seis de la tarde más o menos, me dijo que no deseaba ser molestado. Toda la servidumbre estaba en esta planta hasta que oímos el disparo, la señora se encontraba en su dormitorio.

—¿Tienen hijos?

—Dos varones, señor. Los dos son hombres adultos, uno está en la India y el otro en el ejército.

—¿Sir Herbert estaba alterado?

—Esta tarde recibió un telegrama y después de eso no volvió a salir de su despacho.

—¿Recibió alguna visita?

—No que yo sepa, señor.

—¿Dónde estuvo usted durante toda la tarde?

—En la despensa. Habría oído las campanillas si hubiera llegado alguien, señor. Todas las de la casa suenan allí.

Petleigh suspiró y empezó a pasear a paso lento por la habitación con las manos metidas en los bolsillos de los pantalones.

—¿Había notado algún cambio en él en los últimos tiempos?

—Entré a trabajar hace poco en esta casa, pero dicen que lleva varios meses comportándose de forma bastante rara.

—Explíquese.

—Tenía arranques de genio, discutía con la señora, gritaba a los criados.

—¿Podría tratarse de melancolía?

Antes de que el mayordomo pudiera contestar, el ama de llaves intervino en la conversación.

—Era a causa de la bebida. Seamos claros, había empezado a beber mucho a raíz del robo.

—¿Qué robo? —le preguntó Petleigh.

—Unos ladrones entraron en la casa hace unos dos meses —contestó ella.

Él sopesó aquella información durante unos segundos antes de decir:

—Ya veo. Bueno, ahora quiero que salgan todos del despacho. ¿Podrían decirle a la señora que hablaré con ella en breve en el salón? Ah, y quizás sería buena idea que nos prepararan un té.

Petleigh esperó a que todos salieran del despacho y entonces cerró la puerta y nos miró exasperado.

—¿Se puede saber qué demonios están haciendo ustedes dos aquí? ¡Cada vez que aparece un cadáver, descubro que ustedes estaban presentes!

—Teníamos que hacerle unas preguntas a sir Herbert, Petleigh —contestó el jefe—. Hemos llegado justo cuando el mozo salía en busca de la policía.

—¿Qué preguntas? ¿Qué saben ustedes sobre sir Herbert?

—Que estaba preocupado porque los ladrones se habían llevado algo que guardaba aquí, en su despacho. No sabemos de qué se trataba, pero él quería mantener a la policía al margen. Su mayordomo anterior, un tal George Gullen, vio a los ladrones, pero lo

263

que hizo Venning fue despedirle a él en vez de avisar a la policía. Está claro que estaba preocupado por algo.

—¿Lo suficiente como para decidir quitarse la vida?

—Es posible, pero no lo hizo.

El forense, que estaba haciendo un esbozo de la posición del cuerpo en su libreta, alzó la mirada al oír aquello.

—Le han asesinado —añadió el jefe.

—¿Y cómo está tan seguro de eso? —le preguntó Petleigh atónito.

El jefe se levantó y se acercó al cadáver. La pistola se encontraba junto a su mano izquierda, la herida de bala estaba en la sien izquierda. Le alzó el brazo izquierdo para mostrarnos la mano y vimos que, aunque el pulgar era como cualquier otro, el resto de los dedos no eran más que pequeñas protuberancias recubiertas de una lustrosa piel. Daba la impresión de que había nacido con aquella deformidad.

—Santo Dios. —Fue todo cuanto alcancé a decir.

—¿No te habías dado cuenta, Barnett? —me preguntó él.

—No, antes llevaba guantes.

—Yo tampoco lo había visto —afirmó Petleigh, a pesar de que saltaba a la vista cuánto le costaba admitirlo—. No sé cómo he podido pasarlo por alto —añadió nada complacido consigo mismo.

—No he querido mencionarlo frente a los demás —comentó el jefe.

Petleigh contempló el cadáver en silencio largamente, tras lo cual se sentó en un sillón orejero, encendió un cigarro, se cruzó de piernas y nos ordenó con firmeza:

—Cuéntenmelo todo, no omitan ni un solo detalle.

28

Cuando terminamos de relatarle todo lo ocurrido, Petleigh se puso en pie y empezó a ir de acá para allá frente a la chimenea.

—¿Creen posible que ese mayordomo, el tal Gullen, haya decidido venir y se les haya adelantado?

—Podría ser, porque de camino hacia aquí hemos hecho una parada para comprar algo de comida —admitió el jefe—. Pero no se olvide del telegrama, Petleigh. Sir Herbert ha recibido uno justo antes de encerrarse en este despacho, y seguro que no se lo ha enviado Gullen.

—Sí, es verdad. Por cierto, ese telegrama aún debe de estar por aquí.

Buscamos en los bolsillos de sir Herbert y en los cajones del escritorio, en los estantes y en la chimenea, por todo el suelo. No había ni rastro de él.

—¡Tiene que estar aquí! —insistió Petleigh.

—A menos que se lo haya llevado el asesino —adujo el jefe—. Es posible que en el telegrama se anunciara la visita inminente de alguien, y que a sir Herbert le pusiera muy nervioso la idea de ver a esa persona. —Se dirigió hacia el extremo opuesto del escritorio y miró por la larga ventana que había en la esquina de la sala—. Barnett, ¿puedes confirmarme que nadie ha tocado las ventanas desde nuestra llegada? —Al verme asentir, añadió—: Esta es la única que no tiene los postigos cerrados, desde aquí se ve la puerta principal y la calle. ¿Por qué decidió sir Herbert abrir los postigos de esta ventana? Puede que estuviera vigilando la calle a la espera de que llegara la visita, así podría dirigirse hacia la puerta antes de que sonara la campanilla.

—Y así evitaría que los criados supieran que había llegado alguien —dedujo Petleigh.

—Exacto. Es posible que el propio Herbert dejara entrar al asesino.

—Deja entrar al asesino —dijo Petleigh, como si la idea se le hubiera ocurrido a él—, quien le pega un tiro y se lleva el telegrama. Sí, es muy posible que las cosas sucedieran así. ¿Tiene idea de quién cometió el crimen, Arrowood?

—Yo creo que le han asesinado para evitar que nos revelara lo que los ladrones se llevaron de aquí aquella noche.

Petleigh se acercó a la mesa donde había dejado su sombrero y lo tomó mientras asentía pensativo.

—Sí, es una posibilidad que no hay que descartar, pero mi principal sospechoso sigue siendo Gullen. Me parece que hoy vamos a llevarlo a comisaría, y que mañana iré a hablar con ese tal coronel Longmire para ver qué es lo que sabe; en cualquier caso, quiero que ustedes dos dejen este asunto en nuestras manos. Lo digo muy en serio, Arrowood. Sir Herbert era un hombre importante, ustedes no pueden meter las narices en esta investigación.

—Vamos a intentar encontrar al hermano de la señorita Cousture —afirmó el jefe—. Estamos obligados a hacerlo, se nos ha pagado para realizar esta tarea.

—Entonces cíñanse a su tarea, pero este es un caso policial. ¿Está claro?

El jefe se limitó a responder con un sonido inarticulado, pero, en vez de dar la conversación por terminada, Petleigh se rascó la muñeca y preguntó con voz mucho más suave:

—Eh... Por cierto, William, ¿cómo está su hermana? —De repente se le veía nervioso.

—¿Mi hermana? —dijo el jefe, claramente sorprendido ante aquel inesperado cambio de tema.

—Fui a verle el otro día, pero usted había salido —titubeó y me lanzó una breve mirada; a pesar de que la luz era tenue, alcancé a ver que se ruborizaba—. ¿Vive allí con usted?

—Por el momento, hasta que obtenga un nuevo puesto.

—No está casada, ¿verdad? —Empezó a cambiar el peso de un pie a otro mientras sostenía el sombrero con fuerza ante su vientre. Su habitual elegancia se había esfumado, de repente daba la impresión de que el uniforme no se ajustaba bien a su cuerpo.

—Pues no, la verdad es que no —admitió el jefe titubeante. Se quedó mirándolo con curiosidad y al cabo de unos segundos esbozó una sonrisa—. Ahora que lo pienso..., ¿le apetecería venir a comer a mi casa algún día de estos, inspector?

—Sería un verdadero placer para mí, William. Si a Ettie le parece bien, por supuesto.

—¡Espléndido! Lo consultaré con ella para acordar una fecha, estoy seguro de que le complacerá mucho verle. Bueno, Barnett, vámonos ya. Tenemos cosas que hacer. —Se puso en pie y se dirigió hacia la puerta—. ¡Ah, por cierto! —exclamó, como si acabara de acordarse de algo importante, antes de volverse de nuevo hacia Petleigh—. Hay algo que quería preguntarle: ¿conoce a Lafferty y a Coyle, dos inspectores del CID? Los dos son irlandeses.

—He oído hablar de ellos.

—El viernes nos llevaron a Scotland Yard y nos interrogaron, parece ser que el policía muerto era uno de los suyos. Lamento decir que el trato que recibimos fue deplorable, Petleigh. A mí me tuvieron encerrado toda la noche sin darme nada de comer, y a Barnett le golpearon con una porra. Se ensañaron con él, Coyle estuvo a punto de romperle el brazo.

—Sus métodos son diferentes a los nuestros —admitió Petleigh.

—¿Quién demonios son esos tipos? ¡Ni siquiera nos dijeron en qué caso están trabajando!

—Eso era de esperar.

—¿Por qué?

—No son agentes del CID, William. Pertenecen a lo que se conoce como «SIB». —Al ver que el jefe le miraba perplejo, añadió—: La División Especial Irlandesa.

—Gracias, Petleigh, ya sé lo que significan esas siglas; como bien recordará, durante diez años cubrí para el periódico el tema de los ataques fenianos. Creía que la SIB había sido disuelta cuando cesaron los ataques.

—Eso es lo que el Ministerio del Interior quiere que crean los ciudadanos, pero lo cierto es que operan en la sombra. No existen registros escritos de su actividad. Aparte del comisario adjunto y unos cuantos detectives como Lafferty y Coyle, todo es extraoficial. Poseen una red de agentes encubiertos de los que ni el CID ni la policía tienen constancia; la mayoría de ellos son criminales, antiguos miembros del Clan na Gael..., gente llena de resentimiento. Básicamente, cualquiera capaz de realizar con éxito el trabajo.

—¿Qué trabajo? —pregunté yo, antes de lanzar una mirada hacia el cuerpo sin vida de sir Herbert.

—Vigilancia, búsqueda de información e infiltración —contestó Petleigh—. Algunos de ellos son agitadores, ninguno aparece en los registros de cuentas. Existe un fondo para los servicios secretos. Pero debo advertirle que siempre han actuado al margen de la ley, William.

—Eso explicaría por qué golpearon a Barnett sin pensárselo dos veces —comentó el jefe.

—Eso me temo.

—Intentaron reclutarme —admití yo.

—¡No me lo habías dicho! —exclamó el jefe ceñudo—. ¿Qué les contestaste?

—Nada. Pensé que podría sernos útil en algún momento dado.

—¡Bien hecho! —me felicitó él antes de volverse de nuevo hacia Petleigh—. Supongo que irá a hablar con Lafferty sobre el asesinato de sir Herbert.

—Sí, pero dudo mucho que ellos me den alguna información a cambio. Los de la SIB nunca comparten información con la policía, creen que vamos a fastidiar sus casos. Es algo que causa muchos problemas en Scotland Yard.

—Hay algo más que debería saber, inspector —admitió el jefe.

—Vaya por Dios. ¿Qué diantres ha hecho ahora? —Petleigh parecía haber recobrado su habitual seguridad en sí mismo.

—Barnett vio a Coyle con el asesino de Martha en una cafetería.

El inspector se quedó callado durante varios segundos al oír aquello.

—¿Está seguro de eso?

—Los vi con mis propios ojos —afirmé yo—, y daba la impresión de que eran muy amiguitos.

Petleigh asintió durante un largo intervalo con la mirada perdida, el tictac de un reloj de mesa era lo único que quebraba el tenso silencio.

—Eso no augura nada bueno, caballeros —dijo al fin.

Eran las nueve de la noche cuando nuestro ómnibus volvió a cruzar el río. El jefe y yo estábamos sentados muy apretados el uno contra el otro en un asiento doble del primer piso, yo tenía las piernas en el pasillo debido al tamaño de su trasero. No quedaba ni un solo asiento libre.

—¿Por qué ha invitado a Petleigh a comer a su casa? —le pregunté en un momento dado—. Yo creía que no le caía bien.

—Puede que le haya juzgado mal.

—Me resulta extraño que haya cambiado de opinión con tanta facilidad.

El ómnibus se detuvo en ese momento y el apiñamiento fue a más conforme fueron subiendo más pasajeros. El jefe esperó a que el vehículo retomara la marcha antes de contestar.

—Estamos metidos en un asunto peliagudo, Norman. Nos vendrá bien contar con un aliado en la policía.

—Petleigh no es tan mal tipo, pero usted nunca pudo ver sus cualidades.

Él contestó con un bufido burlón y después decidió que había que empezar a preguntar por Thierry esa misma noche en los pubs y bares cercanos al Beef. Era algo que tendríamos que haber hecho en un primer momento, y así habría sido si el asesinato de Martha no nos hubiera desviado de nuestro curso inicial. Nos separamos en St. George's Circus después de que el uno le recordara al otro que había que ir con cautela y estar alerta por si alguien nos seguía. Teniendo en cuenta que sabíamos que había unos tipos sueltos que podrían hacernos lo mismo que al poli, supongo que lo más sensato habría sido que permaneciéramos juntos, pero había muchísimo terreno por cubrir y teníamos la sensación de que se nos estaba agotando el tiempo. Seguro que Cream o los fenianos no tardaban en enterarse de que nosotros habíamos estado haciendo preguntas.

Yo debía encargarme del triángulo de calles comprendido entre Blackfriars Road y Waterloo Road mientras que el jefe, al que le dolían de nuevo los pies por culpa de los apretados zapatos, se ocupaba de la zona más reducida que quedaba entre Waterloo Road y Westminster Bridge Road. Me tomé una pinta y un poco de pastel de cordero en el primer pub al que entré, donde nadie recordaba a un joven francés, y obtuve la misma respuesta en los cinco lugares siguientes. Me tomé otra pinta y, como me dolía de nuevo el brazo, opté por tomar también otra dosis de Black Drop y no tardé en empezar a sentirme mejor. Nadie se acordaba de un francés al que le gustaba tomarse algún que otro trago en New Cut, ni en Cornwall Road, ni en los pestilentes y violentos pubs de Broad Wall. Llegué finalmente a Commercial Road, la última calle que quedaba antes de llegar al río, donde se encontraban los pubs cuya clientela principal procedía de los muelles y los almacenes. Estaba cansado, y mi tarea quedó completada tras entrar en seis pubs más. Nadie recordaba a Thierry Cousture.

29

Cuando llegué a la mañana siguiente a Coin Street, me encontré con un gran revuelo de gente. La policía había colocado barreras para impedir que pasaran los vehículos y había dos carros de bomberos a media calle; conforme iba abriéndome paso a toda prisa entre aquella aglomeración de curiosos, el olor a madera quemada fue intensificándose hasta que al final vi el humo que ascendía desde el tejado de la panadería. Había bomberos entrando y saliendo a la carrera del edificio mientras otros bombeaban agua, una manguera se internaba en la callejuela lateral y otra entraba por la puerta. Las ventanas habían estallado, el interior de la panadería estaba negro.

Luché a empellones por llegar al otro lado de la calle, y vi al jefe y a Ettie sentados en la puerta de la cafetería de Church. El uno estaba comiéndose una enorme rebanada de pan con queso, tenía el rostro tiznado y el pelo revuelto; la otra estaba pálida y callada, temblando de pies a cabeza. Ambos tenían una manta sobre los hombros.

—¡Norman! —exclamó ella al verme. Agarró mi mano y se aferró a mí con fuerza—. ¡Ha sido horrible! ¡Han tenido que sacarnos por la ventana! —Se puso a toser sin soltarme la mano.

—Había mucho humo —comentó el jefe, con la boca llena, antes de toser también.

—¿Qué ha pasado?

—No nos hemos enterado de nada hasta que los bomberos han roto de repente la ventana del dormitorio y nos han despertado —contestó él resollando—. Nos han bajado a cuestas por una escalera, ¡nos han salvado la vida!

—¿A cuestas?

—Estábamos medio inconscientes por el humo, Norman. —Tuvo un súbito ataque de tos y me entregó el desayuno mientras intentaba controlarse.

—¿Cómo se ha originado el fuego?

—Los bomberos han encontrado botes de parafina —me contestó Ettie antes de soltar mi mano—. Quienquiera que haya sido, ha entrado por una ventana de la panadería.

Me sostuvo la mirada, y fue en ese preciso momento cuando cambió la percepción que tenía de ella. Se la veía sorprendentemente delicada y refinada sentada en aquel taburete con el rostro manchado de hollín, y puede que también un poco vulnerable. La mujer que había irrumpido en el saloncito del jefe con el estuche de su tuba parecía otra persona.

Me volví hacia el jefe, que había parado de toser, y le devolví su rebanada de pan con queso antes de preguntar:

—¿Quién cree que habrá sido?

Él se llevó un dedo a los labios para indicarme que guardara silencio y me indicó en voz baja:

—Entremos dentro un momento, Barnett.

—¡Por el amor de Dios, William! —exclamó Ettie con exasperación. Se llevó la mano al pecho y sofocó un nuevo arranque de tos—. ¡Deja ya de intentar protegerme! En Afganistán vi más cosas horribles de las que puedas llegar a imaginar, y ahora he estado a punto de morir. ¡Me parece que tengo derecho a que no se me excluya!

El jefe asintió y admitió, con ojos llenos de tristeza:

—La gente a la que hemos estado siguiéndole la pista parece haber averiguado dónde vivo, Ettie. Ya no es seguro que permanezcamos aquí.

—¿Quién es esa gente?

—Los hombres de Cream, los fenianos, Longmire. Hay donde elegir —afirmó él con un pesaroso suspiro.

—¡Cielos! ¡Y quieren matarnos!

—No lo van a conseguir, hermana. No voy a permitírselo. Vamos a tener que encontrar otro alojamiento hasta que se repare todo este destrozo, no sabrán a dónde hemos ido.

Una horda de niños emergió entre el gentío y pasó corriendo a nuestro alrededor rumbo al otro lado de la calle.

—¿Estamos asegurados? —preguntó ella, una vez que los niños hubieron pasado.

Arrowood se mordió el labio y agachó la mirada antes de contestar.

—No te enfades, Ettie, pero me temo que el año pasado no pude permitirme pagar el recargo. En esa época no teníamos demasiado trabajo.

—¡Por Dios, William, qué insensatez la tuya! —exclamó mientras se arrebujaba bajo la manta aún más.

—Es que no tenía el dinero necesario, Ettie.

—Bueno, pues yo puedo pagar las obras de reconstrucción. Tengo algunos ahorros.

—¿De veras? ¡No me lo habías dicho!

—¡He dicho que yo costeo los gastos! —le espetó ella con sequedad.

El jefe se volvió y golpeteó con los nudillos la ventana de la cafetería.

—¡Albert, sal un momento! —Cuando el panadero salió segundos después con aspecto decaído y cansado, le preguntó sin más—: ¿Dónde vives?

—En Mint Street, junto al hospicio.

—¿Podrías hospedarnos a mi hermana y a mí un par de semanas? ¿Cuántas habitaciones tenéis?

—Solo dos para nosotros cuatro, señor Arrowood. Tenemos poco espacio.

—Tus hijos pueden dormir contigo y con tu esposa en una, y nosotros dos en la otra.

Albert, que era un hombre al que no le gustaba tomar ese tipo de decisiones por sí mismo, lo miró titubeante, y el jefe añadió:

—Os pagaremos la mitad de lo que os cuesta el alquiler mientras estemos allí.

El panadero cambió el peso de un pie a otro con nerviosismo y se rascó la cabeza.

—Pues..., sí, supongo que pueden venir. Pero será algo temporal, hasta que las obras terminen.

—Ahora que lo pienso, no es justo que paguemos la mitad. Vosotros sois cuatro y nosotros dos, así que sería un tercio del alquiler. ¿Estás de acuerdo?

Albert titubeó de nuevo y frunció el ceño mientras se estrujaba el cerebro intentando hacer cálculos, pero el jefe asintió y siguió hablando sin darle opción a responder.

—¡Perfecto! Informa tú mismo a la señora Pudding.

El problema era que la aludida lo había oído todo desde la puerta de la cafetería y procedió a intervenir con firmeza.

—No pueden quedarse en nuestra casa, señor Arrowood. Mi hermana y sus tres hijos vienen mañana, no hay espacio para dos personas más.

—No pueden venir, señor Arrowood. No hay espacio —asintió Albert.

El jefe soltó un largo suspiro y contestó con resignación:

—Bueno, entonces le pediré a Lewis que nos dé alojamiento.

—¿Dispone de espacio suficiente? —preguntó Ettie.

—Tiene una casa en Elephant and Castle.

—¿Es propietario de una casa? —pregunté yo sorprendido—. ¿Cómo pude ser?, ¡si en la armería compra más de lo que vende!

—Su padre era orfebre, le dejó la casa en herencia —me explicó él.

—Entonces no entiendo por qué no es orfebre como su padre, ¿por qué está intentando ganarse la vida en esa vieja armería?

El jefe se quitó la manta de los hombros y la dejó caer sobre el regazo de su hermana.

—Su padre le enseñó el oficio, pero Lewis dice que carecía de la precisión necesaria incluso cuando podía usar ambos brazos; además, siempre le han encantado las armas. Desde niño eran su único interés.

En ese momento un hombre al que conocíamos muy bien emergió de entre el gentío. Iba vestido con bombín, pantalones a cuadros y levita negra, y sostenía en la mano un bastón de madera de cerezo. El jefe me aferró el brazo con fuerza al verle.

—Volvemos a encontrarnos, caballeros.

El hombre que hablaba no era otro sino Stanley Cream, que esbozó una sonrisa que dejó al descubierto los dientes más blancos y perfectos de toda la ciudad. Llevaba el rostro rasurado y olía a perfume. Tras él apareció Boots, que me sostuvo la mirada mientras en su horrible jeta aparecía una sonrisita burlona. El tipo estaba regodeándose intentando recordarme que me había molido a palos la última vez que nos vimos, cuatro años atrás; si me había ganado fue única y exclusivamente porque yo había resbalado por culpa de la cerveza que se encontraba derramada por el suelo, pero lo más probable era que él ya no se acordara de eso. Le sostuve la mirada mientras por dentro ardía de furia, mi miedo quedó en un segundo plano ante las ganas que tenía de machacarle la cara a puñetazos.

—¡Pagará por esto, Cream! —exclamó el jefe. Su dificultad para respirar se agudizó aún más por culpa de los nervios, y se cubrió la boca con un pañuelo al empezar a toser otra vez.

—Pues yo creo que va a ser usted quien pague, señor Arrowood —contestó Cream con una pequeña carcajada. No era uno de esos que hablaban con un falso acento refinado, el suyo era real. Quién sabe cómo había acabado por dedicarse a aquel tipo de negocios—. Me temo que reparar los daños que ha sufrido su casucha va a ser una ardua tarea. Debo decir que se le ve a usted patético sentado ahí, con la cara tiznada. ¿Es esta su esposa?

—Soy su hermana —contestó Ettie.

—Mi querida señora, ¡y pensar que podría haber muerto! —Cream dijo aquello con una voz que rezumaba una falsa conmiseración.

Ella se levantó del taburete y le preguntó con valentía:

—¿Es usted el culpable de lo ocurrido?

—¿Es también investigadora, señora?

—Soy enfermera.

—¡Admirable, realmente admirable! —Su indolente sonrisa se esfumó cuando posó la mirada en mí, su voz se volvió dura como el acero—. Les dije que no volvieran a acercarse a mí. Fui muy claro al respecto, señor Barnett. Ustedes dos han estado molestando a mis conocidos, así que escúcheme con atención: desistan. Olvídense de todo esto o nos veremos obligados a hacer algo muy desagradable..., muy pero que muy desagradable. ¿Está claro o quieren que Boots, aquí presente, se lo traduzca?

—Estamos buscando a Thierry Cousture —contesté yo—. Trabajaba en sus cocinas, Cream. ¿Sabe dónde está?

—No. El joven Terry desapareció hace unas semanas sin avisar, me enfadé porque nos quedamos cortos de personal. —Dio varios golpecitos contra la bota con el bastón—. Sí, me enfadé mucho, así que a mí también me encantaría encontrarle.

—¿Qué trabajo hacía para usted? —le pregunté.

Él chasqueó la lengua y miró al jefe.

—Si le encuentran, quiero saberlo. Es importante que hable con él. Pero no se acerquen a mis conocidos. Tiene suerte de estar con vida, señor Arrowood, pero no será tan afortunado la próxima vez. Eso se lo garantizo.

Alzó el bastón, lo hincó con suavidad en el vientre del jefe y luego dio media vuelta y se alejó entre el gentío junto con Boots.

—Comprueba si hay alguno más por aquí —me pidió el jefe, con la respiración agitada, antes de ponerse en pie.

Ettie se puso a toser de nuevo mientras recorría con ojos llenos de ansiedad la variopinta multitud, y yo me dirigí hacia el fondo del gentío y fui avanzando con cautela, escudriñando los rostros para asegurarme de que no hubiera algún hombre de Cream a la espera de poder atacarnos.

Al otro lado de la calle me encontré con Neddy, que me preguntó con preocupación:

—¿Está bien el señor Arrowood? —Se le veía asustado. Llevaba la sucia cabecita cubierta con una gorra de hombre cuya visera estaba medio rota y le caía sobre un ojo.

—Los dos están bien, Neddy. ¿Qué tal tienes la boca?

Sonrió de oreja a oreja, y dejó al descubierto el oscuro hueco que tenía entre los dientes frontales.

—Estoy muy guapo así, ¿verdad?

Me eché a reír, aunque era una risa fingida. Ver a Cream me había puesto muy nervioso.

—¿Cómo está tu madre, hijo?

—Hoy tiene uno de sus días malos, tengo que conseguirle algo de dinero.

—Me parece que el señor Arrowood va a necesitar hoy tu ayuda. —Lo conduje hasta la cafetería y encontramos al jefe sentado de nuevo en el taburete.

—Siento que haya tenido problemas, señor —le dijo el muchacho.

Él sonrió y le dio unas palmaditas en la cabeza.

—¿Hoy te toca vender panecillos, mi querido muchacho?

—A partir de las cuatro, pero puedo ayudarle antes de esa hora.

—Vas a tener que tirar de una carretilla. ¿Puedes hacerlo llevando esos zapatos tan grandes? Anda, átate los cordones.

Neddy se inclinó para atar los cordones de los disparejos zapatos de adulto que llevaba puestos.

—Cuando los bomberos nos permitan volver a entrar, empacaremos algunas cosas y nos trasladaremos a nuestro nuevo alojamiento —añadió el jefe—. Pero antes de nada dime cómo te encuentras después de la aventura que viviste, muchacho. Ya sabes que estas cosas pueden afectar más a nuestra mente que a nuestro cuerpo, ¿duermes bien? ¿Has tenido alguna pesadilla?

—No, señor, no recuerdo haber tenido ninguna.

—Bien, me alegro. ¿Te sientes melancólico?

—Soy el de siempre, no se preocupe por mí.

—¿Has sentido terror de repente? —Sonrió al verle negar con la cabeza—. ¡Bien, perfecto! ¡Eres todo un soldado, muchacho! Sí, eres un soldadito de primera, y un ejército debe cuidar de sus soldados. —Se levantó apoyándose en mi brazo y a continuación se volvió a mirarnos—. Voy a hablar con Lewis; Ettie, tú quédate aquí con Neddy y empacad algunas cosas cuando os dejen entrar, pero que os custodie un agente en todo momento. Ahora debemos tener mucho cuidado, permanece atenta por si hay alguien vigilándote.

—No te preocupes por mí, hermano. Puedo cuidar de mí misma.

—No te olvides de coger mi retrato. Regresaré a por vosotros en breve.

—¡Yo vigilaré muy atento, señor! —le aseguró Neddy.

—¡Buen chico! Recordad que no hay que decirle a nadie dónde vamos a hospedarnos. Barnett, será mejor que tú sigas indagando en los pubs, pero ándate con mucho cuidado. No te descuides, es posible que alguien te siga y quiera aprovechar para atacarte cuando estés solo.

—¿Cómo está su brazo, Norman? —me preguntó Ettie.

—Mucho mejor, mientras que no lo mueva demasiado.

Ella sonrió, y dio la impresión de que las arrugas de expresión de su rostro estaban dibujadas con hollín negro. Yo bajé la mirada porque, por alguna extraña razón, su preocupación por mí me entristecía.

—Pues procure no hacerlo —me dijo.

—Nos vemos en The Fontaine a las seis, Barnett —me dijo el jefe—. Tenemos que informar de nuestros avances a la señorita Cousture, nos ha dejado varios mensajes.

—¿Quiere que yo también vaya? —se ofreció el pequeño Neddy.

—No, mi pequeño soldadito. Ayúdanos hasta las cuatro, y será mejor que después te centres en vender algunos panecillos.

En esa ocasión me encargué de los pubs situados entre Blackfriars y Borough High Street, pero al final de la jornada no había obtenido resultados y me dolían los pies. Nadie se acordaba de un joven francés de cabello de color dorado como el trigo; de hecho, no se acordaban de ningún francés.

Ya estaba a punto de anochecer cuando abrimos la puerta del estudio de Fontaine. La señorita Cousture estaba tras el mostrador y nos miró con semblante severo.

—He ido a buscarles, caballeros, ¿por qué no han venido a verme? Les he enviado dos mensajes.

—Han ocurrido muchas cosas, *mademoiselle* —le explicó el jefe—. Teníamos que seguir el rastro cuando aún estaba reciente.

—¿Hablaron con Milky Sal?

—No, no nos lo permitieron.

El enfado que se reflejaba en los ojos de la dama se desvaneció y dio paso a la decepción, y el jefe añadió:

—¿Se encuentra aquí su jefe?

—No, ha salido a llevar unas fotografías a un cliente.

—¿Fotografías privadas?

—Eso creo.

—Esas fotografías... ¿las ha visto usted alguna vez?

—Él mantiene esa parte del negocio al margen, pero sí, las vi una vez. Miré en su maletín.

—¿Dónde suele guardarlas?

—En su casa. Hace las sesiones de fotos de noche, cuando yo no estoy aquí.

—¿Él le ha pedido alguna vez que participe en ellas?

—¡No! ¿Cómo puede preguntarme algo así?

—Tan solo estoy intentando darle sentido a todo esto. No se ofenda, por favor.

Ella cerró los ojos y sacudió la cabeza como si estuviera intentando quitarse la idea de la mente.

—Cuénteme qué es lo que ha averiguado, *monsieur* Arrowood.

El jefe le contó lo sucedido con Longmire y que habíamos secuestrado a sir Herbert, y estaba relatando lo del robo y lo que nos había dicho Gullen cuando ella le interrumpió.

—Ese tal sir Herbert..., hábleme más de él.

—Trabajaba de intendente general en el Departamento de Guerra. Gran mansión, carruaje.

—¿Edad?

—Unos cincuenta.

—¿Aspecto físico?

El jefe me lanzó una mirada de desconcierto antes de contestar.

—Bajito, calvo. Cara redondeada.

—Gordo —añadí yo.

—¿Ha oído hablar de sir Herbert Venning, señorita?

—No.

Él intentó de nuevo lo de mirar en silencio con ojos cálidos y comprensivos, pero no le funcionó.

—Usted nos está ocultando algo, señorita —dijo al fin.

—No. —Se cruzó de brazos.

—No sería la primera vez que nos miente.

—Le he dicho que no estoy ocultándoles nada, *monsieur* Arrowood —afirmó claramente enojada—. Y ahora quiero que me hable de Longmire. ¿Él también es bajito?

—¿Por qué lo pregunta? ¿Conoce el nombre?

—Puede que le viera con mi hermano.

—Tiene una estatura media.

Le dio un súbito ataque de tos y se aferró al mostrador con los ojos cerrados hasta que se le pasó, así que yo me encargué de seguir con la descripción.

—Bastante delgado, lleva monóculo. Tiene un lunar junto al ojo, del tamaño de una moneda de seis peniques.

280

Los ojos de la señorita Cousture centellearon por un instante como si un espíritu hubiera pasado relampagueante por ellos.

—¿Lo reconoce? —le preguntó el jefe, antes de apartar un retrato para poder sentarse en un taburete que había junto a la puerta.

Ella negó con la cabeza y, mientras él relataba lo de la muerte de Venning, permaneció callada mirando por la ventana con la espalda erguida y los hombros tensos. Carraspeó dos veces y tomó una taza de agua que había sobre el mostrador, yo no habría sabido decir si realmente estaba escuchando al jefe o no. Se limitó a asentir cuando él describió el incendio de la panadería.

—¿Vio alguna vez a los amigos con los que su hermano salía de copas, señorita? —le pregunté.

—No —contestó, con voz ligeramente ronca—, nunca le vi con nadie.

—¿Sabe usted dónde solía ir a beber?

Ella se encogió de hombros y bajó la mirada hacia el mostrador. Se la veía débil, como si se hubiera quedado sin sangre.

—Intentaba hacerme creer que no bebía —admitió con voz suave. Se hizo un silencio que fue alargándose hasta que añadió al fin—: Eric regresará pronto, deben irse.

—Vamos a encontrar a su hermano, eso téngalo por seguro —afirmó el jefe, antes de levantarse del taburete—. Regresaremos cuando tengamos más información.

Permanecí en el estudio mientras él salía a la calle. Ella dirigió la mirada hacia mí y vi que sus ojos parecían estar apagados y sin vida. Llevaba el cabello recogido en lo alto de la cabeza con abandono y el cuello alto de su blusa tenía el borde de los volantes sucios, pero todo ello no hacía sino acentuar aún más su belleza. Noté el cosquilleo del sudor que empezó a formarse bajo el cuello de mi camisa.

—Nos hace falta otro pago, señorita —dije al fin.

30

Retomamos el recorrido por los pubs a la mañana siguiente. El jefe se encargó de las calles situadas al sur de Westminster Bridge Road, yo la sección entre New Kent Road y Great Dover Street. Se le habían quemado los zapatos en el incendio y en ese momento llevaba puestos unos que Lewis le había prestado, y que le daban una nueva razón para quejarse de cuánto le dolían los pies. No cojeaba tanto como cuando tenía un ataque de gota de verdad, así que dejé que siguiera refunfuñando a gusto.

Cuando nos encontramos en la cafetería de la señora Willows al mediodía, el cielo se había tornado gris y el aire era sofocante. Él tuvo que regresar a sus habitaciones para encargarse del tema de los albañiles, y yo seguí con lo de los pubs. En esa ocasión tomé las calles que abarcaban desde Bethlem hasta The Oval, pero nadie conocía al joven francés. Me tomé un par de cervezas para que el día pasara de forma más llevadera. En un lugar llamado The Bear, sentado en un rincón oscuro, había un tipo encorvado, un tipo pálido y menudo al que estaba seguro que había visto antes en la calle. Noté el peso de su mirada en la espalda cuando me acerqué a la barra, y giró la cabeza cada vez que le miré mientras fingía que estaba hablando solo. Me bebí mi pinta con rapidez y, tras salir del pub, me escondí detrás de un carro que estaba aparcado a un par de puertas de distancia. El tipo salió de inmediato, se detuvo en medio de la calle y, tras mirar a derecha e izquierda, soltó una imprecación y se dirigió a toda prisa hasta el cruce, donde se detuvo de nuevo y miró a ambos lados antes de darse por vencido y regresar al club a paso lento. Me planteé entrar tras él y obligarle a confesar qué se traía entre manos, pero al final decidí que lo único que iba a lograr con eso era dificultar aún más las cosas y que era mejor proseguir con mi tarea.

El brazo empezó a dolerme de nuevo cuando se puso a llover, así que me tomé otra dosis de Black Drop que contribuyó a facilitarme un poco más las cosas. Para cuando dieron las seis había estado en todos y cada uno de los pubs y bares situados a media hora de distancia del Beef y decidí ampliar la zona de búsqueda, ir más al este y adentrarme en las zonas más pobres aledañas a Tabard Street. A las diez de la noche, en un antro que tenía forma de cuña situado en el sótano de una desvencijada casa de vecinos, tuve suerte por fin.

—Antes solía venir uno, vaya pieza estaba hecho —me dijo el barman, que tenía sobre el hombro el trapo más sucio que había visto en toda mi vida—. Hace bastante que no le veo.

—¿Sabe dónde puedo encontrarlo?

—Pregúntele a su amigo, siempre estaban juntos.

Indicó con el trapo a un tipo que estaba junto al piano, sentado encorvado en un banco. Llevaba puesto un chaleco hecho para un gordo a pesar de ser flaco como un palo, su sombrero estaba doblado, su barba estaba costrosa y salpicada de claros, y tenía ante sí una jarra de cerveza vacía.

Compré dos pintas y cuando me acerqué a él me miró con ojos lacrimosos. Al verle de cerca me di cuenta de que era mucho más joven de lo que aparentaba, debía de tener unos veinte años. Estaba borracho y desnutrido.

—Estoy buscando a Terry. —Le puse una jarra delante y me senté—. El barman dice que eres amigo suyo.

Él tardó bastante en contestar.

—No le veo hace tiempo —farfulló al fin.

—¿Dónde puedo encontrarle?

—En ninguna parte.

—Su hermana le está buscando, está preocupada por él.

Él soltó una carcajada antes de beberse media jarra de cerveza. Bajo el gigantesco chaleco llevaba puesta una camiseta sucia, tenía sangre reseca en la comisura del labio.

—¿Qué te hace tanta gracia? —Al ver que sacudía la cabeza como si yo estuviera diciendo absurdeces, opté por preguntar—: ¿Cuándo le viste por última vez?

—Pues..., eh... —Alzó una mano y la agitó en el aire como si pensara que estaba rodeado de moscas, su cabeza osciló de un lado a otro—. Hace... un mes, puede. O dos. Pero se largó.

—¿A dónde fue?

—No sé, se fue sin más.

—¿Por qué?

—No lo sé, amigo, no lo sé. —Apuró la jarra—. Se esfumó.

Me saqué un chelín del bolsillo y lo dejé sobre la mesa, se quedó mirándolo como si fuera incapaz de enfocar la vista.

—Esto es tuyo si me dices dónde está.

Él tardó un momento en hablar.

—En Hassocks, cerca de Brighton. Trabaja en una panadería.

—¿Cómo lo sabes?

—Pues porque me lo dijo.

—¿Por qué se marchó de la ciudad?

—Problemas con el jefe.

—¿Qué problemas?

—No lo sé, pero estaba muy asustado. Eso te lo he dicho gratis.

Se disponía a agarrar la moneda cuando yo estampé mi mano sobre la suya contra la mesa para detenerlo.

—¿Te dijo algo sobre el Barrel of Beef? Sobre algo que estuviera pasando allí?

Me miró ceñudo y cerró los ojos; cuando se puso a hablar, la oscilación de su cabeza bastó para marearme un poco.

—No hablábamos nunca del trabajo. Solo bebíamos, hablábamos de mujeres y de caballos... Me dijo que tenía problemas, solo eso.

—¿No le preguntaste qué era lo que le pasaba?

—No me lo quiso explicar. —Se llevó la mano a la barriga con una mueca al soltar un eructo que logró hacerle abrir los ojos de golpe.

Yo empujé la moneda hacia él por encima de la mesa y le comenté:

—Un chelín. El precio de tu amistad, muchacho. Menos mal que no le busco para cargármelo.

Se quedó mirándome con aquellos ojos lacrimosos y enrojecidos, con la cabeza oscilando lentamente. Se sintió insultado por mis palabras, pero estaba tan borracho que le dio igual. Agarró la moneda y se dirigió tambaleante hacia la barra.

Tomamos el tren rumbo a Brighton al mediodía. Había estado lloviendo durante toda la mañana y en esa ocasión no era mucha la gente que viajaba hacia el sur. El jefe estaba sentado en el borde del asiento, nervioso y preocupado. El día anterior, mientras empacaba sus cosas, había llegado otra carta de Isabel en la que ella proponía que se encontraran al día siguiente al mediodía en el restaurante Imperial. Era un lugar del West End donde la comida salía bastante cara, pero Isabel siempre había sido de la opinión de que estaba hecha para algo mejor.

—Si ella va a regresar, mi hermana tendrá que buscarse otro lugar donde vivir —comentó, con la mirada puesta en las hileras de tejados grises que se sucedían al otro lado de la ventanilla—. ¿Podríais darle alojamiento tu esposa y tú hasta que encuentre algún lugar adecuado?

—Solo tenemos una habitación.

—¡No me digas! Estás de broma, ¿verdad? ¿Vivís en una habitación?

—No podemos permitirnos pagar por algo más espacioso —le espeté con frialdad.

Él suspiró y me dijo contrito:

—Te pido disculpas, Norman. No me había dado cuenta de que vuestra situación era tan difícil.

No volvimos a hablar hasta que dejamos atrás las afueras de la ciudad y nos adentramos en la campiña. El tren se paró en una estación vacía y no subió nadie.

—William, usted sabe perfectamente que es posible que ella no tenga intención alguna de regresar —le advertí cuando nos pusimos en marcha de nuevo. Lo dije porque estaba preocupado por él, pero percibí en mi propia voz una nota de crueldad que me sorprendió.

—Ya lo sé —afirmó mientras veía pasar los verdes campos de Sussex—. Me conformaré con la alegría de volver a verla.

Hassocks era un agradable pueblecito cuya estación de tren se encontraba al final de la calle principal. Nos dirigimos a la única panadería del lugar y la mujer que estaba detrás del mostrador con un bebé en brazos nos dijo que Thierry estaba en el obrador que había en el patio trasero, así que salimos de nuevo a la calle y tomamos una callejuela lateral hasta llegar a una entrada que básicamente era un hueco en el muro. El obrador se encontraba en un pequeño patio salpicado de hierba, y tenía las puertas bien abiertas para dejar entrar algo de aire. Nos dirigíamos hacia allí cuando vimos salir a un joven que llevaba puesto un delantal blanco y cargaba al hombro una bandeja de pan. Su cabello era de color dorado como el trigo, y tenía una vívida cicatriz en la oreja que estaba junto a la bandeja de pan.

—Thierry.

Al oír aquel nombre en boca del jefe, el hombre se detuvo y nos miró con suspicacia por un momento antes de preguntar, con un fuerte acento francés:

—¿Quiénes son ustedes?

—Yo soy el señor Arrowood y él mi ayudante, el señor Barnett. Tu hermana nos contrató para que te encontráramos.

—Voy a llevar el pan —contestó con suma cortesía—. Esperen aquí, ahora vuelvo. —Salió del patio sin prisa, con toda naturalidad.

—Síguele, Barnett —me ordenó el jefe.

Salí a la calle justo a tiempo de verle dejar la bandeja frente a la tienda, dar media vuelta y echar a correr... Me interpuse en su camino y se dio de bruces contra mí. Le doblé el brazo con rapidez y se lo puse a la espalda hasta arrancarle un grito, y le obligué a regresar al patio. Era más joven que yo, pero no era musculoso ni mucho menos.

—Ha intentado huir, señor —le dije al jefe.

—Qué descortés por tu parte, Thierry. Venimos desde Londres.

—¡Por favor, señor! —exclamó, con el rostro macilento y la camisa empapada de sudor—. ¡No voy a darle problemas al señor Cream! Vine aquí para alejarme de todo. ¡Lo juro, señor! ¡Me mantendré alejado, no le daré problemas!

—No nos envía él —le aseguró el jefe, con voz suave y tranquilizadora—. Ya te he dicho que venimos de parte de tu hermana, no tienes nada que temer de nosotros.

El joven echó el otro brazo hacia atrás con fuerza y logró darme un fuerte golpe en la cara que hizo que le soltara por un momento. Intentó huir, pero le hice una zancadilla y cayó al suelo. Me dolía tanto la nariz que pensé que a lo mejor estaba sangrando, así que me abalancé sobre él con más fuerza de la necesaria y el impacto no le hizo ningún bien a mi brazo.

—¡No seas necio! —le siseé al oído mientras se debatía bajo el peso de mi cuerpo—. ¡Estamos de tu parte! ¡Nos envía tu hermana! —Le obligué a ponerse en pie.

—¡Seguro que trabajan para Cream! —protestó al borde de las lágrimas.

—¡Escúchame bien —le ordenó el jefe—, tu hermana nos encargó que te encontráramos! ¡Hemos venido a ayudar!

—¡Eso no es verdad! ¡Ella sabe que estoy aquí!

—Thierry, muchacho, te aseguro que ella nos contrató para que te encontráramos.

—¿Por qué habría de hacerlo? ¡Fue ella la que me ayudó a encontrar alojamiento aquí!

Era muy inusual que el jefe y yo nos quedáramos sin palabras, pero en ese momento sucedió. Nos quedamos mirándole boquiabiertos, intentando encontrarle algún sentido a lo que acababa de decirnos.

—¡Ella sabe que estoy aquí! —insistió.

—No nos mientas, Thierry —le dijo el jefe—. Tu hermana ya nos ha engañado lo suficiente.

—¡Lo juro, señor! Ella vino conmigo desde Londres, pagó mi primera semana de alquiler.

Mi paciencia se agotó. Le solté el brazo, le obligué con brusquedad a que se volviera hacia mí y entonces le crucé la cara con el dorso de la mano con tanta fuerza que se desplomó al suelo con un grito de dolor.

—¿Era necesario que hicieras eso, Barnett? —me preguntó el jefe.

—¡Estoy hasta las narices de que todo el mundo nos mienta!

Thierry se alejó a rastras de mí para que no pudiera patearle, se cobijó entre un tonel y el muro del patio, y exclamó con desesperación:

—¡Yo no miento, es la verdad! Ella sabe que estoy aquí, no sé lo que les habrá dicho.

—¿Por qué nos contrató entonces para que te encontráramos? —le gritó el jefe.

El muchacho estaba sangrando por la boca. Se llevó las manos a la cara y me miró como un perrito asustado.

—¡Pregúntenselo a ella! ¡No lo sé!

—Bueno, entonces intenta pensar en alguna posible explicación. Ayúdanos, Thierry.

—¡No sé nada, señor!

El jefe me hizo un gesto de asentimiento antes de que nos diera la espalda.

Yo me acerqué al joven, lo alcé a la fuerza y lo llevé de vuelta al obrador. Él se resistió con todas sus fuerzas, pero fue en vano. En la puerta de hierro del horno había una ventanita, en el interior se veía el brillo anaranjado de la madera.

—El horno está muy caliente, ¿verdad? —comenté.

—¡No! ¡Por favor, no! —gritó entre sollozos.

Le agarré del pelo, le eché la cabeza hacia atrás de golpe y le obligué a avanzar. Abrí la puerta del horno con una mano y el ardiente calor me dio de lleno. Él se resistió lo mejor que pudo, agitaba los brazos e intentaba golpearme, pero yo era el más fuerte de los dos y fui acercando su rostro hacia la puerta del horno poco a poco. No se dio por vencido hasta que estuvo a unos quince centímetros de distancia.

—¡Vale! ¡Vale, se lo diré!

Le obligué a dar media vuelta y lo saqué de nuevo al patio, era un alivio poder alejarme de aquel calor tan horrible. El jefe, que se había sentado en un tonel y estaba fumando un cigarro, dijo con calma:

—Dinos la verdad, muchacho.

Yo lo solté y le sacudí un poco la ropa. El pobre estaba temblando, tenía la cara enrojecida y húmeda y la boca manchada de sangre.

—¿Por qué nos contrató tu hermana? —le pregunté.

—Quiere recabar información sobre el señor Cream —admitió mientras intentaba recobrar el aliento—. Yo estaba ayudándola, pero tuve que escapar. Corría demasiado peligro si me quedaba en el Beef.

—¿Por qué?

—Me ordenaban que entregara unas cajas, siempre las tenían en el sótano. Una vez encontré cajas llenas de rifles y balas, estaba mirando dentro cuando uno de ellos, el señor Piser, bajó y me vio. Se enfadó mucho, me aporreó y me tiró al suelo, me pateó la espalda y la cara y me dejó encerrado allí hasta que llegara el señor Cream, pero yo tenía un amigo en la cocina y vino a buscarme al ver que no volvía.

—¿Harry?

—Sí, él me dejó salir. Y ya está. No volví al Beef, he visto algo que no debía. Así que vine a este lugar para que no me encontraran.

—¿Te llevaste una bala?

—Sí, por si podía usarla contra ellos.

—Hablamos con Harry, no nos contó nada de todo esto.

—Le pedí que no se lo dijera a nadie.

—Es un buen amigo —afirmó el jefe—. ¿Para quién eran los rifles?

—No lo sé, señor.

—¿De dónde los sacó el señor Cream?

—No había oído hablar de ellos hasta que abrí la caja.

—¿Le diste la bala a Martha?

—¿Ustedes hablaron con ella? —Su mirada se agudizó—. ¿Cómo está? No ha venido a verme desde que me marché, no ha venido ni una sola vez.

—¿No te has enterado? —El jefe lo preguntó con cautela y lo miró con una profunda compasión.

—¿De qué? —susurró el joven, aterrado.

El jefe le puso una mano en el hombro.

—Lo siento muchísimo, hijo, pero Martha fue asesinada. Habíamos acordado vernos con ella para hablar, la acuchillaron mientras nos esperaba.

El muchacho se derrumbó. Se limpió la sangre de los labios, se aferró la frente, abrió la boca para decir algo y volvió a cerrarla, y finalmente empezaron a caerle las lágrimas.

Estuvimos un buen rato sentados en el patio con él, acompañándole en silencio. La mujer de la panadería vino al patio, pero al verlo frunció los labios, dio media vuelta y se fue.

El cielo se despejó un rato, pero no tardaron en llegar nuevas nubes blancas que fueron seguidas por otras de color grisáceo. El jefe suspiró antes de tomar de nuevo la palabra.

—Lo lamento de verdad, Thierry. Estamos intentando

averiguar quién la asesinó, pero tenemos que hacerte más preguntas. ¿Estás en condiciones de responder?

El joven asintió mientras mantenía los ojos cerrados.

—¿Por qué le diste la bala a Martha?

—Por si me pasaba algo —lo dijo con voz suave, atragantándose con las palabras.

—¿Por qué no se la diste a tu hermana?

—Debía lograr que Martha me creyera, que creyera que yo estaba en peligro —susurraba, se cubría los ojos con una mano—. Ella pensaba que estaba abandonándola, no se creía que yo la amaba. Porque soy francés, la gente cree que somos unos mujeriegos.

Se echó a llorar otra vez.

—Thierry, ella sabía que la amabas —le aseguró el jefe con voz suave—. Fue al lugar que habíamos acordado, pero el asesino se nos adelantó por un minuto. Ella tenía la bala en la mano cuando murió. —Se acercó al joven, lo abrazó y le acarició el pelo como si fuera un niño—. Tranquilo, muchacho. —Esperó a que Thierry recobrara la calma antes de añadir—: ¿Por qué está intentando encontrar información sobre Cream tu hermana?

—No es mi hermana, es mi amiga. La ayudé a escapar para que pudiera volver.

—¿Volver a dónde?

Thierry alzó por fin la mirada, tenía los ojos rojos y nublados.

—Es inglesa. Cuando era más joven, su madre vio un anuncio pidiendo muchachas para ir a trabajar de doncellas a Francia, pero cuando llegó a Rouen la llevaron a un burdel. Una mujer llamada Milky Sal es la que lo maneja todo, trabaja para Cream. Caroline tenía trece años cuando llegó a Francia y pasaron once hasta que pudo huir. Fui yo quien la ayudé a escapar de la casa.

—¿Cómo os conocisteis?

—Yo era repartidor de una *pâtisserie*. Era mi trabajo antes de empezar a hornear.

—No entiendo por qué no nos contó ella misma todo esto.

—Por vergüenza, se avergüenza de haber sido una ramera.

Acudió a la policía, pero no hicieron nada y ella no se rindió, queríamos encontrar información sobre Cream para que le arrestaran. Por eso entré a trabajar en el Beef. No encontré nada sobre la venta de jóvenes, pero él trafica con objetos robados, ¿lo sabían? Pensamos que podríamos encontrar pruebas para que la policía lo arrestara, queremos verle en prisión.

—Así que cuando tú huiste ella nos contrató con la esperanza de que consiguiéramos más información sobre las actividades de Cream —afirmó el jefe—. Caroline nos podría haber dicho la verdad, sois meros aficionados. ¿Tienes idea de lo peligroso que es Cream?

—Claro que sí. —Se inclinó hacia delante y hundió el rostro entre las manos—. ¿Cree que no me he dado cuenta?

Le dejamos allí, sentado en el patio, mientras aquella fina lluvia de agosto empezaba a caer de nuevo.

31

El jefe y yo debatimos el caso mientras esperábamos a que llegara el tren. Yo estaba harto de que la señorita Cousture nos engañara una y otra vez, pero a él parecía no importarle y eso me enervaba aún más. Así eran siempre las cosas con el jefe, no se sabía nunca cómo iba a reaccionar su orgullo. La más insignificante menudencia podía encolerizarle, mientras que en ese momento aceptaba como una simple pieza más del rompecabezas el hecho de que la señorita Cousture conociera el paradero de Thierry desde un primer momento. Quizás fuera el inminente encuentro que iba a tener con Isabel al día siguiente lo que le hacía reaccionar con tanta nobleza.

El tren estaba más lleno en el trayecto de vuelta a Londres y tomamos asiento frente a una joven ataviada con un fresco vestido veraniego que parecía estar bastante nerviosa. Tenía una cesta de mimbre a sus pies, un fino sombrerito de color ámbar ocultaba sus ojos y estaba acurrucada en el rincón con una manoseada revista abierta sobre el regazo; en un momento dado, cuando pasó una de las amarillentas páginas, vi que estaba leyendo uno de los viejos casos de Holmes, y el jefe se dio cuenta también y emitió un gemido lo bastante alto como para que ella le oyera. La joven alzó la mirada, vio que él estaba mirándola fijamente y negando con la cabeza en un gesto de desaprobación, y se apresuró a bajar de nuevo la mirada hacia la revista mientras sus pálidas mejillas se ruborizaban.

—¿Puedo preguntarle qué es lo que está leyendo, señorita? —le preguntó él.

—Un viejo caso del Sherlock Holmes titulado *Un escándalo en Bohemia*, señor.

—Ya veo. ¿Qué le parece?

—Es entretenido, aunque la verdad es que ya lo había leído.

—¿Es el caso de Irene Adler?

—Sí, estaba extorsionando al rey de Bohemia.

—Ah, sí, conozco el caso. Creo recordar que se trataba de Von Ormstein, el rey alemán.

—Sí, así es. Puso fin a la aventura que tenían y ella quiere destruir su reputación.

—Cierto, muy cierto. —El jefe se cruzó de brazos—. Von Ormstein está a punto de casarse con la hija del rey de Escandinavia, pero la señorita Adler ha amenazado con enviar una fotografía comprometedora a la familia de la dama en cuestión. Él teme que su prometida rompa el compromiso por culpa del escándalo, así que le ofrece setecientas libras a Holmes a cambio de que robe la fotografía.

—Son mil libras, señor —contestó ella. Se inclinó un poco hacia delante y tuvo que aferrarse al reposabrazos cuando el tren dio una súbita sacudida—. Setecientas en billetes, trescientas en oro.

—Sí, por supuesto. —El jefe me lanzó una fugaz mirada llena de exasperación—. ¡Mil libras! Holmes se apresura a ir a vigilar la casa de la señorita Adler y en cuestión de uno o dos días ha recuperado la fotografía.

—Lo planea todo, señor. Su estrategia es digna de un genio. —La joven dirigió la mirada hacia mí mientras nos lo explicaba—. Sherlock Holmes envía a un grupo de gente para que monten un alboroto frente a la casa de Irene Adler, y entonces finge haber sido herido para que ella le haga entrar. Una vez que está dentro, Watson lanza un cohete de humo por la ventana, todos se ponen a gritar «¡Fuego!, ¡fuego!», y la señorita Adler va corriendo a por la fotografía para ponerla a salvo, con lo que revela dónde la tiene escondida. Justo antes de que la saque de allí, Holmes avisa de que se trata de una falsa alarma —miró de nuevo al jefe—, pero no se lleva la fotografía. Irene Adler se da cuenta de que es Sherlock Holmes y le ordena a un cochero que le vigile para que no pueda hacerse con la fotografía, pero lo ocurrido basta para hacerla desistir de sus planes de destruir la reputación del rey. Se va al extranjero con su reciente marido y deja atrás una carta donde promete no publicar la fotografía.

—¿Y usted cree que el caso queda resuelto? —le preguntó él con amabilidad.

—Sí, por supuesto. El rey está a salvo, cree en la palabra de Irene Adler.

—Claro. Dígame una cosa, señorita... ¿Hay algo que le resulte extraño en todo eso?

—¿A qué se refiere?

—Bueno, tal y como usted misma ha afirmado, el rey cree en la palabra de Irene Adler, lo que significa que confía en ella. Pero cabe preguntarse cómo es posible que una mujer tan honorable como ella, alguien en cuya palabra se puede confiar por completo, se plantee siquiera cometer una extorsión. ¿No cree que son dos cosas contradictorias?

—Sí, supongo que sí —admitió ella mientras le miraba pensativa—. No había pensado en eso.

—En su opinión, ¿qué cree que la motiva a extorsionarle?

—Quiere destruirle.

—Sí, pero ¿por qué? —susurró él mientras se inclinaba hacia delante en el asiento.

—Porque puso fin a su relación con ella, eso ya lo sabemos por el relato.

—Pero ahora tiene marido; de hecho, llevan un solo día de casados. Ella afirma en su carta que está enamorada de ese hombre, y que es mucho mejor que el rey.

La joven asintió y admitió, ligeramente ceñuda:

—Sí, eso es algo que me extrañaba. Si tan satisfecha se siente de su vida, ¿por qué lo ocurrido con el rey le importa hasta el punto de arriesgar todo lo que tiene?

—¡Yo me pregunté lo mismo! —exclamó triunfal el jefe, antes de echar sus regordetas piernas más hacia delante. Las rodillas de ambos estuvieron a punto de tocarse y la joven se echó hacia atrás alarmada al verle tan acalorado, pero él siguió hablando con un apremio creciente—. ¡Irene Adler ha sido una cantante de ópera de éxito! ¡Posee una casa impresionante ¡Todos cuantos la conocen la adoran y ha encontrado el amor! No se comporta como lo haría cualquier otra mujer en su lugar, pero repasemos lo que dice en su carta. Ella afirma que el rey la ha maltratado con crueldad ¡Qué afirmación tan impactante! Si yo fuera el detective que investiga el asunto, me preguntaría qué significan esas palabras, no daría el caso por cerrado y esperaría a que me lloviera los elogios. ¡Querría llegar hasta el fondo del asunto!

—¿Usted qué opina? ¿Qué querría decir ella con esas palabras? —En el rostro de la joven se reflejaba una mezcla de emociones; por un lado, no quería poner más nervioso aún a aquel desconocido regordete, pero por el otro se moría de curiosidad por saber la respuesta.

—Repasemos los hechos, señorita —dijo él agitando un dedo por encima de la cabeza—. El rey se había comprometido con la señorita Adler dos años atrás, incluso le había regalado el anillo de prometida. Pero mientras tanto, a espaldas de ella, empezó a cortejar a la dama escandinava.

—Entonces, lo que ella quería era vengarse, ¿no?

—No. Recuerde que ahora está casada con un hombre que es mejor que el rey. La verdad del caso es que ella deseaba sacar a la luz el engaño del rey, quería que la prometida de este se enterara de la clase de hombre que era.

La joven apretó los labios, era obvio que los argumentos del jefe no la convencían del todo.

—Pero él tomó una decisión, cambió de opinión y eligió

casarse con otra. No es un crimen ni mucho menos, cualquiera puede cambiar de opinión antes de casarse.

—Permítame decirle que esa es una opinión muy moderna —dijo él frunciendo la nariz en un gesto de desaprobación—, pero, en cualquier caso, la cosa no se queda ahí. Antes de que el rey rompiera con la señorita Adler, ella ya había empezado a sospechar y contrató a un detective para que lo siguiera. Dicho detective descubrió que el rey había estado manteniendo relaciones con otras dos mujeres al mismo tiempo, y que una de ellas era actriz.

—¡No me diga!

—Sí, había estado con todas al mismo tiempo. Mientras se disponía a casarse con la hija del rey de Escandinavia, estaba haciendo el amor con otras tres mujeres. Pero espere, que aún hay más. La otra era una doncella que trabajaba en el Langham, donde él poseía una *suite*, y la muchacha descubrió al cabo de varios meses que estaba embarazada. Cuando la pobre le contó la situación en la que se encontraba, él habló con el director del hotel para que la echara. —El jefe hizo una pausa y bajó la voz al añadir—: Esa misma noche, la joven se lanzó por el puente de Waterloo.

La joven soltó una exclamación de horror y me lanzó una mirada atónita.

—El detective lo descubrió gracias a las amigas que la joven tenía entre sus compañeras del hotel —siguió diciendo el jefe—, y esa era la razón por la que Adler quería sacar a la luz la verdad sobre el rey. Quería advertir a su prometida de la clase de hombre con el que iba a casarse, un hombre cruel y mentiroso. Era la única alternativa que tenía a su alcance para hacerlo sin exponerse a ser calumniada.

—Entonces, ella no era la villana de la historia, ¿verdad? —preguntó la joven mientras el tren empezaba a aminorar la marcha.

—No, el villano era el rey. Irene Adler estaba intentando proteger a su propia rival, y los acontecimientos posteriores le dieron la razón. No es ningún secreto para nadie que el rey tiene como amante a una prima de su esposa a la que mantiene alojada en una villa de

Praga, lo hace ante las mismísimas narices de la reina y sin importarle quién pueda enterarse. Su esposa vive sumida en la tristeza.

La joven sacudió la cabeza, visiblemente disgustada, y tras cerrar la revista la dejó en el asiento contiguo. El tren se detuvo en una estación y subió al vagón un hombre que portaba un maletín de médico.

—¿Cómo es posible que Sherlock Holmes no se diera cuenta de que el rey estaba mintiéndole? —preguntó ella, cuando el tren hubo retomado la marcha.

—Es posible que no viera las pistas, puede que su famosa percepción se viera condicionada por el estatus social del hombre que había acudido a pedirle ayuda; al fin y al cabo, él no es el único que da por hecho que los miembros de la nobleza son más de fiar que el resto de los mortales. Y, aunque no sé si hago bien en sugerirlo siquiera, también es posible que el insigne detective quedara cegado momentáneamente ante una recompensa tan cuantiosa. Él ve a las mujeres como seres que se dejan arrastrar por las emociones, lo afirma a menudo en sus casos. No las toma en serio.

—¡Cielos! Pero no entiendo por qué la señorita Adler no saca a la luz la perfidia de ese hombre en la carta que deja.

—No sé, seguramente la intimidara la idea de enfrentarse al famoso Sherlock Holmes; al fin y al cabo, él monta todo un espectáculo para poder entrar en la casa de la dama, y el mundo entero sabe lo respetado que es por los miembros de las altas esferas. Puede que ella no se viera con las fuerzas suficientes para dar batalla, quién sabe.

La joven agarró su cesta y, tras colocarla sobre el asiento, se volvió a mirarlo con suspicacia.

—¿Cómo se ha enterado usted de todo esto?

El jefe sonrió y entrelazó sus manos sobre la barriga.

—No me he enterado de nada, me lo acabo de inventar.

Ella se quedó mirándolo boquiabierta, se la veía tan atónita que no pude evitar echarme a reír.

—Pero podría haber sido cierto, señorita —añadió él con brío renovado—. ¡Esa es la cuestión! La información de la que disponemos tiene tantas lagunas que cabe pensar que el asunto tendría que haberse investigado más a fondo. Holmes no puso en duda en ningún momento quién era el verdadero villano de la historia, se fio del rey por el rango que este ostentaba e ignoró los indicios que apuntaban a que detrás de todo aquello se ocultaba otra historia. Lo único cierto de lo que acabo de relatar es que el rey tiene a una prima de su esposa como amante, y la sociedad al completo lo sabe. Su pobre esposa se ha convertido en poco menos que una reclusa.

El tren se detuvo en la siguiente estación y la joven, sacudiendo la cabeza como si acabaran de echarle a perder el día, se levantó del asiento y agarró el bolso y la cesta.

—Esta es mi parada —murmuró.

—Que tenga un buen día, señorita —contestó el jefe, más contento que unas pascuas.

Cuando la puerta se cerró tras ella, las páginas de la abandonada revista revolotearon bajo la súbita corriente de aire.

Estábamos llegando a Croydon cuando él se metió la mano en el bolsillo del abrigo y sacó una cajita de terciopelo rojo.

—He comprado esto esta mañana, ¿tú crees que le gustará a Isabel?

Abrió la cajita y vi que contenía una fina cadena de oro de cuyo centro pendía un ópalo en forma de lágrima. Alcé la mirada hacia aquel rostro regordete y esperanzado, y me limité a contestar:

—Sí, sí que le gustará.

Él sonrió y volvió a guardársela en el bolsillo.

—¿Qué piensa hacer si ella no tiene intención de regresar con usted? —le pregunté entonces.

—Fuimos felices una vez, podríamos volver a serlo.

—Usted no le hizo la vida nada fácil, y es posible que a estas alturas ella ya haya encontrado a otro tipo. Uno con más dinero que usted.

—He aprendido bien la lección, amigo mío. —Apoyó el codo en el borde de la ventana y contempló las hileras de casas, los grises tejados y las chimeneas mojadas por la lluvia de verano—. Esta vez seré distinto.

—¿Cómo piensa lograrlo? Sigue siendo el mismo, y aún sigue estando sin blanca.

—Siento que he llegado a un punto de inflexión en mi vida después de todo el trabajo que hemos realizado, de todo lo que hemos aprendido sobre esta profesión. Si sacamos a la luz los chanchullos de Cream para obtener rifles que están destinados al ejército británico, seremos héroes.

—Pero no sabemos cómo los obtiene.

—Cada vez estamos más cerca de averiguarlo, Venning y Longmire deben de estar involucrados. Tan solo tenemos que encajar las piezas del rompecabezas, y cuando lo logremos los periódicos hablarán del tema durante meses. La gente se dará cuenta de que Holmes no es el único detective privado que hay en Londres y nos llegarán mejores casos. Y tú podrías publicarlos, como hace Watson. —Se echó a reír—. ¡Ojalá supieras escribir, amigo mío!

Yo hice caso omiso del chistecito y afirmé:

—Si Isabel se marchó no fue solo por el tema del dinero.

—Precisamente eso fue lo que complicó las cosas. Si ve que tengo éxito en mi profesión y que disfrutaremos de una vida acomodada... —bajó la mirada y la posó en sus pies—, si puede sentirse orgullosa de mí...

—Eso espero.

—¿Qué más quieres que haga?

Al verle sentado en el borde del asiento, tan lleno de una esperanza prácticamente tangible, sentí una profunda tristeza.

—Debe mantener los ojos bien abiertos, William. No quiero que le hagan daño.

Me miró a través de las gafas y parpadeó como si estuviera luchando por reprimir el llanto, así que opté por ofrecerle un caramelo.

—Gracias. —Se lo metió en la boca y lo saboreó en silencio

durante un largo intervalo antes de decir—: Dime una cosa, Norman, ¿qué te pareció la reacción que tuvo ayer la señorita Cousture?

—Me dio la impresión de que conocía de algo a Longmire.

—Sí, su rostro la traicionó. El señor Darwin afirma que la relación entre la expresión y las pasiones es equivalente a la que existe entre el lenguaje y el pensamiento. A nuestra clienta se le da bien mentir, tan solo una emoción muy fuerte podría delatarla de esa forma. Pero la cuestión es averiguar por qué nos ocultó que conocía a Longmire. ¿Qué emoción viste en su rostro?

—No lo sé, quizás sentía que la situación se le estaba escapando de las manos.

—Odio, Barnett. Eso fue lo que vi en sus ojos.

—Con todo respeto, señor, no sé si se puede saber lo que siente una persona solo con verle los ojos.

—Escúchame con atención, voy a explicártelo. El estudio de Fontaine es un lugar bastante oscuro, y en la oscuridad las pupilas se dilatan para intentar captar toda la luz posible. Bajo el sol se contraen para no recibir demasiada claridad. Es pura cuestión de fisiología. ¿Te fijaste en sus ojos? —asintió al verme negar con la cabeza—. Al principio de la conversación sus pupilas estaban tan dilatadas que parecían dos pozos oscuros, y no me cabe duda de que tanto las tuyas como las mías estaban igual. Pero se le contrajeron en el preciso momento en que describí a Longmire y el lunar ese que tiene en la cara, quedaron más pequeñas que granos de pimienta. Fue una reacción tan rápida como la de una mano apartándose de una olla ardiendo.

—¿Esto es un nuevo truquito de los suyos?

—No es ningún truquito, sino más bien una forma de leer las emociones. Mi descripción de Longmire creó una imagen en su mente, y sus pupilas se contrajeron en un intento de impedirle el paso. Pero el odio no tardó en desaparecer y dar paso a algo la mar de curioso. ¿Te diste cuenta de que ella no podía ni carraspear? ¿Qué sentiste tú llegados a ese punto?

—No me acuerdo demasiado bien.

—Yo me sentí descompuesto. Fue una sensación de lo más rara, como si las emociones que la embargaban se hubieran trasvasado a mi propio ser. Fue asombroso, Barnett, no sé ni cómo explicarlo. Dime, ¿crees que es posible algo así?

—No lo sé, supongo que todo es posible.

—Digamos que lo es. Entonces cabría preguntarse por qué habría de reaccionar ella de esa forma.

—Puede que por miedo, es una emoción que puede descomponerle a uno.

—Mmm... Interesante posibilidad, no la descartemos de momento. Es posible que sea sincera con nosotros ahora que hemos encontrado a Thierry, a lo mejor nos cuenta la verdad. —Sacudió su enorme cabezón y suspiró—. Buena parte de este caso parece estar centrado en resolver el problema que supone la señorita Cousture.

Seguimos saboreando nuestros respectivos caramelos mientras veíamos pasar por las ventanillas las casas de las afueras de la ciudad, y fue él quien rompió finalmente el silencio al llegar a la estación de Victoria.

—Puede que hayamos encontrado a Thierry, Barnett, pero aún no hemos resuelto este caso. Eres consciente de ello, ¿verdad?

—Sí, William.

—Debemos encontrar al asesino de Martha y llevarlo ante la justicia, no podría vivir conmigo mismo si no lográramos cumplir ese objetivo.

El tren se detuvo en ese momento y, después de bajar, nos sumamos al flujo de gente que avanzaba por el andén rumbo a la salida.

—Y si podemos ayudar a la señorita Cousture en su empeño por sacar a la luz los negocios sucios de Cream, pues mucho mejor —afirmó, una vez que pasamos la barrera de acceso—. Mañana estaré con Isabel, pero quiero que tú vayas a Alexandra Park. Es día de carreras, empiezan al mediodía, así que ve en busca de Gullen y ofrécele un par de chelines para que te acompañe. A ver si puede identificar a los ladrones. ¿Recuerdas la descripción de Paddler Bill? Un pelirrojo con acento americano. Él es el líder de la banda, síguelo y averigua dónde vive. Si no está allí, mira a ver si Gullen reconoce a alguno de los otros. Llévate también a Neddy, así dará la impresión de que sois un padre y un hijo pasando algo de tiempo juntos.

—Está bien, señor.

—Ah y, Norman..., ten cuidado, por favor. Mi hermana y yo tenemos suerte de estar con vida. Si ves el más mínimo indicio de que corréis algún peligro, llévate a Neddy de allí. Que no te descubran.

32

Tanto Neddy como Gullen aceptaron encantados acompañarme al Frying Pan, así que a la mañana siguiente los tres pusimos rumbo a Alexandra Park en un abarrotado tren. Delante de la estación había una protesta de la Asociación Nacional Contra el Juego, dos hombres y una docena de mujeres blandían pancartas donde ponía cosas como *¡LAS APUESTAS DEGRADAN LA HOMBRÍA!*, *¡LAS CARRERAS LLEVAN A LA RUINA!* y otras medias verdades bienintencionadas parecidas. Cuando pasamos junto a ellos, un hombre de poblado mostacho se me acercó con actitud belicosa.

—¿Cómo se atreve a traer a un niño a un lugar como este?

Neddy se sobresaltó al ver que aquel señoritingo con chistera nuevecita de satén y zapatos lustrosos me increpaba tan enfadado, y se quedó mirándolo con cara de susto mientras el tipo seguía sermoneándome.

—¡Va a contagiarle a su hijo la misma depravación que se ha adueñado de todos estos miles de necios que vienen aquí a tirar su sueldo! —Me agarró del brazo—. ¡Actúe con responsabilidad, señor! ¡No exponga una mente impresionable a este vicio!

Tres de las mujeres se habían acercado también.

—¡Debería darle vergüenza! —me dijo una.

—¡Llévese a casa a ese niño! —me exigió otra.

—¡Tendría que estar en la escuela! —clamó la primera.

Yo tomé a Neddy de la mano y lo conduje hacia la entrada. Entramos en el recinto justo cuando estaba empezando la primera carrera, el lugar estaba lleno hasta los topes. Neddy se puso a dar saltitos entre la multitud para intentar ver a los caballos, pero la aglomeración de cuerpos era demasiado densa y el niño demasiado pequeño. La gente gritó enfebrecida cuando los caballos se dirigieron hacia la línea de meta y la carrera terminó. Infinidad de boletos se rompieron en pedacitos que terminaron esparcidos por el suelo; grupos de hombres se volvieron hacia las barras para tomar una cerveza.

—¿Dónde le vio la última vez? —le pregunté a Gullen.

—Yo siempre me quedo allí, a la derecha de la tribuna —contestó mientras señalaba hacia el otro lado de la multitud—. En esa zona suele haber menos gente y los árboles no impiden ver las trampillas de salida, es donde suelen estar ellos.

Tardamos diez minutos en abrirnos paso entre aquel apiñamiento de hombres, que en su mayoría estaban borrachos y hablaban a voces mientras comprobaban sus boletos antes de la siguiente carrera. Llegamos por fin al otro extremo de la tribuna, donde había una larga barra en la que se servían las bebidas. Entre las casetas de los corredores de apuestas y la barra había gente sentada en bancos, y Gullen se bajó la gorra para ocultar su rostro y evitar que lo reconocieran antes de señalar con disimulo.

—Allí, junto a los cubos.

Eran tal y como Ernest los había descrito. El alto debía de ser Paddler Bill, ya que de debajo de su gorra emergía una espesa mata de pelo pelirroja que se confundía con su poblada barba. Su sonora risa resonaba por encima de las voces de los demás. Junto a él, leyendo un papel, había un tipo fortachón de cuidada barba negra que se cubría la cabeza con un bombín y llevaba puesto un traje de tres piezas que parecía nuevo. El tipo que estaba hablando con ellos tenía toda la pinta de tener muy malas pulgas; era rubio y los pantalones que llevaba puestos le quedaban tan grandes que le arrastraban por el suelo.

Me recorrió un escalofrío mientras los observaba.

—¿Qué pasa? —me preguntó Gullen.

—Nada.

Un cuarto tipo se sumó al grupo con cuatro jarras en la mano. Vestía un traje marrón y llevaba un pañuelo rojo atado al cuello. Bill agarró su jarra y se dirigió hacia las casetas para hacer una apuesta.

—Iba a invitarme a una cerveza, ¿no? —me recordó Gullen.

Tras ir a por un par de jarras, nos apostamos en un lugar del extremo más alejado desde donde podíamos vigilar a los fenianos. Neddy se fue corriendo cuando comenzó la siguiente carrera para abrirse paso y colocarse delante de todo, y nosotros dos nos dedicamos a beber en silencio.

—¿Podría darme ya esos dos chelines? —me preguntó Gullen, una vez que apuró su jarra. Cuando le entregué el dinero, añadió—: ¿Necesita algo más?

—No, gracias. Ya puede regresar a su casa.

Él hizo una mueca y dirigió la mirada hacia el bar.

—A lo mejor me quedo, ¿está listo para otra ronda?

Los fenianos pasaron la tarde entera allí. Uno u otro iba de vez en cuando a por cerveza, a las casetas de los corredores de apuestas o a echar una meada, y después se sumaba de nuevo al grupo. Vigilarles era tarea fácil, ellos ni siquiera sabían de nuestra presencia. No éramos más que un par de hombres y un crío entre miles de personas. Gullen se quedó conmigo, parapetado detrás de un poste para permanecer fuera de la vista, y al final resultó que no era tan mal tipo como parecía; de hecho, era buena compañía.

—Si alguna vez necesitan ayuda, estoy disponible —me dijo, más entrada la tarde, cuando acabábamos de ir a por otra jarra de cerveza.

—Se lo diré al jefe.

—Ustedes deben de tener una vida bastante interesante. He leído todas las aventuras de Sherlock Holmes, ese tipo es increíble. Un verdadero genio.

—Yo de usted no volvería a repetir eso si quiere volver a trabajar con nosotros, el jefe no soporta a Sherlock Holmes.

Después de la última carrera, los fenianos se dirigieron hacia la salida junto con el resto de la multitud. Los seguimos hasta el tren procurando mantener una distancia prudencial, y logramos entrar a empujones en el mismo vagón que ellos. Gullen se fue por su cuenta en King's Cross para tomar la línea que le llevaba a su casa, pero Neddy y yo los seguimos hasta la línea Metropolitan. En esa ocasión fuimos más cautos, abordamos el vagón contiguo y nos contentamos con vigilarlos a través de las puertas de interconexión. Los tipos estaban de muy buen humor, charlaban a viva voz entre risas y gesticulando como locos, así que deduje que algunos de ellos habrían tenido suerte en las carreras; en cualquier caso, estaban relajados y no sospechaban que alguien pudiera estar siguiéndolos. Se bajaron en Westbourne Park y cruzaron el canal hasta llegar a un pub, y entonces le dije a Neddy que esperara fuera y que siguiera al grandullón pelirrojo si le veía salir; tras entrar en el pub, pedí una pinta de cerveza y fui a sentarme en un banco situado al otro extremo del local. Para entonces ya faltaba poco para que anocheciera y había unos veinte o treinta clientes más. Empezó a circular entre las mesas un corredor de apuestas (los fenianos hicieron varias), y yo le compré un bote de anguilas en gelatina a un vendedor de caracoles que entró poco después. Nadie me prestó ni la más mínima atención. Poco después entraron dos damas vestidas con floridos sombreritos veraniegos y faldas con polisón. Todas las cabezas se volvieron hacia ellas y Paddler Bill se levantó y las llamó.

—¡Polly! ¡Mary! ¡Venid aquí, os invito a un trago!

Las damas se echaron a reír y se acercaron a la mesa de los fenianos, donde fueron recibidas con abrazos y besos. El bullicio iba en aumento.

El hombre de barba negra se marchó poco después. Yo pedí otra jarra de cerveza y, justo cuando me disponía a alejarme de la barra, la puerta del pub se abrió y vi entrar al otro hombre al que habíamos estado buscando durante aquellas semanas. Llevaba el mismo viejo abrigo de invierno, tenía el rostro tenso y sudoroso, mechones de aquel grasiento pelo canoso se le pegaban a la frente, aferraba en un puño un ejemplar de *The Times*. Era el asesino de Martha.

Yo no sabía si él había logrado verme aquel día mientras le perseguía, y me quedé inmóvil por un instante. Me llevé la mano al bolsillo donde guardaba mi porra y me coloqué con disimulo detrás de un corpulento carbonero en un intento de interponer una barrera más entre nosotros. Los ojos del asesino recorrieron el local y cuando se posaron en mí me pareció notar que titubeaba por un momento. Me disponía a echar a correr hacia la puerta cuando frunció el ceño y su mirada siguió recorriendo el local hasta posarse en los fenianos, y respiré hondo mientras le veía dirigirse hacia ellos entre la gente.

Al llegar lanzó sobre la mesa el periódico y, aunque no alcancé a oír lo que decían, vi que Bill agarraba la publicación y que la ira iba oscureciendo su rostro conforme iba leyendo la portada. Dijo algo hecho una furia antes de tirar el periódico sobre la mesa, y entonces todos ellos apuraron su *whisky*, se pusieron el sombrero y se marcharon mientras Polly y Mary protestaban al ver que la juerga acababa tan pronto.

Yo llevé mi jarra vacía a la barra y al regresar rumbo a la puerta aproveché para echarle un vistazo al periódico, que seguía sobre la mesa, y leí el titular que aparecía en portada: *¡SIR HERBERT VENNING HA SIDO ASESINADO!*

Me reuní con Neddy, que continuaba esperando fuera, y seguimos a la banda desde una distancia incluso mayor que antes. Aunque había bastante ajetreo en las calles entre ómnibus, carros y gente que regresaba a casa después de la jornada de trabajo, el riesgo de que nos descubrieran era mayor. Bastaría con que uno de ellos se diera cuenta de que ya nos había visto en las carreras para despertar sus sospechas.

No tardaron demasiado en detenerse ante una pequeña librería llamada Gaunt's Booksellers, y Neddy y yo nos escondimos en un portal cercano desde donde vimos cómo el asesino de Martha se sacaba unas llaves del bolsillo y abría la puerta. Entraron y cerraron la puerta, y poco después apareció una luz en la ventana superior; minutos después, al ver pasar por la calle a un mozo que empujaba una carretilla, le detuve y le pregunté quién era el dueño de la librería.

—John Gaunt, señor.

—¿Es irlandés?

—Casi todos los de esta zona lo somos, señor.

—¿Hay un callejón detrás del edificio?

—No, al menos que yo sepa —contestó, antes de marcharse junto con su carretilla.

Empezaba a oscurecer. Nos dirigimos hacia el otro lado de la calle y permanecimos escondidos bajo la escalera del despacho de un abogado cerca de una hora hasta que Paddler Bill volvió a salir; en cuanto le vimos girar al final de la calle, Neddy salió tras él y me esperó en la esquina.

—¡Se ha ido por esa calle de ahí! —me dijo mientras señalaba hacia la calle en cuestión.

—De acuerdo, ve tras él.

Fue a paso rápido hasta la siguiente esquina, donde se quedó esperándome de nuevo, y seguimos así durante unos cinco minutos hasta que vimos que Bill sacaba sus llaves y entraba en una casa bastante alta situada justo enfrente de una escuela.

Para entonces ya había anochecido del todo. Nos escondimos detrás de un muro de ladrillo en el patio de la escuela y vigilamos la casa de Bill desde allí. De tres de las cuatro habitaciones de la parte delantera del edificio emanaba una tenue luz, y no tardó en aparecer el resplandor de una lámpara de gas en el sótano. Esperamos durante media hora más, pero al ver que no ocurría nada deduje que el tipo se habría ido a dormir, así que me puse en pie.

En todo el día no había podido dejar de pensar en el jefe y su encuentro con Isabel, me preocupaba que para entonces se encontrara destrozado y necesitara una mano amiga.

—Vámonos ya, muchacho. Tengo que ir a ver al señor Arrowood.

—¡Pero puede que el tipo vuelva a salir, señor Barnett! —Alzó la mirada hacia mí, y vi en sus ojos un pequeño destello de luz.

—Sí, es posible, pero tenemos que volver a casa.

—¡Yo me quedo vigilando, señor!

—No, Neddy, tienes que venirte conmigo. No quiero que te quedes solo en la calle.

—¡Pero si lo he hecho montones de veces! Además, ¡usted me dijo que ya estoy muy bien entrenado!

—Sí, ya lo sé, pero...

—¡Puede confiar en mí, señor! —afirmó, con semblante muy serio, antes de meterse las manos en los bolsillos del abrigo—. No dejaré que me vea nadie, no es un trabajo peligroso.

—No creo que sea buena idea.

—¡Por favor, señor Barnett! No me va a pasar nada, ¡de verdad que no! ¡Por favor!

Lancé una mirada alrededor y recordé lo que el jefe había comentado sobre el hecho de que Neddy quería impresionarle. Era obvio que para el muchacho era muy importante permanecer allí haciendo guardia. En la calle reinaba la calma, nada hacía presagiar que fuera a pasar algo más.

—Está bien, muchacho. Lo más probable es que el tipo ya se haya acostado, pero puedes esperar por si alguien viene a verle. Si no ha pasado nada en media hora, vete para casa, pero tienes que tener muchísimo cuidado. No corras ningún riesgo, esta vez no sigas a nadie. Quédate escondido aquí, entre las sombras, y no dejes que te vea nadie —Me puse en cuclillas para colocarme a su altura y le agarré el hombro—. ¿Puedo confiar en que no hagas nada arriesgado?

—Tendré mucho cuidado, señor. El tipo no va a enterarse de que estoy aquí.

—Prométeme que no vas a seguir a nadie.

—Se lo prometo. —Su semblante se tornó muy serio—. Señor Barnett...

—Dime.

—¿Cree que han matado a Terry?

—No, compañero. A Terry lo encontramos ayer en Sussex. Se me había olvidado decírtelo, ¿verdad? Está sano y salvo, trabaja en una panadería.

—¿Eso quiere decir que ya hemos resuelto el caso?

—Estamos a punto de hacerlo, solo nos queda atar algunos cabos sueltos.

Él asintió con mucha seriedad. Empezaban a dolerme las piernas, así que me incorporé y le di un toquecito en la gorra.

—¿No puedes conseguir una más pequeña? Esta es para un adulto.

—A mí me gusta.

—Es demasiado grande para ti, y está rota.

—¡Es mejor que la suya, señor!

Yo me eché a reír al ver aquella carita tan ofendida, y le dije sonriente:

—Ven a vernos mañana a casa de Lewis.

Le compré una patata asada en el puesto de un vendedor ambulante que había a la vuelta de la esquina, le di dinero para el ómnibus y le dejé allí, escondido en el patio mientras mordisqueaba la piel de la patata.

33

Llegué a la casa pasadas las diez y media de la noche. Fue Lewis quien abrió la puerta, y vi a Ettie parada en el pequeño recibidor.

—No ha venido a cenar —me informó él antes de hacerse a un lado para dejarme pasar.

El pasillo estaba bastante oscuro, ya que tan solo funcionaba una de las lámparas de gas; aunque fuera reinaba una temperatura templada, en el interior de la casa hacía algo de frío.

—¿Cuándo le vio usted por última vez? —me preguntó Ettie.

—Ayer, cuando regresamos de Sussex.

—¿Cree que aún está con ella?

—No, la verdad es que no. No veo a dónde podrían ir durante tanto tiempo. Ella no tiene alojamiento en Londres y nunca le gustaron los pubs.

Ettie entrelazó las manos y las apretó con fuerza.

—¡Cielos! No creerá que Cream le ha encontrado, ¿verdad?

—Será mejor que vaya a ver si está en el Hog, seguro que habrá ido directo hacia allí si Isabel le ha dicho que no piensa regresar con él. A estas alturas estará medio ahogado en ginebra.

—¿Voy yo también? —me preguntó Lewis.

—No, no hace falta.

Ettie me tomó la mano y me preguntó con preocupación:

—Se le ve cansado, ¿quiere cenar algo?

—Me encuentro bien. Será mejor que salga cuanto antes a buscarlo.

—Gracias, Norman. Aquí estaremos esperándole.

La verdad era que sí que estaba cansado. El Hog estaba a media hora a pie de la casa de Lewis, y yo estaba molido. Aunque la hinchazón del brazo ya había desaparecido casi por completo, por la noche me empezaba a doler otra vez y, aunque necesitaba otra dosis de Black Drop, sabía que me haría añorar mi cama aún más.

El Hog era un hervidero de gente, el aire estaba viciado por el olor a cerveza y el humo del tabaco. Gran parte de los presentes estaban borrachos. Eran los asistentes a un funeral, iban vestidos de negro y se veía a gente de todas las edades, desde niños hasta abuelos. Debían de llevar horas bebiendo. A dos de los muchachos jóvenes estaban sujetándolos en los bancos mientras luchaban por liberarse y se miraban furiosos desde extremos opuestos de la sala, tenían el rostro encendido de ira y soltaban imprecaciones a diestro y siniestro. Ambos tenían la camisa rasgada y a uno de ellos le sangraba la nariz. Una viejecita menuda cuya melena suelta le llegaba hasta la cintura estaba cantando un himno subida en una de las mesas, tenía en la mano una enorme jarra de ginebra. Un muchacho que debía de tener unos doce años como mucho estaba tirado bajo una mesa con un charco de vómito junto a los labios.

La mujer a la que había visto la vez anterior estaba sirviendo bebidas.

—¿Dónde está el señor Arrowood? —le pregunté.

Se limitó a alzar la trampilla sin decir palabra y señalar hacia una puerta que había detrás de la barra, una puerta que me condujo a un oscuro pasillo donde se apilaban varias hileras de cajas y barriles. Oí voces procedentes de una habitación que había al fondo, así que me dirigí hacia allí y abrí la puerta sin contemplaciones.

Una mujer de mediana edad estaba sentada en paños menores en el borde de un mugriento colchón. Tenía el pelo canoso y rizado, los labios pintados de rojo.

—Estamos ocupados, cielo —me dijo con una sonrisita.

La única luz procedía de una titilante vela de sebo situada sobre el aguamanil, donde había también una botella de ginebra medio vacía.

El jefe estaba tumbado en el colchón. El gran montículo de su panza se alzaba salpicado de vello negro, sus pechos caían a ambos lados de sus costillas, sus pantalones estaban hechos un revoltijo en el suelo; su ropa interior, gris y llena de remiendos, estaba aún donde tenía que estar, así que al menos me salvé de ver eso. De lo que no me salvé fue del pestazo.

Tenía los ojos cerrados y la boca abierta; en el suelo, junto a la cama, estaba la cajita de terciopelo rojo que me había mostrado en el tren.

—Si quieres que tú y yo hagamos negocios puedes esperarme fuera —me explicó la mujer, con voz ronca pero cordial—. Como puedes ver, ahora estoy muy ocupada con este caballero.

—¿Está dormido?

Él soltó un sonido inarticulado al oír mi voz y la mujer se puso de pie e intentó hacerme salir.

—Anda, cielo, sal ya. En media hora estoy contigo.

—No, he venido a por el señor Arrowood. Voy a llevarlo a casa. Soy su ayudante, Barnett. Supongo que tú eres Betts.

—La mismita, cielo. Te ha hablado de mí, ¿verdad?

—Sí, claro que sí.

—Mira, lo que pasa es que aún no me ha pagado.

—¿Cuánto te debe?

—Una corona.

Yo me incliné para agarrar los pantalones del jefe y busqué en los bolsillos hasta encontrar una moneda.

—¡Jefe! ¡Hora de irse a casa! —le dije mientras le sacudía un hombro.

Él masculló algo que sonó a palabrota y se dio la vuelta hasta quedar de cara a la pared.

—¡Venga, levántese!

—Lleva aquí desde las dos —me dijo Betts antes de indicar

la ginebra con un ademán de la cabeza—. Esa es la segunda botella.

Me ayudó a vestirle y logramos ponerle en pie entre los dos. Aproveché un momento en que estaba distraída para tomar la cajita de terciopelo y metérmela en el bolsillo. Nos costó trabajo, pero sujetándole cada uno de un brazo conseguimos llevarlo hasta la calle; una vez fuera, ella alzó el brazo para avisar a un cabriolé que pasaba por allí y lo subimos como buenamente pudimos.

Vomitó justo cuando habíamos doblado la esquina de la calle de Lewis, dejó perdida su camisa y el suelo del cabriolé quedó hecho un asco. El conductor estaba echando chispas cuando nos detuvimos delante de la casa.

—¡Es la tercera vez en una semana que tengo que limpiar una vomitona del cabriolé! ¡Y después no me puedo quitar el pestazo que me queda en las manos!

—Lo siento de verdad, amigo. Oiga, ¿le importaría echarme una mano para bajarlo antes de que vuelva a vomitar?

—¡Si tengo que pagarle dos peniques a algún crío para que lo limpie por mí, pues se los pago! Yo no vuelvo a pasar ese asco en mi vida, ¡ni hablar!

—Ande, ayúdeme a bajarlo.

No movió ni un dedo por puro empecinamiento. Era un tipo viejo y flacucho, y daba la impresión de que la vida no tenía aliciente alguno para él.

—¡Solo si me da dos peniques extra!

No consintió en ayudarme a bajar al jefe del cabriolé y llevarlo a la puerta hasta que le pagué los dos peniques.

Cuando regresé a la mañana siguiente, el jefe estaba sentado en el saloncito. Sostenía contra la cabeza una hoja marrón de papel empapada en vinagre y tenía un cuenco sobre la rodilla, su rostro estaba macilento y le temblaba la mano. Lewis estaba sentado frente a él con el periódico, su chaleco negro estaba desabotonado y sobre

la única manga de su camisa llevaba por encima del codo un braza-
lete negro como si fuera un crupier.

—¿Le sirvo una taza de té, Norman? —me preguntó Ettie.

Se había puesto su mejor vestido, el de los domingos, uno de
seda azul ceñido a la cintura, y una peineta sujetaba su cabello. Me
tocó el hombro y sonrió.

—Sí, por favor.

—¿Y a usted, Lewis?

—Eso sería perfecto, Ettie. Hay galletas en la cocina.

—Con extra de azúcar para mí, por favor —le pidió el jefe con
voz queda.

Ella le fulminó con la mirada.

—¿Ha pasado por aquí Neddy? —pregunté.

Fue ella misma quien me contestó.

—No, hoy no le hemos visto. Puede que haya ido a la iglesia.

—Si es así, estará en la unitaria, porque el reverendo de allí les
entrega tres peniques a los necesitados el segundo domingo de cada
mes.

Lo dije esperanzado, intentando convencerme a mí mismo de
que no había nada de lo que preocuparse. La noche anterior, mientras iba de regreso a casa, había empezado a cuestionarme si había
hecho bien al dejarle solo. Teniendo en cuenta la cantidad de Black
Drop que había estado tomándome para aguantar el dolor, puede
que el estado en que me encontraba no fuera el adecuado para tomar una decisión así, pero Neddy se sabía todos los truquillos. Había hecho guardia por encargo nuestro numerosas veces y le
habíamos enseñado cómo permanecer oculto, cómo evitar hacer
ruido. Lancé una mirada hacia el reloj que había sobre la repisa de
la chimenea y vi que aún era bastante temprano.

En cuanto Ettie salió del saloncito para preparar el té, el jefe se
volvió a mirarme.

—¿Qué pasó ayer, Barnett? —Una vez que se lo conté todo
afirmó, con voz débil por el malestar que sentía—: No tendrías que
haberlo dejado allí, sobre todo después de lo de la última vez.

—Nunca tiene problemas.

—La última vez sí que los tuvo. Tendrías que haberte quedado con él.

—Lo habría hecho si no hubiera tenido que venir para sacarlo del hoyo —contesté con sequedad.

—¡Anoche no me hacía falta tu ayuda! —me espetó.

Nos miramos ceñudos durante un largo intervalo.

—En fin, estoy seguro de que no tardará en llegar —dije con firmeza.

—Espero que tengas razón, Barnett.

Los dos nos quedamos callados durante varios minutos y, finalmente fue Lewis quien rompió el silencio.

—De modo que el asesino de la muchacha está compinchado con los fenianos, ¿no?

—Eso parece, pero aquí está pasando algo más —contesté yo—. ¿Sabías que el otro día le vi con Coyle, uno de los agentes de la SIB que nos interrogaron? Se comportaban como si fuesen muy amiguitos, te lo aseguro.

—¿Coyle es el que te zurró?

—El mismo.

—Vaya, me pregunto de qué lado estará.

Ettie entró en ese momento con la bandeja del té.

—William me ha contado lo que pasó en Hassocks —comentó, antes de darme una taza—. ¿Ninguno de los dos tenía ni idea de que la señorita Cousture era una ramera?

—No, en absoluto.

—La casa esa en la que vive, ese albergue para mujeres solteras... ¿Dónde se encuentra? —preguntó ella.

—En Lorrimore Road, detrás de Kennington Park.

—¿Hay alguna placa junto a la puerta?

—Tan solo pone *ACJ*.

—Albergue Cristiano y Justicia. —Le entregó una taza de té a Lewis y obvió por completo a su hermano—. La semana pasada les confiamos a una muchacha, es una casa de caridad para mujeres descarriadas. Lo dirige un joven lleno de ímpetu y decisión, el reverendo Jebb.

El jefe cobró vida de repente al oír aquello.

—¡Por el amor de Dios, Ettie! ¿Por qué diantres no nos habías contado eso hasta ahora?

—Porque no sabía que vuestra clienta viviera allí.

—¡No sabes lo bien que nos habría venido obtener antes esa información!

Ella no le hizo ni caso y se volvió hacia mí.

—La verdad es que tiene sentido ahora que sabemos lo que le pasó. Dígame, Norman, ¿qué sucedió ayer en las carreras?

Me escuchó con atención mientras yo relataba lo que habíamos visto en Alexandra Park y en el pub, y luego me preguntó pensativa:

—¿Dice usted que la muerte de Venning les tomó por sorpresa?

—Estaban disfrutando de lo lindo hasta que el tipo entró y les mostró el periódico.

—¿Y dice que se enfadaron?

—Paddler Bill se puso hecho una furia al leer la noticia.

—No me extraña —afirmó Lewis, mientras agarraba un puñado de galletas de la bandeja—. Sir Herbert era un hombre importante, así que la policía asignará al caso más efectivos de lo normal y los periódicos van a estar pendientes de todo lo que ocurra. Los fenianos no quieren toda esa atención, eso está claro. Pone en peligro sus planes.

—Nolan dice que antes de todo esto ya estuvieron robando en embajadas y sitios así, y el revuelo que hubo no les supuso ningún problema.

Lewis se comió una galleta y contestó con la boca llena.

—Sí, eso es cierto, pero en esta ocasión estamos hablando del asesinato de un oficial de alto rango del gobierno.

—Tienes razón, Lewis, pero ese no es el único motivo de su enfado —asintió el jefe, mientras se servía una taza de té. Empezaba a recuperar algo de color—. Longmire nos mintió sobre su supuesta aventura con Martha, y también sobre la bala. Quería que pensáramos que carecía de importancia. Los rifles que encontró Thierry tuvieron que salir del Departamento de Guerra, nadie más tiene esos Enfield nuevos. Cuando confrontamos a Longmire con la bala, acudió primero a Cream y después a Venning.

—Según él, quería que su amigo le aconsejara sobre lo de la extorsión —le recordé yo.

—Pero ¿quién mejor para suministrar los rifles que el intendente general? Y si eso es cierto, amigos míos, ¿qué otro motivo podría tener Paddler Bill para enfadarse por la muerte de Venning?

—Es posible que los fenianos estén comprándole los rifles a Cream —sugirió Ettie.

—¡Exacto, hermana!

—Pero ¿dónde encaja el robo en todo esto? —pregunté yo.

—No lo sé, Barnett. La verdad es que no lo sé.

—¿Por qué están comprando ahora los rifles? —preguntó Ettie—. La campaña de terror con las bombas terminó hace diez años.

—No todos estaban de acuerdo con los parnellitas, algunos de ellos no creen que llegue a alcanzarse jamás una solución política —afirmó Lewis mientras encendía un cigarro—. Vieron cómo las Actas de Gobierno de Irlanda fueron rechazadas en el Parlamento, por eso se fueron de la organización. Y no es la primera vez que intentan hacerse con armas del ejército, acordaos de lo del cuartel de Chester.

—Sí, es verdad —asintió el jefe—. Y también está lo de Clerkenwell, querían liberar a un intendente militar que compraba armas. Podemos dar por hecho que han estado comprándole rifles a Cream, y que quieren obtener más.

—Están planeando un levantamiento —afirmó Lewis.

—Y la muerte de Venning corta la línea de suministro —añadió el jefe.

Estuvimos dándole vueltas al asunto en silencio un buen rato. Ettie se sirvió otra taza de té y mordisqueó pensativa una galleta hasta que preguntó al fin:

—¿Cream es feniano?

Fue el jefe quien contestó.

—A él no le interesa la política, lo único que le importa es el dinero. Es un criminal hereditario, Ettie. Cuatro años atrás procuré recabar toda la información posible sobre él y descubrí que, cuando él era niño, su padre mató a su madre para cobrar la póliza de un seguro. El hombre murió ajusticiado en el patíbulo y a Cream lo crio el hermano de su madre, un reverendo, pero heredó el instinto criminal.

—Yo no comparto esa teoría —afirmó Ettie—. La Biblia nos dice que cada persona debe elegir su propio camino.

—Te equivocas, Ettie. Cream heredó un instinto criminal tan fuerte que debe seguirlo, y ese instinto viene emparejado con un salvaje talento animal. El crimen es algo completamente natural para él, de igual forma que cazar conejos lo es para un halcón.

—Pero eso quiere decir que él no es responsable de sus actos —adujo ella.

—No estoy diciendo que no deba ser castigado, hermana.

Al oír que llamaban a la puerta me levanté de golpe pensando que podría tratarse de Neddy, pero cuando fui a abrir la única persona que vi en la desierta calle fue un muchacho que se alejaba corriendo rumbo a la sinagoga. Sobre el felpudo había un sobre dirigido al jefe.

Se lo entregué sabiendo que eran malas noticias. Él lo abrió a toda prisa y sus ojos se llenaron de terror al leer la carta que había en su interior. Soltó un gemido mientras la apretujaba en el puño, y yo se la arrebaté y la leí.

Señor Arrowood:

Confío en que se haya recobrado de la conflagración. Si quiere recuperar al muchacho, traiga al francés mañana a medianoche al almacén de Issler, en Park Street, al lado de Vinagres Potts. Si no viene, el niño morirá; si trae a la policía, el niño morirá.

Con todo respeto, su más fiel amigo.

Me senté pesadamente en la silla. Mis fuerzas se habían esfumado, la cabeza me daba vueltas.

—¿Qué dice la nota? ¿Qué ha pasado? —preguntó Ettie con apremio.

—Tienen a Neddy.

Oí que el jefe daba aquella respuesta, pero su voz parecía venir de muy lejos.

—¿Quién?

—Cream.

Ettie soltó una exclamación ahogada.

—¿Otra vez? ¿Cómo han logrado atraparle?

—Los fenianos debieron de atraparlo en la calle y se lo entregaron a él.

Hundí el rostro entre las manos, consciente de que yo era el culpable de lo ocurrido. No entendía cómo había sido capaz de dejarlo allí sin más. ¿Qué clase de botarate haría algo así? Entre las dosis de Black Drop y la cerveza no le había cuidado como debía. Era un tipo débil, la culpa era mía.

El saloncito había quedado en silencio y yo era incapaz de enfrentarme a sus miradas. Me habría sentido agradecido si el Señor me hubiera fulminado con un rayo en ese preciso momento.

—La culpa es mía, me equivoqué. Le dejé allí solo, haciendo guardia. —No quería que el jefe me protegiera de mis propias acciones.

—¡Por Dios, Norman, no puede ser! —exclamó Ettie consternada—. ¿Cómo pudo dejar a un niño en peligro?

Fui incapaz de contestar. Permanecí allí, con la cabeza entre las manos y la mirada fija en la alfombra. Me sentía avergonzado de mí mismo, y una oleada de furia iba abriéndose paso en mi interior.

—¿Qué es lo que quieren? —preguntó Lewis.

—A Thierry —le contestó el jefe antes de dejar el cuenco en el suelo. Se puso de pie y se quitó el papel de la frente.

—¡Tenemos que avisar al inspector Petleigh para que registre el Barrel of Beef! —exclamó Ettie.

—Seguro que no lo tienen allí, ni en la tonelería, ni en el burdel de Milky Sal —afirmó el jefe—. Cream sabe que es posible que la policía los registre.

—¿Van a hacerle daño?

El jefe no contestó. Yo me levanté de la silla, no podía quitarme de la mente la horrible imagen del cadáver del agente que había sido asesinado.

—Necesito una pistola, Lewis. —Noté que las palabras me temblaban en la garganta al hablar.

El aludido asintió y se dirigió hacia la vitrina, pero el jefe protestó de inmediato.

—¡No, Norman! ¿De qué va a servirte una pistola?

—Él me dirá dónde está Neddy si su vida depende de ello.

—¿A quién te refieres, a Cream? ¡Te matarán incluso antes de que llegues a la planta de arriba!

—Yo soy el culpable de esto y voy a solucionarlo.

—¡Lewis, no le des ninguna pistola!

Al ver que el armero nos miraba a uno y a otro sin saber qué hacer, yo salí del saloncito como una exhalación y me dirigí hacia la cocina, donde me armé con un cuchillo de los de cortar el pan. Al salir al pasillo de nuevo los encontré a los tres esperándome allí.

—¡Detente, Norman! —El jefe intentó agarrarme del abrigo, pero pasé junto a él sin miramientos y alcancé la puerta principal.

—¡Norman! ¡Espere, por favor!

Hice oídos sordos a la súplica de Ettie, salí a la calle y me dispuse a echar a correr, pero justo cuando di el primer paso recibí una fuerte zancadilla que hizo que me desplomara contra el suelo sobre mi brazo herido. Me giré a mirar desde el suelo y vi a Ettie armada con un paraguas. Lo sostenía por el extremo inferior, y había atrapado mi tobillo con el mango curvado. Me liberé tan rápido como pude, y estaba intentando levantarme cuando ella se abalanzó sobre mí.

—¡Deje de resistirse! —me dijo al oído con voz imperiosa—. Lo único que va a lograr es que le maten, y eso no ayudará en nada al muchacho.

Me quedé allí tirado, con el estómago revuelto tanto por el dolor del brazo como por lo avergonzado que me sentía por lo que había hecho.

—Cometió una estupidez, Norman —me dijo mientras permanecía tendida por completo sobre mi cuerpo—. No puede arreglar las cosas cometiendo una incluso mayor.

Cuando vio que mi arrebato había pasado agarró el cuchillo y se levantó; esperó a que Lewis me ayudara a hacer lo propio y entonces añadió:

—Iré a ver a la madre de Neddy, seguro que estará preocupada de nuevo.

—Gracias, hermana —le dijo el jefe—. Ven, Norman. Vamos a dar un paseo, tenemos que idear un plan. —Agarró su bastón y se puso el sombrero.

—Tenemos que traerlo de vuelta, William —murmuré mientras nos alejábamos por la calle. Mantuve la mirada puesta en mis pies, estaba tan avergonzado que era incapaz de alzar la cabeza.

—Ya lo sé, Norman.

Era un domingo por la mañana, así que las tiendas y los pubs estaban cerrados. El sonido de las campanas de las iglesias del vecindario inundaba el ambiente, parecían competir jubilosas bajo la brisa. Familias ataviadas con sus mejores ropas regresaban de misa y se detenían a charlar unas con otras. El jefe guardó silencio mientras caminaba sumido en sus pensamientos, el único sonido que emitía era el de su respiración trabajosa.

Me vino a la mente el recuerdo de aquel pobre muchacho del caso Betsy, un pobre inocente que se había visto involucrado en algo que no le concernía y que había perdido la pierna por ello; recordé la carita mugrosa de Neddy, lo deseoso que estaba de ayudar, y en ese momento me sentí más asqueado conmigo mismo que en toda mi vida. Recorrimos Blackfriars y después caminamos junto al río junto a las plataformas de Bankside, donde estaban atracadas las barcazas. Ellas también tenían el día libre.

—Neddy debe de haberles contado que encontramos a Thierry —comentó finalmente el jefe.

—Y no lo habría hecho a menos que... —Fui incapaz de terminar la frase.

—Tenemos que entregarles a Thierry, no hay otra alternativa.

—Él no accederá a volver por nada del mundo, eso sería un suicidio.

—Es posible que sí que acceda, si le convencemos de que su vida no correrá peligro. Avisaremos a Petleigh para que esté allí con varios agentes. ¿Cómo va a negarse a salvar la vida de un crío?

Seguimos caminando en silencio y él volvió a tomar la palabra cuando estábamos acercándonos al puente de Southwark.

—La señorita Cousture tiene que encargarse de traerlo de vuelta. Recuerda que su caso aún no está resuelto, ella quiere llevar a Cream ante la justicia. Puede que esta sea su oportunidad para conseguirlo.

—Pero no tenemos pruebas que incriminen a Cream. Terry es el único que podría aportarlas, y lo único que sabe es que guardaban rifles en el sótano. No tenemos nada.

—Cream ha secuestrado a Neddy, Petleigh puede arrestarle por eso. Y es posible que alguna de las jóvenes del burdel pueda aportar pruebas que demuestren que la tuvieron presa allí.

—Le echarán la culpa a Long Lenny, a Boots o a Milky Sal, no a Cream. A él no logran atraparle nunca.

Tomamos Southwark Bridge Road. En el parquecito de Newington Causeway había niños jugando y hombres vendiendo pastelillos especiados y sorbetes. Un repartidor de periódicos estaba apostado a la entrada de la estación de Elephant and Castle con un montón de ejemplares del *Daily News*.

—¡Últimas noticias sobre el asesinato de Venning! —anunciaba el joven repartidor, a viva voz—. ¡Aquí tienen la información más reciente!

El jefe, quien había estado sumido en sus pensamientos hasta ese momento, se sacó una moneda del bolsillo y se la dio.

—Puede que haya algún dato nuevo —me dijo mientras el repartidor le entregaba un ejemplar.

Ya nos alejábamos cuando el muchacho siguió con su cantinela.

—¡Lea aquí las últimas noticias sobre el asesinato de Venning! ¡Sherlock Holmes va a ayudar a la policía! ¡Últimas noticias sobre el asesinato de Venning!

El jefe reaccionó de forma instintiva. Dio media vuelta de golpe mientras alzaba el bastón; el movimiento fue tan súbito que se le cayeron las gafas al suelo.

—¡Deja de gritar, granuja! —Su rostro, que hasta el momento estaba bastante pálido, había adquirido de repente un tono casi morado; las venas de las sienes se le habían hinchado—. ¡Cállate! ¿Acaso crees que nos importa Sherlock Holmes?

El muchacho se parapetó acobardado tras el montón de periódicos y se cubrió la cabeza con los brazos; el jefe blandió el bastón y lanzó los ejemplares de arriba hacia la calzada; lo blandió de nuevo y un niño que pasaba en un carrito se puso a berrear aterrado.

—¡Contrólese, señor! ¡Deje en paz al muchacho! —le ordenó un caballero que acababa de bajar de un cabriolé.

Yo saqué dos peniques de mi bolsillo y los metí en el del repartidor.

—Levántate, muchacho. Sentimos haberte asustado, es que el señor está mal de la cabeza y hoy le ha dado por gritarle a todo el mundo.

Apenas acabábamos de cruzar la calle cuando el jefe se volvió furioso hacia mí.

—¿Cómo se atreven a acudir a ese charlatán? ¡Nosotros llevamos semanas investigando este caso! En cuanto vea a Petleigh le voy a cantar las cuarenta, pero vamos a llegar al fondo de este asunto antes que Sherlock Holmes. ¡Lo juro!

Entramos en el parque y lo cruzamos con la intención de salir por el otro lado. Para entonces se le veía taciturno, y yo decidí que había llegado el momento de hacerle una peliaguda pregunta.

—¿Qué le dijo Isabel, William?

Él golpeó la barandilla con el bastón y cuando contestó lo hizo con voz clara y precisa.

—Quiere casarse con un abogado al que ha conocido en Cambridge. Desea que nos divorciemos, que yo venda mis habitaciones y le entregue la mitad de lo que me den por ellas.

—Dios. ¿No hay forma de hacerla cambiar de opinión?

—Ya veremos —estampó el bastón contra la barandilla de nuevo—, ya veremos.

34

Mientras nos aproximábamos al lugar donde vivía la señorita Cousture, a unos metros por delante teníamos a un reverendo que llegó a la casa antes que nosotros, subió los escalones de la entrada e insertó una llave en la puerta.

Sonrió al vernos.

—Buenos días, caballeros. Supongo que ustedes serán el señor Arrowood y el señor Barnett, ¿verdad?

Era un hombre joven, delgado y cordial que tenía la cabeza enfundada en una avejentada chistera negra y llevaba un alzacuello blanco. Sostenía en la mano una Biblia que tenía un cierre de latón.

—En efecto, señor. ¿Quién es usted?

—El reverendo Josiah Jebb, los hemos estado esperando. —Abrió la puerta de par en par y se apartó a un lado para que le precediéramos—. Adelante, por favor.

—¿La señorita Cousture ha hablado con usted?

—Sí, así es.

Nos condujo hasta el saloncito y nos invitó a tomar asiento.

—Iré a por Caroline, está deseando hablar con ustedes.

Unos gruesos nubarrones grises encapotaban el cielo y apenas entraba luz por las tupidas cortinas rojas. En la esquina se encontraba el mismo piano de la vez anterior, el mismo sofá seguía colocado a lo largo de la pared, el mismo Cristo de plata seguía clavado en la cruz. El jefe y yo nos sentamos en las dos mismas sillas raídas.

La señorita Cousture entró poco después y nos dio la bienvenida. Iba vestida con un sencillo vestido negro sobre el que llevaba un delantal blanco, y llevaba el cabello recogido y cubierto por una pañoleta.

El reverendo entró tras ella y se posicionó junto a la chimenea, bien erguido y virtuoso, mientras ella tomaba asiento en el mismo sillón orejero de la vez anterior.

—¿Puedo preguntarle por el nombre de su iglesia, reverendo? —dijo el jefe.

—No somos una iglesia, sino una misión llamada Albergue Cristiano y Justicia. Rescatamos a mujeres que han sido víctimas de abusos y les ofrecemos la oportunidad de forjarse una nueva vida por la gloria del Señor.

—No había oído hablar de ustedes.

—Preferimos no dar publicidad a nuestras actividades, señor Arrowood. Algunas de nuestras protegidas han escapado de personas peligrosas que querrían tenerlas de vuelta.

Nos miró a uno y a otro en silencio, y el jefe se dirigió a él con cortesía:

—Reverendo, espero que no le moleste, pero nos urge hablar con la señorita Cousture sobre un asunto personal bastante delicado. ¿Nos permitiría hablar con ella en privado unos minutos?

—El reverendo Jebb está enterado de todo, pueden hablar abiertamente ante él —afirmó ella. Su acento francés se había esfumado casi por completo.

El jefe asintió.

—Está bien, como usted quiera. Hemos encontrado a su hermano, señorita.

Ella bajó la mirada hacia sus manos, que aferraban con fuerza el delantal, y admitió con voz suave:

—Ya lo sé, ayer vino a verme.

—Usted nos ha dicho una mentira tras otra, señorita Cousture.

¿Por qué no nos contó desde un primer momento cuál era su verdadero objetivo al encargarnos este caso? Eso nos habría facilitado bastante las cosas.

—Porque ustedes no habrían aceptado el caso —afirmó con calma—. Todo el mundo sabe lo peligroso que es Stanley Cream, ¿quién se atrevería a enfrentarse a él? ¡Si hasta la policía le deja actuar impunemente! Confieso que los he utilizado, señor Arrowood, pero ¿qué otra opción me quedaba?

—Pensamos que era la mejor estrategia —añadió el reverendo Jebb.

—Josiah quería que acudiera a Sherlock Holmes, pero yo opté por usted.

Eso complació al jefe y su expresión severa se desvaneció. Me lanzó una mirada para asegurarse de que yo también lo había oído, y entonces se echó hacia atrás en la silla y cruzó sus regordetas piernas.

—Mi querida señorita, me halaga que depositara su confianza en mí.

Ella hizo caso omiso de sus palabras y siguió hablando.

—Pensé que Holmes encontraría a Thierry demasiado pronto, y que no tendríamos tiempo de recabar suficiente información sobre Stanley Cream y sus negocios.

El jefe no asimiló en un primer momento lo que ella estaba diciendo, pero de repente puso cara de indignación y se levantó de la silla.

—¿Está diciendo que nos contrató porque pensaba que no íbamos a encontrar a Thierry?

—¡No, señor Arrowood, la está malinterpretando! —intervino el reverendo—. Quiere decir que usted dispone de menos medios, así que se vería obligado a recabar más información sobre la red de Cream antes de lograr encontrarle. Y justo esa era la información que nosotros queríamos obtener.

El jefe miró con suspicacia a la señorita Cousture, que se apresuró a asentir.

—Sí, el reverendo lo ha expresado mejor. Por favor, señor Arrowood, siéntese.

Él cruzó los brazos sobre la barriga mientras se debatía entre hacerlo o no; su cara parecía la de un bebé a punto de echarse a llorar.

—¿Por qué no le dijo a Thierry que Martha había muerto? —preguntó al fin.

—Porque temí que regresara para vengarse y le mataran, pero ahora está enfadado conmigo porque no se lo conté.

—Tenemos un problema, señorita —intervine yo—. Cream ha atrapado a nuestro Neddy. Quiere intercambiarlo por Thierry, nos ha citado mañana por la noche. Amenaza con matar al muchacho.

Ella se tensó y lanzó una breve mirada al reverendo.

—¿Quién es Neddy?, ¿su hijo? —me preguntó.

—No, un muchacho que nos ayuda haciendo guardias. Tenemos que rescatarlo, señorita. Tan solo tiene diez años.

—¿Han estado utilizando a un niño para vigilar a criminales? —preguntó el reverendo.

—Le aseguro que es una práctica de lo más normal —afirmó el jefe—. Sherlock Holmes tiene un verdadero ejército de críos a su servicio.

—¿Cómo han podido permitir que lo atrapen? —dijo la señorita Cousture.

Fui yo quien contestó.

—Sucedió sin más, este no ha sido un caso fácil.

—¡No les he pagado para que envíen a un niño a perseguir criminales! —exclamó muy enfadada—. *Mon Dieu*! ¿Cómo es posible que cometieran semejante barbaridad?

Me fastidió que se pusiera tan digna después de todas las mentiras que nos había contado y le espeté con sequedad:

—Oiga, estamos muertos de preocupación por él y no nos sirve de nada que nos diga que metimos la pata. Tenemos muy claro que cometimos un grave error, pero ahora necesitamos que usted nos ayude a rescatar al niño.

—Señorita Cousture, queremos pedirle que vaya a Sussex y convenza a Thierry de que regrese a Londres de inmediato —le pidió el jefe con firmeza—. El encuentro con Cream es mañana a medianoche; dígale que no correrá ningún peligro, que solo vamos a fingir que estamos dispuestos a entregarle. El inspector Petleigh estará apostado cerca de allí con sus agentes, intervendrán una vez que Neddy aparezca, pero usted debe convencer a Thierry de que venga. Dígale que vamos a llevar al asesino de Martha ante la justicia. Tan solo hay que conseguir que Cream admita haber ordenado el asesinato mientras Petleigh está cerca y oye su confesión, eso bastará como prueba para que se le acuse del crimen.

—¿Y qué pasa si no lo admite? —le preguntó Jebb.

—En ese caso intentaremos sacarle algún comentario incriminatorio sobre los rifles, sir Herbert o las muchachas a las que vende. Es todo cuanto podemos hacer. Si habla de más ante testigos policiales, sus palabras podrán ser usadas como pruebas en un juicio; incluso suponiendo que no hablara, podrán arrestarle por mantener retenido a Neddy.

—No puedo hacer lo que me piden —dijo de improviso la señorita Cousture.

—¿Por qué? ¡Debe intentarlo al menos! —le pidió el jefe atónito.

—Lo lamento, pero Thierry ha zarpado rumbo a Francia al mediodía. Estaba dispuesto a quedarse aquí por Martha, pero no por mí. Al menos después de lo que hice.

El jefe gimió, se dio una palmada en la frente y empezó a pasear de un lado a otro del saloncito mientras intentaba encontrar alguna posible solución.

—¡Debemos mandarle un telegrama de inmediato! —anunció al fin.

—No se dirigía a Rouen, sino a París —le explicó ella—. No sé dónde tiene intención de alojarse.

—En ese caso, usted debe ir en su busca de inmediato.

—No tendría forma de encontrarle, ni siquiera sabría por dónde empezar a buscar.

Él dio una fuerte patada en el suelo y exclamó, lleno de frustración:

—¡Maldición!

—Señor Arrowood, le pediría que no maldiga en nuestra casa —le reprendió el reverendo.

—¡Pero es que necesitamos a Thierry! ¿Cómo vamos a poder rescatar a Neddy sin él?

—Lo que no entiendo es por qué Cream está tan interesado en atrapar a Thierry —comenté yo, antes de dirigir la mirada hacia el entristecido rostro de la señorita Cousture para ver si su expresión me daba alguna pista—. Él vio los rifles, eso es todo. Después de eso huyó y desapareció, desde entonces no le ha dado ningún problema. No lo entiendo, lo poco que sabe no le convierte en un peligro para Cream. Yo creo que usted está ocultándonos algo más, señorita Cousture.

Ella abrió la boca, lo que dejó a la vista su diente astillado. Se apresuró a negar con la cabeza.

—No tengo ni idea de por qué Cream quiere atraparlo.

—Está atando los cabos sueltos, Barnett —me dijo el jefe—. Yo diría que quiere deshacerse de todo el que esté enterado de lo de los rifles, eso explicaría lo de Martha, lo del hombre de la SIB y lo de sir Herbert. —Frunció la nariz; la expresión de su rostro se oscureció—. Thierry es el siguiente.

—¿Nosotros también?

—Sí, Barnett. Los tres estamos en su punto de mira, nos tendrá a los tres a tiro mañana por la noche.

—¿Está diciendo que intentará asesinarlos mañana? —preguntó el reverendo.

El jefe respiró profundamente antes de admitir con voz queda:

—Eso creo.

—¡No pueden correr semejante riesgo!

—Tenemos que intentar salvar a Neddy.

—Pero ¿cómo vamos a arreglárnoslas sin contar con Thierry? —le pregunté yo.

Él siguió yendo de acá para allá, pensativo y con la espalda encorvada, mientras murmuraba vete tú a saber qué para sí. Su ceñuda mirada se posaba de vez en cuando en mí, en el reverendo y en la señorita Cousture, pero nosotros guardábamos silencio. A veces se paraba en seco, abría la boca como si fuera a decir algo y entonces negaba con la cabeza y seguía deambulando por el saloncito.

Finalmente enderezó la espalda y anunció:

—Mañana tendrá que acudir a la cita con nosotros, señorita Cousture, y fingirá que tiene a Thierry oculto en algún lugar cercano. Les dirá que le hará salir cuando comprobemos con nuestros propios ojos que Neddy está bien.

—Eso la pondrá en peligro a ella —dijo el reverendo.

—No se preocupe por mí, Josiah. He puesto a todo el mundo en peligro, ahora me toca a mí.

—Me encargaré de que Longmire y Paddler Bill también estén presentes —afirmó el jefe—. Cuanta más confusión haya, más probabilidades habrá de que logremos salir de esta con vida, y también de que digan algo que pueda incriminarles.

—O la situación puede volverse incluso más peligrosa para nosotros —aduje yo.

—Hemos llegado a un punto en que nos jugamos el todo por el todo, Barnett.

—Sí, es nuestra única alternativa —asintió la señorita Cousture.

El jefe se volvió hacia ella y le preguntó a bocajarro:

—¿De qué conoce al coronel Longmire?

—No lo conozco de nada.

—¿De qué le sirve negarlo a estas alturas? —Al ver que ella se limitaba a mirarle, serena y en silencio, añadió—: Hemos llegado al final de la partida, señorita Cousture. Creo que nos debe la verdad.

Ella no contestó y él insistió en voz baja:

—Es posible que nos maten a todos. —Suspiró al ver que seguía callada—. Ya veo, no piensa contárnoslo.

—No, señor.

Él recogió su bastón y su sombrero, y se limitó a decir:

—Pasaremos a buscarla mañana a las nueve y cuarto, no nos haga esperar.

Una vez que estuvimos de regreso en casa de Lewis, el jefe me explicó el plan. Envió dos mensajes, uno de ellos dirigido a Longmire:

Traiga mañana 25 libras al almacén de Issler, en Park Street, diez minutos después de la medianoche. No se lo diga a nadie; venga solo. Si no está allí, si no está solo, si nos enteramos de que le ha hablado a Cream de este encuentro, al mediodía los periódicos ya tendrán sobre la mesa la información que guardamos en nuestro poder.

Locksher.

El otro se lo mandó a Paddler, y en él ponía lo siguiente:

Tienen a un informante de la SIB dentro de su organización. Le espero mañana en el almacén de Issler, en Park Street, diez minutos después de la medianoche. Traiga a todos sus hombres, pero no les diga el porqué. Traiga 25 libras y sabrá quién es el traidor.

Me acerqué a Park Street para echarle un vistazo al almacén en cuestión; dado que era domingo, los negocios estaban cerrados y la calle estaba tranquila. El almacén, situado entre una fábrica de vinagre y la de los pepinillos de Crosse y Blackwell, se veía abandonado y tenía las puertas y las ventanas chamuscadas por un incendio que debía de haber sido bastante reciente. La amplia entrada estaba cerrada a cal y canto, las ventanas selladas con tablas, y en la parte de atrás había un callejón que arrancaba desde la chimenea de la fábrica de cerveza Barclay Perkins y discurría a lo largo de los patios traseros de los edificios. Lo seguí hasta llegar al otro lado del patio del almacén de Issler, salté la valla y vi que había varios edificios anexos (cobertizos de almacenamiento y obradores), y un par de entradas que daban al almacén y que eran tan enormes que por ellas podría caber un caballo tirando de un carro.

Me quedé parado en aquel patio sintiéndome entumecido, como si estuviera distanciado de todo cuanto me rodeaba. Era consciente de que tenía un trabajo por hacer, pero mi mente no dejaba de pensar en Neddy, en lo que le habrían hecho, en cómo estaría en ese momento. Pensar en ello me angustiaba, me revolvía el estómago, me debilitaba; alcé la mirada al cielo y luché por controlarme.

Saqué mi ganzúa y forcé la cerradura con rapidez. El interior del lugar olía a humo. Encendí mi linterna y vi ante mí un amplio espacio abierto donde había almacenados cientos de barriles de diferentes tamaños, desde pequeños barriletes a grandes barriles de cerveza, cubas y barricas, y toneles del tamaño de un almiar. A lo largo de las cuatro paredes discurría una ancha plataforma superior donde había apilados más barriles y en una esquina, construidos bajo la plataforma, se encontraban un par de despachos cuyas ventanas abiertas daban al almacén. Algunas palomas habían anidado en las vigas del techo, un techo por cuyos agujeros se colaban tenues rayos de luz de luna. Las paredes estaban tiznadas por el humo, el suelo estaba lleno de ceniza; los barriles debían de haber sido almacenados allí después del incendio, porque no estaban dañados ni había rastro de hollín en ellos.

Llamé en voz alta a Neddy varias veces, pero lo único que se oía era el sonido de las palomas moviéndose por el techo. Mis pasos resonaron entre las elevadas paredes mientras recorría el lugar en busca de algún posible escondite para Petleigh y sus hombres; tanto los edificios anexos como los oscuros huecos que quedaban entre los barriles parecían posibles opciones. A un lado, separadas de la parte principal del almacén por un sumidero de hormigón lleno de agua estancada, había hileras de cubas en las que podrían caber un par de hombres puestos de pie.

En el suelo, junto a los despachos, encontré una trampilla, y al abrirla vi una escalerilla que descendía hasta una bodega. Siempre había sentido una especial aversión por ese tipo de lugares tan cerrados y oscuros, pero sabía que tenía que bajar, que tenía que hacerlo por Neddy. Tomé una gran bocanada de aire fresco, bajé por la escalerilla y al llegar al fondo vi que me encontraba en un lugar largo y frío de techo bajo, tan oscuro como el trasero del diablo y que olía a humedad. En el suelo había montones de trapos putrefactos y manchas de aceite. No me hacía ninguna gracia estar allí, y antes de dar un paso permanecí quieto por unos segundos mientras aguzaba el oído. Solo se oía el ruido sordo de los ratones y un lento goteo procedente de algún lugar inmerso en la oscuridad. Cuando me convencí de que no se oía nada más, recorrí la bodega a toda prisa iluminando con la linterna todos los rincones por si Neddy estaba allí, pero daba la impresión de que hacía años que nadie pisaba aquel lugar.

—Esconderemos a Petleigh antes de que lleguen —me dijo el jefe cuando regresé a casa de Lewis—. Cream se presentará pronto, así que tenemos que adelantarnos. Pídele a Sidney que venga a recogernos a las nueve, tendrá que quedarse esperando en las inmediaciones y es posible que se vea obligado a salir huyendo.

—Es demasiado peligroso —le advirtió Lewis—. Ellos serán muchos, William. No puedes confiar en que la policía vaya a protegeros.

—No tengo otra alternativa, Lewis. Las autoridades podrían interrogar a Cream, pero él juraría que no sabe nada y puedes tener por seguro que no habrán escondido a Neddy en la tonelería. No te preocupes, amigo mío, Petleigh ha accedido a traer un buen número de efectivos.

Lewis soltó un sonoro suspiro, se levantó de la silla con

dificultad y cruzó el saloncito rumbo a una vitrina. De uno de los cajones sacó un estuche de madera de cerezo que abrió con una llavecita que llevaba colgada en la leontina de su reloj de bolsillo.

—¿Has usado alguna vez una pistola, Norman?

Yo contesté negando con la cabeza y él procedió a sacar del estuche una pistola de plata que me entregó sin decir palabra. Era un arma pesada y fría, y se me revolvió el estómago al tenerla en la mano. Le entregó otra igual al jefe y a continuación nos explicó cómo cargarlas, empuñarlas y apuntar, cómo disparar, y nos pidió que practicáramos fingiendo que le disparábamos a un busto de Alejandro Magno que tenía junto a la puerta.

—No me gusta nada todo esto, William —insistió mientras se secaba el sudor de la frente—. Eres mi amigo desde hace muchísimo tiempo, no quiero perderte.

A mí tampoco me hacía ninguna gracia aquel plan, pero opté por guardar silencio. No sabía qué otra cosa podíamos hacer.

—Tenemos que salvar a Neddy —contestó el jefe con firmeza.

Lewis asintió y se volvió hacia mí.

—Protégele, Norman.

Procuré que el miedo que me atenazaba no se reflejara en mi rostro.

35

Cuando llegamos al almacén de Issler, las puertas seguían estando cerradas. Aparte de la fábrica de cerveza que se alzaba al final de la calle, que tenía algunas luces encendidas y cuya chimenea estaba humeante, el resto de las fábricas y los almacenes ya habían dado la jornada por terminada y habían cerrado. Si se producía un tiroteo, no iba a oírlo nadie.

Dejamos a Sidney junto a la chimenea y rodeamos el edificio rumbo al callejón de atrás, que era donde habíamos acordado encontrarnos con Petleigh. El reverendo Jebb se había empecinado en venir con nosotros porque, según él, era posible que Cream se moderara un poco en presencia de un hombre de Dios, y aunque a mí me parecía que esa posibilidad era más que improbable, me alegraba tenerle allí; cuantos más fuéramos, mucho mejor.

La señorita Cousture se había puesto un viejo traje negro masculino que le había procurado el reverendo, quien había pensado que era más seguro para ella ir vestida de hombre. El jefe no podía saltar la valla para acceder al patio del almacén, así que tuve que arrancar un par de tablas para que pudiera pasar. Cuando entramos en el almacén encendí varias velas para poder mostrarles la distribución del lugar y, mientras lo recorríamos y el sonido de nuestros pasos resonaba en aquel amplio espacio abierto, no aparté la mano del frío revólver que llevaba en el bolsillo.

La oscuridad de aquel sitio había silenciado tanto a la señorita Cousture como al reverendo, y no volvieron a hablar hasta que salimos de nuevo al patio.

—¿Qué hacemos ahora? —preguntó ella con voz trémula.

—Ustedes dos van a salir de aquí y esperarán con Sidney —le contestó el jefe—, nosotros nos reuniremos con ustedes cuando llegue Petleigh.

El jefe y yo salimos al callejón con ellos y nos quedamos allí mientras los veíamos alejarse. Él esperó hasta tener la certeza de que ya no podían oírnos antes de preguntar:

—¿Has cargado tu revólver?

—Sí.

—Lewis ha cargado el mío. Ten, aquí tienes unas balas más por si acaso.

—Nunca imaginé que llegaríamos a usar pistolas en el transcurso de uno de nuestros casos, William.

—Ojalá las hubiéramos tenido cuando estábamos investigando el caso Betsy —me dijo él.

—De todas formas no habríamos llegado a tiempo de salvar a John Spindle.

Se volvió a mirarme al oír aquello. El pequeño bombín que se había puesto descansaba sobre su cabeza como un pastel de chocolate sobre un cerdo, y a la luz de la luna daba la impresión de que su vello facial iba a la deriva por un rostro inmerso en una turbia neblina. El aliento le olía a vino; se tiró un pedo de buenas a primeras.

—Norman, quería decirte que eres un gran apoyo para mí, que siempre lo has sido. Quería decirte cuánto te lo agradezco antes de que... —titubeó por un instante—; tú y yo somos un verdadero equipo, de eso no hay duda.

Yo posé una mano en su regordete hombro.

—Ya lo sé, William. No hace falta que diga nada.

Me ofreció un cigarro y fumamos mientras esperábamos en el callejón. Un chucho se acercó a husmear con la esperanza de encontrar algo de comida; las diez de la noche llegaron y pasaron de largo.

—¿Dónde demonios estará Petleigh? —masculló el jefe.

—¿Está seguro de que él le dijo que estaría aquí a las diez?

—Sí, por supuesto que sí.

Las diez y cuarto, las diez y media..., y ni rastro del inspector. El jefe, que llevaba media hora andando con nerviosismo de acá para allá, acabó por perder los nervios.

—¿Se puede saber dónde demonios está? —Se apresuró a bajar la voz—. Si no llega pronto, no van a poder ocupar sus puestos.

El reverendo llegó corriendo por el callejón, agarrándose el sombrero con una mano para que no se le cayera.

—¿Hay algún problema? —nos preguntó con la respiración jadeante.

—Aún no han llegado —contesté yo.

—¡No puede ser! ¿Qué vamos a hacer si no llegan a tiempo?

—No se preocupe, Petleigh me prometió que vendrían —le aseguró el jefe—. Venga, regrese al cabriolé y espere allí con la señorita Cousture.

A las once menos cuarto, la policía seguía sin aparecer en el callejón.

—Debe de haber pasado algo, Norman. No puedo entender cómo es posible que Petleigh no haya llegado aún.

—Puede que hayan sufrido un accidente.

Nuestras miradas recorrieron el desierto callejón, y él afirmó al cabo de unos segundos:

—Me prometió que vendría.

—¿Qué vamos a hacer si no es así? No vamos a conseguir pruebas sólidas —susurré.

—Lo que más me preocupa en este momento es que no vamos a contar con su protección.

—Sí, no sé si estos revólveres nos van a servir de mucho. Entre Cream y los demás, serán demasiados.

Él asintió y dijo con semblante adusto:

—¡Maldita sea, Barnett! ¡No vamos a tener más remedio que entrar sin Petleigh y los suyos!

—¿Qué haremos cuando esos tipos se den cuenta de que no hemos traído a Thierry?

Él tomó una larga bocanada del aire nocturno, se encendió otro cigarro más y admitió taciturno:

—En el peor de los casos..., en el peor de los casos, nos molerán a palos para intentar que revelemos dónde está, y después nos matarán.

Yo ya estaba asustado, pero oírle decir aquello acrecentó aún más mis temores. Se sacó la petaca del bolsillo y me la ofreció, y yo no dudé en tomar un par de buenos tragos. A ambos nos temblaban las manos cuando se la devolví.

—¡Maldita sea! —exclamó de repente.

Las palabras resonaron en el oscuro callejón y el perro regresó y se sentó mientras me miraba con ojos lastimeros.

—Ya se nos ocurrirá algo, jefe.

—Claro, y si no es así vamos a tener que empezar a pegar tiros —dijo él.

Pasaban unos minutos escasos de las once cuando oímos que se abrían las grandes puertas de la parte delantera del almacén y el golpeteo de pasos resonaba en el interior del enorme edificio. Cream y sus hombres habían llegado. El jefe me agarró del brazo, nos adentramos un poco más en el callejón y nos escondimos detrás de una gran pila de cajas. El reloj dio las once y media, y al ver que Petleigh seguía sin dar señales de vida supe que la policía no iba a venir. El jefe y yo permanecíamos en silencio, yo estaba pensando en la muerte y supongo que él también. Si aquella noche era el fin para mí, estaba preparado para ello; al fin y al cabo, uno no sabe que está muerto cuando ya lo está, eso era lo que me repetía una y otra vez a mí mismo. Además, ¿qué motivos tenía para seguir viviendo? Un cuerpo al que empezaba a resultarle difícil aguantar los golpes, y una habitación fría y vacía a la que no quería regresar. Sí, eso era todo cuanto tenía, pero a pesar de ello era consciente de que no quería morir aquella noche. No quería que fuera en aquel lugar, ni a manos de los hombres de Cream.

Mientras el tañido de las campanas que anunciaban la medianoche empezaba a sonar en las calles, decidimos no seguir esperando a Petleigh y, tras ir al cabriolé a por un par de linternas, echamos a andar por Park Street junto con la señorita Cousture y el reverendo Jebb. El jefe les ofreció la posibilidad de quedarse con Sidney, les dijo que la empresa que teníamos por delante era demasiado peligrosa sin contar con la protección de Petleigh y los suyos, pero ella se negó en redondo a dar marcha atrás. Estaba decidida a ayudarnos a rescatar a Neddy; el reverendo, por su parte, expresó la misma opinión que ella, pero se le veía nervioso e insistió en que nos detuviéramos a rezar en la esquina. Quiso saber lo que íbamos a hacer, pero el jefe y yo no pudimos dar respuesta a sus preguntas.

—Está bien, en ese caso confiaremos en el Señor. —La autoridad que con tanta fuerza se reflejaba en su voz el día anterior se había esfumado, era obvio que el joven reverendo no sabía cómo manejar aquella situación.

La señorita Cousture caminaba junto a nosotros como si ya estuviera muerta. Permanecía callada y su rostro reflejaba serenidad bajo la gorra de tela que le cubría la cabeza; daba la impresión de que ni siquiera respiraba.

Todas las ventanas de las fábricas y almacenes que poblaban Park Street estaban oscuras, pero la brillante luna bañaba el empedrado del suelo de un tenue resplandor. Había un carruaje parado frente a la puerta del almacén de Issler. El jefe me dio un pequeño codazo y me indicó un hombre que estaba parado un poco más allá del carruaje y otro que se había apostado al otro lado, en un portal.

Llamé con el puño a la enorme puerta del almacén y fue Piser quien salió a abrir. Llevaba la gorra inclinada hacia delante y le oscurecía los ojos, sostenía una linterna en una mano y en la otra empuñaba un revólver. Miró vigilante a uno y otro lado de la calle antes de apartarse a un lado, y al entrar vimos a Cream parado en el centro de aquel enorme lugar. La linterna que sostenía en una mano iluminaba el gabán blanco y la chistera marrón que llevaba puestos, en la otra mano tenía un bastón de ébano. Boots y Long Lenny se encontraban junto a él, el primero armado también con un revólver y el segundo con un largo atizador que golpeaba contra la palma de su mano.

—¿Quién es toda esta gente, Arrowood? —me preguntó Cream.

—Ella es la hermana de Thierry —contestó el jefe con una voz rara, como si le doliera la garganta—. Él es el reverendo Jebb, un conocido nuestro.

—Puede marcharse, reverendo.

—Eh..., no, yo..., eh..., pre... preferiría que... quedarme.

El reverendo apenas había acabado de balbucear aquellas palabras cuando Cream se limitó a decir:

—Lenny.

El aludido echó a andar sin decir ni una sola palabra, el crujido de sus botas contra las cenizas del suelo eran el único sonido que quebraba el tenso silencio. Señaló al reverendo con el atizador y le ordenó:

—Vamos, padre.

El reverendo Jebb era un hombre alto, pero no tanto como él. Empezó a retroceder hacia la puerta poco a poco y entre protestas, hasta que al final Long Lenny le agarró del abrigo y lo echó a la calle sin miramientos; en cuanto el reverendo estuvo fuera, Piser cerró con un sonoro portazo.

—Bueno, ahora ya podemos hablar de negocios. ¿Dónde está Terry? —preguntó Cream.

—Lo tenemos cerca de aquí. ¿Dónde está el muchacho? —contraatacó el jefe.

Cream le hizo un gesto de asentimiento a Boots, quien agarró la linterna y, tras cruzar el almacén, se detuvo justo delante del sucio sumidero. Dejó la linterna en el suelo y la luz iluminó el cuerpecito encogido de Neddy, que estaba tirado en el suelo hecho un ovillo con los brazos alrededor de la cabeza en ademán protector. Tenía la ropa mojada y sucia. No alcanzábamos a verle la cara, pero a pesar de que le teníamos a más de cuarenta metros de distancia se percibía claramente que estaba temblando.

Yo eché a correr hacia él y lo alcé del suelo. Gimió de dolor cuando le rocé la pierna, y en cuanto lo tuve entre mis brazos hundió el rostro contra mi pecho.

—Tranquilo, muchacho. Ya estamos aquí —susurré mientras le acariciaba el pelo.

Un estremecimiento sacudió su cuerpecito y hundió aún más el rostro en mi camisa, pero no dijo nada. Su pierna colgaba por encima de mi brazo en un ángulo extraño.

—¿Qué demonios le han hecho? —dijo el jefe.

—¿Dónde está Terry? —contestó Cream.

—Lo traeremos cuando hayamos sacado al muchacho de aquí. ¡Barnett, lleva a Neddy al cabriolé!

—¡No se mueva! —me ordenó Cream—. ¡Soy yo quien está al mando de la situación, Arrowood! La joven dama va a ir con Boots a por su hermano y nosotros nos quedamos esperándolos aquí.

—Sería mejor que yo los acompañara, es posible que haya que darle a Thierry un pequeño empujoncito para convencerle de que venga.

—Boots se encargará de dárselo —afirmó Cream con una maliciosa carcajada—. Es su especialidad.

Al ver que Boots se acercaba a ella con el arma empuñada al frente, la señorita miró al jefe sin saber qué hacer, y este se interpuso entre el matón y la dama antes de decir con calma:

—No alcanzo a entender por qué está tan deseoso de atrapar a Thierry, señor Cream. Él no puede causarle ningún problema, lo único que ha hecho es ver una caja llena de rifles y está demasiado asustado como para abrir la boca. Si le hace daño, lo único que consigue es correr más riesgos.

Cream se echó a reír, extendió los brazos y echó a andar hacia el jefe.

—¿Es eso lo que le ha dicho ese francés?

—Sí.

—¿Y no le comentó también que me robó un maletín antes de esfumarse?

El jefe se volvió hacia la señorita Cousture con expresión interrogante y ella negó con la cabeza para indicar que no sabía nada al respecto.

Cream empezó a balancear de un lado a otro su bastón y añadió con una burlona sonrisa:

—Ah, ¿no le mencionó que ese maletín contenía más de mil libras en acciones del ferrocarril canadiense?

—*Putain*! ¡Vaya idiota! —exclamó la señorita Cousture.

—¿Usted estaba enterada? —le preguntó el jefe.

—¡No! ¡Se lo juro, señor Arrowood! ¡Él no me dijo nada al respecto!

El jefe me lanzó una mirada. Los dos estábamos pensando lo mismo, ninguno sabía si creerla después de tantas mentiras como había dicho.

—Llévatela, Boots —ordenó Cream.

Al ver que el matón la agarraba del brazo con brusquedad y la llevaba hacia la puerta dejé a Neddy en el suelo con mucho cuidado y di un paso al frente, consciente de que tenía que detenerlos, pero el tipo se volvió hacia mí y me apuntó con la pistola.

Alguien llamó a la puerta en ese momento y todos nos quedamos inmóviles.

Cream le hizo un gesto de asentimiento a Piser, quien entreabrió la puerta y le dijo algo a quienquiera que estuviera al otro lado. Agucé el oído intentando oír algo con la esperanza de que el recién llegado fuera Petleigh, pero la distancia era demasiado grande.

Piser abrió la puerta y Paddler Bill entró en el almacén con una linterna en la mano seguido del americano calvo y del tipo menudito de pelo rubio; el último en aparecer fue Gaunt, el dueño de la

345

librería, el asesino de Martha. Llevaba el raído abrigo sin abrochar, la cabeza descubierta y se quedó amparado entre las sombras detrás de los demás.

Mientras la atención de todos estaba puesta en los fenianos, yo aproveché para inclinarme hacia Neddy y ordenarle con apremio:

—Ve a ponerte detrás de esas cubas, muchacho. Mantente a cubierto.

Era la primera vez que le veía bien la cara. Tenía el labio roto y más hinchado que la última vez, la barbilla cubierta de sangre reseca, y en el dorso de la mano tenía unas heriditas que parecían quemaduras. Se quedó mirándome, pero no se movió de donde estaba.

Piser cerró la puerta tras dejar pasar a los fenianos y Cream exclamó sorprendido:

—¿Qué haces aquí, Bill? —Ya no se le veía tan seguro de sí mismo.

—Recibí un mensaje —contestó Bill—, pero no sabía de quién era. Pensé que a lo mejor me lo habías enviado tú, socio.

Hablaba muy rápido, tanto que había que estar muy atento para poder seguirle. Era más grandote y orondo que sus compañeros, iba vestido con un elegante traje de tres piezas y llevaba un sombrero americano del que emergía su rebelde y vívido cabello pelirrojo.

—Eh..., disculpen, pero debo confesar que fui yo quien se lo envió —admitió el jefe.

—¿Se puede saber quién demonios es usted? —le preguntó Bill.

Cream se apresuró a responder antes de que pudiera hacerlo el jefe.

—Un detective privado, está buscando al muchacho aquel que nos robó las acciones del ferrocarril. No sé por qué te habrá hecho venir hasta aquí, esto no tiene nada que ver contigo. Tenemos la situación bajo control.

—Voy a dejar que se explique —sentenció el corpulento americano.

Alguien llamó a la puerta y Cream exclamó exasperado:

—¿Quién demonios será ahora?

Piser entreabrió la puerta de nuevo y al cabo de un instante se volvió a mirar a Cream con cara de desconcierto.

—Es el coronel Longmire, señor.

—¡Déjale pasar!

Piser abrió la puerta y Longmire entró en el almacén. Debía de venir del teatro, porque iba elegantemente ataviado con traje de etiqueta, capa y sombrero de terciopelo. Se sobresaltó al ver a tanta gente reunida allí, y se detuvo en seco cuando estaba a escasos centímetros de la luz proyectada por la linterna de Piser.

—¿Qué significa esto? ¡Stanley! ¿Qué está pasando aquí?

—Así que también ha invitado a Longmire, ¿no? —dijo Cream—. ¡Bravo, Arrowood! Ha logrado sorprenderme, y eso es algo que no suele suceder. Pero todo esto no va a servirle de nada.

Mientras él hablaba, la señorita Cousture se apartó de Boots y se sacó de la manga lo que parecía ser el cuchillo de un zapatero. Por un instante dio la impresión de que titubeaba y se giró hacia Cream como si se dispusiera a atacarle, pero de buenas a primeras se volvió de nuevo y se abalanzó contra Longmire mientras emitía un gemido gutural. Sucedió en un abrir y cerrar de ojos. Él gritó mientras se llevaba la mano al cuello, se desplomó de espaldas contra Piser y acabó por caer al suelo. De entre sus dedos salía sangre a borbotones, de su boca gritos agónicos.

—¡Detenla, Piser! —gritó Cream.

El aludido parecía haberse quedado paralizado por la sorpresa. Estaba allí plantado con la boca abierta, como si no pudiera dar crédito a lo que sus propios ojos estaban diciéndole.

—¡Piser! —le gritó Cream.

La señorita Cousture se dejó caer de rodillas, alzó el brazo y hundió el cuchillo dos veces en el pecho de Longmire. Él se retorció de dolor con cada cuchillada, el gorgoteo de la sangre impregnaba sus alaridos. Piser logró reaccionar de repente, la detuvo agarrándole la mano y le arrebató el cuchillo con brusquedad; Boots la agarró del otro brazo y la obligaron a levantarse.

Siguieron sujetándola mientras ella permanecía allí de pie, contemplando a Longmire con la respiración agitada. El coronel gimió como un animal y entonces alzó la mano como si estuviera intentando alcanzar algo que había en el aire; la sangre le inundaba la boca y le bajaba por la barbilla, luchaba desesperado por respirar.

—¡Vete al infierno! —le espetó ella con odio antes de escupirle a la cara. Estaba bañada en sangre... El vívido líquido rojo le cubría las mejillas, el cuello, la camisa blanca que llevaba debajo del traje negro.

Longmire exhaló un último y largo jadeo, y entonces se quedó inmóvil.

Ella no apartó los ojos del cadáver mientras Piser y Boots la alejaban de él medio a rastras.

—¿Se puede saber qué demonios está pasando aquí? ¿Quién es esa mujer? —exclamó Paddler furibundo.

—La hermana de Terry —contestó Cream.

—¿De quién?

—Del joven que robó nuestras acciones. —Cream se volvió hacia el jefe y le dijo con voz amenazante—: Tiene diez segundos para contarnos qué es lo que está pasando, Arrowood, si no quiere que empecemos a romperle los dedos.

El jefe estaba allí parado con la boca abierta mientras su estupefacta mirada iba de Longmire a la señorita Cousture una y otra vez.

—¡Cinco segundos, Arrowood!

—¡No tengo ni idea! —admitió el jefe desconcertado.

Yo busqué su mirada para intentar indicarle que teníamos que hacer algo de inmediato o estábamos perdidos y, al ver que se llevaba la mano al bolsillo donde tenía el revólver, amartillé el mío en el bolsillo de mi abrigo. La vena de la sien me palpitaba, el corazón me martilleaba acelerado en el pecho; estaba convencido de que el tiroteo estaba a punto de empezar, y las probabilidades de que saliéramos de aquella con vida me parecían prácticamente nulas. Me pregunté desesperado dónde diantres se habría metido Petleigh.

—¿No me reconoce, señor Cream? —le espetó la señorita Cousture, mientras Piser le sujetaba los brazos a la espalda con firmeza.

El aludido alzó la linterna y dirigió el haz de luz hacia ella.

—¿Acaso debería hacerlo?

—Sí, pero no me extraña que no sea así —contestó ella con calma.

—Dígame por qué ha matado a Longmire.

—Porque se lo merecía.

Cream se acercó a ella y le dio un sonoro bofetón en la cara.

—¡Hable de una vez, mujer! ¿De qué conocía a Longmire?

Ella respiró hondo y cerró los ojos antes de contestar.

—¡Él me violó!

Aquella respuesta nos enmudeció a todos por un momento; al cabo de unos segundos, Cream exclamó con exasperación:

—¡Por el amor de Dios! ¿Eso es todo? ¿Ha matado a un hombre por eso? ¡Mírese, señorita! ¡Está sana, ha sobrevivido!

—¡Deja que la muchacha se explique! —siseó Paddler Bill entre dientes, antes de posar en ella la mirada—. Adelante, señorita, explíquese.

La señorita Cousture se volvió hacia el corpulento americano y le dijo con semblante sereno:

—Gracias, señor. —Respiró hondo de nuevo antes de empezar—. Yo tenía trece años cuando mi madre se enteró de que se buscaba a jóvenes para ir a trabajar a Francia de criadas, había un anuncio en el periódico. Tenía cuatro hermanos, todos ellos menores que yo, y mi madre no podía mantenernos a todos. No ganaba lo suficiente para poder alimentarnos a todos ella sola.

—¡Su historia no nos interesa! —exclamó Cream—. ¡Ella sabe dónde están nuestras acciones, Bill! ¡Por eso estamos aquí!

—¡Deja que se explique, Cream! —le gritó el feniano con una voz atronadora que resonó en el amplio almacén.

—Así que fuimos a ver a la mujer que había publicado el anuncio —prosiguió ella. Se volvió para mirar a Cream—. Usted la

349

conoce, señor Cream. Se llama Sal, trabaja para usted. Nos dijo que había una buena familia en Francia esperando a una muchacha como yo, solo que cuando llegué allí no era una familia quien estaba esperándome, ¿verdad?

—No sabe cuánto me conmueve su historia, muchachita —le dijo Cream con una sonrisa llena de malicia que dejó entrever sus dientes, unos dientes tan perfectos que se veían relucientes a pesar de la escasa luz—. Por el amor de Dios, ¿cuántos años tiene? ¡Eso debió de pasar hace muchísimo tiempo!

—¡Déjala hablar! —le ordenó Paddler Bill.

—El mismo día en que llegué me llevaron a una partera para comprobar que fuera virgen. —Hablaba como si estuviera sumida en un trance—. Después me llevaron a la casa donde permanecí recluida por más de diez años, donde abusaron de mí todas las noches, donde abusó de mí un hombre tras otro, noche tras noche. Me convirtieron en una ramera. ¡Usted me vendió a un burdel, señor Cream!

—Me parece que es a él al que tendría que haber acuchillado, señorita.

El comentario lo hizo Paddler Bill y sus tres hombres se echaron a reír.

Cream apuntó con su arma a la señorita Cousture y le hizo un gesto de asentimiento a Boots, quien le retorció el brazo a la espalda con más fuerza. Ella soltó una exclamación de dolor. Se la veía pálida como un fantasma bajo la tenue luz de la linterna de Cream, y la sangre de Longmire resaltaba en su blanca piel como si de unos vívidos moratones se tratara.

—Al segundo día me lavaron y me peinaron, me empolvaron el rostro y me aplicaron *rouge* en los labios; entonces me sujetaron y me dieron cloroformo, lo justo para que no pudiera pensar con claridad. Un hombre entró en la habitación, un caballero rico de Londres. Yo no comprendía aún lo que iba a pasar.

—Longmire —afirmó el jefe.

Ella asintió.

—Y entonces sucedió y después, cuando terminó, empezó a darme puñetazos como si hubiera sido yo la que le había violado a él. Empezó por mi cara —indicó su diente astillado—, después se ensañó con mis brazos y mi pecho. Me golpeó una y otra vez en el vientre, y... —su voz bajó hasta convertirse en un susurro— empezó a pisotearme y patearme las piernas. Tuve que guardar cama durante un mes antes de poder levantarme de nuevo. —Miró al jefe con ojos encendidos—. Nunca había visto tanta rabia en un hombre, y todo fue por lo que él me había hecho a mí.

—¿Por eso nos contrató? —le preguntó él con suavidad.

—Sí. He estado buscándole desde que desembarqué —lo dijo con voz que carecía de inflexión, su furia se había desvanecido.

Paddler Bill sacudió su enorme cabeza en un gesto de incredulidad antes de decir:

—A ver si lo entiendo, ¿Cream vende jovencitas a hombres por el tributo de las doncellas? ¿Ese es uno de sus negocios?

—Hubo otras que llegaron después que yo, igual de jóvenes. Procedentes de Londres —susurró la señorita Cousture.

—¡Ya basta, no soy un demonio! —protestó Cream alzando las manos al aire—. ¡Recordad que la edad de consentimiento no se elevó hasta hace unos diez años!

—¡Yo no di mi consentimiento!

—A ver, muchacha, vamos a calmarnos —le dijo él con una sonrisa forzada y voz almibarada—. Yo soy un mero hombre de negocios, el pecado lo cometen los hombres que tienen esos deseos. —Miró a Paddler Bill—. La dama ha matado a Longmire, Bill. Ha logrado vengarse. Yo siempre me he limitado a intentar hacer negocio.

—Ese es un argumento bastante flojo —comenté yo.

Se volvió hacia mí como una exhalación y habló atropelladamente con voz teñida de furia.

—¡Procure prestar atención mientras explico cómo funcionan estas cosas, botarate! Los hombres poderosos son como los purasangres, manejan el país porque son superiores al resto. Si no se les mantiene contentos y satisfechos, no podrían cumplir con las exigencias del puesto que ocupan dentro de la sociedad. No espero que un hombre como usted lo entienda. Son hombres refinados y de buena cuna, pero en su interior hay un laberinto de deseos y pulsiones animales a la par que civilizados. Necesitan *whisky* y vino para ayudarles a pensar, y alguien se los suministra; necesitan láudano, y alguien se lo proporciona; necesitan tener una esposa y un hogar; necesitan distracciones.

Cream empezó a rodearnos a paso lento. Daba la impresión de que su intención era dirigirse hacia Boots y Piser, que aún seguían sujetando a la señorita Cousture. El jefe y yo no le quitamos los ojos de encima, permanecimos alerta y listos para sacar nuestros revólveres. Estaba claro que el tipo estaba maquinando algo.

—Necesitan comida, ropa, buenos muebles y alguien se los suministra, les ayuda a vivir con comodidad. Doncellas, mayordomos y ayudas de cámara se ocupan de ellos, para que ellos a su vez puedan ocuparse del país. Yo los entiendo. El coronel Longmire y yo estudiamos juntos, compartimos una habitación en Marlborough. Él entró en el ejército, pero a mí se me daban mejor los negocios. Me miraba con desaprobación, y sin embargo acudía a mí cuando necesitaba ciertas cosas. Yo le ayudé a servir a este país, eso es todo. Y no creé ninguno de sus deseos, eso fue obra de la naturaleza.

Miró a sus hombres, que asintieron de inmediato; dirigió entonces la mirada hacia los fenianos, que se quedaron mirándolo con semblante serio y la boca cerrada.

—¿Cómo crees que me enteré de lo de las fotos de sir Herbert, Bill? ¡Fue a través de Longmire! Compartían los mismos intereses, intercambiaban fotografías.

—Eso no me lo dijiste —se limitó a responder Paddler Bill.

—Estás tan metido en esto como yo, Bill. Tú me pasaste las fotografías.

—Yo creía que estaba comprándote los rifles a ti, no habría hecho negocios con Longmire de haber sabido la clase de hombre que era.

—¡Él no recibió ni un penique tuyo, Bill! ¡Ni uno solo! Acudí a él porque sabía que nos podía conseguir los rifles, y él sabía a su vez que yo podía meterlo de lleno en un escándalo. Si Longmire cooperó fue porque temía que salieran a la luz sus actividades, por eso mató a Venning. Pero nunca recibió ni un penique tuyo, Bill.

Paddler Bill sacudió la cabeza con desaprobación.

—¿Le dijiste tú que matara a Venning?

—¡No! A Venning le entró el pánico cuando estos dos idiotas empezaron a hacer preguntas sobre los rifles, estaba dispuesto a delatarnos a cambio de una reducción de condena. Eso era algo que Longmire no podía permitir, ya que él mismo habría caído también. Le dije que era él quien tenía que encargarse de solucionar el problema, y actuó por su cuenta.

—Señor Cream —le interrumpió el jefe—, ¿dice usted que es inocente de toda culpa porque es un simple hombre de negocios?

Cream se volvió hacia él de inmediato. Parecía aliviado de poder dar por finalizada su conversación con Paddler Bill, pero al mismo tiempo impaciente con el jefe.

—¡Sí! —le espetó con aspereza.

—¿Y aplica el mismo argumento al suministro de estos rifles? —El jefe se acercó un poco más a los fenianos, con lo que se alejó un tanto de mí.

—¡Por supuesto que es lo mismo! ¡Quien dispara el rifle es quien tiene la responsabilidad, no yo! ¡Yo no asesino a nadie! ¡No tengo nada que ver!

El feniano de pelo rubio dio un paso hacia él con cara de enfado, pero Paddler Bill le lanzó una mirada por encima del hombro y le hizo un pequeño gesto negativo con la cabeza para indicarle que no hiciera nada.

Cream, ajeno a lo que acababa de pasar, miró amenazante al jefe.

—¡Y ahora, Arrowood, ya me he hartado de sus...!

El jefe le interrumpió en un súbito arranque de furia, su voz se alzó por encima de la de Cream y reverberó en el enorme almacén.

—¡Es usted una rata mezquina e infecta, Cream! ¡Está tan involucrado como quienes disparan los rifles, pero es peor que ellos porque niega su propia responsabilidad! Ellos al menos están actuando pensando en algo más que en sí mismos, ¿qué es lo que hace usted?

Cream perdió los estribos.

—¡Lo que no hago es matar a mujeres y niños! ¡No me eche la culpa a mí de esos crímenes! Yo no soy más que una herramienta del mercado. Compro y vendo, ¡nada más! El pecado reside en la pasión, y no existe pasión ninguna en lo que yo hago. —Se golpeó la bota con el bastón—. Mire, Arrowood, a mí no me impulsa el odio. Puedo ver la condescendencia que se refleja en su rostro, pero usted no tiene ningún derecho a juzgarme. Doy empleo a veintiuna personas, ¿y usted? Veintiuna bocas a las que alimento, además de sus respectivas familias e hijos. Aquí tiene a Lenny, por ejemplo. Le doy trabajo, doy de comer a su mujer y a sus tres hijos y él gasta su dinero en la panadería, en la cafetería, en la cerería, en el mercado y también en el pub. Así que el dinero que le doy circula por las calles, los bienes se multiplican. Somos los hombres de negocios como yo los que alimentamos a este país. No soy puro, eso ya lo sé, pero debe sopesar lo malo y lo bueno que hago.

Paddler Bill se cruzó de brazos y le preguntó muy serio:

—¿Es así como ves las cosas realmente, Cream?

—¿Qué quieres decir? —Estaba tan absorto en su pequeño discurso que dio la impresión de que le había sorprendido oír la voz del americano.

—¿Te crees mejor que nosotros?

Cream se tensó de golpe, se apresuró a negar con la cabeza y en su rostro apareció una conciliatoria sonrisa.

—¡No, nada de eso! ¡No me malinterpretes! Arrowood estaba provocándome, sabes perfectamente bien que siento un gran respeto por vosotros y por vuestra campaña. Yo solo quería decir que soy un intermediario, Bill. Eso es todo. La gente como yo debe mantenerse al margen para ser de utilidad.

—Pero ¿crees que lo único que nos impulsa es el odio?

—¡No, Bill, de verdad que no! Arrowood estaba provocándome, no era mi intención decir eso.

Paddler Bill se volvió hacia el hombre de greñudo pelo rubio.

—Declan, ¿dirías que nuestros negocios con el señor Cream han concluido ahora que sir Herbert y Longmire están muertos?

—Pues sí, yo diría que sí.

—¿Crees que la dama ha sido vengada?

Declan lanzó una mirada hacia Cream antes de contestar.

—Pues no del todo, Bill. No, no creo que sea así.

Paddler Bill se volvió hacia nosotros, solo que en ese momento empuñaba un arma.

—¡Bill! —gritó Cream.

El disparo resonó en el almacén, Cream trastabilló hacia atrás y se desplomó en el suelo; Boots y Piser alzaron sus respectivas armas, pero Declan y el americano de barba negra les apuntaban ya con rifles. Long Lenny se limitó a permanecer donde estaba, balanceando con indolencia el atizador a un lado del cuerpo.

—Contra vosotros no tenemos nada —les dijo Bill—. Soltad las armas. —Esperó a que le obedecieran antes de añadir—: Ahora largaos de aquí, y que ni se os ocurra intentar vengaros de nosotros. Tenemos ojos en todas partes. Vuestro jefe está muerto, no le debéis nada.

Long Lenny, Piser y Boots dieron media vuelta y salieron a toda prisa del almacén.

Paddler Bill se acercó entonces a nosotros y nos preguntó con calma:

—Bueno, ahora les toca a ustedes. Supongo que fueron quienes me mandaron el mensaje, ¿qué información tienen para mí?

Yo señalé a Gaunt, que estaba detrás de Declan con un cuchillo en la mano. Era el único de los cuatro que no iba armado con una pistola.

—Ese hombre trabaja para la SIB —afirmé con rotundidad.

—¡No es verdad, Bill! —exclamó el librero con voz ronca—.

355

¡No le hagas caso! —Me miró amenazante—. ¡Te voy a matar, condenado mentiroso!

Se abalanzó hacia mí blandiendo el cuchillo, pero el americano calvo se adelantó y lo sujetó. Yo saqué el revólver del bolsillo.

—¡No, Bill! ¡Es una condenada mentira! —gritó Gaunt con desesperación.

Paddler Bill hizo caso omiso a sus palabras y me preguntó, con la mirada puesta en mi revólver:

—¿Cómo lo sabe?

—La semana pasada los de la SIB me tuvieron retenido, cuando salí de Scotland Yard vi cómo su hombre se encontraba en una cafetería con el inspector Coyle. Trabaja con el inspector Lafferty, los dos son de la SIB. Coyle y su hombre parecían ser muy amiguitos.

—¡No, Bill, no es verdad! —exclamó Gaunt—. ¡No he oído hablar en mi vida de ese Coyle, te lo aseguro! ¡Este tipo está cargándome el muerto a mí para intentar salvar su pellejo!

Bill se mesó su poblada barba largamente mientras miraba a Declan.

—¡Bill! ¡Te está mintiendo, lo juro! —insistió Gaunt.

—Tenías razón, Declan —afirmó Bill al fin.

—¿Qué le has dicho, Declan? ¿Qué le has dicho? —exclamó Gaunt.

Bill se acercó a él y le propinó un brutal puñetazo en el vientre; mientras Gaunt se doblaba hacia delante, le registró los bolsillos y sacó una llave que se metió a continuación en el bolsillo de su propio chaleco.

—¡No, Bill! —le suplicó el librero mientras jadeaba intentando recobrar el aliento—. ¡Lo que dice ese tipo no es verdad! ¡Te lo juro, Bill!

—Llevadlo al carro —ordenó Bill antes de darles la espalda.

Declan y el feniano calvo se lo llevaron a rastras mientras se debatía y pateaba y juraba que él no había hecho nada. La suya era la voz desesperada de un hombre que sabe que va camino del patíbulo y se me revolvieron las tripas. Bill no le miró en ningún momento y esperó a que salieran antes de hablar de nuevo.

—La organización nos avisó hace unos meses, algunas de las explicaciones que daba no encajaban. Hemos estado vigilándole. Declan tuvo sus dudas sobre él desde el principio.

—El precio por la información eran veinticinco libras —le dije yo.

—Sí, es verdad —se limitó a contestar.

Su arma me apuntaba, la mía le apuntaba a él. Había llegado el momento de que el jefe sacara la suya, pero no hizo nada y, segundos después, el americano calvo entró de nuevo y le apuntó con su rifle antes de decir:

—Las manos a la cabeza, gordito.

El jefe se volvió y obedeció.

—Suelte el arma —me ordenó Paddler.

Yo me planteé por un instante disparar, pero me di cuenta de que no tenía alternativa. La solté mientras maldecía para mis adentros al jefe por no haber sacado la suya cuando había tenido la oportunidad de hacerlo, y él se volvió en ese momento hacia Paddler Bill y le preguntó con calma:

—Díganos una cosa, ¿por qué mató Gaunt a la sirvienta?

—No sé de qué me está hablando.

—¿Le ordenó usted que lo hiciera?

—Acabo de decirle que no sé nada al respecto.

—¿Qué me dice del policía que iba de paisano?, ¿le mataron ustedes?

El tipo se encogió de hombros y se hizo un silencio extraño, como si nadie quisiera hacer el siguiente movimiento. Bajé la mirada hacia mi pistola, que estaba a mis pies, y se me ocurrió que quizás podríamos tener aún alguna posibilidad de salir de allí con vida si el jefe sacaba la suya mientras al mismo tiempo yo me agachaba a por la mía.

—¿Van a matarnos? —pregunté al fin.

Paddler Bill suspiró antes de contestar.

—Déjeme explicarle algo, caballero. Nuestro objetivo es liberar a Irlanda de la esclavitud. Se avecina la independencia, no hay duda de eso, pero da la impresión de que el único lenguaje que comprende su gobierno es el de la sangre. Parnell fue incapaz de disuadirlos mediante la paz.

—Yo estoy a favor de una Irlanda libre, al igual que muchos otros ingleses —le aseguró el jefe.

—Puede que así sea, pero los que los gobiernan no comparten esa opinión. Mire, la violencia no la inventamos nosotros, fue algo que nos enseñaron los ingleses. Nosotros solo matamos por nuestra causa.

—Pero muere gente inocente —le recordó el jefe.

—Como en todas las guerras —contestó Paddler Bill—, como en todas las guerras.

Se agachó a recoger el cuchillo de la señorita Cousture (Piser lo había soltado al marcharse) y luego llevó a rastras el cadáver de Cream hasta donde estaba el de Longmire; lo arrastró por los charcos de sangre del suelo hasta que el gabán blanco quedó empapado y entonces lo colocó junto al cadáver de Longmire y dejó el cuchillo junto a su mano. A continuación colocó su propio revólver en la mano de Longmire y por último recogió mi pistola, se la metió en el bolsillo y se dirigió hacia la puerta. El tipo calvo seguía allí parado, apuntándonos con su rifle.

—Matarlos a ustedes no contribuiría en nada a nuestra causa —afirmó Paddler Bill—. Sus muertes se relacionarían con la banda de Cream, no con el movimiento; en cualquier caso, ya no estamos interesados en seguir aterrorizando a Londres. Va a haber un levantamiento y será en Irlanda. Todo el mundo sabe que el momento se acerca.

Abrió la puerta y nos dio de nuevo la espalda, y me di cuenta al fin de que no iba a dispararnos. Fue entonces cuando empezó a temblarme todo el cuerpo.

—No van a contarle a la policía lo que ha pasado aquí, porque tendrían que explicarles que ha sido la señorita quien ha matado a

Longmire. Iría directa al patíbulo, y supongo que ninguno de nosotros cree que merezca algo así. De modo que van a mantener la boca cerrada. Pero se lo aviso: no metan las narices en nuestros asuntos. Si alguna vez vuelvo a ver a alguno de los dos, no seré tan generoso.

36

Fui a por Neddy mientras el jefe buscaba en los bolsillos de Longmire las veinticinco libras que nos debía. Cuando salimos del almacén la calle estaba desierta, los fenianos se habían marchado ya. Alcé la mirada hacia el oscuro cielo, hacia la luna y las estrellas, y vi que aún seguían estando allí. El reverendo Jebb salió de un portal y vino a nuestro encuentro, y nos dirigimos todos juntos hacia el cabriolé de Sidney.

Pusimos rumbo a la misión. Neddy estaba sentado en mi regazo, permanecía callado y mantenía la cara apretada contra mi pecho.

—Ya estás a salvo, Neddy —le dijo el jefe con voz suave—. Eres un muchacho muy valiente. ¿Te han hecho daño?

—Lo siento —susurró el niño con apenas un hilo de voz.

—No tienes que disculparte por nada, hijo —le aseguré yo.

Él respondió sin apartar la cara de mi pecho.

—Les dije dónde estaba el señor Arrowood, y que ustedes habían encontrado a Terry.

—No te culpamos por ello, muchacho. Son unos hombres muy malos —le dijo el jefe.

Acarició la pierna del niño, pero este la apartó con un gemido de dolor en cuanto se la tocó. Fue un gemido profundo, como si tuviera a un hombre adulto en su interior, y a mí se me partió el alma al oírlo.

—¿Qué te pasa en la pierna? —le pregunté.

Él se sorbió los mocos y contestó con la cara apretada contra mi chaqueta, así que no fue tarea fácil entender lo que decía.

—Me aplastaron el pie. —Se esforzó por ocultarlo, pero se echó a llorar mientras hablaba—. Tenían un martillo.

—Me parece que también le quemaron las manos —dije yo.

—Eres todo un héroe, muchacho. —La voz del jefe estuvo a punto de quebrarse—. Mandaremos a por un médico en cuanto lleguemos, te dará algo para el dolor.

El reverendo estaba acurrucado en una esquina mirando a Neddy en silencio y la señorita Cousture, quien estaba sentada junto a mí, empezó a acariciar el pelo del niño. Me pregunté si lo que había hecho la ayudaría a sanar, pero tenía mis dudas. Sus ojos aún brillaban de furia mientras contemplaban por la ventanilla las oscuras calles, pero me daba la impresión de que la fuerza que la impulsaba desde el día en que la habíamos conocido se había esfumado. El jefe también estaba mirando por la ventanilla, y sus ojos enrojecidos por la fatiga estaban inundados de unas lágrimas que brillaban cuando pasábamos bajo la luz de las farolas. Realizamos el trayecto sumidos en un silencio cargado de aturdimiento y solemnidad, y fue el jefe quien lo rompió cuando faltaba poco para llegar a la misión.

—Hay algo que no entiendo, señorita Cousture. ¿Cómo acabó usted trabajando en el estudio fotográfico de Fontaine?

—Eric no ha tenido nada que ver en todo esto —contestó ella mientras mantenía una mano posada con gentileza en la espalda de Neddy—. Thierry consiguió antes un trabajo en el Beef, tenía que transportar paquetes por la ciudad por orden de Cream. Los abría todos, ya que sabía cómo volver a sellarlos y que nadie se diera cuenta. Algunos de esos paquetes procedían de los estudios de Eric, ni se imaginan la clase de fotografías que entregaba. Me refiero a... —se interrumpió por un momento, bajó la mirada hacia Neddy y bajó la voz al añadir— fotografías íntimas. Hombres con hombres, grupos de gente, muchachas jóvenes..., cualquier cosa que se puedan imaginar. Cream estaba vendiéndolas o usándolas para extorsionar y nosotros pensamos que el hombre al que buscábamos podría estar comprándolas, que sus gustos no habrían cambiado. Pero no estábamos seguros de ello, así que Josiah me ayudó a conseguir el empleo en el estudio. Me ofreció tan barata que Eric despidió a la ayudante que tenía para contratarme a mí. Pero ni Longmire ni Venning aparecieron por el estudio, aunque sí que vi a otros hombres como ellos.

—¿Ha estado involucrado en todo esto desde el principio, reverendo? —le preguntó el jefe.

—Forma parte del trabajo de la misión —contestó Jebb—. Ofrecemos la salvación, pero nuestro objetivo es llevar ante la justicia a los que abusan de nuestras mujeres. Ojo por ojo, señor Arrowood.

—Perdone que se lo diga, reverendo, pero me parece que usted no está hecho para este tipo de trabajo.

—Estoy aprendiendo, señor.

En ese momento nos detuvimos frente a la casa de la misión.

—¿Qué piensa hacer ahora, señorita Cousture? —le pregunté yo.

Ella reflexionó unos segundos con semblante triste y serio, la sangre que la cubría no parecía importarle lo más mínimo.

—Creo que viajaré a París para intentar encontrar a Thierry, me parece que me debe la mitad de esas acciones del ferrocarril.

—Le aconsejo que parta mañana a primera hora, porque la policía va a investigar las muertes —le dijo el jefe—. Pero tenga por seguro que no la delataremos.

—Gracias, señor Arrowood.

—¿Realmente ignoraba que Thierry había robado esas acciones? Ella asintió.

—En fin, que tenga buena suerte, señorita —le dije yo.

—Si necesita ayuda para encontrarle... —empezó a decir el jefe. Ella le miró, sorprendida, y él añadió—: no acuda a nosotros, por favor.

Fue la primera vez que la veía reír.

* * *

Cuando llegamos a casa de Lewis, le encontramos esperándonos junto con Ettie. Mandamos a buscar al médico y después acostamos a Neddy. El jefe sacó una botella de *brandy*, Lewis preparó unas rebanadas de pan con jamón y conversamos sobre lo ocurrido sentados en el saloncito.

—Entonces, ¿Longmire no se llevaba parte del dinero? —preguntó Lewis, al que estaba costándole bastante cortar el pan con un único brazo.

—Eso parece —contestó el jefe—. Yo creía que Cream y él eran socios en el negocio de la venta de los rifles, pero resulta que tanto a Venning como a él los obligaron a participar. Cream había amenazado con sacar a la luz sus actividades si no obtenía las armas, seguro que Milky Sal y él llevaban años satisfaciendo sus perversiones.

Me levanté a ayudar a Lewis con el pan y Ettie comentó:

—Longmire cometió una insensatez al confiar en él.

—Cream y él estudiaron juntos, supongo que confió en el viejo vínculo entre compañeros —le explicó el jefe.

—¿Dónde encaja sir Herbert en todo esto?

—Longmire no podía conseguir las armas por su cuenta. Necesitaba que su amigo sir Herbert le facilitara alguna forma de hacerlo y, dado que compartían los mismos intereses... —El jefe se interrumpió y se volvió hacia su hermana—. Me refiero a intereses sexuales, Ettie.

—¡Por el amor de Dios, William! ¡Sé perfectamente bien a qué te refieres!

—Eh..., bueno, en fin, la cuestión es que sabía bien qué tenía que usar para extorsionarlo.

—Te refieres al tributo de las doncellas —dijo ella.

—Sí, así es. Fotografías de muchachas que aún no habían alcanzado la edad de consentimiento, muchachas como las pobres desamparadas a las que tú intentas ayudar. Puede que algo así no hubiera sido un escándalo veinte años atrás, pero la sociedad ya no mira con benevolencia a hombres como sir Herbert. El tipo se asustó en cuanto empezamos a hacer preguntas, estaba dispuesto a delatar a los demás a cambio de una reducción de condena y Longmire no podía permitir que eso sucediera. Manipuló la escena del crimen para intentar que pareciera un suicidio, pero no tuvo en cuenta la mano deforme de sir Herbert.

—Habéis tenido suerte de salir de esta con vida —afirmó Lewis con la boca llena de jamón—. Aún no me lo puedo creer.

El jefe asintió.

—Pues si nos hemos salvado no ha sido gracias a ese imbécil de Petleigh. Yo sabía que nuestra única oportunidad era causar la máxima confusión posible. Por eso quería que los fenianos estuvieran allí, y también la señorita Cousture y Longmire. Pero ha sido en parte una cuestión de suerte, viejo amigo. Este ha sido un caso largo y casos como este no quedan resueltos, tan solo concluidos. Hemos hecho muchas cosas a lo largo del camino hasta llegar aquí.

—¿Te sientes satisfecho con la conclusión? —le preguntó Lewis.

—Para la señorita Cousture el caso ha quedado zanjado, ha obtenido lo que quería. Y encontramos al asesino de Martha, ese era nuestro caso; de otro modo, su muerte habría quedado relegada al olvido. Espero que, en cierto modo, hayamos expiado nuestra culpa.

—Pero ¿no podríais haber entregado a Gaunt a la policía? —preguntó Ettie.

—Dime tú cómo, hermana.

—Norman podía declarar como testigo, ese hombre habría sido declarado culpable.

—Gaunt tenía amigos en la SIB, le habrían protegido.

—Eso no lo sabes con certeza. Le sentenciasteis a muerte al delatarle ante Paddler Bill, ¿eso no basta para que te cuestiones si obraste bien?

—Yo no creé las reglas que rigen este mundo, hermana. Estos hombres viven en él y me comprenden.

Permanecimos en silencio durante unos minutos, absortos en nuestros pensamientos, hasta que el reloj dio la hora y Ettie se volvió a mirarme.

—¿Tenía usted miedo, Norman?

Ladeó ligeramente la cabeza mientras esperaba mi respuesta. El cuello del vestido le llegaba a la barbilla, y saltaba a la vista que estaba exhausta.

—Nunca en mi vida había tenido tanto. Ellos eran muchos, y cuando William se puso a gritarle a Cream pensé que estábamos sentenciados. Si Bill no le hubiera disparado a Cream, a estas horas estaríamos en el fondo del río.

—¡Por Dios, William! ¿Por qué te cuesta tanto controlar tu mal genio?

—Fue una estratagema, hermana —admitió él antes de dejar su plato sobre la mesita auxiliar y echarse un poco más hacia delante en el asiento—. Cream iba a matarnos, y yo estaba estrujándome el cerebro intentando encontrar algo que pudiera servirme para lograr alguna oportunidad de salvarnos. A Bill no le hizo ninguna gracia que Cream hubiera aprovechado el tributo de las doncellas para procurarle los rifles, y también estaba enfadado porque la muerte de Venning suponía para ellos quedarse sin el abastecimiento de armas. Con eso no me bastaba, pero sí que era algo sobre lo que podía ir construyendo. Observé a los fenianos mientras Cream hablaba, y ahí fue cuando vi la oportunidad que se me presentaba; cuando Cream afirmó que no tenía culpa de nada, cuando dijo que los fenianos eran asesinos, Declan reaccionó y puso cara de enfado, y ahí fue cuando vi mi oportunidad. En un grupo como el de los fenianos hay muchos tipos de miembros: puede que algunos disfruten de la violencia y quieran venganza, y que haya otros que deseen un estatus elevado; pero hay otros, y no me cabe duda de que tanto Bill como Declan se cuentan entre ellos, que toman las armas porque creen que es la única alternativa. Eso es algo que Cream no comprendía, por eso le provoqué para que siguiera hablando. Para ellos era una aberración el que él afirmara ser mejor, los amigos de Bill habían sido ejecutados por la causa a raíz del juicio de los Invencibles. Él era el único que no había sido sentenciado y acusarle de actuar sin moral era como ponerle una bomba en el corazón, en especial viniendo de alguien tan bajo como Cream. Vi el gatillo y lo apreté.

Alargó la mano hacia su pipa, que descansaba sobre la mesita, y le quitó la tapa.

—Pero no entiendo cómo es posible que Cream no se diera cuenta de lo que estaba haciendo —dijo Ettie.

—Si alguna vez has pronunciado un discurso, sabrás lo fácil que es dejarse llevar. La atención del público es como un *brandy* bien fuerte, te sientes muy pagado de ti mismo. —Se tomó unos segundos para encender su pipa—; además, en algunas ocasiones los villanos están convencidos de que son buenas personas.

—Pero eso quiere decir que estabas intentando conseguir que mataran a Cream —afirmó ella con voz suave. Suspiró pesarosa al ver que su hermano no contestaba—. Cielos, William, has tenido que tomar demasiadas decisiones.

—Tenía que hacerse justicia, Ettie. Por todas esas muchachas, por la señorita Cousture, por el policía..., pero, incluso suponiendo que no estés de acuerdo con mis métodos, debes admitir que era nuestra única oportunidad de salir con vida de allí. Si yo no hubiera actuado así estaríamos muertos, Neddy estaría muerto.

Poco después, oímos que alguien llamaba con el puño a la puerta. Miré por la ventana antes de abrir por miedo a que fueran Boots y Piser, pero tan solo se trataba de Petleigh.

—Vengo del almacén de Issler —me dijo al entrar en el vestíbulo. Olía a perfume a pesar de lo tarde que era, y su negro bigote había sido encerado recientemente—. ¿Qué demonios ha pasado allí?

—¡Por los clavos de Cristo, Petleigh! ¿Se puede saber dónde se había metido? —le gritó el jefe desde su silla—. ¡Han estado a punto de matarnos!

Petleigh entró en el saloncito antes de contestar.

—La culpa no ha sido mía, William. En el último minuto, cuando nos disponíamos a salir rumbo al almacén, el comisario adjunto nos ha dicho que teníamos que ir a hacer una redada junto a

Sherlock Holmes. No sé si le había mencionado que los altos mandos le habían pedido a Holmes que ayudara en el caso Venning.

—La ciudad entera lo sabe —afirmó el jefe mientras fumaba su pipa con tanto ahínco que una gran nube de humo iba alzándose a su alrededor.

—El ministro en persona nos ordenó que colaboráramos en todo con Holmes, parece ser que en el Departamento de Guerra estaban enterados de lo del robo de los rifles y sospechaban que Venning podría estar involucrado; de hecho, le interrogaron al respecto el mismo día de su muerte. Se ordenó no reparar en esfuerzos para lograr encontrar esas armas antes de que cayeran en las manos equivocadas.

—¡Usted sabía que corríamos peligro! —le gritó Arrowood—. ¡Sabía que tenían al niño en sus manos! ¿Qué me dice de él?

—¿Dónde está? ¿Han logrado rescatarle?

—Está a salvo, pero si le hubieran matado le hubiera responsabilizado a usted de su muerte.

Petleigh empezó a enfadarse. Se metió las manos en los bolsillos y afirmó con sequedad:

—Intenté librarme de tener que acompañar a Holmes, pero me fue imposible. El comisario adjunto me ordenó llevar a cabo la redada junto con veinte agentes que me asignó, para entonces ya era demasiado tarde para alertarle a usted y no tengo autoridad para discutir órdenes. Tan sencillo como eso; si mis superiores me ordenan que haga algo, debo obedecer. Pero hételo aquí, sano y salvo.

El jefe soltó un bufido burlón antes de tomarse de un tirón un vaso de *brandy*.

Ettie entró en ese momento en el saloncito, y Petleigh se inclinó ante ella y le besó la mano.

—Es un placer volver a verla, Ettie. Supongo que si está despierta a estas horas es porque ha estado esperando a William.

—¿Por qué no ha acudido a ayudarles, inspector? Usted dijo que iría.

—El comisario adjunto me ordenó que esta noche ayudara a Holmes. Intenté librarme, pero me fue imposible.

Ella frunció el ceño y se sentó junto a mí en el sofá.

—Supongo que Holmes habrá resuelto el caso —comentó el jefe.

—Sí, la verdad es que ha actuado de forma brillante. —Petleigh apoyó el codo en la repisa de la chimenea y posó la mirada en el decantador de *brandy* de Lewis—. Por suerte para nosotros, ha estado guardando información sobre los fenianos y sus aliados desde la campaña de terror con bombas. Tiene un sistema de organización muy eficaz, yo creo que debe de tener registros de todos los crímenes importantes cometidos en Londres en los últimos veinte años. No sé cómo lo consiguió, ese hombre es un genio, pero la cuestión es que logró seguir la pista de los rifles.

—Supongo que estarían guardados entre sus propios libros —murmuró el jefe.

—¿Disculpe?

—En la librería.

Petleigh se puso rígido.

—¿Cómo sabe que los rifles estaban en una librería?

—En la de Gaunt, si no me equivoco. ¿Estoy en lo cierto?

—¿Usted sabía dónde estaban?

—Llevábamos semanas trabajando en este caso —contestó el jefe, como si la cosa no tuviera mayor importancia.

—¿Y por qué demonios no me lo dijo?

—Por si se le ha olvidado, inspector, le recordaré que hemos estado bastante ocupados.

—¡Esos rifles habrían matado a soldados británicos!

—Nosotros acabamos de salvarle la vida a un muchacho. Además, los británicos también usamos ri...

—Cierra la boca si no quieres ser tú quien acabe en prisión, William —le aconsejó Ettie.

Petleigh, quien no entendió el mensaje velado que acababa de transmitirse entre hermanos, esperó a que ella añadiera algo más, y al ver que se quedaba callada optó por tomar de nuevo la palabra.

—En fin, les alegrará saber que hemos recuperado los sesenta que habían sido robados, además de una docena de cajas de balas y una buena cantidad de nitroglicerina. El ministro está exultante. Lamentablemente, el dueño de la librería estaba ausente, pero no me cabe duda de que le atraparemos mañana.

El jefe soltó un bufido burlón.

—¿A qué viene ese bufido? —le preguntó el inspector.

—Le aconsejo que lo busque en el río.

—Cuénteme lo que ha pasado en el almacén, hay dos cadáveres.

—Pídale a Holmes que resuelva el misterio.

—¡Hable, William! ¡Han muerto dos personas!

—Iré mañana a su despacho y se lo explicaré, Petleigh —le dijo el jefe con cansancio—. Barnett y yo hemos tenido una noche muy dura, estamos demasiado agotados como para pensar con claridad.

A pesar de su enfado, Petleigh se dio cuenta de que tenía razón y se dispuso a marcharse; al llegar a la puerta del saloncito, se detuvo y se volvió a mirar de nuevo al jefe.

—Respecto a la invitación a comer que usted mencionó, ¿quiere que acordemos ya una fecha?

—Eso tendrá que esperar hasta que mi hermana y yo estemos de vuelta en nuestra casa, Petleigh.

—Ah, sí, por supuesto.

En sus ojos se reflejó un atisbo de tristeza; a aquellas horas de la noche se le veía avejentado. Les dio las buenas noches a Ettie y a Lewis, se despidió con una inclinación y se fue.

—¿Cómo sabía que las armas estaban en la librería de Gaunt? —le pregunté al jefe, una vez que estuvimos sentados de nuevo.

—Bill le ha sacado una llave del bolsillo antes de que se lo llevaran, ¿te acuerdas? Tenía que ser la de la librería.

—Podría ser la de algún almacén.

—Si hubieran alquilado uno, no le habrían confiado la única llave existente a un hombre del que sospechaban. La llave tenía que ser la de la librería de Gaunt, el almacén de un lugar así es ideal para ocultar mercancía robada. Sospeché que ese podría ser el escondrijo cuando me hablaste de ese lugar. —Se levantó de la silla con un gemido y cruzó el saloncito—. Voy a la letrina, y después subo directo a la cama.

Se dirigía hacia la puerta cuando Ettie le dijo con voz suave:

—Sherlock Holmes es un gran detective, William. Nadie más habría logrado encontrar esos rifles en dos días. ¿Cuándo lo admitirás por fin?

El jefe se detuvo en la puerta, y fue como si de repente se desprendiera de toda la tensión acumulada. Sus hombros se relajaron, su rostro se distendió en una sonrisa, y yo creí que al fin iba a reconocer la valía de Holmes.

Abrió la boca para hablar, pero dio la impresión de que se lo pensaba mejor y entonces sacudió la cabeza, agarró la lámpara y salió rumbo a la letrina.

Yo me marché poco después. El jefe me acompañó hasta la puerta y allí me dio un billete de cinco libras que aún estaba húmedo y manchado con la sangre de Longmire.

—Aquí tienes tu parte, Norman.

Me quedé mirando el billete en silencio sin aceptarlo durante un largo intervalo, mientras me mordía el labio y me esforzaba por aparentar que me debatía sin saber qué hacer.

—¡Oh!, ¡por el amor de Dios! —exclamó él al fin, claudicando. Se sacó otras cinco libras del bolsillo y me puso ambos billetes en la mano—. ¡Es demasiado tarde para ponerse a discutir!

37

Dormí durante todo el día y cuando desperté ya estaba muy entrada la tarde. Aún me quedaba una tarea pendiente, así que fui a Scotland Yard en ómnibus y me aposté en la puerta del bar situado al otro lado de la calle para vigilar la entrada mientras los polis iban y venían. Empezó a caer la noche y me dio frío, el brazo empezó a dolerme de nuevo. Para cuando Coyle salió al fin ya había oscurecido, le seguí por el embarcadero Victoria y entonces viró hacia el norte; seguí tras él durante unos diez minutos más hasta que se adentró en un parque desierto, y supe entonces que había llegado el momento de actuar. Coyle era uno de esos tipos que se sienten muy seguros de sí mismos y no se volvió a mirar al oír el sonido de mis pasos acercándose. Me lo puso muy fácil. Le asesté un buen golpe y sentí una inmensa satisfacción. Se derrumbó contra el suelo en cuanto el atizador le golpeó, soltó un grito que podría describirse como el eructo de un caballo. Yo me abalancé sobre él de inmediato, le hinqué la rodilla en el pecho y le estrujé el pescuezo con ambas manos. Intentó tironear de mi abrigo con desesperación y agitó las piernas, pero yo era demasiado pesado para él. Empezó a chorrearle saliva por la boca cuando le apreté el cuello con más fuerza, los ojos se le salían de las órbitas, las lágrimas le bajaban por las sienes.

En cuanto le solté empezó a toser y a resollar mientras luchaba por respirar. Me puse en pie, le atrapé una muñeca contra el suelo bajo la suela de mi bota y puse el otro pie sobre su hombro, alcé el atizador y le golpeé con fuerza en el brazo, justo donde él me había golpeado a mí con su porra.

Soltó un alarido de dolor, y yo le hinqué una rodilla en su vientre.

—¿A que duele?

Estaba tosiendo otra vez mientras sus manos me empujaban frenéticas; jadeaba intentando respirar.

—Te lo debía, Coyle. Y ahora quiero saber una cosa, y si no me respondes vas a llevarte otro golpe. ¿Por qué mató tu agente a la sirvienta?

—¡Vete al infierno! —alcanzó a decir.

—Respuesta equivocada. —Me levanté y alcé de nuevo el atizador.

—¡No, no lo hagas! ¡Te lo diré!

Se puso a toser y a resollar, y yo esperé pacientemente a que pudiera hablar. Se incorporó hasta quedar sentado y se cubrió el cuello con la mano del brazo indemne.

—Él estaba convencido de que los fenianos habían empezado a sospechar, tenía que demostrar que les era leal —confesó con voz ronca y áspera—. Les preocupaba lo que el joven francés hubiera podido averiguar, y lo que hubiera podido contarle a esa muchacha; se habían enterado de que vosotros dos habíais ido a verla, de que habíais estado haciéndole preguntas, así que decidió por su cuenta matarla. Creyó que eso los convencería de que no era un agente doble.

—Vosotros le dijisteis que lo hiciera.

—¡No, nosotros no supimos de sus intenciones hasta después, te lo juro! Así es como trabajan nuestros agentes, toman sus propias decisiones; unas veces aciertan, otras se equivocan.

—Pero no le arrestasteis. Sabíais lo que había hecho y no le arrestasteis.

Él me miró con aquella horrible jeta suya, débil y derrotado.

—Es demasiado valioso, nos ha dado mucha información a lo

largo de los años. Si hay otro plan para poner una bomba, será él quien nos avise.

—Lo dudo mucho.

—¡No tienes ni idea de lo que estás hablando!

Me saqué un soberano del bolsillo y lo dejé caer sobre su regazo.

—Buenas noches, Coyle.

El camino de regreso a través de la ciudad lo hice con paso lento y cansado, y al cruzar el puente de Waterloo contemplé las barcazas y las chalanas amarradas a la orilla. Allí abajo había un pub que estaba abierto hasta tarde, y donde no me conocía nadie. No quería regresar a mi habitación, iba a encontrarla tal y como había estado cada noche desde la muerte de la señora Barnett: fría y oscura y vacía. Las dos siluetas que nos habíamos hecho en el día de nuestra boda colgaban junto a la ventana como fantasmas, carentes de facciones y de vida. Ya no soportaba seguir viéndolas, el recuerdo de mi esposa me asfixiaba en aquella habitación vacía.

Se lo contaría al jefe cuando me sintiera preparado para ello. Por el momento lo que necesitaba era mantenerme ocupado, permanecer fuera de aquella habitación todo el tiempo posible. Lo que necesitaba era que llegara otro caso, y que fuera pronto. Sí, tanto el jefe como yo necesitábamos que nos llegara pronto otro caso.

Gracias a Vince por tener la amabilidad de leer a lo largo de los años más de lo que podría considerarse razonable; gracias a Jo, a Sally y a Lizzie por ayudarme a insuflarle vida a este libro, y a mis amigos por todas las conversaciones que hemos mantenido. Me he ayudado de muchos recursos electrónicos y libros para buscar información sobre el contexto histórico, aquí están algunos de ellos: *The Invention of Murder* and *The Victorian City* (Judith Flanders), *War in the Shadows* (Shane Kenna), *The Suspicions of Mr Whicher* (Kate Summerscale), *London's Shadows* (Drew D. Gray), *How to be a Victorian* (Ruth Goodman), los mapas georreferenciados de la Biblioteca Nacional de Escocia (maps.nls.uk/geo), la obra de Lee Jackson *The Dictionary of Victorian London* (victorianlondon.org), y el mapa de la pobreza de Booth (booth.lse.ac.uk/map).